W0253064

Renaître entre tes bras

Un accord secret

JOANNA SIMS

Renaître entre tes bras

Traduction française de
ROSELINE AULIAC

PASSIONS

HARLEQUIN

Collection : PASSIONS

Titre original :
THE SERGEANT'S CHRISTMAS MISSION

HARPERCOLLINS FRANCE
83-85, boulevard Vincent-Auriol, 75646 PARIS CEDEX 13
Service Clients — https://www.harlequin.fr/contenu/contactez-nous
ISBN 978-2-2805-1695-2 — ISSN 1950-2761

Édité par HarperCollins France.
Composition et mise en pages Nord Compo.
Imprimé en octobre 2025 par ScandBook UAB en Lituanie
en utilisant 100% d'électricité renouvelable.
Dépôt légal : novembre 2025.

FSC www.fsc.org MIXTE
Papier | Pour une gestion forestière responsable
FSC® C021394

Pour limiter l'empreinte environnementale de ses livres, HarperCollins France s'engage à n'utiliser que du papier fabriqué à partir de bois provenant de forêts gérées durablement et de manière responsable.

1

Un coup sonore à la porte d'entrée, suivi de l'aboiement de Recon, réveilla Shane Brand en sursaut. Cette nuit encore, il s'était affalé ivre mort sur le canapé au milieu d'un tas de canettes de bière vides.

— Stop ! lança-t-il à son berger allemand.

Aussitôt, le chien cessa d'aboyer et se posta à côté de lui, au garde-à-vous, attendant l'ordre suivant.

Comme on continuait de tambouriner à la porte, l'ex-sergent cria d'une voix enrouée :

— Une seconde, bon sang !

La langue pâteuse et les yeux collés, il se sentait encore plus mal fichu que les autres fois.

Il s'assit au bord du canapé, la tête comme prise dans un étau, se demandant s'il lui restait une bière au réfrigérateur. Puis il se releva péniblement, les courbatures dues à sa nuit sur le canapé lui tirant une grimace de douleur.

D'autres coups résonnèrent à la porte.

— J'arrive !

Écartant d'un coup de pied des canettes de bière, il traversa d'un pas traînant le petit salon et la cuisine longue et étroite jusqu'à la porte de son appartement attenant à un garage. Plus personne – amis ou membres de sa famille – ne se donnait la peine de frapper chez lui. Ils avaient fini par comprendre qu'ils devaient laisser Shane venir vers eux quand bon lui semblerait.

Il ouvrit la porte en maugréant, bien décidé à foudroyer l'intrus du regard. Mais, contre toute attente, il fut accueilli par les plus beaux yeux noisette qu'il ait jamais vus. Tandis qu'il fixait ces yeux, comme fasciné, il se sentit bouleversé jusqu'au tréfonds de son être - une sensation aussi inattendue qu'inexplicable.

— Bonjour, dit la jeune femme sur le pas de sa porte.

Outre ses grands yeux lumineux, elle possédait un visage rond, un peu charnu, et des lèvres pleines qui ne souriaient pas. Elle semblait fatiguée et tendue, et fixait maintenant avec méfiance le berger allemand au pelage noir.

Shane aperçut deux garçonnets agenouillés sur la pelouse entre la maison principale et son appartement. La jeune femme devait être sa nouvelle propriétaire. Il avait entendu le camion de déménagement s'arrêter devant chez elle, mais comme il dormait presque toute la journée et qu'il jouait de la guitare le soir dans des bars, il avait réussi à l'éviter jusqu'à maintenant.

— Mon chien est gentil, dit-il.

Il s'adossa contre le chambranle, étourdi et éprouvant le besoin d'une bière.

Il examina à nouveau la jeune femme, plutôt petite, dotée d'une poitrine généreuse et de hanches rondes. Elle portait un T-shirt délavé à l'effigie du club de base-ball Manchester Yankees, un jean usé et des Converse bleu turquoise. Ses cheveux châtain clair bouclés étaient noués en un chignon lâche sur la nuque. Curieusement, une céréale Cheerios était accrochée à une boucle rebelle. Il faillit la lui retirer, mais se ravisa, craignant de se montrer trop familier.

À la place, il fit un geste du menton.

— Vous avez une céréale accrochée dans vos cheveux.

— Oh.

Avec une moue mi-frustrée, mi-amusée, elle passa la main dans ses boucles jusqu'à ce qu'elle trouve la céréale qu'elle jeta par terre.

— Merci de m'avoir prévenue. Il y a des matins où tout va de travers.

Pour lui aussi, la journée débutait mal.

— Je m'appelle Rebecca, dit-elle, lui tendant la main.

Shane la prit. Elle semblait si petite et fragile dans la sienne qu'il fit attention de ne pas la serrer trop fort.

— Et moi, Shane. Vous êtes la nouvelle propriétaire ?

— Oui. Nous avons emménagé samedi. Vous avez dû entendre le camion...

Il s'abstint de répondre et vit qu'elle regardait par-dessus son épaule la pile de vaisselle sale dans l'évier. S'il avait su que sa propriétaire frapperait à sa porte de bon matin, il aurait fait un peu de ménage la veille au soir. De peur qu'elle ne perçoive l'odeur de cannabis mêlée à l'air vicié de son appartement, il tira la porte derrière lui sans la fermer complètement et ordonna à Recon de ne pas bouger.

— Est-ce que vous êtes venue me proposer un nouveau bail ou me donner un préavis ? demanda-t-il.

Ginny Martin, la précédente propriétaire, était décédée, et le bail avait expiré pendant que le testament était en cours d'homologation. Il y avait une pénurie de logements à Bozeman, Montana. S'il était mis à la porte, il en serait quitte pour retourner à Sugar Creek Ranch, le domaine de sa famille.

Visiblement tendue et inquiète, Rebecca jeta un regard en direction de ses enfants avant de répondre :

— Je ne suis pas ici pour vous mettre dehors. Nous pourrions voir comment les choses se passent jusqu'à la fin du mois. Tante Ginny m'a toujours dit le plus grand bien de vous.

— Entendu, dit-il, soulagé.

C'était en partie parce que son défunt mari avait été dans l'armée que Ginny s'était prise d'amitié pour Shane. Un sentiment réciproque. La vieille dame lui manquait. Il avait l'impression qu'elle veillait encore sur lui. Du moins, pour l'instant.

— Je dois conduire mes enfants à l'école, dit Rebecca, vérifiant l'heure sur son téléphone. Nous sommes en retard. Comme d'habitude.

— Bon. J'ai été enchanté de faire votre connaissance.

Il poussait la porte pour retourner à l'intérieur, attraper une bière et se rallonger sur le canapé quand Rebecca l'arrêta.

— Attendez ! Je ne suis pas venue vous faire une visite de courtoisie.

Elle rejoignit ses enfants, récupéra un chaton crasseux, puis revint vers Shane, suivie par les deux garçonnets.

Super ! songea Shane. *Maintenant, j'en ai quatre sur le dos !*

— Nous avons trouvé cette pauvre bête sous notre porche ce matin. Est-ce qu'elle est à vous ?

Shane s'approcha du chaton blanc et noir qui gigotait, et se mit à éternuer. Il avait toujours été allergique aux poils de chat.

— Non, dit-il, secouant la tête.

— Alors, *nous* pouvons le garder, déclara, plein d'espoir, le plus jeune garçon à sa mère.

— Non, je regrette, Caleb, mais c'est impossible, expliqua-t-elle d'une voix douce mais ferme.

Elle tendit les clés de la voiture à l'aîné.

— Carson, va m'attendre avec ton frère dans la voiture. J'arrive tout de suite.

Le chaton poussa un miaulement suraigu. Il devait avoir faim et soif, et se sentir perdu sans sa mère, songea Shane.

— Je ne sais pas quoi faire de lui, admit Rebecca, essayant vainement d'apaiser le chaton. Je ne peux pas l'enfermer dans la maison. Je n'ai pas de panier ni de nourriture pour lui. Est-ce qu'il y a un refuge en ville ?

Elle parlait si vite que Shane était bien en peine de répondre. Qui plus est, les miaulements plaintifs accentuaient sa migraine. Alors qu'il tâchait de trouver une solution, le chaton finit par s'échapper des mains de Rebecca. À peine eut-il touché terre qu'il se faufila dans l'entrebâillement de la porte et disparut à l'intérieur.

— Oh ! s'exclama Rebecca. Je suis désolée. Je vais le chercher.

Mince ! Shane ne voulait surtout pas que sa nouvelle propriétaire, qui tenait son sort entre ses mains, s'aventure dans son antre. Personne n'y pénétrait, et c'était très bien ainsi.

— Inutile, s'empressa-t-il de dire, lui bloquant le passage. Vous êtes en retard. Emmenez vos enfants à l'école. Entre-temps, j'attraperai le chaton.

Sur le point de faire demi-tour, elle se figea, inquiète.

— Vous l'attraperez ?

— Ne craignez rien. Je ne lui veux aucun mal. Je suis allergique, mais cela ne m'empêche pas d'aimer les animaux.

Elle hésita, visiblement partagée.

— Vous êtes sûr ?

Il fronça les sourcils, vexé par sa méfiance envers lui.

— Absolument.

Elle le remercia, manifestement soulagée d'avoir une solution pour le chaton, et se hâta vers le carport de l'autre côté de la maison.

Shane gratta sa longue barbe en bâillant et referma la porte derrière lui.

Oh Seigneur ! Il s'arrêta dans la cuisine, remarquant, comme si c'était la première fois, la pagaille qui régnait dans l'appartement. Un vrai dépotoir ! Sans compter l'odeur !

Il se dirigea vers le salon, ramassant au passage les vêtements et les détritus qui jonchaient le sol. Si le chaton avait l'intention de demeurer caché dans cette zone de désastre, Shane ne risquait pas de le trouver. Il devait d'abord laisser pénétrer la lumière du soleil dans la pièce. Pour cela, il ouvrit les rideaux, ce qu'il n'avait pas fait depuis des mois.

Aussitôt, des particules de poussière s'élevèrent dans l'air. Il agita la main devant son visage en toussant.

Il avait toujours eu de terribles allergies, alors entre la poussière et un chaton en cavale, il se mit à éternuer et à se moucher sans discontinuer.

Il fouilla le salon, continuant de ramasser les détritus. Mais le chaton n'était pas là. Il inspecta rapidement la minuscule salle de bains avant de se diriger vers sa chambre exiguë. Il tenta d'allumer l'unique ampoule au plafond avant de se souvenir qu'elle avait grillé et qu'il ne l'avait pas remplacée.

— Recon, tu n'aurais pas vu un chaton hors-la-loi ?

Shane tenta d'ouvrir le rideau. Comme il résistait, il tira un peu trop fort, et toute la structure, rideau et tringle, tomba par terre.

Davantage de poussière se répandit dans l'air, déclenchant une nouvelle salve d'éternuements.

Décidément, tout allait de travers ce matin ! À cet instant, il aurait dû être en train de dormir pour faire passer sa gueule de bois au lieu de se préoccuper d'un chaton clandestin.

Après s'être mouché, il regarda autour de lui. Installé sur le lit, Recon avait levé la tête et l'observait curieusement. Intrigué, Shane s'aperçut soudain qu'il abritait le chaton roulé en boule entre ses pattes. Comment le petit intrus s'était-il retrouvé là ? Le chien avait dû le prendre dans sa gueule, comme un jouet à mâcher, et le hisser sur le lit.

— Écoute, Recon. Tu ne dois pas t'attacher à ce chaton. Il est hors de question qu'il reste ici.

Mais, quand Shane voulut le récupérer, Recon se mit à gronder. Une première. Jamais son chien n'avait grondé contre lui !

Shane recula, surpris.

— Qu'est-ce qui te prend ?

Recon posa la tête entre ses pattes, recouvrant complètement le chaton endormi.

Shane demeura à côté du lit, déconcerté par le comportement de son compagnon canin. Il réagissait comme s'il protégeait son jouet préféré. Malgré sa grande taille et son aspect un peu effrayant, il s'était toujours montré gentil avec les chats et les enfants, mais il n'avait jamais adopté de chaton auparavant !

— Écoute-moi bien, Recon. Je vais faire du ménage dans la maison, puis je reviendrai chercher le chaton. Alors, fais-toi une raison. Tu ne peux pas le garder.

Rebecca avait déposé ses enfants à leur nouvelle école avec une minute d'avance, soulagée qu'ils soient à l'heure pour le début des cours. Elle avait malencontreusement fait sonner son réveil à 19 heures au lieu de 7 heures du *matin*, et se demandait jusqu'à quelle heure elle aurait dormi si Carson ne l'avait pas réveillée. En se précipitant dans la cuisine, elle s'était cogné le pied dans un grand carton plein de livres – son orteil l'élançait encore –, puis elle avait renversé des Cheerios dans la cuisine et dans ses cheveux en voulant ouvrir un nouveau paquet récalcitrant. Énervée, elle avait houspillé ses garçons pour qu'ils se dépêchent de manger et de s'habiller, et quand elle avait ouvert la porte d'entrée, elle était tombée sur le chaton.

Épuisée et en proie à une sorte d'engourdissement émotionnel, Rebecca demeurait assise dans sa voiture, moteur coupé, sur le parking de l'école. Elle avait dû utiliser une grande partie de l'argent que lui avait rapporté la vente de sa maison du New Hampshire pour financer son emménagement dans le Montana. Elle avait adoré sa tante Ginny et idéalisé l'été magique qu'elle avait passé avec elle, enfant, dans sa maison à Bozeman. Aussi, quand elle avait appris qu'elle héritait de cette maison peu après son divorce, la perspective d'un nouveau départ à Bozeman lui avait paru prometteuse. Tout en préparant ses cartons, elle avait fantasmé sur la vie merveilleuse qui l'attendait là-bas avec ses enfants. Mais, confrontée à la réalité, elle avait vite déchanté. La maison était délabrée, la petite ville universitaire offrait peu de débouchés pour une coiffeuse, et les garçons avaient du mal à s'adapter à ce changement de vie. Leur maison du New Hampshire leur manquait. Leur école et leurs copains aussi. Plus important, leur père leur manquait. Oh Seigneur ! Et si elle avait gâché leurs vies à tous les trois en poursuivant un rêve d'enfant ?

Les vibrations successives de son téléphone la tirèrent de ses pensées moroses. C'était sa jeune sœur Kelly qui lui envoyait des SMS.

— Super ! marmonna-t-elle, en lisant les messages.

Avant qu'elle puisse répondre, sa sœur l'appela.

— Salut Kell.

Propriétaire de sa propre agence immobilière très renommée à Bozeman, sa sœur était sincèrement persuadée que Rebecca était incapable de réaliser quoi que ce soit dans la vie sans ses conseils puisque, par principe, elle ratait tout ce qu'elle entreprenait. Et ce déménagement était selon Kelly un autre exemple de son manque de discernement. Bien sûr, Rebecca avait très envie de réussir dans sa nouvelle vie pour son bien et celui de ses enfants, mais elle souhaitait aussi ardemment prouver à sa sœur qu'elle se trompait sur son compte.

— Où étais-tu ? demanda Kelly. Je n'ai pas arrêté de t'envoyer des SMS. As-tu emmené les enfants à l'école ?

— Oui, maman, répondit Rebecca, pince-sans-rire.

Elle entendit sa sœur soupirer.

— Comme tu es toujours en retard, je voulais simplement m'assurer que tu les avais emmenés à l'heure.

Kelly avait toujours été la « sœur exemplaire », et leur mère ne manquait jamais de le rappeler à Rebecca. Après de brillantes études, tant au lycée qu'à l'université, Kelly avait épousé un homme ayant fait fortune dans la finance, puis ouvert sa propre agence immobilière.

Rebecca fit démarrer sa voiture.

— Rassure-toi, ils sont à l'école, et j'ai des tonnes de choses à faire, Kell. Merci de veiller sur moi.

— De rien.

Elles raccrochèrent, et Rebecca prit la direction de sa maison avec le sentiment désagréable de n'avoir jamais le dernier mot avec Kelly. Sa sœur avait vivement désapprouvé son idée de s'installer dans la maison de leur tante et lui avait conseillé de la vendre et d'acheter une petite ferme à Manchester dans le New Hampshire.

De retour chez elle, Rebecca se dirigea directement vers l'appartement de Shane. Elle n'était pas pressée de rentrer chez elle où l'attendaient les cartons du déménagement et le nettoyage de la cuisine avec les Cheerios éparpillés sur le sol. Une tâche ô combien fastidieuse. Mieux valait s'occuper de trouver un endroit pour le chaton.

Le fondé de pouvoir de tante Ginny qui s'était occupé de la succession lui avait conseillé de garder Shane car il payait son loyer en temps et en heure, recevait peu de visites, entretenait la pelouse et faisait les petites réparations dans la maison. Rebecca n'avait aucune envie d'avoir un locataire ; elle n'aimait pas les conflits ni les discussions à propos d'argent. Mais la perspective d'un revenu mensuel supplémentaire l'avait fait changer d'avis.

En revanche, le fondé de pouvoir s'était abstenu de lui dire que Shane Brand était un vétéran de la guerre en Afghanistan et qu'il semblait avoir beaucoup de problèmes auxquels il remédiait notamment par la consommation d'alcool et de substances illicites. Depuis le seuil de l'appartement, elle avait perçu une forte odeur de cannabis. Pourquoi Shane Brand n'était-il pas un locataire exemplaire ?

Exhalant un soupir, elle frappa à la porte de l'ex-soldat. Elle s'occuperait d'abord du chaton, puis du cannabis. Elle aurait aimé faire plaisir à Caleb en gardant le félin, mais elle ne pouvait pas prendre cette responsabilité supplémentaire. Pas pour l'instant. Plus tard, peut-être.

Soudain, la porte s'ouvrit. Shane avait meilleure allure. Il avait pris une douche, portait des vêtements et des chaussures propres, ses yeux bleus étaient plus lumineux que tout à l'heure, mais il paraissait inquiet.

— Quelque chose cloche avec le chaton.

Rebecca suivit Shane vers le fond de l'appartement, notant qu'il avait fait du ménage entre-temps. Dans une pièce tout juste grande pour accueillir un matelas à deux places, Recon était installé sur le lit, gémissant et léchant la tête du chaton.

— Il n'a pas ouvert les yeux, remarqua Shane en s'agenouillant près du lit.

Elle le rejoignit et observa l'état inquiétant du chaton.

— Il est comme ça depuis combien de temps ?

— Je ne sais pas. Je faisais du ménage. Je pensais qu'il dormait.

— Vous avez vérifié s'il respirait encore ?

Elle tendit la main, mais Shane l'arrêta.

— Recon est très protecteur avec lui. J'ai vérifié. Il respire à peine. Je m'apprêtais à l'emmener au cabinet vétérinaire.

— Je vous accompagne.

Shane s'adressa à son chien d'un ton apaisant.

— Nous essayons de l'aider, Recon. Il faut que tu nous laisses le prendre.

La première fois que Rebecca avait vu le berger allemand, massif et noir comme une nuit sans lune, elle n'avait pas été rassurée. Mais elle fut touchée de le voir protéger ce chaton sans défense. Au fond, il n'était pas si effrayant.

Quoique. Il gronda quand Shane tendit les mains vers le chaton. Rebecca retint son souffle, craignant qu'il ne morde son maître. Par chance, il le laissa s'emparer du félin et l'envelopper dans une serviette.

— Prenez-le, dit-il à Rebecca. C'est moi qui conduis.

— Vous êtes sobre ?

Ce fut plus fort qu'elle. Ayant grandi avec un père qui s'enivrait régulièrement, elle s'apercevait très vite quand quelqu'un avait la gueule de bois.

Shane lui ouvrit la porte et s'effaça pour la laisser passer.

— Oui.

— Désolée. Il fallait que je pose la question.

— Je comprends. Je n'ai pas bu ce matin.

Ils se hâtèrent vers l'antique pick-up Chevrolet rouge vif de Shane. Recon s'installa sur la banquette arrière tandis que Rebecca prenait place sur le siège du passager.

— Et si les vétérinaires ne peuvent pas nous prendre ? demanda-t-elle, inquiète, caressant la tête du chaton.

— Ils nous prendront. Je les connais depuis longtemps.

Durant tout le trajet, elle pria pour que tout se passe bien. De son côté, Shane jetait de temps à autre un coup d'œil en direction du chaton en répétant :

— Tiens bon, mon p'tit gars. Nous sommes presque arrivés.

2

Shane n'avait jamais supporté de voir souffrir un animal. À cet instant, il éprouvait aussi de la peine pour Recon qui veillait fidèlement sur le chaton, l'air malheureux. Par chance, le Dr Harlow les fit entrer au bout de quelques minutes seulement.

— J'ai essayé de lui donner de l'eau, mais il n'arrivait pas à boire, expliqua Shane.

Le Dr Harlow, une femme d'une cinquantaine d'années, les cheveux crépus poivre et sel, prit doucement le chaton.

— C'est une femelle, les informa-t-elle. Quand l'avez-vous trouvée ?

— Ce matin, répondit Rebecca. Sous mon porche. Je ne sais pas comment elle est arrivée là. Je n'ai pas aperçu sa mère ni d'autres chatons.

Le Dr Harlow manipula délicatement le ventre du félin.

— Malheureusement, elle a pu être abandonnée. Ou alors, la mère et le reste de sa portée ont été tués.

— Quelle tristesse !

— Elle est très déshydratée et dénutrie. En outre, elle souffre d'une infection oculaire et d'une infection des voies respiratoires supérieures.

Shane posa instinctivement la main sur la tête de Recon en guise de réconfort mutuel.

— Est-ce qu'elle survivra ?

La mine soucieuse de la vétérinaire fit grimper son niveau d'anxiété. La survie du chaton n'était pas garantie.

— Je peux soigner sa déshydratation et ses infections, mais je dois lui faire une prise de sang pour connaître l'état de son foie et de ses reins.

Rebecca s'adressa à la vétérinaire, une expression inquiète dans ses beaux yeux noisette.

— Pouvez-vous me dire combien tous ces soins vont coûter ?

— Il faut que je demande un devis à la réception, mais je les évaluerai autour de quatre cents à cinq cents dollars.

À l'énoncé de ces chiffres, Shane vit des larmes perler aux yeux de Rebecca. Ayant rencontré des difficultés financières à une époque de sa vie, il devinait qu'elle avait envie d'aider le chaton mais qu'elle n'en avait pas les moyens. Il contempla Recon dont le regard restait rivé sur la table d'examen.

Tandis que Shane hésitait sur la décision à prendre, le chaton ouvrit les yeux et le fixa en émettant le miaulement le plus plaintif qu'il ait jamais entendu. Un peu comme s'il le suppliait de lui sauver la vie.

— Faites tous les soins et examens nécessaires, dit-il. Je réglerai la facture.

Le Dr Harlow hocha la tête en souriant.

— Nous la garderons ici pendant plusieurs jours. Je vous appellerai une fois que j'aurai les résultats des analyses, et nous parlerons ensemble des étapes suivantes.

— Entendu. Merci docteur.

La vétérinaire remit le chaton à un technicien.

— Lui avez-vous donné un nom ?

Shane ne comprenait pas vraiment comment il se retrouvait maître d'un chaton, mais c'était le cas.

— Elle s'appelle Top, répondit-il en éternuant. Top Brand.

Rebecca ouvrit la porte de la maison dont elle avait hérité et contempla le désordre environnant. Elle n'avait qu'une envie : faire la sieste sur le canapé, mais elle devrait se frayer un chemin parmi les cartons pour l'atteindre. Elle renonça donc à la sieste pour avancer dans son travail pendant que les enfants étaient à l'école. Quand ils rentreraient, elle aurait le dîner à préparer et les devoirs à surveiller. Elle avait conscience que ce déménagement chamboulait tous les repères de Carson et Caleb. Aussi avait-elle hâte de rendre la maison accueillante pour faciliter leur adaptation à ce nouvel environnement.

Courage ! se dit-elle. Elle sortit l'aspirateur pour nettoyer le sol de la cuisine jonché de céréales, mais quand elle voulut brancher l'appareil, la prise électrique ne fonctionna pas. Elle en chercha une autre à proximité. Même résultat. Par chance, elle eut plus de succès avec la troisième. Il n'empêche que ces deux prises défaillantes constituaient un motif supplémentaire d'inquiétude.

— Oh ! tante Ginny, qu'est-il arrivé à ta belle maison ?

Après avoir aspiré les céréales, elle délaissa les cartons et se rendit à l'étage dans la chambre de ses fils. Carson se comportait comme un grand frère protecteur envers Caleb depuis sa naissance. Quand il était bébé, il voulait toujours le porter et le nourrir. En grandissant, les deux frères étaient devenus les meilleurs amis, en partie parce qu'ils partageaient la même chambre. Maintenant que chacun pouvait avoir la sienne dans cette grande maison, ils préféraient rester ensemble. Rebecca fit les lits et fourra dans le panier à linge les serviettes sales qu'elle avait récupérées dans la salle de bains.

Dieu sait qu'elle n'aimait pas faire les lessives, mais la perspective de déballer les cartons lui déplaisait encore plus. Pourtant, il faudrait bien qu'elle s'y mette un jour !

Elle ouvrit la porte moustiquaire grinçante qui donnait sur le porche à l'arrière de la maison, évitant de s'appesantir sur tout ce qui méritait son attention dans la propriété. Par chance, Shane avait continué de tondre la pelouse et de tailler les arbustes après la mort de Ginny et pendant les démarches successorales. Mais Rebecca avait aussi hérité des biens de sa tante, et certains étaient à mettre au rebut, comme les transats cassés gisant sous le porche arrière.

Plus tard, songea-t-elle en soupirant et en remplissant la machine à laver.

Puis elle entreprit de récupérer les vêtements qu'elle avait mis dans le sèche-linge la veille au soir. Quelle ne fut pas sa surprise de les trouver encore mouillés.

— J'ai oublié de mettre l'appareil en route ? Pourtant, j'aurais juré l'avoir fait.

Elle le remit en marche et retourna à l'intérieur pour s'attaquer aux cartons en commençant par ceux qui portaient la mention « Cuisine ». Tout en travaillant, elle songea à Shane Brand. Cet homme était une énigme pour elle. Sa barbe broussailleuse et ses cheveux jusqu'aux épaules lui donnaient une apparence rude, mais elle percevait quelque chose de doux et d'honnête, voire de séduisant dans ses yeux bleu azur, du moins quand ils n'étaient pas gonflés et rougis par le manque de sommeil et l'abus d'alcool.

Curieusement, quand elle plongeait son regard dans celui de Shane, une étincelle de familiarité s'allumait au tréfonds de son être. Même s'ils ne s'étaient jamais rencontrés auparavant, elle avait l'impression qu'un lien spirituel les unissait, comme si elle le connaissait depuis toujours. Et la compassion qu'il avait montrée envers le chaton, au point de prendre tous les frais vétérinaires à sa charge, la confortait dans sa décision de le garder comme locataire. Elle était tellement soulagée de ne pas avoir à annoncer une terrible nouvelle à ses enfants à leur retour de l'école ! Elle leur expliquerait que, grâce à Shane, Top avait une chance raisonnable de survivre.

Elle passa plusieurs heures à déballer et ranger les ustensiles de cuisine. Quand elle eut fini, les jambes et le dos douloureux à force de se pencher et de grimper sur l'escabeau pour atteindre les étagères du haut, elle se sentit fière d'elle-même. Pour l'instant, elle avait simplement mélangé ses ustensiles avec ceux de Ginny. Elle ferait du tri par la suite. À plusieurs reprises, elle était tombée sur des objets favoris de sa tante ; ils avaient réveillé en elle des souvenirs d'enfance pleins d'émotion et de nostalgie. C'était dans ces moments que sa tante lui manquait le plus.

Disposant encore de deux heures avant d'aller chercher Carson et Caleb à l'école, elle sortit un morceau de fromage, une pomme et une bouteille d'eau du réfrigérateur, puis se dirigea vers le porche à l'arrière de la maison. Dehors, le soleil brillait, atténuant la fraîcheur de ce début de printemps.

Hélas, sa belle humeur s'envola quand elle ouvrit le sèche-linge. Les vêtements étaient toujours aussi humides et commençaient à sentir le moisi. Pourtant, cette fois, elle était certaine d'avoir mis l'appareil en route. Ce maudit sèche-linge était en panne !

Elle leva les bras au ciel, exaspérée.

— Est-ce que quelque chose fonctionne dans cette fichue maison ?

Elle tripota les boutons de l'appareil, puis le remit en marche. En vain. De rage, Rebecca secoua l'appareil et lui flanqua un coup de pied pour faire bonne mesure, mais elle ne réussit qu'à se faire à nouveau mal. Épuisée, elle finit par sortir le linge humide et le déposa dans le panier.

— J'ai besoin d'un verre de vin, décida-t-elle.

Après la visite au cabinet vétérinaire, Shane et Recon avaient fait la sieste sur le lit. Shane avait eu du mal à persuader son chien de laisser le chaton. Il n'avait jamais vu Recon se comporter de cette façon auparavant, mais l'amour n'obéissait à aucune règle, supposait-il. Recon aimait ce chaton, fin de la discussion.

— Allons dehors, camarade, lui dit-il.

Il sortit une bière du réfrigérateur, retrouvant sa routine quotidienne interrompue par Rebecca aux beaux yeux noisette, tôt ce matin. Il avait l'habitude de jouer de la guitare la nuit, de dormir toute la matinée, puis de restaurer son Indian Motorcycle en fin d'après-midi.

Il se dirigeait vers le garage quand il perçut la voix de Rebecca provenant de son porche. Il poursuivit son chemin, déterminé à ne pas y prêter attention. Mais un bruit sonore, comme si elle se battait avec quelque chose, le fit changer d'avis, et il bifurqua vers la maison en soupirant.

— Tout va bien ?

Rebecca pivota vers lui, furieuse.

— Non. Le sèche-linge ne fonctionne pas. J'ai nettoyé la gaine d'évacuation, mais rien n'y fait.

Dommage ! Le retour à ma routine attendra.

S'il ne voyait Ginny qu'environ une fois par semaine, il pressentait que Rebecca exigerait davantage de son attention et de son temps.

— À l'époque, tante Ginny utilisait une corde à linge, expliqua-t-elle. Est-ce que vous sauriez si elle existe encore ?

— Non. Mais laissez-moi jeter un coup d'œil au sèche-linge auparavant.

Elle écarquilla ses beaux yeux de surprise, puis lui sourit.

— Merci. Les garçons se salissent vite, j'ai une tonne de lessive à faire.

— Je comprends.

Shane alla chercher sa boîte à outils pour démonter l'arrière de l'appareil. Quand il revint, il commença par débrancher la prise d'aération murale pour vérifier la gaine.

— C'est d'ici que vient le problème.

— Oh ! mon Dieu ! s'exclama Rebecca par-dessus son épaule. Ce sont des peluches qui forment cet amas compact ?

— Oui. La gaine en est pleine. Elles ont dû passer à travers le filtre.

Il entreprit de retirer tout ce qu'il pouvait.

— Dire que j'avais une machine à laver et un sèche-linge avec chargement frontal tout neufs ! Eh bien, je les ai vendus parce que ces deux appareils figuraient sur la liste des biens de tante Ginny ! Comment aurais-je pu deviner que c'étaient ceux qu'elle utilisait quand j'étais enfant ?

— Votre tante était très attachée aux objets qui l'entouraient, remarqua-t-il en souriant.

Alors qu'il finissait de déboucher la gaine, il se mit à éternuer plusieurs fois et dut s'arrêter pour se moucher. Comble de malchance, ses yeux le piquaient de plus en plus. Sans doute un reste de son allergie aux poils de Top.

— Ce sont les peluches ou Top qui provoquent ces éternuements ?

— Je n'ai jamais été allergique aux peluches.

— Shane, vos yeux sont enflés et rouges !

— Ah. Je comprends pourquoi ils me piquent.

Il poussa l'appareil de côté pour démonter l'arrière.

— Je vais vous donner des antihistaminiques en vente libre. J'en ai toujours sous la main pour Carson.

— Inutile de vous donner cette peine.

Rebecca l'ignora et disparut dans la maison.

Entre-temps, il dévissa le dos de l'appareil, certain de trouver une deuxième cause au problème. Il venait de retirer une grosse masse de peluches dans le raccordement de la gaine à l'intérieur du sèche-linge quand Rebecca revint.

— C'est dégoûtant ! s'exclama-t-elle. Comment se fait-il que cet appareil n'ait jamais pris feu ?

— La chance.

— Tenez. C'est le générique du Benadryl.

Shane accepta les comprimés avec reconnaissance.

— Merci.

— De rien. D'après vous, le problème est résolu ?

— Je pense que oui, dit-il, remettant l'appareil en ordre de marche.

Il utilisa un jean d'un des garçons en guise de test et mit le sèche-linge en route. Rebecca se tenait à côté de lui, les doigts croisés, comme si elle priait pour qu'un miracle se produise. Pour une raison qu'il ne pouvait s'expliquer, être auprès de cette femme lui procurait le sentiment d'être plus fort, plus compétent. D'être redevenu celui qu'il était avant sa première mission en Afghanistan. Comment une inconnue pouvait-elle réussir ce tour de force ?

Il s'écarta un peu d'elle, prenant tristement conscience qu'il ne pourrait plus jamais être l'homme qu'il était avant de s'engager dans l'armée.

Rebecca ne remarqua pas son mouvement de repli, son attention concentrée sur le sèche-linge. Elle ouvrit la porte et poussa un petit cri de joie, signe qu'il avait résolu son problème.

Elle se tourna vers lui, un grand sourire aux lèvres, les yeux brillants, et le contempla comme s'il avait accompli un exploit. Peut-être que c'en était un pour cette mère de famille démoralisée par son panier rempli de linge sale.

— Merci beaucoup, Shane.

Il aimait la façon dont ses deux incisives de devant se chevauchaient légèrement, attirant l'attention sur ses lèvres roses et pulpeuses.

Il hocha la tête et rassembla ses outils. Quand il se redressa, elle le regardait comme si elle avait quelque chose à lui dire. Aussi attendit-il au lieu de partir.

— Ce que vous avez fait pour moi aujourd'hui, prendre soin du chaton et réparer ce sèche-linge, me touche beaucoup.

— J'ai toujours aidé votre tante. Et je n'ai aucune raison de ne pas faire la même chose pour vous si vous décidez de ne pas me mettre à la porte.

— Nous pourrions partager l'espace, dit-elle, hésitante.

Visiblement, quelque chose l'embarrassait, il le devinait à sa façon de rougir.

— Mais... il y a un point sur lequel je refuse de transiger.

Il attendit, impassible. Seule la crispation de ses doigts autour du tournevis trahissait son appréhension.

— Je sais bien que le cannabis est légal dans certains États, mais il ne l'est pas dans le Montana.

Rebecca le regarda droit dans les yeux.

— Je refuse que mes enfants soient exposés à des substances illicites. Est-ce que nous nous comprenons ?

— Parfaitement, répondit-il, soulagé.

Elle hocha la tête, satisfaite, et il prit congé d'elle. Il rejoignait son appartement quand elle l'interpella.

— Je suis curieuse de savoir pourquoi vous avez appelé le chaton Top.

Sa question innocente lui causa un choc émotionnel. La gorge nouée, il dut déglutir plusieurs fois avant de répondre :

— Parce que j'étais sergent-chef dans l'armée et que mes hommes m'appelaient Top.

Après le départ de Shane, Rebecca n'eut que le temps d'ouvrir quelques cartons et de ranger leur contenu avant d'aller chercher Carson et Caleb à l'école. Plus sociable que son frère aîné, Caleb s'était déjà fait des amis. En revanche, Carson demeura morose tout le long du trajet.

— Je voudrais prendre le car scolaire, dit-il à la fin tandis qu'elle se garait devant la maison.

— Tu es sûr ?

— Oui.

Rebecca s'efforça de masquer sa tristesse. Ses allers-retours à l'école figuraient parmi ses moments préférés, et elle adaptait son emploi du temps en conséquence.

— Et toi, Caleb ?

Caleb sourit, montrant un espace vide à la place d'une incisive.

— Je fais comme Carson.

— Entendu. Demain, j'irai au secrétariat pour vous inscrire.

Les enfants firent leurs devoirs sur la table de la cuisine, une des rares zones non encombrées, pendant qu'elle préparait le dîner. Comme le téléviseur ne serait raccordé au câble que la semaine suivante, ils jouèrent à des jeux vidéo après avoir débarrassé la table et lavé la vaisselle. Une fois les enfants couchés, Rebecca se versa un verre de son vin préféré. Elle s'en servait un second quand elle se souvint qu'elle devait sortir le linge du sèche-linge.

En sortant sous le porche, elle perçut le son d'une guitare acoustique. Elle descendit les marches en silence et se pencha à l'angle de la maison pour voir ce qui se passait. Assis devant son appartement, une ampoule jaune allumée au-dessus de la tête, Shane jouait de la guitare. Sa musique à la fois triste et captivante touchait une corde sensible chez Rebecca. Elle se hâta de fourrer les vêtements secs dans le panier et de l'emporter à l'intérieur. Quelques minutes plus tard, son verre à la main, elle s'assit sur la dernière marche et laissa Shane Brand lui donner la sérénade.

3

— Une seconde, Carson, laisse-moi faire ton nœud de cravate, déclara Rebecca.

— Il est trop serré, se plaignit le petit garçon en se trémoussant.

— Arrête de remuer, je vais l'arranger.

— Je ne comprends pas pourquoi nous devons aller à l'église. Avant, nous n'y allions jamais !

La remarque de son fils la contraria. En effet, la foi religieuse avait été l'une des principales sources de conflit entre elle et Tim, son ex-mari. Durant son enfance tumultueuse, la fréquentation de l'église avait été un réconfort pour elle. À l'inverse, Tim ne croyait qu'au football et à la pêche.

— Eh bien, désormais nous y allons. Il s'agit d'un nouveau départ pour nous. Qui plus est, l'église est un excellent endroit pour se faire des nouveaux amis.

Carson marmonna quelque chose d'inintelligible, et Rebecca se contenta de l'ignorer avec un sourire et un rapide baiser sur la joue.

— Tu es très beau dans ce costume.

— Et moi, comment je suis, maman ? demanda Caleb.

Elle se pencha pour le couvrir de baisers jusqu'à ce qu'il rie.

— Tu es aussi beau que ton frère.

À l'entrée de la First Presbyterian Church, ils furent accueillis par une dame âgée aux cheveux blancs, vêtue d'une robe fleurie. Elle leur tendit un programme en souriant.

— Soyez les bienvenus. C'est tellement agréable de voir de nouveaux visages.

— Merci, répondit Rebecca en lui rendant son sourire.

— Asseyez-vous où vous voulez.

Elle choisit de prendre place sur un banc du fond, histoire de tâter le terrain. Elle ignorait si cette église lui conviendrait. Elle savait seulement que son installation à Bozeman était l'occasion pour elle de renouer avec la foi de son enfance.

— Ne pose pas tes pieds sur le banc de devant, dit-elle, interrompant le balancement de jambes de Caleb.

Elle lui donna son téléphone pour qu'il se distraie avec un jeu en attendant le début du service.

Tandis que l'église se remplissait, elle se surprit à sourire. Pour la première fois depuis leur arrivée dans cette ville, elle se sentait à sa place. Une des dernières arrivantes était une jeune femme rousse et mince qui portait une petite fille à la peau diaphane, dotée de grands yeux bleus magnifiques et vêtue d'une robe en dentelle ornée de volants. Après un coup d'œil alentour, la jeune femme repéra une place libre sur le banc devant celui de Rebecca et de ses enfants et s'y installa. Rebecca salua la petite fille en souriant ; celle-ci tendit sa main potelée avant de nicher la tête au creux de l'épaule de sa mère.

Quand le pasteur entama le service, le silence régna dans l'assemblée. Rebecca fut impressionnée par le sermon et les cantiques. Lorsque le chœur entonna les chants, elle se remémora la plupart d'entre eux. Carson joignit sa voix sans enthousiasme, mais Caleb l'imita avec empressement, chantant faux et à pleins poumons, suivant chaque mot que Rebecca lui désignait sur le livre de cantiques. À la fin de la première partie du service, le pasteur demanda aux fidèles de se tourner vers un voisin et de lui serrer la main. La jeune femme rousse pivota et tendit la main à Rebecca en souriant. Elle avait un beau visage ovale et des yeux vert foncé.

— Bonjour, je me prénomme Savannah, et ce bout de chou est Amanda.

— Enchantée. Je suis Rebecca Adams. Et voici mes fils Carson et Caleb.

— Rebecca Adams ? répéta Savannah. Votre nom me dit quelque chose. Vous êtes nouvelle à Bozeman ?

— Oui. Ça fait une semaine que nous avons emménagé. J'ai hérité de la maison de ma tante et je suis venue m'y installer.

— Oh ! toutes mes condoléances pour votre tante, déclara Savannah, faisant sauter Amanda sur ses genoux pour l'amuser. Comment s'appelait-elle ?

— Ginger Martin. Mais tout le monde l'appelait Ginny.

Le visage de Savannah s'éclaira.

— Je comprends pourquoi votre nom m'est familier. Mon beau-frère est votre locataire.

— Shane ?

— Oui. J'ai épousé son frère Bruce.

— Eh bien, le monde est petit.

— Bozeman est petit.

Le pasteur mit fin à l'entracte.

— Nous continuerons à parler dehors, chuchota Savannah.

Une fois le service terminé, et malgré les avertissements de Rebecca, Carson se rua hors de l'église, suivi par Caleb. Savannah la rejoignit dans la file des fidèles qui se dirigeaient vers la sortie.

— Alors ? Qu'en pensez-vous ? demanda Savannah.

— À propos du service ?

— Oui. J'espère qu'il vous a plu. J'aimerais avoir quelqu'un auprès de qui m'asseoir le dimanche. Non qu'Amanda ne soit pas de bonne compagnie.

— Je n'en reviens pas comme elle a été sage.

— Oui, c'est très étrange. Elle pleure beaucoup le reste du temps, mais elle est sage comme une image durant le service.

— Pour répondre à votre question, le service m'a plu, et j'ai très envie de revenir.

Savannah s'arrêta au niveau du passage pour piétons.

— Oh ! tant mieux ! Alors, asseyons-nous côte à côte dimanche prochain.

— Volontiers.

Rebecca était heureuse d'avoir déjà trouvé une amie potentielle en la personne de Savannah. Une des raisons pour lesquelles elle tenait à assister au service dominical était de tisser des liens avec la communauté.

Elles se dirent au revoir, et Savannah s'éloigna dans la direction opposée. Quelques secondes plus tard, entendant quelqu'un la héler, Rebecca se retourna et aperçut Savannah qui revenait sur ses pas.

— J'ai oublié de vous dire quelque chose d'important. Peut-être l'ignorez-vous, mais Shane est un vétéran.

— Je sais.

— Il a fait plusieurs missions, expliqua Savannah, la mine soucieuse.

— Mon père était un vétéran du Vietnam.

Elle savait ce que c'était de vivre avec un vétéran devenu un autre homme à son retour de la guerre.

— Alors, vous comprenez.

— Oui.

— Tant mieux.

Savannah se rapprocha et baissa la voix, comme si elle partageait un secret.

— Sous un abord bourru, Shane a un cœur en or.

Shane avait joué dans un bar la veille au soir et dormi toute la matinée pour soigner sa gueule de bois. Aussi, quand il se réveilla dimanche après-midi, il eut l'impression que son univers tournait à nouveau sur son axe. Il démarra sa journée en s'occupant de Recon et en jouant à leur jeu favori : une séance de lutte au sol. Puis il ouvrit une bière pour le brunch.

— Suis-moi, camarade. Il est temps de se mettre au travail.

Tous deux se dirigèrent vers le garage. Shane avait réussi à acquérir une Indian 841, une moto expérimentale produite en 1943 par Indian Motorcycle en un millier d'exemplaires. Peu lui importait de vivre dans un petit appartement au loyer modique ; il disposait ainsi de ressources supplémentaires pour restaurer sa chère moto de collection.

Il la sortit sur la zone pavée devant son appartement. Cela faisait des années qu'il travaillait dessus. Il l'avait complètement démontée, vérifiant chaque pièce avant de la remonter. Il l'avait aussi restaurée dans sa couleur d'origine, vert camouflage. Il était fier du travail accompli et un peu triste. Cette restauration l'occupait depuis des années. Que ferait-il de son temps libre une fois qu'il aurait terminé ?

Il bricolait avec un écrou de roue quand Recon se mit à aboyer en entendant une voiture se garer dans l'allée. Il s'était douté que Rebecca et ses enfants étaient absents à cause du silence environnant.

— Tais-toi, ordonna-t-il à Recon.

Le chien émit un gémissement de protestation, mais se coucha et demeura immobile.

Leur tranquillité fut interrompue par les cris et les rires de Carson et Caleb qui se poursuivaient dans l'allée. Curieusement, leurs jeux bruyants ne le dérangeaient pas outre mesure. Les deux garçons filaient vers l'arrière de la maison mais, en apercevant Recon, ils bifurquèrent vers lui. Le chien agita la queue et les salua d'un aboiement.

— Bonjour, dit Carson.

Il portait un costume, mais sa cravate était dénouée, et il tenait ses chaussures et ses chaussettes à la main.

— Bonjour les garçons.

— Bonjour, répéta Caleb, agitant la main en souriant. Je peux caresser Recon ?

— Bien sûr. Il a attendu toute la journée que quelqu'un lui prête attention.

Caleb s'agenouilla auprès du berger allemand et noua les bras autour de son cou. Recon se laissa faire sans bouger.

— Elle est chouette, la moto, remarqua Carson.

Shane sourit, amusé.

— Tu sais ce qu'est une clé en croix ?

Carson fit un signe d'assentiment.

— Ma trousse à outils est là-bas.

Lâchant chaussures et chaussettes, Carson courut vers la trousse et revint avec la clé en croix.

— Bravo ! Merci.

— Est-ce qu'ils vous dérangent ? demanda Rebecca, depuis l'angle de la maison.

Shane leva les yeux de son travail et se sentit aussitôt happé par le regard de Rebecca. Elle portait une jolie robe bain de soleil garnie d'une large ceinture qui soulignait la minceur de sa taille et la rondeur de ses hanches. La robe était simple, mais il la trouvait très sexy sur Rebecca. Alors qu'elle s'approchait, il vit qu'elle avait les joues empourprées et les yeux brillants.

— Nous aidons, intervint Carson.

— Oui, ils m'aident, confirma Shane, adressant un clin d'œil au fils aîné de Rebecca.

Allongé sur le dos dans l'herbe, Caleb riait aux éclats pendant que Recon lui léchait le visage.

— Oh ! Seigneur ! C'est une 841 originale ou une réplique ?

Rebecca fixait la moto de collection avec émerveillement.

— Ce n'est pas une réplique.

Shane se leva, et elle fit le tour de la moto, admirant son travail.

— Vous l'avez restaurée vous-même ?

— Oui. Je travaille dessus depuis des années. La plupart des pièces sont originales. Je n'utilise des pièces de rechange qu'en dernier recours.

— Carson, ton grand-père aurait été emballé en voyant cette moto de collection.

Puis elle s'adressa à Shane :

— Mon père était un fervent admirateur de la Indian 841.

— Qu'est-ce qu'elle a de si spéciale ? demanda Carson.

Shane s'apprêtait à répondre, mais Rebecca, un bras passé autour des épaules de son fils, le devança :

— Cette moto fait partie du millier d'exemplaires construits tout particulièrement pour l'armée américaine pendant la Seconde Guerre mondiale. Elle mériterait de figurer dans un musée. Voilà pourquoi elle est si spéciale.

— Pourquoi on l'a construite seulement en mille exemplaires ?

— L'armée a jugé la jeep plus appropriée et a cessé de commander ces motos.

C'était plus fort que lui, Shane fixait Rebecca, admiratif, car aucune autre femme de son entourage ne connaissait l'histoire de cette moto très recherchée.

Elle se tourna vers lui, et il s'empressa de détourner les yeux avant de croiser à nouveau son regard.

— Vous voulez bien me prendre en photo avec mes fils à côté de la moto ?

— Bien sûr.

Rebecca lui tendit son téléphone, et il prit plusieurs photos. Puis elle les fit défiler et lui sourit.

— Merci. Elles sont parfaites.

Debout si près d'elle, il percevait la senteur fruitée de son shampoing. Elle n'était pas la plus jolie femme qu'il ait vue ; elle était même plutôt ordinaire. Mais quelque chose chez elle captivait Shane – un attrait magnétique qu'il ne comprenait pas et qu'il n'appréciait pas forcément.

Désireux de mettre un peu de distance entre eux, il replaça la clé en croix dans sa boîte à outils.

— Salut Recon !

Rebecca se pencha pour gratter l'encolure du chien avant de faire signe à ses enfants.

— Les garçons, allez vous changer avant de passer à table. Puis vous appellerez votre père. Vous lui manquez.

Carson et Caleb partirent comme ils étaient venus : se pourchassant en criant et riant. Rebecca hésita un instant.

— Voulez-vous déjeuner avec nous ?

— Non, merci. J'ai pris un repas copieux il n'y a pas longtemps.

— Bon... Si vous changez d'avis...

Il hocha la tête. Tous deux savaient pertinemment qu'il ne changerait pas d'avis.

Il ne put s'empêcher de la regarder s'éloigner, appréciant son maintien droit et le léger ondoiement de ses hanches.

Soudain, Rebecca se tourna vers lui.

— Oh ! j'allais oublier ! J'ai fait la connaissance de votre belle-sœur, ce matin.

— Laquelle ?

Rebecca rit.

— Vous en avez combien ?

— Trois.

— C'est Savannah que j'ai rencontrée à l'église.

Shane retourna près de sa moto.

— Laissez-moi deviner. Elle vous a dit du bien de moi.

— C'est vrai.

Il s'agenouilla près du pneu arrière.

— Je ne dis pas ça parce qu'elle parlait de moi, mais vous pouvez la croire sur parole. Elle ne sait pas mentir.

Rebecca troqua sa robe pour un jean et un T-shirt, puis elle noua ses cheveux en un chignon bas sur la nuque. Les garçons, désormais en tenue de week-end, la rejoignirent dans la cuisine.

— Vous avez rangé vos vêtements ?

— Oui, répondit Carson.

— Non, répondit Caleb en même temps.

Rebecca lui désigna l'escalier qui menait au premier étage, et Caleb partit en courant. Elle ne put s'empêcher de sourire tout en lui rappelant de ne pas courir dans la maison.

Après le déjeuner, elle demanda aux garçons de remonter dans leur chambre pour récupérer les cartons que les déménageurs avaient empilés dans un coin. Tout en lavant la vaisselle, elle regarda par la fenêtre au-dessus de l'évier et observa Shane assis sur une chaise de jardin en train de brosser le pelage de Recon. À l'instar du chien, l'apparence de Shane ne coïncidait pas forcément avec sa personnalité. Savannah lui avait donné l'impression d'être une personne sérieuse, et ses paroles ne faisaient que confirmer sa propre intuition au sujet de Shane Brand. Sous sa barbe broussailleuse, ses cheveux longs et son abord bourru se cachait quelqu'un de bien. Elle s'essuya les mains, sa décision prise. Elle avait préparé un sandwich en trop et, au lieu de le mettre au réfrigérateur, elle l'enveloppa dans une serviette en papier pour le porter à Shane.

— Je sais, vous m'avez dit que vous n'aviez pas faim.

Elle lui tendit le sandwich et aperçut la bouteille de bière à ses pieds.

— Mais je doute que l'orge et le houblon constituent un repas copieux.

Shane eut un bref froncement de sourcils avant de prendre le sandwich. Recon saisit l'occasion pour la saluer à nouveau. Il lui lécha le bras, et elle le gratta derrière l'oreille, pour son plus grand plaisir.

— L'autre soir, je vous ai entendu jouer de la guitare.

Il avait pris une bonne bouchée du sandwich, et attendit d'avoir mastiqué et avalé pour répondre :

— Ça ne gênait pas Ginny que je joue le soir.

— Oh ! ça ne me gêne pas ! lui assura-t-elle. En fait..., je me suis assise sur l'escalier de derrière et je vous ai écouté.

Leurs regards se croisèrent, et elle fut fascinée par la splendide couleur bleu azur des iris de Shane. Ils la retinrent captive l'espace d'une minute avant qu'elle pense à détourner le regard.

— Je n'avais jamais entendu quelqu'un jouer de la guitare de cette façon auparavant.

Elle avait trouvé sa musique envoûtante et passionnée. Il semblait y mettre toutes les émotions qu'il ne parvenait pas à exprimer avec des mots. De bien des manières, il lui rappelait son père bien-aimé.

— Alors, je continuerai à jouer pour vous.

— Merci. Je voulais aussi vous parler du nouveau bail.

Shane froissa la serviette en papier, et elle la lui prit des mains machinalement, comme elle l'aurait fait avec Carson et Caleb.

— Je vous apprécie, Shane. Vous semblez quelqu'un de bien. Vous connaissez la maison, vous entretenez le terrain, et j'ai vraiment besoin de ce revenu supplémentaire le temps de m'installer et de trouver du travail. Donc, si vous avez envie de rester, je demanderai au fondé de pouvoir de m'adresser un nouveau bail.

— Oui, j'ai envie de rester.

— Dans ce cas, c'est réglé.

— Même loyer ?

— Oui, même loyer.

Il se leva et s'avança vers elle pour lui serrer la main.

— Je vous en suis reconnaissant.

— Comme l'ancien bail n'autorisait qu'un animal de compagnie, il faudra modifier cette clause pour tenir compte de Top.

— Si vous voulez, je paierai une caution supplémentaire.

— Non. Je suis contente que vous l'ayez sauvée. Vous savez quand vous pourrez la récupérer ?

— Demain.

— Si tôt ?

— Oui.

— C'est merveilleux, Shane ! Caleb sera ravi de l'apprendre. Je vous préviens, il vous demandera la permission de la voir.

— Pas de problème.

— Si les enfants vous fatiguent, n'hésitez pas à le leur dire.

— Entendu.

— Bon. Je ferais mieux de me remettre au travail. Ces cartons ne se videront pas tout seuls.

Shane l'arrêta avant qu'elle parte.

— J'ai oublié de vous remercier pour le déjeuner.

Ce ne furent pas ses paroles qui accélérèrent les battements de son pouls mais sa façon de la regarder, comme s'il la voyait *vraiment*. Comme s'il était capable de déchiffrer tous les secrets de son âme. Une sensation à la fois troublante et excitante.

— C'était avec plaisir, Shane.

4

Rebecca venait d'ouvrir le dernier carton dans le salon quand un coup frappé à la porte la fit sursauter. Se relevant, elle se dirigea vers la porte d'entrée. En regardant à travers l'œilleton, elle aperçut sa sœur Kelly sous le porche. Conséquence de leurs relations tendues, elles ne s'étaient pas parlé depuis des semaines et ne s'étaient pas vues depuis son arrivée à Bozeman alors qu'elles vivaient dans la même ville.

— Bonjour, Kell.

— Je t'ai appelée et je t'ai inondée de SMS.

Rebecca sortit son portable de sa poche arrière et ne put que constater les dires de sa sœur.

— Le bruit de l'aspirateur a dû m'empêcher d'entendre les sonneries.

Kelly lui tendit une enveloppe en papier kraft.

— Le fondé de pouvoir de tante Ginny m'a envoyé par erreur ce courrier qui t'est destiné.

Rebecca prit l'enveloppe qui avait été ouverte puis refermée avec du scotch. Elle se recula et ouvrit la porte en grand.

— Est-ce que tu veux entrer ?

Sa sœur hésita et regarda à l'intérieur avant de franchir le seuil. Rebecca referma la porte et ouvrit l'enveloppe en suivant sa sœur dans le salon. Le pli contenait le nouveau bail de Shane avec les clauses modifiées.

— Merci de m'avoir apporté ce document. Tu veux t'asseoir ?

Kelly examinait la pièce, une expression dédaigneuse sur son beau visage. Sa sœur avait accaparé tous les bons gènes de la famille, selon Rebecca. Elle était grande et svelte, avec des cheveux épais, ondulés et soyeux, alors que Rebecca menait une bataille continuelle contre ses bouclettes. Leur mère n'avait pas jugé bon de lui faire porter un appareil orthodontique, mais avait changé d'avis pour Kelly qui arborait désormais une dentition parfaite. Qui plus est, elle avait un goût infaillible et une distinction naturelle qui la différenciaient de la plupart des autres femmes, notamment de sa sœur aînée.

— On se croirait revenues dans une autre époque ! s'exclama Kelly en s'asseyant.

— Je sais, acquiesça Rebecca en souriant. Quand j'étais enfant, je pensais que la moquette à longues mèches violettes de tante Ginny était la chose la plus chic au monde.

— Quelle drôle d'idée, remarqua Kelly en consultant son téléphone.

Après une pause tendue, elle reporta son attention sur Rebecca avec une moue désapprobatrice.

— Si j'en juge par ce nouveau bail, tu vas garder Shane comme locataire.

Rebecca n'ignorait pas que Kelly avait fait pression sur tante Ginny pour qu'elle trouve un autre locataire. Et quand elle avait su que Rebecca habiterait la maison au lieu de la vendre, elle l'avait vivement incitée à se débarrasser de Shane.

— Quel est ton problème avec Shane ? demanda Rebecca. Il s'est toujours montré serviable avec tante Ginny et, jusqu'à présent, il a été aimable avec moi et les enfants.

— Je n'ai aucun problème avec lui ! Je le connais depuis des années. C'est quelqu'un de gentil.

— Dans ce cas, pourquoi tant de réticences envers lui ?

Kelly exhala un soupir agacé.

— Tu sais que je n'aime pas colporter des ragots.

Bien sûr que si.

— Mais je sais que Shane a détenu de la drogue chez lui.

À en juger par le ton mélodramatique de sa sœur, on aurait dit que Shane opérait un véritable trafic depuis son appartement. À sa connaissance, Kelly ne s'était jamais droguée et ne buvait pas. Mais, dans sa jeunesse, Rebecca avait touché au cannabis. Et, même si elle avait tourné la page, elle refusait de juger ceux qui en consommaient pour une raison ou pour une autre.

— J'ai déjà réglé ce problème, Kell. Il peut rester à condition qu'il respecte les clauses de ce nouveau bail. C'est un vétéran, et ça compte pour moi.

Kelly leva les yeux au ciel, agacée.

— Il faut toujours que tu ramènes tout à papa.

Elles avaient été proches de leur père, mais Kelly lui en voulait encore pour son comportement erratique à son retour de la guerre. Il pouvait se montrer méchant, surtout quand il avait bu. Il lui arrivait aussi de disparaître plusieurs jours et de revenir comme si de rien n'était. Rebecca avait pardonné à son père des années avant qu'il meure, et elle était contente de l'avoir fait.

— Je dois partir.

Sa sœur se dirigea vers la porte et s'arrêta avant de sortir.

— Tu auras sans doute du mal à le croire, Becca, mais je me fais du souci pour toi et mes neveux. Tu as chamboulé toutes leurs habitudes avec ce déménagement ridicule. Tu voulais aider Tim à surmonter ses problèmes, et regarde où cela t'a menée. Au divorce. Soyons réalistes. Tu as toujours été attirée par les personnes brisées.

— Bonjour !

Shane n'en finissait pas d'éternuer quand Rebecca apparut à la porte de son appartement. Depuis deux semaines que Top était à la maison, elle adorait dormir au creux de son cou. Il avait essayé différentes solutions – Recon et Top dans le salon et lui dans le lit, ou Recon avec lui dans le lit –, mais aucune ne fonctionnait.

Les animaux n'étaient heureux que s'ils restaient tous les trois ensemble. Il laissait donc Top dormir où elle voulait. Il en était quitte pour éternuer et avoir les yeux irrités, mais il se consolait en se disant qu'il avait connu pire.

— Bonjour, répondit-il en éternuant et en se mouchant.

— C'est le chaton ?

Il fit un signe d'assentiment.

Rebecca lui montra le document qu'elle tenait à la main.

— J'ai reçu le nouveau bail. Vous devez le lire et le signer.

— Entrez. Je vais le faire tout de suite.

Shane était fier d'avoir transformé son environnement aussi rapidement. Désormais, il n'hésitait plus à faire entrer Rebecca. Tout était propre et bien rangé, à part les balles et les souris en peluche destinées à un chaton très joueur. S'il s'était donné tant de peine, c'était aussi pour Carson et Caleb. Ils venaient régulièrement rendre visite à Top, et Shane tenait à leur proposer un endroit propre pour leur permettre de passer du temps avec le chaton qu'ils avaient contribué à sauver. Il n'en revenait pas de la rapidité avec laquelle Rebecca et ses enfants avaient insufflé une nouvelle vie à la vieille maison. Ginny avait été une propriétaire conciliante, et elle lui manquait, mais elle l'avait laissé livré à lui-même. Elle sortait rarement dans la cour et n'entrait jamais dans son appartement. Bien sûr, il avait apprécié sa tranquillité. Mais, maintenant, il était impatient d'entendre les voix de Carson et Caleb quand ils descendaient du car scolaire. Ils ne manquaient jamais de venir voir ce qu'il faisait avant de rentrer chez eux. Oh ! oui, ils avaient changé sa vie pour le meilleur.

Pendant que Rebecca s'agenouillait pour saluer Recon et Top, il s'assit sur un tabouret de bar dans la cuisine et entreprit de lire le nouveau bail, un contrat classique sans réelle surprise. Du coin de l'œil, il vit Top s'allonger sur le dos, bataillant avec un jouet en plume que Rebecca agitait au-dessus de lui en riant.

Contre toute attente, Shane adorait cette petite coquine. Bien sûr, il devait prendre des antihistaminiques et faire le plein de mouchoirs, mais cela lui était égal. Top était tellement amusante et adorable. Elle avait pris l'habitude de grimper sur le dos de Recon, à l'instar d'un jockey. Chaque fois que Shane la voyait faire, il éclatait de rire.

Rebecca souleva le chaton très dynamique et l'embrassa sur le crâne avant de le relâcher. Il fila entre les jambes de Recon et se dressa sur les pattes arrière pour attraper la queue du chien sans que celui-ci réagisse.

— Je n'en reviens pas que Recon la laisse faire ce qu'elle veut, remarqua Rebecca.

— Ils sont tombés amoureux au premier regard.

— C'est grâce à vous s'ils sont ensemble. Vous avez sauvé la vie de Top.

— Disons qu'il s'agit d'un effort collectif.

Rebecca fit le tour du salon et s'arrêta devant une photo encadrée.

— Ce sont les hommes avec qui vous serviez ?

Shane n'eut pas besoin de regarder la photo puisque c'était la seule présente dans son appartement. Ses doigts se crispèrent sur le stylo, les battements de son cœur s'emballèrent, et il se mit à transpirer malgré l'air conditionné. Il ferma les yeux un bref instant, cherchant à recouvrer le contrôle de ses émotions, avant de répondre :

— Oui. C'étaient mes hommes.

Le chien dut percevoir son malaise car il vint se coucher à ses pieds. Top, épuisée par toutes ses acrobaties, s'allongea sur son dos et s'endormit. Prenant sur lui, Shane signa et data le document, puis le tendit à Rebecca.

— Avez-vous des questions ? Il y a eu deux modifications.

— Non. Ça me convient.

— Je vous remettrai une copie du bail signé dès que possible.

Il la raccompagna à la porte et se mit à éternuer.

— Si vous voulez garder Top, vous devriez consulter un allergologue.

— Bien sûr, je la garde ! Elle fait partie de la famille. Et j'ai pris rendez-vous au Département des anciens combattants.

— Excellente idée, approuva Rebecca en souriant. Bonne journée, Shane.

Il lui dit au revoir, mais il n'avait aucune envie de la laisser partir. Son sourire bienveillant le rendait moins anxieux, et la douceur de son regard l'hypnotisait.

— Comment vous vous en sortez avec vos cartons ?

Parvenue au milieu de la cour, Rebecca se retourna, un grand sourire aux lèvres.

— J'ai fini de les déballer !

— Félicitations.

— Merci. Demain, je commencerai à chercher du travail.

— Dans quel domaine ?

Tel un pêcheur ayant ferré la plus belle prise de sa vie, Shane avait réussi à faire revenir Rebecca sur ses pas.

— La coiffure, répondit-elle. Un jour, j'aimerais ouvrir mon propre salon, mais pour l'instant je serais ravie d'être coiffeuse indépendante dans le salon d'un professionnel.

— J'ai une amie qui possède un salon à Bozeman, déclara Shane. Je peux lui glisser un mot en votre faveur.

— Vraiment ?

Il acquiesça d'un signe de tête.

Le visage de Rebecca s'éclaira, et ses joues rosirent.

— Je vous en serais très reconnaissante, Shane.

— Je peux lui communiquer votre numéro de téléphone ?

— Bien sûr !

Il envoya un SMS à Bailey, son amie du lycée, avec les coordonnées de Rebecca, lui demandant comme un service personnel de bien vouloir la recevoir.

— Voilà, c'est fait. Mais je ne peux rien vous promettre.

Rebecca joignit les mains, ravie.

— Je sais. Mais c'est ma première piste.

Ils demeurèrent silencieux un moment, ce qui leur arrivait

souvent, comme s'ils avaient autre chose à se dire, mais sans que l'un ou l'autre ne sache de quoi il s'agissait.

— Je voudrais vous rendre un service en retour.

— Inutile.

— Je pourrais tailler votre barbe et raccourcir vos cheveux, suggéra-t-elle, examinant son apparence débraillée. Gratuitement, en guise de remerciement.

Shane passa les doigts dans sa barbe. Rebecca n'était pas la première personne à lui faire remarquer qu'elle devenait incontrôlable. Savannah l'avait mentionné lors de son dernier concert, et sa jeune sœur Jessie ne cessait de le tarabuster pour qu'il soigne son apparence.

— Je ne veux pas la raser, répondit-il prudemment.

— Entendu. Je me contenterai de la structurer, c'est promis.

Elle lui sourit, et il sentit son cœur fondre un peu plus.

Il aimait sa barbe, aussi hirsute soit-elle. Il y était habitué et risquait de se sentir nu sans elle.

— Je viendrai vous voir quand vous ouvrirez votre propre salon. Qu'en dites-vous ?

— Oh ! inutile d'attendre. J'ai tout ce qu'il faut à la maison.

Sans trop savoir comment, il se retrouva marchant à côté de Rebecca en direction de la maison. Il n'avait pas prévu de faire tailler sa barbe et raccourcir ses cheveux aujourd'hui – ni un autre jour, d'ailleurs –, et pourtant il suivait Rebecca simplement pour profiter encore de sa présence. Il aimait être auprès d'elle. Elle dégageait une bienveillance et une énergie positive réconfortantes.

Une fois à l'intérieur, il nota qu'elle avait conservé le mobilier de Ginny. Mais la maison exhalait une fraîche odeur de citron et de propreté, et des petits pots de fleurs égayaient la cuisine. Cette maison reflétait la personnalité optimiste de Rebecca.

— Vous avez bien arrangé les lieux, remarqua-t-il.

— Merci. Ils en avaient besoin ! Je peux vous offrir à boire ? De l'eau ?

Il refusa d'un signe de tête.

Qu'est-ce que tu fabriques ici, Shane ?

C'était le moment de changer d'avis, de remercier poliment Rebecca pour son offre et de déguerpir au plus vite.

Elle lui sourit et lui fit signe de le suivre. Il hésita, puis se décida à lui emboîter le pas le long d'un couloir exigu dans une partie de la maison qu'il ne connaissait pas.

Visiblement excitée à la perspective de manier ses ciseaux dans son système pileux, elle marchait d'un pas si décidé que sa queue-de-cheval bouclée se balançait, tel un pendule. Il comprit soudain l'envie de Top d'attraper un jouet qu'on agitait devant elle avec ses pattes avant. Lui aussi avait envie de battre la mesure avec cette queue-de-cheval. Au bout du couloir, Rebecca pénétra dans une salle de bains aménagée en mini-salon, avec un fauteuil et une panoplie d'accessoires sur le comptoir près du lavabo.

— Ça fait trop longtemps que je ne me suis pas occupée d'un client, remarqua-t-elle, récupérant un peignoir dans un placard. Celui-ci devrait vous aller.

Shane fixait le peignoir, tétanisé.

Rebecca rit.

— Allons, Shane, je vous promets que je ne mords pas.

Finalement, il laissa Rebecca l'aider à enfiler ce fichu peignoir et s'installa dans le fauteuil.

— Prêt ?

— Pas vraiment.

Rebecca abaissa le dossier du fauteuil jusqu'à ce que la tête de Shane soit positionnée au-dessus du lavabo, puis elle fit couler l'eau chaude.

— Vous me direz si la température de l'eau vous convient.

Il hocha la tête, en proie à l'appréhension, et garda les doigts croisés sur sa poitrine. Ce n'était qu'un mauvais moment à passer, se répétait-il, comme pour s'encourager.

— Fermez les yeux, Shane. Détendez-vous et profitez de ce moment de bien-être. Sachez que les clients de mon ancien salon m'ont élue meilleure masseuse du cuir chevelu deux années d'affilée.

Il inspira et expira lentement, régulièrement. Puis il ferma les yeux et laissa faire Rebecca. Elle lui posa une serviette chaude sur le visage et le cou, puis lui mouilla les cheveux. La senteur citronnée du shampoing, identique à celle qu'il avait perçue sur les cheveux de Rebecca, le rasséréna un peu. Ses doigts robustes commencèrent à lui masser le cuir chevelu. Plus le massage se prolongeait, plus il se détendait. Alors, il s'abandonna à la sensation de bien-être qui se diffusait dans tout son corps.

— Shane ?

Il percevait la voix lointaine de quelqu'un qui l'appelait.

— Shane ?

Soudain, il ouvrit les yeux et bondit du fauteuil, arrachant la serviette de son visage. Il pivota, les poings serrés devant lui, tel un boxeur prêt à se défendre, forçant son cerveau à se concentrer et à évaluer la situation.

— Vous vous êtes endormi, déclara posément Rebecca. Désolée, je ne voulais pas vous réveiller en sursaut.

Tremblant intérieurement sous l'effet de l'adrénaline, il reprit contenance et esquissa un sourire contrit.

— Vous m'avez fait un massage incroyable !

Il la sentit se détendre sous le compliment, et elle lui désigna le fauteuil en souriant.

— Ce n'est pas pour rien que j'ai été élue meilleure masseuse deux années d'affilée.

5

— Eh ! Il n'est pas midi. Tu es déjà au travail ?

Rebecca interpella Shane, le sourire aux lèvres. Le tutoiement entre eux s'était imposé de lui-même.

— La pelouse a besoin d'être tondue, expliqua-t-il.

Dernièrement, elle avait remarqué qu'il faisait son apparition de plus en plus tôt et sans bière à la main. Certes, il buvait encore, comme en témoignaient les canettes vides dans le bac de recyclage, mais il ne le faisait pas dans la cour durant la journée, ni devant Carson et Caleb. Les deux garçons, surtout Carson, aimaient passer du temps avec Shane. Malgré sa réticence à laisser toute personne nouvelle côtoyer ses enfants, Rebecca ne voyait pas d'inconvénient à ce qu'ils restent avec Shane, surtout quand elle pouvait garder un œil sur eux depuis la fenêtre de la cuisine.

Elle le rejoignit, n'en revenant toujours pas de voir comme il était beau avec sa barbe taillée et ses épais cheveux bruns coupés à hauteur des épaules. Il avait une mâchoire carrée robuste et un menton volontaire. À l'évidence, sa barbe ne lui servait pas à dissimuler un défaut physique, mais Rebecca avait le sentiment qu'il se cachait derrière elle et qu'elle lui servait de protection contre le monde alentour. Elle balaya la pelouse du regard.

— En effet, l'herbe a poussé, et les mauvaises herbes aussi.

— Je m'en occuperai.

— Je t'aiderai. Ça me fera du bien de travailler dehors par cette belle journée. À propos, j'ai rencontré ton amie Bailey, et je commence lundi. Demain, je déposerai mes accessoires au salon. Je suis ravie, j'ai été très bien accueillie par mes futures collègues.

— C'est une bonne nouvelle.

— Une *excellente* nouvelle ! Je coifferai les clients qui se présenteront sans rendez-vous en attendant de constituer ma propre clientèle. D'après Bailey, le quartier est très passant en raison de la proximité de l'université.

Pendant que Shane sortait la tondeuse de la remise, elle demanda :

— Est-ce que tu lui as glissé un mot en ma faveur ?

Un sourire espiègle aux lèvres, il ôta sa casquette et secoua la tête, comme dans un spot publicitaire pour une marque de shampoing.

— C'était la moindre des choses ! Regarde la façon dont tu m'as transformé. Je ne me reconnais plus !

Elle rit.

— Je vais me changer et me mettre au travail.

Comme toujours, au moment de s'éloigner, elle se souvint qu'elle avait autre chose à lui dire.

— J'allais oublier ! Savannah m'a appelée pour me prévenir que tu avais un récital demain soir.

Il acquiesça d'un signe de tête.

— Pourquoi tu ne m'en as rien dit ?

— Je n'y ai pas pensé.

— Eh bien, Savannah m'a invitée, et j'ai accepté. J'ai très envie de t'entendre chanter.

Shane jouait de la guitare dans la cour presque tous les soirs, mais il ne chantait jamais. Dimanche, quand Savannah lui avait dit qu'il avait une voix fabuleuse et qu'il écrivait des paroles incroyables sur sa musique, elle avait décidé d'aller l'écouter. Cela faisait trop longtemps qu'elle n'avait pas participé à une soirée entre filles. Elle la méritait.

— Qui gardera les enfants ?

— Ta sœur Jessie. Savannah a toute confiance en elle pour veiller sur Amanda.

— Bon. Je ferai mieux de m'y mettre, dit-il, désignant l'herbe haute.

Elle le suivit des yeux, déconcertée. Il ne semblait pas ravi qu'elle assiste à son récital. Elle faillit lui poser la question, puis y renonça. Parfois, elle avait l'impression de le connaître depuis des années, et d'autres fois c'était comme si elle avait affaire à un parfait inconnu. Elle ne l'avouerait jamais à Kelly, mais il lui rappelait son père. Il se rapprochait d'elle, puis la repoussait sans raison apparente.

Ils passèrent l'après-midi à entretenir le terrain. Elle aimait arracher les mauvaises herbes – la vue du tas qui grossissait à mesure qu'elle progressait dans la rangée d'arbustes lui procurait un sentiment d'accomplissement. Le casque à écouteurs sur les oreilles, Shane se concentrait sur la tonte de l'herbe, ne s'arrêtant que pour remplir le réservoir d'essence. Il sortait le coupe-bordure de la remise quand Rebecca entendit le car scolaire s'arrêter devant la maison. Elle sourit à la pensée de voir ses enfants de retour de l'école. D'un naturel facile à vivre, Caleb s'était rapidement habitué à sa nouvelle vie ; il appréciait sa maîtresse de CE2 et s'était déjà fait des copains. En prévision de son anniversaire, son père lui avait envoyé un appareil-photo, et il photographiait à tout-va une fois ses devoirs terminés. En revanche, Carson avait toujours eu du mal à trouver sa place et ne s'était pas aussi bien adapté à l'école. Elle s'inquiétait pour lui. Pour l'instant, son ami le plus proche était Shane.

— Les garçons sont rentrés, annonça-t-elle à Shane. Que dirais-tu de faire une pause ? J'ai préparé de la citronnade.

Shane acquiesça et essuya la sueur sur son front et son cou avec un foulard. Caleb arriva en courant et en traînant son sac à dos derrière lui.

— Hello, maman !

Il se jeta dans ses bras, et elle l'embrassa tendrement sur le crâne.

— Ça s'est bien passé à l'école ? demanda-t-elle.

— Oui, maman.

— Où est ton frère ?

— Il arrive.

Il échappa à son étreinte et courut vers Shane.

— Hello, Shane ! Je peux voir Top ?

— Bien sûr. Je vais les sortir. Ils ont besoin de prendre l'air.

Rebecca suivit son fils cadet des yeux pendant qu'il emboîtait le pas à Shane. Il avait encore grandi. Il tenait de son père avec sa silhouette longiligne, songea-t-elle, attendrie.

— Hello, maman, lança Carson.

Elle l'étreignit en souriant. Maintenant qu'il était en CM2, il s'estimait suffisamment grand pour abréger les câlins.

— Comment ça s'est passé à l'école ? demanda-t-elle, espérant une réponse positive.

Elle avait longtemps hésité à déménager à cause de Carson. Il lui avait fallu des années pour se constituer un groupe restreint d'amis. L'éloigner d'eux avait été une décision difficile à prendre. Mais, après la mort de son père et son divorce, cet héritage lui avait paru un signe du destin.

Carson haussa les épaules, la mine maussade.

— Les choses s'arrangeront, je te le promets, dit-elle, priant pour que son vœu se réalise. De mon côté, j'ai de bonnes nouvelles. J'ai trouvé du travail !

Elle écarta tendrement la frange qui lui tombait sur les yeux.

— Il va falloir que je l'épointe.

— Elle est très bien comme ça, maugréa-t-il.

Quand Shane, Caleb, Recon et Top sortirent de l'appartement, le visage de Carson s'éclaira. Il aimait ces deux compagnons à quatre pattes, et les moments qu'il passait en compagnie de Shane à travailler sur la moto semblaient les plus heureux de sa nouvelle vie.

Il posa son sac à dos sur celui de son frère et s'assit dans l'herbe, riant de voir Top bondir sur un ennemi imaginaire.

— Top ne risque pas de s'égarer dans la nature ? s'enquit Rebecca, soucieuse.

— Non. Si je sors Recon et que je la laisse à l'intérieur, elle n'arrête pas de miauler. Mais si je la sors avec Recon, elle ne s'écarte guère de lui.

— Quel drôle de couple !

Elle retourna dans la maison avec Caleb pour récupérer la citronnade et les verres. Quand elle rejoignit Shane et Carson, ils étaient en grande conversation.

— Maman, tu savais que Shane avait joué au base-ball ?

Elle remplit les verres en commençant par celui de Shane.

— Non, je l'ignorais.

— J'ai joué un peu au lycée, admit Shane.

— *Et* à l'université. Il était lanceur, expliqua Carson, tout excité. *Et* il m'a dit qu'il m'aiderait à améliorer mon lancer !

— Tu as joué à l'université ?

Rebecca s'assit en tailleur dans l'herbe après avoir servi tout le monde.

— Il avait une bourse sportive, intervint Carson.

— Tu devais être un excellent joueur.

— C'est vrai, dit-il simplement.

— Tu avais envie de devenir joueur professionnel ?

— C'était mon rêve.

— Qu'est-il advenu de ce rêve ?

Il se raidit, et une étrange lueur traversa son regard. Puis il s'éclaircit la gorge et détourna les yeux avant de répondre :

— La vie en a décidé autrement. C'est notre lot à tous, je suppose.

Non seulement Shane n'était pas du genre à se vanter de ses exploits, mais il était aussi le roi des réponses évasives, songea Rebecca.

— Je n'étais pas faite pour les études supérieures, expliqua-t-elle, désireuse de dissiper le malaise ambiant. J'ai toujours aimé maquiller et coiffer mes amies, c'est pourquoi je me suis inscrite dans une école professionnelle.

— Mais maman, intervint Carson, poursuivant son idée, est-ce que Shane peut m'aider à améliorer mon lancer pour que j'intègre une équipe junior cet été ?

— Nous verrons. Et maintenant, les enfants, rentrez à la maison et faites vos devoirs. Je vous rejoindrai dans quelques minutes.

Ils obéirent à contrecœur, nullement pressés.

— Ce sont de gentils garçons, Rebecca.

— C'est vrai, convint-elle en souriant fièrement.

Elle se leva et brossa son pantalon.

— Il est temps que je prépare le dîner.

Shane l'aida à récupérer le pichet et les verres. Puis, dans un rare moment d'abandon, il lui fit un aveu :

— J'adorais jouer au base-ball, et j'étais bon. Excellent, même. Mais seul un petit nombre de joueurs réussit à passer pro. Alors, je me suis inscrit à l'université pour devenir architecte.

— Qu'est-ce qui t'empêche d'exercer ce métier ? Architecte le jour et rock star le soir.

— Parce que j'ai abandonné ce cursus en cours de route pour intégrer une école militaire.

— Hello, Shane !

Shane installait sa guitare dans son pick-up quand il vit Savannah s'avancer vers lui. Il ferma la portière du passager et donna une accolade chaleureuse à sa belle-sœur. Il l'appréciait beaucoup. Contrairement à de nombreux membres de sa famille, elle ne le tarabustait pas pour qu'il participe aux brunchs dominicaux à Sugar Creek et ne le poussait pas à redevenir l'homme qu'il était avant l'Afghanistan. Cet homme-là était bel et bien mort.

— Waouh, Shane ! Comme tu es beau ! Je peux enfin voir ton visage ! s'exclama-t-elle gaiement.

— Jessie est dans la maison avec Rebecca si c'est elle que tu cherches.

— J'ai aperçu sa voiture dans l'allée, mais c'est toi que je voulais voir. Je ne pouvais pas venir ici sans m'arrêter pour te saluer.

— Je m'apprêtais à partir. Est-ce que tu viendras ce soir ?

— Bien sûr. Je ne manque aucun de tes récitals, sauf en cas d'empêchement majeur.

— Quel autre membre de la famille viendra ?

— Bruce, Liam, Kate, moi. Gabe est en ville, il sera donc présent. Jessie garde les fils de Rebecca, et tes parents veillent sur Amanda. Nous serons donc six en comptant Rebecca.

— Alors, je vous verrai là-bas. Je dois y aller maintenant si je veux que tout soit prêt.

— J'ai hâte que Rebecca t'entende chanter, déclara sa belle-sœur dont les yeux verts brillaient d'excitation. J'espère que tu l'apprécies à sa juste valeur, Shane. C'est la femme la plus adorable que j'ai jamais rencontrée.

Savannah était d'une telle sincérité qu'il ne put faire autrement que de lui répondre franchement :

— Plus je passe de temps avec elle, plus je l'apprécie.

Laissant ses garçons aux bons soins de Jessie, une jeune fille enjouée mais non dénuée de fermeté, Rebecca s'installa dans le SUV Cadillac de Savannah.

— Ça fait une éternité que je n'ai pas passé une soirée entre filles, confia-t-elle en souriant.

— Il y aura des hommes aussi. Tu feras la connaissance de trois frères de Shane et d'une autre de ses belles-sœurs. En comptant Jessie, tu auras l'impression d'être submergée par les Brand.

— Il en reste beaucoup d'autres ? s'enquit-elle, plaisantant à moitié.

Savannah rit.

— Pas tant que cela, mais tu feras la connaissance de tous les Brand qui vivent aux alentours de Bozeman.

Elles continuèrent de parler jusqu'à leur arrivée au Club XI. Elles s'entendaient tellement bien qu'elles s'envoyaient des SMS et se téléphonaient tous les jours. Chacune suivait la vie de l'autre sur les réseaux sociaux. Et, bien sûr, elles s'asseyaient côte à côte à l'église le dimanche. Sa rencontre avec Savannah avait beaucoup aidé Rebecca à se sentir à l'aise dans cette ville qu'elle connaissait si peu.

Tandis que son amie se garait, Rebecca abaissa le pare-soleil pour vérifier son maquillage dans le miroir de courtoisie. Elle avait pris le temps de dompter ses boucles et d'appliquer du mascara *et* du rouge à lèvres. Elle portait une de ses robes préférées, cintrée à la taille pour souligner sa silhouette bien proportionnée. Elle poussa un soupir de satisfaction, se sentant à l'aise pour sa première sortie nocturne à Bozeman.

— Tu es superbe, assura Savannah, débouclant sa ceinture.

— Je pensais exactement la même chose à ton sujet.

Tout en pénétrant dans le bar avec son amie, elle se demanda si Shane remarquerait sa transformation de super maman en citadine sur son trente et un.

Savannah lui désigna une longue table près de la scène.

— J'aperçois Bruce. Allons le rejoindre.

Elles se frayèrent un chemin parmi les nombreux spectateurs debout. La plupart semblaient être des étudiants, et Rebecca remarqua plusieurs jeunes filles agglutinées près de la scène. Manifestement, la musique de Shane plaisait à un public jeune et plutôt féminin.

Pendant l'heure qui suivit, elle fut présentée aux frères aînés de Shane : Bruce, un cow-boy pur et dur, semblant sorti tout droit d'un western ; Liam, bel homme, vétérinaire spécialisé dans les animaux de la ferme, et Kate, sa ravissante épouse, entraîneuse de chevaux ; Gabe, le sosie de Shane, la barbe en moins, lui aussi entraîneur de chevaux et responsable du transport de pur-sang sur de longues distances. Rebecca, qui avait toujours mené une vie routinière, était éblouie par ces hommes et ces femmes si brillants et si fascinants. À côté d'eux, elle se sentait terne et déplacée. Mais Savannah, si belle avec sa longue chevelure auburn, sa peau laiteuse parsemée de taches de rousseur et ses yeux émeraude, avait le don de la mettre à l'aise.

— Je suis content que tu sois venue.

Rebecca perçut la voix grave et rauque de Shane derrière elle – une voix qu'elle aurait reconnue même dans une salle encore plus bruyante. Elle pivota sur sa chaise et sentit son cœur battre plus vite. Il ne s'agissait que de Shane, l'homme qui tondait sa pelouse et qui la voyait en sueur dans sa tenue de jardinage ; l'homme qui avait sympathisé avec elle et ses enfants. Pourtant, le voir pour la première fois en dehors de leur cadre habituel la troublait étrangement.

Il salua sa famille, puis s'installa sur la scène avec sa guitare acoustique. Sa seule présence devant le micro ramena le silence dans la salle. Mais, quand il salua la foule, il y eut un tonnerre d'applaudissements, de cris et de sifflets d'encouragement.

Savannah pressa la main de Rebecca, très excitée.

— Tu vas adorer !

Puis Shane attaqua sa première chanson, dont il avait écrit les paroles et composé la musique. Un silence de cathédrale régnait dans la salle, et Rebecca sentit des frissons parcourir son corps. Tous les sentiments que Shane semblait incapable d'exprimer dans sa vie de tous les jours, toutes les émotions qu'il refoulait, il les transposait dans les paroles de ses chansons. Rebecca ressentait tout cela – sa douleur, sa colère, son chagrin, mais aussi son amour et sa joie. Tous les spectateurs, y compris elle-même, avaient les yeux rivés sur lui. Sa voix rauque et envoûtante, et sa musique si originale la captivaient. Il avait peut-être rêvé de devenir joueur professionnel de base-ball ou architecte, mais il était devenu un musicien, un parolier et un chanteur remarquable. Shane Brand était une véritable star.

Durant la pause, elle ne tenta pas d'attirer son attention pour qu'il vienne la voir. Il était assailli par des étudiantes enthousiastes qui lui offraient des bières et lui glissaient sûrement leurs numéros de téléphone. Il acceptait les bières, mais elle doutait qu'il prenne leurs coordonnées. Depuis son arrivée dans le Montana, elle ne l'avait jamais vu en compagnie d'une femme. C'était un solitaire et un célibataire endurci. Bien sûr, elle ne passait pas tout son temps avec lui, il pouvait voir des femmes en dehors de son appartement, mais cela ne la regardait pas.

Quand Shane remonta sur scène, elle remarqua son regard vitreux, signe que les bières qu'il avait bues commençaient à faire leur effet. Durant la première partie, il n'avait pas posé son regard sur Rebecca, mais, pendant la seconde partie, il ignora les étudiantes massées autour de la scène et la fixa droit dans les yeux tout en chantant, comme si elle était l'unique destinataire de ses paroles, comme si elle était importante pour lui. Cette idée un peu folle lui procura un sentiment d'exaltation. Jamais elle ne s'était sentie aussi spéciale aux yeux de quelqu'un. Elle avait eu deux liaisons sérieuses et s'était mariée une fois, mais aucune de ces relations ne lui avait procuré le genre d'émotions intenses qu'elle ressentait à cet instant avec son ami Shane.

— J'aimerais clore ce récital par une chanson que je viens d'écrire. Je ne l'ai jamais interprétée auparavant, je vous en réserve la primeur.

Tous les yeux étaient braqués sur Shane tandis qu'il ajoutait de sa voix rauque :

— Elle parle d'une personne que j'ai rencontrée récemment et qui, sans le vouloir, a transformé ma vie. Cette chanson s'intitule : *Les Beaux Yeux*.

6

Rebecca était debout, comme le reste des spectateurs, applaudissant Shane à la fin de son récital. Sa dernière chanson l'avait émue aux larmes. Il était question d'eux, Shane avait laissé suffisamment d'indices pour qu'elle ne s'y trompe pas. Des moments simples auxquels elle n'avait pas prêté une attention particulière avaient eu une grande importance pour Shane. Cette chanson était sa façon de la remercier. Mais la remercier de quoi au juste ? Elle n'en avait aucune idée.

— Cette chanson parle de toi, n'est-ce pas ? remarqua Savannah en essuyant ses larmes.

— Peut-être.

— J'en suis sûre. Il avait les yeux rivés sur toi.

La guitare en bandoulière, Shane rejoignit la tablée. Il avait dû boire beaucoup de bières car il titubait un peu, nota Rebecca, soucieuse. Elle se tint en retrait pendant que sa famille le félicitait chaudement. Elle avait vite compris que c'était un homme meurtri mais, jusqu'à ce soir, elle n'avait pas pris conscience du degré de souffrance émotionnelle qu'il ressentait au quotidien. Elle se remémora ce qu'avait dit Kelly à son sujet : toutes les décisions qu'elle prenait découlaient du sentiment d'impuissance qu'elle ressentait, enfant, quand elle voyait leur père incapable de se libérer de l'emprise du Vietnam. En écoutant Shane chanter, une étrange émotion s'était épanouie dans sa poitrine, pareille à une fleur ouvrant ses pétales au soleil. N'était-elle attirée que par les hommes brisés ? Son amitié, sa tendresse grandissante et ses sentiments naissants pour Shane avaient-ils un rapport avec les problèmes rencontrés jadis par son père ?

— Rebecca.

Ce soir, il prononçait son prénom avec la douceur exquise que lui procureraient des draps en satin sur sa peau nue. Elle y décelait une suggestion sensuelle qui suscitait des picotements dans des endroits intimes de son corps presque oubliés. Il ne tenta pas de la prendre dans ses bras ni de la toucher, mais les bières qu'il avait consommées l'avaient visiblement détendu, voire désinhibé.

Sans lui laisser le temps de le complimenter sur son récital, il déclara :

— J'aimerais te reconduire chez toi.

Savannah s'empressa d'intervenir :

— Holà, cow-boy ! Il est hors de question que tu prennes le volant. C'est moi qui vous reconduirai tous les deux.

— Sugar Creek se trouve dans la direction opposée, argua Shane d'une voix un peu pâteuse.

— Aucune importance, répliqua Savannah, passant un bras autour de la taille de son mari, Bruce.

— Ça t'oblige à faire un grand détour ? s'enquit Rebecca.

— Non.

— Bien sûr que si, intervint Shane. Il te faudra une heure pour faire l'aller-retour.

Savannah prit Rebecca à témoin.

— Il ne peut pas conduire dans cet état !

La magie de cette soirée s'effaça soudain devant la triste réalité : le penchant de Shane pour l'alcool. Elle savait qu'il buvait le soir, mais jusqu'à maintenant elle ne l'avait jamais vu ivre.

— Je n'ai bu qu'un verre de vin, déclara-t-elle. Je reconduirai Shane chez lui. Comme ça, tu pourras vite retrouver Amanda, et je n'aurai pas à ramener Shane ici demain pour qu'il récupère son pick-up.

Savannah jeta un regard interrogateur à son mari.

— Ça ne t'ennuie pas ? demanda Bruce.

— Non, pas du tout.

— Mais est-ce qu'elle sait conduire avec une boîte de vitesses manuelle ? reprit Shane, s'adressant aux membres de sa famille en cercle autour d'eux.

Rebecca lui décocha le regard cinglant qu'elle réservait à ses fils quand ils lui désobéissaient.

— Oui, *elle sait* et *elle peut* conduire ce genre de véhicule.

Elle perçut du respect dans le regard de ses frères et de ses belles-sœurs. Shane pouvait se montrer intimidant et tenir les gens à distance avec ses colères et son caractère bourru. Mais ce n'était pas le genre de relation amicale qu'ils entretenaient.

Elle tendit la main.

— Les clés, je te prie.

Rebecca devait en convenir, le vieux pick-up de Shane était plus malaisé à conduire qu'elle n'avait imaginé. Elle perdit un peu de sa superbe en sortant du parking. Le volant était dur à tourner, les vitesses difficiles à passer et les freins moins réactifs que dans une voiture moderne. Elle eut besoin de toute sa concentration pour s'orienter la nuit sur des routes qui ne lui étaient pas encore familières. Par chance, Shane s'était endormi, ou évanoui, sur le siège du passager. Cela lui évitait de se quereller avec lui pendant qu'elle se focalisait sur sa conduite.

Soudain, Shane se redressa.

— Tu as aimé ta chanson ?

— Oui, beaucoup.

— Tes yeux sont très beaux, marmonna-t-il avant de se rendormir.

Elle n'aurait jamais utilisé ce qualificatif pour ses yeux ni pour elle-même. Elle avait été une adolescente mignonne à la puberté précoce. Au collège, et même jusqu'à l'obtention de son diplôme de fin d'études secondaires, les autres élèves s'étaient moqués de ses gros seins, de ses hanches larges et de ses cuisses robustes.

Peut-être était-ce pour cette raison qu'elle avait eu une piètre estime d'elle-même et qu'elle s'était contentée des hommes qu'elle avait eus dans sa vie. Mais, maintenant, elle aimait le reflet que lui renvoyait son miroir. Bien sûr, elle n'était pas Angelina Jolie, mais qu'importait ?

Elle remercia Dieu quand elle pénétra enfin dans leur allée. Elle avait peu à peu maîtrisé la fameuse boîte manuelle, mais la conduite de ce vieux véhicule lui semblait encore très déroutante.

— Shane, dit-elle, lui touchant légèrement le bras. Nous sommes arrivés.

Il ouvrit lentement les yeux et la regarda.

— Hello.

Elle ne put s'empêcher de lui sourire.

— Hello. Nous sommes arrivés.

— Je vais t'ouvrir la portière.

— Je peux l'ouvrir moi-même, Shane.

— Non. Ma mère a tenu à faire de moi un gentleman, et je veux te le prouver.

Il mit pied à terre, fit claquer sa portière trop fort, contourna le véhicule en prenant appui sur le capot et lui ouvrit sa portière.

Il lui tendit la main pour l'aider à descendre bien que le sol ne fût qu'à trente centimètres puisqu'il avait abaissé la suspension.

— Merci, dit-elle, calant son sac sur son épaule.

Il prit les clés qu'elle lui tendait, mais au lieu de rentrer chez lui, il posa la main sur la nuque de Rebecca et s'inclina pour l'embrasser sur les lèvres. Ce fut un baiser rapide, mais néanmoins un vrai baiser qui lui permit de sentir la chaleur de sa peau et la douceur de sa barbe.

Prise de court et troublée, elle ne dit rien et ne s'écarta pas tandis que Shane ôtait la main de sa nuque. Ils se dévisagèrent l'espace d'un instant, puis il fit demi-tour pour rejoindre son appartement. Elle entendit Recon aboyer et la porte se refermer. Alors seulement, elle se dirigea vers sa maison, le cœur battant, touchant ses lèvres qui la picotaient encore. Elle n'avait pas envisagé une seule seconde qu'il l'embrasserait ce soir. Avait-il prévu ce baiser ? Ou était-ce un effet secondaire des bières qu'il avait bues ? Tout en ouvrant sa porte, elle était bien en peine de dire quel scénario avait sa préférence. Oui, elle était attirée par Shane en tant qu'homme, vétéran, chanteur, compositeur et parolier brillant, et en tant qu'ami. Oui, elle souhaitait entretenir un jour une relation sur du long terme avec un homme qui l'aimerait et qui aimerait ses fils comme s'ils étaient les siens. Elle avait envie de vieillir auprès de quelqu'un ; elle était même disposée à se remarier. Mais est-ce qu'un homme comme Shane, avec autant de qualités de cœur que de démons à exorciser, était en mesure de lui promettre un avenir radieux et de respecter sa parole donnée ? C'était un énorme risque à prendre, surtout pour une maman célibataire avec deux enfants à charge.

Les deux jours suivants, Rebecca n'eut pas l'occasion de voir Shane, et cela lui convenait parfaitement. Elle s'organisait avec Bailey pour faire coïncider son emploi du temps avec celui de ses enfants. Bailey comprenait les difficultés des mères célibataires et faisait preuve de souplesse concernant leurs horaires de travail. Ainsi, elle avait remis une clé du salon et le code de l'alarme à sa nouvelle collaboratrice afin de lui permettre de venir travailler à sa convenance. Mais même si Rebecca ne voyait pas Shane, il était souvent présent dans son esprit. Elle gardait encore la sensation de ses lèvres sur les siennes ; elle avait les larmes aux yeux quand elle se remémorait les paroles de la chanson qu'il avait écrite pour elle. Ses sentiments pour Shane étaient confus, et elle appréhendait de le revoir, ce qui était étrange car elle s'était toujours sentie à l'aise avec lui.

— Maman ?

Elle récupérait ses derniers accessoires dans son salon de coiffure improvisé quand Carson l'appela.

— Je suis là.

Les joues rouges à force d'avoir couru, il la rejoignit, son gant de base-ball à la main droite et une balle que son père lui avait envoyée par la poste dans la gauche.

— Shane veut m'emmener sur un terrain de base-ball pour travailler mon lancer. Je peux y aller ?

Elle s'interrompit dans son rangement et observa l'expression pleine d'espoir de son fils. Comme il avait encore du mal à s'intégrer à l'école, il recherchait la compagnie de Shane. Elle ne voyait pas d'inconvénient à ce rapprochement – Shane était un homme bien malgré ses problèmes –, mais elle voulait aussi que Carson se fasse des copains de son âge. Son intégration dans une équipe junior cet été lui paraissait une bonne solution. Mais il était hors de question qu'elle laisse à une autre personne qu'elle le soin d'emmener ses fils où que ce soit, pas même Shane.

— S'il te plaît, maman !

Il avait des bonnes notes à l'école malgré le chamboulement lié au déménagement et il faisait ses devoirs sans rechigner. S'il tenait tellement à aller sur ce terrain de base-ball, elle pouvait bien lui accorder cette récompense. Elle finirait son rangement plus tard.

— Entendu. Je vais t'y conduire.

— C'est pas la peine, j'irai avec Shane.

Elle savait que son fils voulait monter dans son vieux pick-up rouge, avec des flammes du plus mauvais goût peintes sur le côté, mais elle ne céderait pas sur ce point.

— Non. C'est moi qui t'emmènerai. Va chercher Caleb, prévenez Shane que nous le suivrons et attendez-moi à la voiture.

Rebecca verrouilla sa porte et se dirigea vers sa Toyota Camry où les garçons l'attendaient en compagnie de Shane chargé d'un filet à provisions rempli de ce qui semblait être un équipement de base-ball.

— Hello, Rebecca, dit-il, visiblement content de la voir.

Elle aussi était contente de le voir. Malgré la confusion de ses sentiments, il lui avait manqué.

— Hello, Shane.

— Ça ne t'ennuie pas si je monte avec vous ? Ce serait stupide de prendre deux voitures.

— D'accord.

Elle ouvrit le coffre pour lui permettre de caser son équipement et attendit qu'il prenne place sur le siège du passager. Dans le rétroviseur, elle remarqua le regard brillant de Carson, et sa joie lui fit chaud au cœur.

— Tout le monde a bouclé sa ceinture ? demanda-t-elle en démarrant.

— Oui ! hurla Caleb.

— Je ne suis pas sourde ! Tu as vraiment besoin de crier comme ça ?

Caleb rit, comme s'il venait de faire une bonne blague.

— Oui, murmura-t-il.

Rebecca jeta un regard oblique à Shane. Il ne semblait pas se souvenir de l'avoir embrassée et adoptait la même attitude amicale qu'à l'accoutumée. Elle se détendit, soulagée. Elle savait comment se comporter avec l'homme qu'elle connaissait, mais elle était déroutée par l'inconnu romantique qui l'avait embrassée l'autre soir.

En arrivant sur la grande route, elle se tourna vers Shane.

— Où allons-nous ?

— Dans mon ancien lycée. Il possède le meilleur terrain des alentours. Tourne à gauche et continue tout droit. Je te guiderai.

Quelqu'un qui n'aurait pas connu Shane aurait pu penser que ce retour dans son ancien lycée était un événement banal. Mais ce n'était pas l'avis de Rebecca. Un jour, Savannah lui avait raconté qu'on se bousculait pour voir jouer Shane. Au lycée, il avait été le plus rapide lanceur du Montana, capable de frapper la balle si fort qu'elle sortait des limites du terrain. Tout le monde à Bozeman pensait qu'il deviendrait joueur professionnel. Mais tout avait changé après la mort du frère de son meilleur ami en

Afghanistan. Shane avait alors renoncé à sa bourse sportive et à ses rêves de joueur pro pour s'engager dans l'armée. Son retour dans son ancien lycée s'apparentait à un retour sur une scène de crime. Le contraste frappant entre les promesses de sa jeunesse et la dure réalité de sa vie d'adulte devait être terrible pour lui. Pourtant, il avait choisi d'aider Carson à améliorer son lancer sur ce terrain qu'il savait être le meilleur en ville, et Rebecca, émue et reconnaissante, se sentit encore plus proche de lui.

Elle se gara sur le parking de l'établissement. Un groupe de pom-pom girls s'entraînait plus loin, et des gamins se promenaient dans les parages après la fin des cours, mais le terrain de base-ball était vide.

Rebecca rejoignit Shane pendant qu'il sortait son équipement du coffre.

— Merci de ton aide, Shane. J'aimerais tellement que Carson intègre une équipe junior, cet été !

— Moi aussi.

Les yeux écarquillés, Carson contemplait le terrain.

— Shane, je n'ai jamais lancé une balle aussi loin depuis le monticule !

Shane posa une main sur l'épaule du garçon.

— Si tu arrives à mettre une balle de façon contrôlée dans mon gant depuis ce monticule, tu deviendras le lanceur junior le plus recherché. Tu me fais confiance ?

Carson leva vers lui un regard éperdu d'admiration.

— Oui, je te fais confiance.

— Bien. Alors, mettons-nous au travail.

Quand Shane s'avança sur ce terrain si familier, un flot de souvenirs le submergea – des souvenirs si violents, presque palpables, qu'il sentit ses genoux flageoler pendant une fraction de seconde. C'était là qu'il avait brillé en tant que lycéen. Il était lanceur ; son meilleur ami Dustin était receveur. Ensemble, ils avaient formé un binôme imbattable et mené leur équipe jusqu'au championnat d'État. Soudain, une image s'imposa à lui : celle de Dustin la dernière fois qu'il l'avait vu en vie, arborant fièrement son uniforme de la marine, le crâne rasé et un grand sourire aux lèvres. Ils avaient tous deux obtenu des bourses complètes de différentes universités ; ils avaient tous deux répondu à l'appel de leur pays après la mort de Jeff, le frère aîné de Dustin, tué en Afghanistan. Dustin s'était engagé dans le corps des marines et Shane avait opté pour l'armée. Tous deux étaient partis à la guerre, mais seul l'un des deux en était revenu vivant. Il ne se passait pas un jour sans que son meilleur ami lui manque.

— On dit que je ne peux pas devenir un bon lanceur parce que je suis gaucher.

Carson se tenait sur le monticule, les épaules rentrées, dans l'attitude du vaincu alors qu'il n'avait pas commencé à lancer.

— N'écoute pas ces personnes, elles ne savent pas de quoi elles parlent. Je peux te citer plein de lanceurs gauchers célèbres.

Carson le mit au défi de le faire, et il ne se déroba pas.

— Lefty Grove, Warren Spahn, Randy Johnson, Sandy Koufax, Whitey Ford, Tom Glavine.

Shane observait Carson pour voir s'il était suffisamment impressionné avant d'ajouter :

— Babe Ruth.

— Babe Ruth ?

— Oui. Il était capable de lancer *et* de recevoir.

Puis Shane leva sa main gauche et fléchit les doigts.

— Voyons... Est-ce que je pourrais citer un autre joueur ? Oh ! bien sûr. Shane Brand.

Carson sourit, ce qui était l'objectif de Shane. Il avait le sourire de sa mère.

— Et bientôt, le célèbre Carson Adams !

Durant l'heure qui suivit, Shane travailla avec Carson sur sa position, la façon de lancer la balle, la précision et la force du geste.

— Tu peux m'apprendre à lancer une balle courbe ?

— C'est trop tôt. Je t'apprendrai quand tu seras prêt. Pour l'instant, je veux que tu lances la balle au-dessus du marbre et qu'elle atterrisse dans mon gant.

Il remarqua que Rebecca les observait depuis les gradins. Il n'y voyait pas d'inconvénient ; en fait, il aimait bien qu'elle le regarde travailler. Il aimait aussi passer du temps avec elle et les garçons, et enseigner un sport qu'il avait adoré pratiquer et dans lequel il avait excellé.

Il se positionna derrière le marbre, abaissa son masque de protection faciale sur son casque de receveur et tendit sa main gantée.

— Mets la balle ici, Carson, comme je te l'ai appris.

Carson se mit en position et lança la balle qui toucha terre avant le marbre, puis rebondit dans le gant de Shane.

— Bien essayé ! cria Rebecca depuis les gradins.

Mais Carson était déçu.

Shane lui renvoya la balle.

— Ne baisse pas les bras. Essaie encore. Tu peux le faire.

Carson dut recommencer cinq autres fois, mais la sixième balle atterrit pile au centre du gant de Shane. Une fois remis de sa surprise, Carson sauta de joie et exécuta une danse à sa façon pour célébrer sa victoire chèrement acquise.

— Bravo ! s'exclama Shane en lui renvoyant la balle. Tu as réfléchi à la trajectoire que ta balle devait suivre, et ton bras a suivi.

Il ôta son casque de receveur, son gant et s'empara d'une batte.

— Et maintenant, Carson, on va s'amuser un peu.

Il fit quelque chose qu'il n'avait pas accompli depuis l'université : il prit position dans le rectangle du batteur.

— Lance-moi la balle pour voir si je peux l'envoyer en dehors des limites du terrain.

Pour la deuxième fois de la journée, Carson réussit à lancer la balle au-dessus du marbre. Shane balança la batte et entendit ce merveilleux « craquement » au moment où la batte touchait la balle. Il visa les gradins de l'autre côté du terrain et commença à faire le tour des bases.

— Et le délire s'empara de la foule ! lança Shane, les bras en l'air, en passant de la première à la deuxième base.

Carson courut derrière lui. Contre toute attente, Caleb les rattrapa à la troisième base, et tous trois s'élancèrent vers le marbre. Le rire des garçons et leurs visages rayonnants lui firent l'effet d'un baume sur la blessure qui s'était rouverte à la minute où il avait foulé le terrain. Le souffle court, il s'affala sur le marbre, puis Carson et Caleb se jetèrent sur lui.

— Ne l'écrasez pas ! cria Rebecca, se hâtant vers eux, l'appareil-photo de Caleb à la main.

Toujours hilares, les garçons roulèrent sur le côté dans l'argile rouge tandis que Shane s'asseyait en toussant et en essayant de reprendre son souffle.

Carson se leva, épousseta son pantalon et tendit la main à Shane. La respiration encore oppressée, il accepta l'aide de son jeune protégé.

— Merci, Carson, dit-il, honteux de sa piètre forme physique.

Il avait seulement fait le tour des bases, et il ahanait comme un fumeur de quatre-vingt-dix ans !

Carson l'observait avec le sérieux d'une grande personne.

— Il faut vraiment que tu arrêtes de fumer.

Amusé, Shane passa un bras autour des épaules de Carson.

— Tu as raison. J'arrête dès maintenant.

— Promis ?

— Promis.

— Shane, ne lui fais pas de promesse que tu n'es pas prêt à tenir, intervint Rebecca.

— Je suis un homme de parole.

Il la regarda droit dans les yeux pour lui montrer qu'il était sérieux.

— Je tiens mes promesses.

7

Après l'entraînement, ils firent halte dans un restaurant et partagèrent un repas. Puis, sur la route du retour, Shane et les enfants convainquirent Rebecca de s'arrêter pour déguster une glace. Shane était ravi de sa journée. Il avait toujours voulu avoir une famille à lui ; il s'était imaginé père d'au moins deux enfants à son âge. Mais, depuis son retour de la guerre, il était incapable de nouer une relation avec une femme. De nombreuses admiratrices, belles et sexy, assistaient à ses récitals et lui donnaient leurs numéros de téléphone, mais il n'arrivait pas à franchir la muraille qu'il avait érigée entre lui et le reste du monde, ne serait-ce que pour faire une tentative honnête avec l'une d'elles. Sa dernière relation sérieuse datait de l'université. Il avait aimé Mia, une étudiante dotée d'un splendide corps athlétique, d'une épaisse chevelure blonde et d'un joli teint hâlé. Il avait suscité l'envie de tous ses amis pour avoir séduit cette jeune femme aussi belle qu'intelligente, qui figurait parmi les meilleures élèves et envisageait de poursuivre des études de droit après l'obtention de son diplôme du second cycle. Ils étaient restés ensemble durant ses nombreux déploiements, même si elle lui avait reproché d'être distant, froid et « différent » à son retour de sa première mission. Mais quand il était revenu à la maison, le dos lacéré par des éclats d'obus et par des brûlures dues à l'explosion, décoré du *Purple Heart*, et qu'il avait annoncé à Mia qu'il voulait continuer de se battre pour la bonne cause, elle avait rompu avec lui.

Shane s'occupa de Recon et Top, puis sortit avec sa guitare. Éclairé seulement par la pleine lune, il effleura les cordes de son instrument, s'arrêtant de temps à autre pour trouver un accord qui lui convenait. Il lui arrivait souvent de trouver l'inspiration pour de nouvelles chansons le soir, dans son petit espace extérieur privé. Durant une pause, il perçut le grincement de la porte moustiquaire à l'arrière de la maison. Il avait prévu d'huiler les gonds, mais cela l'aurait empêché d'entendre Rebecca sortir pour l'écouter jouer. Respectueuse de son intimité, elle n'avait jamais cherché à le rejoindre. Peut-être était-ce à lui de l'inviter.

— Rebecca ?

Il s'approcha du porche plongé dans une semi-obscurité à cause du toit qui bloquait la clarté de la lune.

— Oui ? murmura-t-elle.

Il la rejoignit et lui tendit la main.

— Viens t'asseoir avec moi.

— Non. Je ne veux pas te déranger.

— Tu ne me déranges pas. Au contraire, tu m'inspires.

Après une seconde d'hésitation, elle glissa la main dans la sienne, et il en éprouva une certaine griserie. Il aurait voulu qu'ils restent ainsi liés plus longtemps mais, une fois debout, elle la retira et marcha à ses côtés, son bras frôlant le sien.

— Attends, dit-il. Je vais te chercher une chaise.

— Pourquoi ne pas s'asseoir dans l'herbe ?

Shane sourit, comme souvent quand il était avec elle.

— Tu as raison.

Ils s'assirent en tailleur, respirant l'odeur des premières roses de tante Ginny.

— J'aime la quiétude qui règne ici, dit-elle. Elle me rappelle l'été que j'ai passé chez tante Ginny, enfant.

— Maintenant, c'est chez toi.

Elle rit.

— C'est vrai.

Ils demeurèrent silencieux pendant un moment. Puis il trouva enfin le courage d'aborder le sujet qu'ils avaient soigneusement évité jusqu'à présent.

— Je te dois des excuses, Rebecca.

— À quel propos ?

— Pour m'être enivré le soir du récital.

Elle hocha la tête, comme pour confirmer les faits.

— Tu devrais freiner ta consommation, Shane.

Il se raidit. Elle ne faisait qu'énoncer une évidence dont il avait pleinement conscience, mais se l'entendre dire une énième fois par un tiers l'irrita.

— Je bois moins qu'avant. Mais, de temps à autre, c'est plus fort que moi, je dépasse les bornes.

— Tu n'as pas à t'excuser pour ça.

Elle ramena les jambes contre sa poitrine, les bras noués autour de ses tibias, le menton posé sur ses genoux. Une légère brise jouait avec ses boucles châtain clair. Shane contempla son profil. Il n'avait jamais rencontré quelqu'un comme Rebecca Adams. Elle était bienveillante, généreuse et optimiste, mais aussi courageuse et dotée d'une grande force de caractère.

— Si. Je voulais que tu passes une bonne soirée, et j'ai tout gâché.

— Non, détrompe-toi. J'ai passé un merveilleux moment. J'ai rencontré une partie de ta famille, j'ai passé du temps avec Savannah et je t'ai écouté chanter.

Elle posa brièvement une main sur la sienne.

— Et tu m'as écrit une superbe chanson. Je ne vois pas ce que j'ai pu faire pour te rendre la vie meilleure, mais tu as embelli la mienne en chantant cette chanson. J'ai pleuré en t'écoutant, et cette nuit-là j'ai encore pleuré en me remémorant les paroles émouvantes. Personne ne m'avait fait un aussi beau cadeau, Shane. Tu n'as rien gâché du tout.

— Toi et tes enfants, vous êtes comme une lumière qui me guide vers la sortie de ce gouffre sombre dans lequel je m'enfonce depuis des années.

Rebecca tourna son visage vers lui.

— J'ignore beaucoup de choses à ton sujet, Shane, mais je sais que tu es un homme bien, avec un cœur en or. J'espère qu'un jour tu accepteras de me raconter pourquoi ta vie a pris une tournure aussi sombre. Parfois, le simple fait de parler est libérateur.

Elle n'insista pas, et il lui en sut gré. Ces mots qu'il taisait – son histoire, sa souffrance – semblaient remonter à la surface quand il se trouvait près de Rebecca. C'était comme si un volcan actif sommeillait en lui, prêt à entrer en éruption et à expulser ses démons à l'air libre. Il avait envie de se confier à elle, ce qu'il n'avait jamais fait avec sa famille ou des thérapeutes, mais il n'y arrivait pas.

Il la raccompagna jusqu'à son porche, souhaitant de toutes ses forces que cette soirée ne finisse pas, qu'il puisse suivre Rebecca dans sa chambre et s'allonger à côté d'elle sans pour autant lui faire l'amour. Sa proximité lui suffisait. L'ancien Shane ne lui aurait prêté aucune attention. Certains l'auraient qualifiée de mignonne, mais la plupart l'auraient trouvée quelconque. Pour Shane, elle était devenue la plus jolie femme qu'il ait connue. Tout avait commencé avec ses yeux qui reflétaient son âme douce et pure. Il en était tombé amoureux. Maintenant, il savait avec certitude qu'il était tombé amoureux du reste de sa personne.

— Rebecca ?

— Oui ?

Elle se tourna vers lui, les bras croisés sur sa poitrine pour se protéger de la fraîcheur nocturne.

— Il y a quelque chose que je regrette.

— Oh ! Shane, non. Je ne veux plus entendre de regrets ni d'excuses de ta part.

— Je ne veux pas que tu puisses penser, ne serait-ce qu'un seul instant, que je ne me souviens pas de notre premier baiser.

Il perçut le halètement de surprise de Rebecca.

N'y tenant plus, il la souleva de la marche où elle se trouvait et la déposa sur le sol, face à lui.

Puis, ses lèvres frôlant les siennes, il murmura :

— Je me souviens de tout, Rebecca.

Cette fois, il l'embrassa comme un homme amoureux. Il caressa ses lèvres du bout de la langue jusqu'à ce qu'elle l'autorise à approfondir le lien qui les unissait. Il la sentait raide dans ses bras, mais elle ne s'écarta pas. Bientôt, elle noua les bras autour de sa taille, se dressa sur la pointe des pieds, la tête inclinée en arrière, tandis qu'il découvrait sa bouche, se délectant de sa saveur et exultant de la serrer enfin contre lui. Quand il délaissa ses lèvres pour son cou, elle émit un gémissement à peine audible, mais il suffit à faire éclater la bulle magique qui les avait protégés.

Rebecca s'écarta de lui, et il ne la retint pas.

— Oh ! Shane, je t'apprécie énormément, dit-elle.

Sa poitrine se soulevait et s'abaissait rapidement, et le sanglot qu'il perçut dans sa voix le bouleversa.

— Mais il ne s'agit pas uniquement de moi. Chaque décision que je prends, chaque personne avec qui je me lie, a des répercussions, bonnes ou mauvaises, sur mes fils. Je ne peux pas m'engager sans réfléchir avec un homme… capable d'éveiller en moi des sentiments aussi forts que ceux que tu m'inspires.

Il ne tenta pas de la toucher de peur de l'effrayer, mais il fit un pas vers la femme qu'il aimait.

— Est-ce qu'un autre homme a déjà éveillé en toi de tels sentiments ? demanda-t-il d'une voix rauque d'émotion. Parce qu'aucune autre femme n'a fait naître en moi tout cet amour que je ressens.

Rebecca posa une main sur la poitrine de Shane, à l'emplacement du cœur.

— Non, admit-elle. Ce que j'éprouve pour toi est… différent.

Shane l'attira dans ses bras et nicha son visage au creux de son cou.

— Alors, laisse-moi t'aimer, Rebecca, murmura-t-il contre sa peau chaude. Laisse-moi simplement t'aimer.

Le baiser que Rebecca avait échangé avec Shane sous le porche avait ouvert la voie à une amitié amoureuse secrète – une relation innocente et amusante faite de baisers volés dans l'obscurité, de mains nouées et de mots doux murmurés par deux personnes souffrant de solitude. Rebecca se doutait qu'au lycée Shane avait été très populaire, ne serait-ce que grâce à ses exploits sportifs. Il ne l'aurait même pas remarquée, encore moins invitée au bal de promotion. Mais maintenant elle était la femme qu'il aimait. Et cette idée lui procurait un sentiment d'exaltation. La vie à Bozeman semblait prendre une meilleure tournure pour tous les quatre, y compris pour Carson qui s'entraînait au base-ball avec Shane et attendait avec impatience d'être admis dans une équipe junior cet été. Les trajets jusqu'au terrain étaient devenus une sortie familiale. Ils dînaient au restaurant après l'entraînement et, si Carson et Caleb avaient fini leurs devoirs, ils s'offraient une glace – une tradition appréciée de tous.

Rebecca était satisfaite de son nouveau job et se constituait une clientèle régulière, ses enfants travaillaient bien à l'école, et elle était amoureuse. Shane était un musicien talentueux et un homme d'une grande gentillesse ; il traitait ses garçons comme des rois. Toutefois, même si son amour pour lui était profond et sincère, elle ne pouvait pas se permettre de s'impliquer davantage avec lui. Il souffrait de troubles de l'humeur. Quand son moral était au plus bas, il se renfermait sur lui-même et se coupait du monde pendant deux ou trois jours. Et puis, il y avait la boisson. Certes, il était sobre durant la journée, mais le nombre de bouteilles et de canettes dans le bac de tri ne diminuait pas. Il consommait donc la même quantité d'alcool en un laps de temps plus court. Elle s'en s'inquiétait au point de vouloir aborder le sujet avec lui avant de franchir une autre étape dans leur relation – ce que son corps, ivre de baisers et de caresses, réclamait avec insistance.

— Tu es bien silencieuse. À quoi penses-tu à cet instant ?

La voix de Shane interrompit ses réflexions.

Elle lui sourit, le regard dissimulé derrière ses lunettes de soleil.

— Je pensais à ma décision d'emménager à Bozeman. À l'époque, j'avais besoin de changement, mais j'ignorais si j'avais fait le bon choix.

Ils étaient allongés sur des coussins à l'avant du bateau de Gabe Brand ; Shane lui avait emprunté son pick-up, son bateau et sa remorque, puis il les avait tous emmenés au bord d'un lac non loin de Bozeman pour l'anniversaire de Caleb. Le garçonnet aimait pêcher, et ses parties de pêche avec son père lui manquaient.

— Tu as des regrets ? demanda Shane.

— Non. Après mon divorce, je voulais que nous prenions un nouveau départ.

Les garçons pêchaient à l'arrière du bateau. Rebecca avait décidé de ne pas leur parler de sa relation, trop nouvelle et fragile, avec Shane. Donc, pas question de s'embrasser ni de se tenir la main devant ses fils. Shane comprenait et approuvait. Ils ignoraient où cette relation les mènerait exactement et jugeaient préférable de ne pas perturber le statu quo actuel.

Shane se tourna vers elle, ses yeux dissimulés derrière des lunettes polarisées, une bouteille d'eau dans la main.

— Que s'est-il passé avec leur père ?

Il ne l'avait jamais questionnée sur ses relations passées, et elle ne l'avait jamais interrogé sur les siennes.

— Rien, en réalité.

— Il a bien fallu qu'il se passe quelque chose, sinon tu serais toujours mariée avec lui.

— Tu tiens vraiment à le savoir ?

— Je veux apprendre à mieux te connaître, et ton passé fait partie intégrante de toi.

Elle se demanda si elle pourrait se servir du même argument pour l'inciter à lui parler d'un passé qu'il refusait d'aborder.

— Soit. J'ai rencontré Tim dans une épicerie dont il était le directeur adjoint. J'étais une simple cliente venue rendre un pack de yaourts périmés que je venais d'acheter par mégarde. En tant que maman célibataire, mon budget était très serré.

— Tu parles de Carson ?

— Oui. Tim n'est pas son père biologique. Il l'a adopté après notre mariage.

Anticipant la question que Shane ne manquerait pas de lui poser, elle ajouta :

— Je n'ai pas été mariée au père de Carson. Nous étions si jeunes quand je l'ai eu – à peine des adultes. Il n'assumait pas sa responsabilité de parent. J'ai donc décidé de me débrouiller seule plutôt que de le forcer à faire une chose à laquelle il n'était pas préparé.

Shane hocha la tête, attendant qu'elle poursuive.

— Pendant longtemps, c'était Carson et moi contre le monde entier. Je pensais qu'il en serait toujours ainsi. Puis Tim m'a remboursé le pack de yaourts périmés, et je lui ai donné mon numéro de téléphone quand il me l'a demandé.

Elle s'installa dans une position plus confortable.

— Je sais que c'est difficile à croire, ajouta-t-elle avec une moue ironique, mais je ne croulais pas sous les invitations.

— Je te trouve très belle, murmura-t-il pour ne pas être entendu des garçons.

— Merci, dit-elle en rougissant. Pour en revenir à Tim, c'était quelqu'un de solide et fiable. Il était – il *est* – un père formidable et un soutien de famille responsable.

— Tu décris une union parfaite, remarqua Shane, perplexe.

— Elle l'était… sans l'être. C'est ce que je voulais dire quand je t'ai répondu qu'il ne s'était rien passé. Il ne nous est rien arrivé de spectaculaire, aucune grosse dispute, aucune infidélité de part et d'autre susceptible de justifier notre séparation. Un jour, en rentrant à la maison, Tim m'a dit que ses patrons lui offraient une promotion et le nommaient à la tête d'une grande épicerie en Californie. Nous nous sommes assis à la table de la cuisine, et il m'a demandé : « Est-ce que tu veux venir avec moi ? » Je lui ai répondu non. Puis je lui ai demandé : « Est-ce que tu veux que je vienne avec toi ? » Il a fait signe que non. Si nous sommes restés ensemble pendant toutes ces années, c'était uniquement pour Carson et Caleb. Bien sûr, la situation n'est pas idéale pour eux, mais ils parlent presque tous les soirs à leur père via une application de chat vidéo et ils iront le voir pour Thanksgiving, alors...

Elle eut un haussement d'épaules fataliste avant d'ajouter :

— Avec le recul, je crois que nous n'avons jamais été amoureux l'un de l'autre. Nous nous estimions, et cela nous suffisait. Mais je ne veux plus jamais me contenter de si peu.

— Maman ! Shane !

L'appel pressant de Caleb mit un terme à leur conversation. Shane aida Rebecca à se relever, et ils se précipitèrent à l'arrière du bateau pour voir Carson aider son frère à capturer la plus belle prise de sa vie.

— Maman ! Regarde !

Shane et Carson s'occupèrent du poisson pendant que Rebecca étreignait son fils et le félicitait chaudement.

— Joyeux anniversaire, mon chéri !

Shane avait sorti le gril et fait cuire le poisson que Caleb avait attrapé pour le dîner. Ces moments qu'il partageait avec Rebecca et ses enfants lui faisaient cruellement prendre conscience de tout ce qu'il ratait faute d'avoir des enfants à lui. Il était encore jeune et espérait devenir père un jour. Et si c'était avec Rebecca, il en serait ravi. Il finissait de nettoyer le gril quand il perçut le grincement familier de la porte moustiquaire. Comme toujours, il sentit son pouls s'accélérer en songeant qu'il tiendrait bientôt Rebecca dans ses bras et qu'il l'embrasserait éperdument. Il comprenait qu'elle veuille taire leur relation pour le moment. Elle était une mère très protectrice. Mais ces rencontres en cachette dans l'obscurité ne pouvaient pas durer éternellement. À un moment donné, elle devrait se décider à afficher leur relation au grand jour.

Elle apparut pieds nus, vêtue d'une robe droite en coton, le visage encadré par ses boucles, et se mit à pirouetter sur la pelouse, les bras tendus, la tête rejetée en arrière, heureuse que le premier anniversaire de Caleb dans le Montana se soit aussi bien passé.

En silence, ils se prirent par la main et rejoignirent un coin plongé dans l'obscurité. Les lèvres de Rebecca étaient si douces et consentantes tandis qu'il mêlait avec passion sa langue à la sienne ! À travers le coton léger de sa robe, il percevait les courbes de son corps, cette poitrine généreuse qu'il brûlait d'envie d'embrasser et le creux de ses cuisses dans lequel il rêvait de s'enfouir. Les mains posées sur ses fesses, il la pressa un peu plus contre lui. Elle devait sentir son érection, et c'était très bien ainsi. Il la désirait de toutes ses forces, et il en était de même pour elle, il en était sûr. Mais elle avait peur de le désirer, peur de ce que cela signifierait.

Il mordilla la peau soyeuse de son cou, descendant plus bas pour embrasser la rondeur d'un sein, regrettant de ne pas pouvoir lui ôter sa robe pour prendre le mamelon dans sa bouche. Rebecca émit un petit bruit sexy et plaqua les hanches contre son bassin, les mains agrippées à ses épaules.

— Viens dans mon lit, supplia-t-il.

La respiration de Rebecca s'était accélérée, et il percevait la tension dans son corps. Son désir était à l'unisson du sien, c'était l'évidence même. Mais elle baissa la tête et la posa contre son torse.

— Je ne peux pas, Shane, dit-elle, visiblement en proie à un conflit intérieur. Un de mes enfants pourrait se réveiller, et je ne l'entendrai pas si je suis dans ton appartement, alors qu'ici je l'entendrai et verrai la lumière s'allumer.

Il émit un grognement de frustration. Puis il l'embrassa et glissa les mains sous l'ourlet de sa robe jusqu'au haut de ses cuisses.

— Au moins, laisse-moi te toucher, murmura-t-il contre ses lèvres.

Elle se laissa faire quand il l'entraîna dans un coin plus sombre, à l'abri des oreilles et des regards indiscrets. Le feuillage des arbres centenaires et les plantes grimpantes envahissant les haies les protégeaient de la faible clarté du croissant de lune. Dans l'obscurité, il n'avait pas besoin de voir Rebecca. Pas pour ce qu'il envisageait de faire. Il l'embrassa avec fougue et glissa une main dans sa culotte.

— Rebecca, murmura-t-il d'une voix rauque.

La maintenant fermement contre lui, il plaqua sa paume contre son sexe moite. Oh ! oui, elle était prête pour lui. Comme il le pressentait, ils vibraient de la même passion contenue.

— Rebecca aux si jolis yeux.

Quand il inséra les doigts en elle, elle n'émit aucun son, mais sa tête retomba sur son épaule et ses ongles se plantèrent dans son bras. Curieusement, l'instant lui parut plus sensuel et plus intime dans le silence environnant. Le seul son perceptible était celui de leurs respirations tandis qu'il la caressait. Bientôt, il sentit le corps de Rebecca se contracter et pulser autour de ses doigts. Quand ce fut fini, il l'embrassa. Il lui avait procuré la jouissance libératrice dont elle avait tant besoin, et tant pis si son propre corps était douloureux d'avoir été privé de ce plaisir.

— Je t'aime, Rebecca. Mais pendant combien de temps encore allons-nous continuer comme ça ?

8

— OK. Essaie à nouveau.

Allongé sur le dos sous l'évier de la cuisine, Shane tâchait de réparer une fuite.

Rebecca ouvrit le robinet et laissa couler l'eau.

— Ça fuit encore ?

— Non, dit-il en se relevant. La réparation devrait tenir jusqu'à ce que je remplace la tuyauterie. Pour bien faire, il faudrait rénover toute la plomberie de la maison.

— En attendant, je peux utiliser l'évier !

Shane se lava les mains pendant qu'elle remettait en place toutes les affaires qu'elle avait dû retirer. C'était lundi, et les garçons étaient à l'école. En temps normal, elle travaillait au salon, mais la fuite dans la cuisine avait chamboulé ses plans. Elle regrettait de ne pas pouvoir travailler les week-ends. C'était un gros manque à gagner. Malheureusement, elle n'avait pas trouvé de baby-sitter qui lui convenait. Elle appréciait beaucoup Jessie, mais la lycéenne avait une vie sociale bien remplie et n'était pas disponible tous les week-ends. L'emploi du temps de Shane était trop irrégulier. Il jouait dans les bars jusque tard dans la nuit et faisait la grasse matinée. En outre, son penchant pour l'alcool la faisait hésiter. L'été serait bientôt là, et elle devrait vite trouver une solution.

Shane éternua trois fois d'affilée. Il avait les yeux gonflés.

— Top a dormi sur toi, cette nuit ?

— Oui. Quand je me suis réveillé, elle dormait enroulée autour de mon cou, comme un foulard.

— Il serait grand temps que tu voies cet allergologue.

— Mon rendez-vous approche, dit-il d'une voix nasillarde en se mouchant.

Elle le savait pour l'avoir vécu avec son père, le délai pour obtenir un rendez-vous avec le Département des anciens combattants était souvent long.

Elle se surprit à contempler les mains de Shane ; ces mains qui lui avaient procuré tant de plaisir lors d'un instant volé. L'intensité, la passion, l'expérience de Shane lui avaient fait l'effet d'un aphrodisiaque. Le premier homme qui lui avait prêté attention était le père de Carson. Du même âge qu'elle, il était employé dans le magasin d'alimentation local, souffrait d'une acné sévère et était allergique aux spermicides. En apprenant qu'elle était enceinte, il avait pleuré. Par la suite, il avait été tout disposé à laisser Tim adopter Carson, non parce qu'il n'aimait pas l'enfant, mais parce qu'il n'était pas prêt à être père, sur le plan tant émotionnel que financier. À l'inverse, Tim était solide comme un roc et avait la fibre paternelle. Mais en tant qu'amant il se montrait poli, prudent et la touchait rarement au-dessous de la ceinture. Leurs rapports sexuels étaient toujours rapides, routiniers et dans la position du missionnaire. Chaque fois qu'elle lui demandait s'ils pouvaient « permuter », il n'arrivait plus à maintenir son érection. Peu à peu, ils avaient cessé d'avoir des rapports sexuels, et ni l'un ni l'autre ne le regrettaient. Bien qu'encore jeune, elle avait cru que sa libido avait fini par s'étioler. Mais Shane lui avait redonné toute sa vigueur. Désormais, un sourire mystérieux flottait sur ses lèvres pendant qu'elle travaillait, et le soir, seule dans son lit, elle imaginait comment ce serait si elle autorisait Shane à lui faire l'amour.

— Ça va ? demanda-t-il.

— Oui, je réfléchissais.

— À quoi ?

— Je me disais que tu avais perdu du poids.

Il passa une main sur son ventre.

— Oui. J'ai dû perdre deux ou trois kilos. Je ne pouvais pas me permettre de laisser un gamin de CM2 me battre à plate couture lors du tour des bases, alors je fais un peu d'exercice et j'ai renoncé aux cigarettes.

— Carson sera content de l'apprendre.

Un silence se fit entre eux. Il y avait un sujet que Rebecca voulait aborder avec lui. Deux sujets, en réalité : sa consommation d'alcool et leur passion secrète. Le soir où Shane l'avait caressée de façon aussi intime, elle avait prévu de lui faire part de son inquiétude au sujet de son penchant pour la boisson, mais la jouissance charnelle qu'il lui avait procurée avait tout balayé. C'était tellement plus facile d'être embrassée par Shane que d'aborder un sujet épineux.

— Tu as encore un peu de temps à m'accorder ? J'aimerais qu'on parle.

Ils s'installèrent sur le canapé, et Rebecca joignit les mains sur ses cuisses.

— Si j'en juge par ton langage corporel, je ne vais pas apprécier ce que tu as à me dire.

— Ça faisait un moment que je voulais aborder le sujet avec toi, mais je ne savais pas comment m'y prendre.

— Dis-moi simplement ce que tu as sur le cœur, Rebecca.

Elle rassembla son courage avant de dire tout à trac :

— Je pense que tu as un problème avec l'alcool.

Les yeux bleus de Shane s'assombrirent, et ses traits se crispèrent tandis qu'il digérait sa remarque.

— Je ne m'attendais pas à ça !

Il se leva et s'avança au milieu du salon.

— Qu'est-ce que tu penses de ce que je viens de dire ?

— J'estime que l'alcool n'est pas un problème. J'ai réduit considérablement ma consommation. Si j'avais un problème, comme tu dis, est-ce que je serais capable de m'autoréguler ?

Il avait haussé le ton, signe qu'elle l'avait piqué au vif.

— Reviens t'asseoir, s'il te plaît, et parlons tranquillement.

Il obtempéra de mauvaise grâce.

— Je ne t'ai pas tout dit au sujet de mon père. C'était effectivement un vétéran du Vietnam, mais j'ai omis de préciser qu'il buvait. Pas tout le temps, mais ses cuites mémorables exaspéraient ma mère. Un beau jour, elle est partie en Floride pour travailler comme serveuse dans un complexe hôtelier, nous laissant, Kelly et moi, nous occuper de notre père. Là-bas, elle a rencontré Arthur, mais c'est une autre histoire.

— Quel est le rapport avec moi ? demanda Shane froidement.

— J'aimais mon père et je l'observais, impuissante et malheureuse, pendant qu'il noyait ses souvenirs dans l'alcool. Ça me fait de la peine de voir que tu fais la même chose.

Il garda le silence, la mâchoire crispée, s'efforçant visiblement de garder son calme.

Elle posa une main apaisante sur sa cuisse.

— J'ai envie d'avoir un homme dans ma vie, Shane. Quelqu'un qui aimerait Carson et Caleb, auprès de qui je pourrais vieillir. Peut-être même avoir un autre enfant avec lui.

Il regardait droit devant lui sans mot dire.

— Mais je dois pouvoir faire confiance à cet homme dans l'intérêt de mes enfants.

Shane repoussa sa main, se leva et se dirigea vers la porte d'une démarche raide. Puis il marqua une pause et dit sans se retourner :

— Je ne ferai jamais rien qui puisse vous faire souffrir, toi et tes fils. Si tu ne l'as pas encore compris, c'est que nous sommes moins proches l'un de l'autre que je ne croyais.

Les poings serrés sous l'effet de la colère, Shane regagna son appartement. Recon et Top l'attendaient avec impatience et le rejoignirent sur le canapé, lui témoignant une affection réconfortante. Top, devenue une jeune chatte au corps long et fin, sur le point d'être stérilisée, se coucha sur ses genoux en ronronnant tandis que Recon, assis près de lui, appréciait que son maître le gratte à l'encolure.

— Elle me rend dingue ! marmonna-t-il à ses compagnons.

Selon lui, il n'avait pas un problème d'alcool mais d'insomnie. Il buvait pour trouver le sommeil. Et il buvait suffisamment pour que ce sommeil ne soit pas troublé par des rêves. Depuis que cette maudite explosion l'avait envoyé à l'hôpital, tous ses rêves se transformaient en cauchemars.

— Qu'est-ce qu'elle attend de moi ? demanda-t-il à Recon. Je ne bois plus pendant la journée. Je bois à peine quand j'ai un récital, et je ne bois jamais en présence des garçons.

On frappa à la porte. Aussitôt, Recon sauta du canapé en aboyant et trotta vers la porte, talonné par Top. Shane demeura assis. Il ne pouvait s'agir que de Rebecca, et il n'était pas sûr de vouloir lui parler à cet instant.

On frappa à nouveau.

— Shane ?

— Entre !

Rebecca ouvrit la porte, saluant Recon et Top. Elle prit la petite chatte dans ses bras, et Top frotta ses moustaches contre le menton de Rebecca.

— Comme tu as grandi !

Elle l'embrassa et la déposa sur le sol. Puis elle s'avança jusqu'au canapé où il était assis, bras croisés, le visage fermé.

— Il a fallu que je vienne te débusquer ici !

Voyant qu'il gardait le silence, elle s'assit près de lui. Maintenant, il se retrouvait coincé entre Rebecca et Recon, avec Top sur ses genoux. Aucune échappatoire possible !

— C'était difficile pour moi de te parler comme je l'ai fait, Shane.

Il consentit à croiser son regard qu'elle soutint fermement.

— Si je ne me souciais pas autant de toi, je ne me serais pas donné cette peine.

Ces paroles le bouleversèrent. C'était la première fois que Rebecca lui laissait entendre qu'elle l'aimait.

— Je suis en train de tomber amoureuse de toi, Shane.

— Moi aussi, je suis amoureux de toi.

— Je me rends compte à quel point tu es merveilleux avec Carson et Caleb, et je me dis qu'un jour nous pourrions former une famille...

Il avait beaucoup réfléchi à la question ces derniers temps. Il avait envie d'être un mari et un père. Rebecca était le genre de mère qu'il voulait pour ses enfants. Et l'idée de la demander en mariage un jour ou l'autre lui avait traversé l'esprit à plusieurs reprises.

— Mais auparavant, je veux que tu règles ce problème d'alcool. S'il ne s'agissait que de moi, ce serait différent.

— Je ne vais pas te dire que je ne boirai plus jamais, dit-il franchement. Mais je te promets de réfléchir à ce que tu viens de me dire.

Elle l'embrassa sur la joue et posa la tête sur son épaule.

— Merci.

La présence de Rebecca tout près de lui, la senteur de ses cheveux et de sa peau, son souffle sur son cou mirent tous ses sens en émoi. Il brûlait d'envie de lui faire l'amour.

— Carson et Caleb ne seront de retour que dans quelques heures, lui rappela-t-il.

Elle leva la tête vers lui, rougissante.

— Hum. J'ai des tas de choses à faire à la maison.

— Bien sûr.

Il l'embrassa dans le cou.

— La lessive...

Il lui mordilla le lobe de l'oreille et la sentit frissonner de plaisir.

— Ranger la vaisselle...

Il coupa court à sa liste des corvées ménagères en capturant sa bouche et en défaisant un à un les boutons de son chemisier pour dévoiler enfin cette poitrine qui le faisait tant fantasmer.

— Installe-toi à califourchon sur mes genoux, demanda-t-il, faisant fuir Top qui émit un miaulement de mécontentement.

Rebecca écarquilla les yeux, le rouge aux joues, et il ne put s'empêcher de rire. L'autre soir, dans l'obscurité, elle n'avait pas boudé son plaisir, mais en pleine lumière elle semblait plus timorée.

— Viens, insista-t-il gentiment.

Après un instant d'hésitation, elle fit ce qu'il lui demandait. Il lui ouvrit les bras, et elle se blottit contre lui, puis il les referma autour d'elle, l'enlaçant étroitement de peur qu'elle ne s'enfuie. Peut-être n'en eut-elle pas conscience, mais elle bougea ses hanches, et son sexe se durcit douloureusement. L'agrippant par la taille, il la fit aller et venir sur lui, le corps tendu de désir. Elle se redressa, les yeux clos, la tête courbée, les mains sur ses épaules. Il contempla ce visage aimé pendant qu'il abaissait le tissu fin de son soutien-gorge de façon à dévoiler un mamelon.

Peut-être aurait-il dû modérer ses ardeurs, mais il ne put résister à l'envie de prendre ce mamelon si tentant dans sa bouche. Rebecca émit un petit bruit de gorge et plaqua son sexe contre son érection. Puis, sans crier gare, elle s'écarta et se couvrit la poitrine.

— Que se passe-t-il ?

— Je ne peux pas faire ça.

Oh ! Seigneur ! Cette femme avait le chic pour le maintenir en permanence dans un état de frustration sexuelle !

— Rebecca...

— Ils nous regardent, murmura-t-elle, comme si Recon et Top pouvaient comprendre. Je ne peux pas faire *ça* devant eux.

Soulagé, Shane rit de bon cœur. Il se leva en la tenant toujours dans ses bras. Elle enroula les jambes autour de ses hanches pendant qu'il l'emportait dans sa chambre et fermait la porte avec le pied. Ils s'affalèrent ensemble sur le matelas, puis Shane roula sur le côté, le regard rivé sur son visage.

— Tu es belle, Rebecca.

Elle tourna la tête de côté, visiblement gênée.

— Ne dis pas ça.

Il posa la main sur sa joue pour l'obliger à croiser son regard.

— Tu es belle.

Puis il emprisonna de nouveau sa bouche pour faire taire une autre objection de sa part. Il mit toute son âme dans ce baiser pour qu'elle prenne la mesure de toutes les émotions qu'elle suscitait en lui – des émotions qu'il n'avait pu exprimer jusqu'à maintenant que grâce à la musique. Oh ! oui, cette femme, si singulière et providentielle, l'avait arraché au monde des morts-vivants.

Il se leva et commença à se dévêtir sous le regard curieux et nerveux de Rebecca. Il était en slip quand il s'aperçut qu'au lieu de l'imiter elle maintenait d'une main son chemisier fermé.

— Tourne-toi, dit-elle.

Il la fixa, déconcerté.

— Je suis sérieuse, Shane. Tourne-toi.

— Mais j'ai envie de te regarder !

— C'est l'après-midi. Encore une fois, tourne-toi.

— Es-tu en train de dire que tu ne faisais l'amour que la nuit ?

— Ne me juge pas.

Désireux de ne pas la brusquer, il obtempéra. Il l'entendit se déshabiller, puis perçut le grincement du ressort cassé de son matelas tandis qu'elle se réinstallait dans le lit.

— C'est bon. Tu peux te retourner.

Elle avait posé ses vêtements soigneusement pliés sur la commode et tiré la couverture sur elle jusqu'au menton.

— Ne t'avise pas de rire, prévint-elle. Je suis pudique, et alors ?

En temps normal, il aurait ôté son slip, mais il décida de le garder et de ne pas se montrer trop entreprenant. Bien que mère de deux enfants, elle semblait plutôt inexpérimentée. Ce serait l'occasion de lui montrer que le sexe pouvait être amusant et source de beaucoup de plaisir. Ragaillardi par cette pensée, il rejoignit Rebecca dans le lit et la prit dans ses bras. Sous la couverture, elle portait encore son soutien-gorge et sa culotte.

— Tu comptes les garder ?

— Peut-être.

Il lui adressa un sourire malicieux.

— Je parie que non.

Désireux de lui faire oublier sa pudeur, il l'embrassa avec

ferveur sur la bouche, le long de son cou et sur l'oreille. Puis il tira la couverture sur sa tête, et tandis qu'elle riait parce que sa barbe la chatouillait, il sema des baisers sur la peau douce de son ventre tout en lui ôtant sa culotte. Il embrassa le haut de ses cuisses, mais renonça à un baiser plus intime, réservant cette caresse raffinée pour plus tard.

Il s'allongea sur elle, toujours vêtu de son slip, le seul obstacle qui l'empêchait d'assouvir le désir brûlant que cette femme merveilleuse lui inspirait. À défaut, il suça un mamelon durci à travers le tissu fin de son soutien-gorge, s'arrangeant pour le dégrafer et le lui ôter prestement. Il put enfin contempler sa nudité. Elle avait le corps d'une femme ayant mis au monde deux enfants : les seins opulents et un peu tombants, les hanches larges et les cuisses robustes. Mais il s'en réjouissait. C'était tellement plus sexy d'avoir une vraie femme dans son lit.

Il posa une main sur son visage pour qu'elle lise dans ses yeux à quel point il appréciait ce qu'il voyait.

— Rebecca, ma beauté.

Elle embrassa sa main, puis l'enlaça et nicha son visage dans son cou. Mais il était hors de question qu'elle se cache de lui. Il lui massa les seins, suçant chaque mamelon pendant qu'elle s'agrippait à lui en silence. Elle éprouvait du plaisir, il en était sûr, mais son mutisme le déroutait un peu. Tout en cajolant sa poitrine, il glissa une main entre ses cuisses, heureux de sentir la moiteur de son sexe. Il s'appliqua à stimuler son désir, la caressant jusqu'à ce qu'elle le supplie en silence, avec ses hanches et ses mains, de soulager la tension érotique qu'il suscitait en elle.

Shane se débarrassa de son slip, indifférent au fait qu'elle ne l'ait pas touché. Elle aurait l'occasion d'explorer son corps quand elle se sentirait plus à l'aise au lit. Tout ce qui lui importait à cet instant, c'était de procurer du plaisir à Rebecca ; tellement de plaisir qu'elle n'hésiterait pas à revenir vers lui pour en obtenir davantage. Il récupéra un préservatif dans le tiroir de sa table de chevet et s'empressa de l'enfiler.

Puis il se positionna au-dessus d'elle, bras tendus, prenant appui sur ses mains.

— C'est ce que tu veux, Rebecca ?

Elle ouvrit les yeux, ces beaux yeux de chat qui l'avaient fasciné lors de leur première rencontre et qui exerçaient à cet instant le même attrait sur lui.

— Oui, c'est ce que je veux.

Sa voix avait cette inflexion sensuelle propre à une femme sur le point de jouir. Il ne lui restait plus qu'une chose à faire.

Il la pénétra aussi profondément qu'il le put avec un gémissement d'exultation. Il commençait à bouger quand il se souvint qu'il ne devait pas la brusquer. Il s'obligea à faire une pause, leurs corps toujours connectés, et l'embrassa longuement. Puis il entama ses va-et-vient, prenant son temps, attentif, mais n'obtenant qu'un halètement presque inaudible de la part de Rebecca. Il s'inquiétait de savoir si elle y prenait du plaisir jusqu'au moment où elle promena ses ongles le long de son dos et qu'elle étouffa un gémissement au creux de son épaule.

Ainsi encouragé, Shane passa une jambe et un bras sous le corps de Rebecca et, sans rompre leur connexion, la fit basculer au-dessus de lui. L'expression de surprise qui se peignit sur son visage le fit sourire.

— Je te laisse les commandes.

Il propulsa ses hanches en avant pour qu'elle prenne conscience de la différence de sensations que lui procurait cette nouvelle position. Elle écarquilla les yeux, ravie.

— Fais-toi plaisir, Rebecca.

Elle ramena la couverture sur ses épaules, s'abaissa au-dessus de lui, et ils ondulèrent à l'unisson, peau contre peau, poitrine contre poitrine, mêlant leurs souffles. Puis il comprit qu'elle était en train de jouir à sa façon de frissonner et de cambrer les reins, les yeux clos, l'air extatique, s'agrippant à lui comme s'il était son radeau de sauvetage dans la tempête. Sa poitrine se soulevait et s'abaissait à un rythme rapide après cette chevauchée érotique, mais il la sentait détendue et alanguie dans ses bras. Désormais certain de lui avoir procuré un orgasme, il la fit rouler sur le dos. S'affranchissant de toute retenue, il intensifia ses assauts et accéléra leur rythme, exultant de l'entendre haleter de plaisir en même temps qu'il sentait monter en lui la spirale de la jouissance jusqu'à l'explosion finale. Si Rebecca avait savouré son orgasme en silence, il manifesta le sien dans un rugissement. C'était la délivrance d'années de solitude, de célibat imposé et d'autocritique. Sans comprendre comment ni pourquoi, dans les bras de Rebecca, il avait été capable de se libérer en partie de la souffrance à laquelle il se raccrochait depuis si longtemps.

9

Demeurer lovée dans les bras de son partenaire après un rapport sexuel en plein après-midi, c'était une première pour Rebecca ! Avec Tim, tout se passait la nuit. Il se levait aussitôt après pour se doucher et enfiler son pyjama. À cet instant, elle se sentait merveilleusement bien et rêvait d'autres après-midi comme celui-ci. Allongé sur le dos, Shane enroulait distraitement une boucle de Rebecca autour de son index tandis qu'elle caressait le duvet de son torse du bout des doigts. Elle se sentait en sécurité dans ses bras, rassurée par le battement régulier de son cœur.

— Je ne connais même pas ton deuxième prénom, murmura-t-elle.

— Alexander.

— Shane Alexander Brand. Un prénom viril.

— C'était celui de mon grand-père maternel.

— C'est amusant. On m'a donné le prénom de ma grand-mère paternelle, May.

— Rebecca May, dit-il d'une voix ensommeillée.

Elle leva la tête vers lui.

— Shane ?

— Mmm ?

— Apprends-moi quelque chose sur toi que j'ignore.

— Comme quoi ?

— Ce que tu veux. Mais il faut que ce soit important. Pas simplement ta couleur préférée.

— Rouge.

— Non, autre chose.

Comme il ne répondait pas, elle lui tapota le torse.

— Je réfléchis.

En attendant sa réponse, elle l'embrassa dans le cou, et il resserra son étreinte autour d'elle.

— Si tu continues de m'embrasser, nous ferons autre chose que de parler, prévint-il.

— Alors, raconte-moi.

— D'accord.

Au bout d'un moment, il dit d'une voix basse et solennelle :

— Ce que tu ignores sans doute c'est que Recon n'a pas toujours été mon chien.

Elle attendit la suite avec curiosité. Compte tenu du lien étroit qui unissait le maître et l'animal, elle avait toujours pensé qu'il avait eu Recon alors qu'il n'était qu'un chiot.

À cet instant, Shane avait le regard fixe et les traits crispés de quelqu'un assailli par des souvenirs douloureux.

— Recon était le chien de mon meilleur ami Dustin, dit-il à la fin.

Elle se souvint qu'il avait parlé de Dustin à Carson après leurs séances d'entraînement.

— Ton receveur ?

— Oui. Il était tellement doué. Bien plus que moi.

Instinctivement, elle lui prit la main pendant qu'il poursuivait :

— Nous étions à l'université grâce à une bourse sportive quand Dustin a appris la mort de son frère Jeff en Afghanistan. Il a aussitôt décidé de prendre la relève. Je ne pouvais pas...

Visiblement ému, il marqua une pause avant d'ajouter :

— Il m'était impossible de poursuivre mes études alors que mon meilleur ami partait se battre pour notre pays. Il s'est engagé dans les marines, et j'ai rejoint l'armée.

Le cœur serré, elle comprit d'instinct ce qu'il allait dire. Elle le vit avaler sa salive plusieurs fois, comme pour refouler sa souffrance.

— Je suis revenu vivant, dit-il, une note de colère dans la voix.

Dustin est revenu dans un sac mortuaire. Nous n'avons même pas pu avoir un cercueil ouvert à ses funérailles.

Elle lui pressa la main en signe de compassion.

— Ses parents n'avaient pas le cœur à s'occuper de Recon. Alors, j'ai accepté de le prendre avec moi.

Il reporta son regard sur Rebecca.

— Maintenant, tu connais notre histoire à tous deux.

Soudain, il y eut un grattement à la porte. Tournant la tête, Rebecca aperçut une patte blanche sous le battant. C'était précisément le moment de légèreté dont ils avaient besoin après les révélations douloureuses de Shane sur son passé.

Shane se redressa sur un coude et éclata de rire.

— Cette chatte est trop drôle !

Rebecca se tourna vers lui et posa une main sur son torse.

— Merci de m'avoir parlé de Dustin.

— J'ai du mal à évoquer son souvenir. Il me manque terriblement.

Tous deux savaient que leur interlude érotique était terminé ; Rebecca avait des corvées ménagères à accomplir avant le retour des enfants. Et Shane devait préparer le récital qu'il donnerait le soir. Elle le laissa se lever le premier. Il s'assit sur le bord du lit, et elle découvrit pour la première fois son dos. Elle s'était rendu compte que sa peau était différente au toucher, mais ce qu'elle vit lui fit un choc. Une grande partie de son dos était couverte de cicatrices, les unes semblant provenir de brûlures et les autres d'éclats d'obus. Elle serra le drap très fort pour s'empêcher de les toucher et d'y faire allusion. Il avait fait l'effort de s'ouvrir un peu à elle quelques instants plus tôt, et elle jugeait préférable de ne pas le brusquer. Cependant, la vue de ses cicatrices physiques lui donnait un aperçu de l'ampleur de ses cicatrices émotionnelles – un fardeau très lourd, presque insupportable.

Shane se leva, nu comme un ver, et étira les bras au-dessus de sa tête avant d'enfiler son slip. Puis il se tourna vers elle, grattant sa barbe et arborant le sourire d'un homme repu sur le plan sexuel.

— Ta barbe a besoin d'une autre coupe, remarqua-t-elle.

Il lui adressa un clin d'œil.

— Tu connais quelqu'un qui pourrait s'en occuper ?

— Peut-être. Tu as l'intention de la raser un jour ?

Il posa la main sur sa barbe d'un geste protecteur.

— N'y pense même pas !

— Comme tu veux. Et maintenant, sors de la chambre et ferme la porte pour que je puisse me rhabiller.

— Tu n'es pas sérieuse ! Je viens d'embrasser chaque centimètre de ton corps splendide !

Il posa un genou sur le lit et se pencha vers elle.

— Finalement, j'ai bien envie de remettre ça.

Il l'embrassa dans le cou en riant, mais elle le repoussa.

— Arrête ! Il faut vraiment que je m'habille.

Shane enfila le reste de ses vêtements, toujours en riant, et ferma la porte derrière lui. Rebecca récupéra son soutien-gorge par terre et sa culotte au fond du lit.

— C'est du beau ! murmura-t-elle en souriant.

Une fois habillée et recoiffée à la va-vite, elle rejoignit Shane dehors. Recon et Top se prélassaient dans la cour.

— Je regrette de ne pas pouvoir assister à ton récital ce soir.

— Tu vas me manquer.

Il désigna son chemisier avec un sourire malicieux.

— Tu l'as boutonné de travers.

Elle croisa les bras sur sa poitrine.

— Oh ! la honte ! Heureusement que personne d'autre ne me voit.

Ils échangèrent un baiser rapide, puis Rebecca se dirigea vers la maison.

— Carson passe des épreuves de sélection demain ! lui rappela-t-il.

— Je sais. J'ai le trac pour lui.

— Ne t'en fais pas. Il va réussir haut la main.

Rebecca attendait les lundis matin avec impatience. Les garçons étaient à l'école, et c'était le jour où elle pouvait se libérer pour passer du temps avec Shane. Il la rejoignait pour le petit déjeuner, puis ils se rendaient dans sa chambre. Quand elle songeait à ses précédents partenaires, elle se rendait compte qu'ils ignoraient tout des différentes façons de faire vibrer le corps d'une femme. Mais maintenant qu'elle avait acquis plus d'assurance, elle était prête à essayer de nouvelles positions ou à prendre les commandes. Elle ne redoutait plus de se montrer nue devant Shane. Elle était un peu complexée par ses courbes généreuses, mais il la rassurait en disant qu'il avait un faible pour les femmes « bien en chair ». Il lui donnait le sentiment d'être belle, et quelle femme s'en serait plainte ?

— C'était merveilleux, dit-elle rêveusement, faisant allusion à leur rapport sexuel.

Même les yeux clos, elle savait qu'il souriait. Il était allongé, un bras derrière la tête, l'autre bras passé autour d'elle tandis qu'elle avait la tête posée juste au-dessus de son cœur – sa position préférée après l'amour.

— Quand pourrais-je te proposer un vrai rendez-vous, Rebecca ?

Ce n'était pas la première fois que Shane abordait ce sujet. Il était prêt à afficher leur relation au grand jour, mais elle trouvait que c'était prématuré. Comprenant que ce moment de plénitude après l'amour était sur le point de prendre fin, elle se prépara à regret à la querelle qui allait suivre.

— À quoi bon brusquer les choses ?

Pour l'instant, la situation actuelle la satisfaisait pleinement. Elle aimait garder une partie de sa vie pour elle seule alors qu'elle consacrait tout le reste de son temps à être la meilleure mère possible. Malgré ses cicatrices émotionnelles, Shane la rendait heureuse. Pourquoi ne pourraient-ils pas prolonger un peu plus ces instants de bonheur ? Quand elle était au travail, elle ne pouvait pas s'empêcher de sourire en pensant à lui, à la sensation de ses lèvres sur sa peau, au sentiment de bien-être qu'il lui procurait. Shane était son jardin secret. Elle n'avait aucune envie de mêler ses enfants à leur histoire à ce stade de leur relation.

Il s'assit sur le lit, l'obligeant à s'écarter.

— Allons, Rebecca, je te propose simplement de t'inviter au restaurant. Je n'appelle pas cela brusquer les choses ! J'ai le sentiment d'être ton petit secret honteux, et ça ne me plaît pas du tout.

Contrariée, elle se leva et ramassa ses vêtements, se contentant d'enfiler ses sous-vêtements puisqu'elle devait prendre une douche avant d'aller travailler. Shane se leva à son tour et enfila son jean.

— Quel besoin avais-tu de tout gâcher ? Nous passions un si bon moment ensemble.

Torse nu, Shane repoussa en arrière ses longs cheveux, et un éclair de souffrance traversa son regard bleu azur.

— Tout gâcher ? De quelle façon ?

— C'était censé être mon moment de détente, celui où j'oublie mes problèmes au lieu d'en rajouter.

Shane fit un pas vers elle, et elle comprit à son air mécontent que la conversation risquait de s'envenimer.

— Je ne suis pas un parc d'attractions, Rebecca. Je suis un homme qui veut obtenir certaines choses.

Il leva les doigts et commença son énumération :

— Je veux une femme qui m'aime autant que je l'aime, je veux fonder une famille, être un mari et un père. Si j'étais uniquement intéressé par le sexe, j'aurais des tas d'occasions lors de mes récitals.

C'était la première fois que Shane faisait allusion au mariage, songea Rebecca. Même si son divorce remontait à un an, il lui semblait ne dater que d'hier. Elle et Tim avaient opté pour un divorce par consentement mutuel, mais la procédure juridique complexe, les frais et les nombreuses démarches administratives avaient représenté un véritable calvaire pour elle. Sans oublier les conséquences néfastes sur Carson et Caleb.

Peut-être remarqua-t-il son affolement car il ajouta :

— Je ne dis pas que je veux me marier demain, mais nous pourrions poursuivre notre relation hors de la chambre, en allant au restaurant ou au cinéma, par exemple.

Comme elle gardait le silence faute de trouver un argument

convaincant à lui opposer, il passa sa chemise avec un grognement de frustration et s'assit au bord du lit pour enfiler ses bottes. Ne voulant pas qu'ils se séparent en mauvais termes, elle prit place à côté de lui et lui donna un petit coup d'épaule.

— J'ai simplement besoin de temps, Shane. Nous ne savons pas comment Carson et Caleb réagiront en apprenant notre relation. Ils ont déjà subi de nombreux chamboulements dans leur vie, et je ne souhaite pas les perturber davantage.

— Je m'entends très bien avec tes fils et je pense qu'ils seraient contents de nous savoir ensemble.

— Ce n'est pas aussi évident. Les enfants ont des réactions inattendues. Caleb vit mal mon divorce d'avec son père et il me demande parfois s'il reviendra vivre avec nous. Mes fils te considèrent comme un ami de la famille mais, si tu commences à sortir avec leur mère, leur relation avec toi pourrait changer.

Shane sembla méditer ses propos, puis il lui prit la main.

— Je ne veux surtout pas faire souffrir tes enfants.

— Je sais.

Ils demeurèrent assis au bord du lit, chacun plongé dans ses propres réflexions. Finalement, ce fut Shane qui relança la conversation :

— Quand je t'ai vue la première fois, j'ai pensé : Voilà une femme que j'aimerais bien épouser.

Elle lui sourit, émue.

— Mes folies de jeunesse sont derrière moi, et je suis prêt à fonder une famille, dit-il, embrassant sa main. J'aimerais le faire avec toi, un jour. Mais je ne sais pas ce que tu attends de moi, Rebecca, parce que tu ne me l'as jamais dit.

Elle posa sa main libre sur la sienne.

— J'ai envie de me remarier. Au moment approprié, avec un homme fait pour moi, cette fois-ci.

Puis elle ajouta plus bas :

— Et j'aimerais avoir un autre enfant. Une fille, pour changer.

— Est-ce que je suis cet homme-là ?

Elle avait envie d'acquiescer. De le rassurer. Mais, après l'échec de son mariage, elle avait besoin de preuves plus solides que l'alchimie sexuelle et l'amitié. Elle avait besoin de savoir si leur couple fonctionnerait durablement.

— Je t'aime, Shane, et tu te comportes merveilleusement bien avec Carson et Caleb.

Elle contempla leurs doigts entremêlés.

— Mais j'ai besoin que tu m'accordes davantage de temps pour... prendre la bonne décision pour nous quatre.

Shane lui souleva le menton et l'embrassa sur les lèvres.

— Je peux être très patient.

— Quand tu veux bien, ajouta-t-elle avec un clin d'œil.

— C'est vrai.

Il l'embrassa dans le cou en riant. Elle aimait ses baisers, sa façon de lui mordiller les lèvres et de la tenir dans ses bras. C'était si facile de perdre tout sens des réalités dans ces moments merveilleux !

— Il est encore tôt, murmura-t-il, lui caressant le bas des reins.

Elle remarqua la bosse révélatrice qui tendait son jean, et un délicieux frisson d'anticipation courut le long de son dos. Il avait une libido robuste et aimait compenser leur unique rendez-vous hebdomadaire en lui faisant l'amour deux fois.

Il lui ôta ses vêtements des bras, dévoilant sa poitrine. Son besoin instinctif de dissimuler son corps avait diminué, et elle laissait plus volontiers Shane en explorer tous les recoins. Par ailleurs, elle était fière des efforts qu'il faisait pour transformer son propre corps et retrouver son endurance de jadis. Les exercices de musculation et les pompes qu'il s'imposait, la diminution de sa consommation d'alcool et l'arrêt du tabac portaient leurs fruits. Il avait perdu ses kilos en trop et remodelé ses biceps, ses abdominaux et ses pectoraux. De quoi faire fantasmer un peu plus ses admiratrices.

— Allonge-toi.

— Pourquoi ?

Il avait l'air d'un homme investi d'une mission, et cela attira l'attention de Rebecca. Étant beaucoup plus expérimenté qu'elle au lit, il aimait la faire sortir de sa zone de confort. Depuis leurs premiers ébats dans l'obscurité, il la mettait au défi de se montrer plus aventureuse en matière de sexualité.

Il haussa un sourcil goguenard devant son expression méfiante.

— Ai-je jamais fait quelque chose qui t'ait déplu ?

— Pas encore, admit-elle.

— Ça n'arrivera pas, je te le promets.

Il l'aida à s'allonger et lui ôta sa culotte et son soutien-gorge. D'habitude, c'était le moment où il la rejoignait dans le lit. Mais pas cette fois.

Il s'agenouilla et lui écarta les jambes. Prise au dépourvu, elle se redressa et serra les genoux.

— Non, je ne veux pas.

Un soir, Tim avait tenté de l'embrasser à cet endroit, et la séance avait viré à la catastrophe ; il avait attrapé un torticolis et il lui avait fait mal. Elle s'était sentie gênée, vulnérable et pas du tout sexy. Cela lui avait rappelé un examen gynécologique, mis à part l'infirmière et le poster au plafond représentant un chat suspendu à une branche d'arbre avec la légende : « Tiens bon ! » Après cette expérience désastreuse, elle avait eu beaucoup de mal à comprendre pourquoi une femme aurait envie qu'on lui fasse *ça*.

— Vraiment ? demanda-t-il, déçu.

— La dernière fois qu'on m'a fait... *ça*, je n'ai pas aimé.

Shane lui décocha un sourire suffisant.

— Chérie, si tu n'as pas aimé, c'est que ton partenaire s'y est mal pris. Un amateur. Ai-je l'air d'un amateur ?

— Euh, non.

— Je te promets d'arrêter si tu n'aimes pas ce que je te fais.

Pour une raison inconnue, il tenait à lui faire *ça*, et elle en avait envie. Peut-être avait-il raison – son ex-mari s'était montré maladroit.

Son index pointé vers lui, Rebecca le prévint :

— C'est d'accord. Mais si je n'aime pas ce que tu me fais…

— Rassure-toi, ça ne sera pas le cas.

— Mais au cas où…

Il déposa un baiser rapide sur ses lèvres.

— C'est toi qui décides. Et maintenant, allonge-toi et laisse-moi m'amuser.

Rebecca obtempéra, les yeux clos, le corps tendu et les bras couvrant sa poitrine dans l'espoir de se sentir moins vulnérable. Shane lui écarta les jambes avec douceur et les massa pour l'aider à se détendre. Elle s'apprêtait à lui demander de tout arrêter quand elle sentit le frôlement de sa barbe sur l'intérieur de ses cuisses, son souffle chaud sur sa peau, puis la délicieuse sensation de ses lèvres fermes sur son point le plus sensible. Elle retint sa respiration, redoutant l'inconfort de cette expérience, mais bientôt tous ses doutes et ses mauvais souvenirs s'envolèrent quand la langue de Shane s'immisça en elle. Les reins cambrés, elle s'agrippa au drap et se mordit la lèvre pour s'empêcher de crier. Dire qu'elle était passée à côté de sensations aussi exquises pendant tant d'années !

— Je veux t'entendre, murmura Shane.

— Les enfants, haleta-t-elle.

Ils avaient toujours dormi à côté de la chambre parentale, et elle avait appris à étouffer tout bruit qu'elle pourrait émettre pendant un rapport sexuel.

— Ils sont à l'école. Je veux t'entendre crier.

Shane se comportait comme si elle était sa glace préférée. Ses caresses expertes déclenchaient des mini-explosions de plaisir qui se diffusaient dans tout son corps, jusqu'au bout de ses doigts et de ses orteils. Shane revenait à son clitoris quand elle ressentit soudain cette tension familière et délicieuse au cœur de son intimité, prélude au plaisir fulgurant qui la traversa de part en part, faisant naître des picotements exquis sur sa peau nue. Derrière ses paupières closes, elle assista à une explosion de couleurs, pareille à un feu d'artifice du 4 juillet. Les reins cambrés et la tête rejetée en arrière, complètement décomplexée, elle cria tandis que Shane poursuivait ses caresses. Le souffle court, il lui fallut un moment pour retrouver ses repères. Entrouvrant les yeux, elle vit Shane enfiler un préservatif. Il s'allongea sur elle et la pénétra si vite qu'elle haleta ; sa chair était si sensible qu'elle ressentait plus intensément chacun de ses coups de reins.

Il marqua une pause et prit son visage entre ses mains.

— Est-ce que tu m'autorises à renouveler l'expérience ?

Soudain embarrassée, elle se sentit rougir.

— Si tu veux.

Il poursuivit ses va-et-vient sans la quitter du regard.

— J'en ai tellement envie !

10

— Quelle bonne idée de m'avoir invitée à assister à ce match de base-ball ! déclara Savannah.

Rebecca tenait Amanda sur ses genoux. De temps à autre, elle s'amusait à lui faire une grimace, à la grande joie de la fillette. Mais la plupart du temps, elle avait les yeux rivés sur Carson, en place sur le monticule. Elle le trouvait si beau et si sérieux dans son nouvel uniforme. Grâce à l'entraînement intensif de Shane, il avait intégré, en tant que lanceur débutant, une équipe parrainée par un magasin d'alimentation local. Elle n'avait jamais vu son fils aussi enthousiaste. Elle savait gré à Shane de l'intérêt qu'il portait à Carson et du temps qu'il lui consacrait. Aujourd'hui se jouait le premier match de la saison et, même s'il s'agissait d'un affrontement amical, il était important pour son fils.

— Je suis contente que tu aies pu venir, dit-elle. Si tu savais comme je suis soulagée que Carson ait intégré cette équipe ! Il a plus de mal à s'adapter à son nouvel environnement que Caleb.

Tout en parlant, elle surveillait son cadet qui profitait d'un trou dans la clôture grillagée pour photographier son frère en train de lancer.

— Mais je me demande comment je vais réussir à concilier mon travail, les matchs et la présence de mes fils à la maison pendant les vacances d'été. Quand je vivais dans le New Hampshire, les services de garde d'enfants étaient beaucoup plus nombreux qu'ici.

— Tu pourrais les amener au ranch, suggéra Savannah. Il y

aurait de nombreux adultes pour les surveiller, et Bruce serait ravi de les emmener travailler avec lui.

Prise de court, Rebecca ne sut que répondre.

— Pourquoi ne viendrais-tu pas au ranch avec les garçons, dimanche après la messe ? renchérit son amie. Les Brand organisent un brunch tous les dimanches, c'est la tradition. Comme ça, tu rencontrerais d'autres membres de la famille et tu verrais le ranch.

Elle accepta l'invitation. Cette proposition ne résoudrait pas son problème de façon pérenne, mais ce serait une solution de rechange bienvenue si elle n'arrivait pas à trouver un service de garde d'enfants qui lui convienne.

— Et si tu pouvais persuader Shane de t'accompagner, la famille t'en serait reconnaissante et te nommerait sans doute membre honoraire du clan.

Rebecca rit.

— Je n'ai pas ce pouvoir-là sur Shane.

Savannah lui lança un regard sceptique.

— Tu as plus d'influence sur lui que tu ne crois. Il suffit de le regarder. Il a perdu du poids, il est en bien meilleure forme physique, et tu as réussi à dompter sa barbe anarchique.

Son amie désigna Shane, debout près du banc de touche. L'équipe de Carson avait eu besoin d'un entraîneur adjoint, et il avait accepté le poste.

De fait, il ressemblait moins à un homme des cavernes depuis qu'elle l'avait convaincu de se laisser tailler la barbe et raccourcir les cheveux. Elle pouvait au moins s'attribuer ce mérite.

Amanda commença à s'agiter et réclama sa mère. Savannah la fit sauter sur ses genoux tout en poursuivant :

— Je sais que ça ne me regarde pas, et tu n'es pas obligée de me répondre, mais est-ce qu'il y a quelque chose entre vous deux ?

— De l'amitié, dit-elle, sincère.

Elle considérait Shane comme un des meilleurs amis qu'elle

ait eu au cours de sa vie. Il était aussi son amant, mais elle garda cette information pour elle.

— Vous êtes… plus qu'amis ?

Rebecca était au supplice. Elle ne voulait pas lui mentir, mais elle ne savait pas quoi dire.

— Si je te demande ça, c'est parce que je vois la façon dont il te regarde…

— Becca !

— Kelly !

Elle interpella sa sœur avec un rare enthousiasme et lui fit signe de venir les rejoindre en haut des gradins d'où elles avaient une vue d'ensemble du terrain.

Le moins qu'elle puisse dire au sujet de Kelly, c'était qu'elle avait le sens du timing. Elle savait toujours à quel moment sourire, partir, faire un commentaire sarcastique à leur père pour le dérider. Et, bien sûr, elle savait à quel moment arriver. Son apparition providentielle dans le stade en était un parfait exemple. Elle permettait à Rebecca d'éluder la question embarrassante de Savannah.

— Ta sœur est très belle, remarqua son amie.

En effet. Et Rebecca avait toujours souffert d'être la sœur quelconque. Kelly grimpa lentement les marches des gradins, son sac Hermès en bandoulière. Elle était toujours vêtue d'un tailleur dans un État où il était admis de porter un chapeau de cow-boy et un jean lors d'un mariage ou d'un enterrement. Les diamants à son poignet, à ses oreilles et à ses doigts étincelaient au soleil de cette fin d'après-midi tandis qu'elle les rejoignait.

— Sidney te présente ses excuses, l'informa Kelly, s'asseyant près d'elle.

Après avoir fait fortune à Wall Street, le mari de sa sœur avait décidé de quitter l'univers impitoyable des affaires pour s'établir gentleman-farmer dans le Montana. Kelly l'avait suivi à Bozeman et, comme toujours, elle avait su tirer le meilleur parti de la situation en créant une agence immobilière prospère qui proposait des biens d'exception à des clients richissimes.

— Merci d'être venue, dit Rebecca. Les joueurs ont fini de s'échauffer, et le match va commencer. Tu n'as rien manqué d'important.

— Tant mieux. Je m'en serais voulu.

Indifférents aux dissensions entre les deux sœurs, Carson et Caleb aimaient leur tante et leur oncle. Dans l'intérêt de ses fils, Rebecca s'efforçait de mettre de côté son animosité envers Kelly pour préserver le lien avec son unique sœur.

— Tu connais Savannah ?

— Bien sûr.

Kelly se pencha en avant pour lui serrer la main.

— Mais ça fait un moment que nous ne nous sommes pas vues. Depuis la vente aux enchères silencieuse, je crois ?

Rebecca leur adressa un regard interrogateur.

— J'ai créé une fondation, Sammy Smiles, et nous organisons un gala caritatif au printemps et un autre à l'automne pour collecter des fonds, expliqua Savannah.

— J'aimerais y participer, assura Rebecca. N'hésite pas à me faire signe si tu as besoin d'aide.

Savannah rit en caressant les cheveux duveteux de sa fille.

— Nous avons *toujours* besoin d'aide.

Rebecca était presque aphone à force d'avoir encouragé Carson. Il s'était montré vraiment bon – six retraits sur prises en un seul match. Bien sûr, en tant que maman, elle le trouvait exceptionnel, mais il était indéniablement un excellent lanceur. L'entraînement ciblé de Shane et le travail acharné de Carson avaient porté leurs fruits au cours de ce match amical. Elle rejoignit son fils au pied des gradins.

— Tu as été formidable, mon chéri !

Elle l'étreignit avant de le laisser embrasser sa tante. Il avait tissé très tôt un lien affectif avec Kelly, et ce lien perdurait malgré les rares occasions où ils se voyaient.

— Tu m'as vu jouer, tante Kelly ? s'enquit-il, plein d'espoir.

Celle-ci le serra aussi dans ses bras. L'amour qu'elle portait à son neveu adoucissait ses traits.

— Oui, du début à la fin.

Caleb courut vers eux et se jeta au cou de Kelly, la faisant légèrement chanceler par son étreinte vigoureuse.

— Oh ! Caleb, ton visage est tout barbouillé. Qu'est-ce que tu as fabriqué ? demanda Rebecca quand il eut relâché sa tante.

— Shane m'a donné de l'argent pour que je m'achète à manger.

Elle essaya de lui frotter le visage avec le pouce.

— C'est bleu et collant.

— De la barbe à papa ! expliqua Caleb, sautillant sur place.

L'air soucieux, Rebecca repoussa des mèches humides de sueur de son front.

— Tu as chaud. Tu te sens bien ?

Caleb hocha la tête. Elle fut distraite par Savannah venue lui dire au revoir.

— Il faut que je ramène Amanda à la maison. Elle a été sage, mais ça ne va pas durer. Je t'appellerai.

Elles s'embrassèrent et se promirent d'organiser une visite à Sugar Creek le dimanche suivant après la messe.

— Bon, dit Kelly. Je ferais mieux de partir aussi.

— Tu as une journée chargée, demain ?

— Oh ! oui. Je n'aurai pas une minute à moi.

— Les enfants, dites au revoir à votre tante.

Ils s'exécutèrent, puis Carson informa Rebecca qu'ils allaient aider Shane à ranger les équipements.

— D'accord. Mais n'oubliez pas que vous avez école demain.

Carson hocha la tête, puis se tourna vers Kelly.

— J'espère qu'on te reverra bientôt, tante Kelly.

Elles marchèrent ensemble le long du trottoir, dépassées par d'autres parents et enfants pressés de rentrer chez eux. Comme toujours, leur conversation finit par se tarir. Arrivées au bout du trottoir, elles s'arrêtèrent. Désireuse de se séparer en bons termes avec sa sœur après cette rencontre inhabituellement positive, Rebecca se tourna vers elle.

— Je suis vraiment contente que tu sois venue ce soir. C'était très important pour Carson.

— Je viens quand on m'invite.

Et voilà ! Une pique. Elle aurait dû s'y attendre. Elle choisit de ne pas riposter. Par chance, Kelly changea de sujet.

— Tu as parlé à maman, récemment ?

Elle fit non de la tête. Ses relations avec sa mère étaient tendues, et leurs rares discussions décevantes. Elle ne lui avait jamais vraiment pardonné de les avoir abandonnées, enfants, pour prendre un nouveau départ.

— Ah, tu lui en veux toujours, remarqua sa sœur avec un sourire en coin.

Kelly communiquait régulièrement avec leur mère, et Rebecca était persuadée qu'elle le faisait en partie pour lui donner mauvaise conscience et la punir de sa défection. Kelly aimait remuer le couteau dans la plaie alors que Rebecca tentait d'éviter les disputes.

— Arthur !

La façon dont Kelly prononça le prénom de leur beau-père, comme si elle reniflait une odeur de pourriture dans l'air, fit rire Rebecca. Elles étaient sur la même longueur s'agissant d'Arthur. Leur mère avait connu son nouveau mari grâce à un site de rencontre en ligne, et depuis elle ne tarissait pas d'éloges sur lui.

— Pendant une heure, maman m'a vanté les exploits du petit-fils d'Arthur au golf. Bien qu'il n'ait que cinq ans, elle est persuadée qu'il deviendra le prochain Tiger Woods, expliqua Kelly, levant les yeux au ciel. Je me suis contentée de lui demander quel autre miracle *Tiger* comptait accomplir.

Rebecca rit à nouveau.

— Elle n'a pas apprécié mon humour. Elle m'a rappelé que je

devais respecter son mariage, blablabla. Bref, elle ne veut plus me parler.

— Encore ?

Kelly récupéra ses clés de voiture dans son sac.

— Je parie qu'elle me téléphonera demain. C'est plus fort qu'elle.

— Pourquoi êtes-vous toujours en train de vous asticoter ?

— C'est notre façon de communiquer.

Kelly lui donna une brève accolade.

— Préviens-moi dès que tu connais la date du prochain match.

— Entendu.

Rebecca suivit sa sœur des yeux pendant qu'elle se dirigeait vers sa voiture. Kelly démarra, puis baissa sa vitre pour lui faire au revoir de la main. Rebecca mit ses mains en porte-voix et lui cria :

— Je suis contente que tu sois venue !

Au fil des ans, elle lui avait répété cette phrase par obligation, par politesse ou pour se convaincre que leur relation n'était pas complètement dysfonctionnelle. Mais aujourd'hui, à sa grande surprise, elle le pensait sincèrement. Leur relation avait été tellement mise à mal qu'elle ne savait pas comment la restaurer. Du moins, ce soir, elle avait tenté de le faire.

— Est-ce qu'ils dorment ?

Shane l'attendait dehors, assis sur un banc installé de façon qu'ils puissent s'embrasser sans être vus, la nuit tombée.

Avec un soupir d'aise, Rebecca s'installa près de lui et posa la tête sur son épaule.

— Oui, ce n'est pas trop tôt ! Carson était tellement excité que j'ai dû le laisser me raconter à nouveau ses moments préférés du match avant qu'il aille au lit. D'habitude, c'est Caleb qui rechigne à se coucher mais, ce soir, je n'ai pas eu à le gronder.

Elle leva la tête vers Shane et ajouta en plaisantant :

— Sans doute la faute à tout le sucre qu'il a ingurgité.

— Il m'a dit qu'il voulait un hot-dog.

Rebecca rit.

— Je suis sûre qu'il en voulait un… jusqu'à ce qu'il repère la barbe à papa.

— Tu ne peux pas le lui reprocher !

— Non. À son âge, j'aurais fait le même choix.

Shane rit.

— Moi aussi.

Il marqua une pause avant d'ajouter :

— Carson nous a offert un beau match, cet après-midi.

— Oh ! oui. Je ne me doutais pas qu'il était aussi doué.

— Il est très motivé.

— J'espère de tout cœur qu'il saura s'intégrer dans cette équipe. Caleb est tellement facile à vivre ! Tout le monde l'aime. Les gens craquent en voyant ses fossettes quand il sourit. Carson est plus… renfermé. Mais quand il est sur ce terrain…

Elle sourit en songeant à la performance de son fils.

— C'est lui le chef. Il prend la direction des opérations, compléta Shane.

— Oui. Je ne l'avais jamais vu aussi bien dans sa peau. C'est grâce à toi.

— Et grâce à lui aussi.

Après un moment de silence, Rebecca s'exclama en riant :

— Je viens de me rendre compte que tu n'as pas éternué une seule fois de la soirée.

Comme si elle devinait qu'on parlait d'elle, Top sauta sur les genoux de Shane en miaulant.

— Parce que j'ai commencé à prendre les médicaments que l'allergologue m'a prescrits. Il m'a dit que, si je voulais garder Top, j'avais intérêt à me soigner.

Rebecca se blottit contre Shane, laissant la chaleur de son corps se diffuser en elle.

— Tu as tenu à lui offrir un foyer en dépit de tout. C'est très généreux de ta part.

— Elle en vaut la peine. Désormais, elle fait partie de ma famille.

Shane s'était assoupi sur le canapé avec Top et Recon quand un coup insistant à la porte d'entrée le fit sursauter. L'obscurité régnait alentour. Il attrapa son téléphone sur la table basse pour vérifier l'heure : minuit passé.

— Rebecca ?

Il se leva pour lui ouvrir, se demandant pourquoi elle frappait au lieu d'entrer directement. Puis il se souvint qu'il avait verrouillé la porte derrière lui.

— Caleb a beaucoup de fièvre, et je n'arrive pas à la faire baisser, dit-elle précipitamment. Je l'emmène aux urgences.

— J'enfile mes chaussures et je te rejoins à la voiture.

— Non. Je voudrais que tu veilles sur Carson. Il dort à poings fermés. La journée d'hier l'a épuisé.

Shane récupéra ses chaussettes et ses chaussures, et courut vers la maison. Caleb était allongé sur le canapé, enveloppé dans une couverture. Shane le souleva et le transporta à la voiture. La peau de l'enfant était chaude au toucher, et ses yeux d'habitude si espiègles étaient clos. Shane l'installa sur le siège arrière et attacha la ceinture de sécurité de façon à lui permettre de se pelotonner sur le côté.

Il rejoignit Rebecca et lui ouvrit la portière.

— Je t'enverrai un SMS une fois à l'hôpital, dit-elle.

— Entendu. Et donne-moi de ses nouvelles.

Elle acquiesça, puis marqua une pause avant de monter en voiture. L'air soucieux, elle scruta son visage dans la lumière provenant du porche et posa une main sur son torse.

— Ça va ?

Elle n'avait pas besoin de préciser sa pensée – elle voulait savoir s'il était suffisamment sobre pour veiller sur Carson.

— Oui. Je vais bien.

Il avait simplement bu deux bières un peu plus tôt.

Elle hocha la tête et prit place derrière le volant.

— Shane, promets-moi de ne pas boire pendant que tu veilleras sur Carson. Je ne sais pas combien de temps je serai absente.

— Je te le promets.

Il fronça les sourcils, frustré qu'elle lui pose ce genre de question dans des circonstances aussi dramatiques.

— Ne t'inquiète pas, Rebecca. Je gère la situation.

11

Il faisait nuit noire quand Rebecca avait emmené Caleb à l'hôpital, mais maintenant qu'elle se garait dans l'allée, le soleil jetait ses premiers rayons. D'après le dernier SMS de Shane, Carson s'était lavé et habillé, il avait mangé ses céréales avec lui et attrapé le car scolaire à temps. Caleb, qui se sentait mieux grâce aux médicaments qu'on lui avait prescrits pour soigner son otite, s'était endormi sur le siège arrière.

Avec un soupir de lassitude, elle lui ouvrit la portière.

— Réveille-toi, chéri. Nous sommes de retour à la maison.

Assommé de fatigue, Caleb se traîna vers le porche, la couverture enroulée autour de ses épaules. Une fois à l'intérieur, elle l'étreignit et l'embrassa sur le crâne.

— Monte te coucher. Je t'apporterai une boisson et ton médicament.

Caleb traversa le salon et fit un faible signe de la main à Shane qui semblait s'être assoupi dans le fauteuil relax.

— Tu te sens mieux ? demanda Shane.

— Oui, marmonna Caleb en se dirigeant vers l'escalier.

Rebecca déposa son sac et les médicaments sur la table basse et s'affala sur le canapé en bâillant.

— Quelle nuit !

Shane vint s'asseoir près d'elle et lui pressa brièvement la main au cas où Caleb redescendrait. Mais sa présence à ses côtés la réconforta.

— Tu as dû décommander des clientes ?

— Hélas, oui. J'ai pu reporter tous les rendez-vous, sauf un. C'est Bailey qui coiffera cette cliente.

Rebecca ferma les yeux, épuisée et tombant de sommeil. Sentant sa tête dodeliner, elle se força à ouvrir les yeux.

— Je vais monter ses médicaments à Caleb et j'irai me coucher.

Shane se leva et lui offrit sa main. Elle l'accepta avec gratitude et lui donna une brève accolade, regrettant de ne pas pouvoir aller au lit avec lui pour se blottir dans ses bras.

— Merci d'avoir veillé sur Carson. Tout s'est bien passé ?

— Oui. Ce gamin est formidable. Il s'est préparé comme un grand et a attrapé le car scolaire pile à l'heure. Je me faisais l'effet d'un simple observateur.

Elle lui adressa un sourire las.

— Merci quand même. Sans toi, il aurait manqué une journée d'école.

Tandis que Shane retournait chez lui pour s'occuper de Recon et Top, elle remplit un verre avec la boisson préférée de Caleb. En remettant la bouteille dans le réfrigérateur, elle remarqua quelque chose d'anormal. Au fond du réfrigérateur se trouvait un pack de six bouteilles de bière qu'elle avait acheté quelques mois auparavant. Même si le pack était tourné de façon à présenter deux bières sur le devant, elle voyait bien qu'il en manquait une à l'arrière.

Rebecca fixait le pack incomplet, tâchant de se souvenir si la bière manquait depuis longtemps sans qu'elle s'en soit aperçue. Elle agrippa la poignée, l'estomac noué, non parce qu'elle avait faim mais parce qu'elle pressentait que ce qu'elle redoutait s'était produit.

— Maman !

L'appel de Caleb l'arracha à ses sombres pensées. Elle monta l'escalier avec le verre et les médicaments, soulagée que son fils aille mieux. Sur le seuil de la chambre, elle s'arrêta pour observer l'enfant qui se rendormait une fois son médicament avalé. Sans bruit, elle redescendit l'escalier, prenant soin d'éviter les lattes grinçantes. Elle avait eu l'intention de s'allonger sur le lit de Carson, à portée d'oreille de Caleb, pour rattraper quelques heures de sommeil, mais cette histoire de bouteille manquante et l'horrible soupçon qui l'assaillait la tracassaient tellement qu'elle doutait de pouvoir s'endormir malgré sa fatigue.

Elle rouvrit le réfrigérateur, les sourcils froncés, fixant l'endroit où aurait dû se trouver la sixième bière.

— Il n'a pas pu faire ça !

Elle écarta une laitue et un reste de sandwich enveloppé dans une serviette en papier, sortit le pack de bière et le posa sur le comptoir. Adossée contre l'évier, elle se mit à réfléchir. Elle n'avait pas bu de bière depuis des mois, et Carson, le seul dans la maison susceptible d'être soupçonné, mis à part Shane, n'avait jamais manifesté le moindre penchant pour la bière ou le vin. C'était forcément Shane. Restait à déterminer s'il avait consommé cette bière la nuit dernière ou une autre fois quand il était à la maison.

Contrariée, elle attrapa le pack et l'emporta jusqu'à la poubelle. Elle appuya sur la pédale actionnant le couvercle. Elle s'apprêtait à jeter le pack quand elle aperçut un bout d'étiquette incriminant sous des serviettes en papier roulées en boule. À la fois incrédule et furieuse, elle jeta les cinq bouteilles restantes et récupéra le sac-poubelle. Puis elle sortit de la maison et se dirigea vers le grand container bleu pour se débarrasser du sac. Perturbée par la perspective de sa confrontation avec Shane, elle rebroussa chemin à pas lents, les épaules affaissées. Elle ferma la porte et s'adossa contre le battant, les yeux clos. Shane avait trahi la confiance fragile qu'elle avait placée en lui. Cette trahison concernait directement son fils. Qu'elle le veuille ou non, elle devait résoudre ce problème.

Rebecca cherchait-elle à fuir l'inévitable ou était-elle trop occupée ? Toujours est-il qu'elle ajourna sa « discussion » avec Shane jusqu'à ce que Caleb soit suffisamment remis pour retourner à l'école et qu'elle ait rattrapé son retard au salon de coiffure. À son retour de l'hôpital, elle avait eu l'intention de demander à Shane de veiller sur Caleb pendant qu'elle retournerait travailler mais, après cette histoire de bière manquante, elle avait changé d'avis et s'était mise en quête d'une baby-sitter. Elle avait fini par appeler Kelly ; elle connaissait tout le monde en ville et lui avait fourni les coordonnées de deux ou trois nounous potentielles. Elle avait engagé Felicia, une mère de famille dont les enfants avaient quitté la maison. Pour compenser les heures de travail perdues, Rebecca avait programmé des rendez-vous le lundi matin, pendant les quelques heures qu'elle passait d'habitude avec Shane.

Au début, il ne parut pas remarquer la distance qui s'était instaurée entre eux. Mais quand elle le croisa un matin dans l'allée alors qu'elle partait travailler et qu'il se rendait chez le médecin, elle vit dans son regard qu'il savait que quelque chose clochait entre eux. Consciente qu'il était grand temps d'avoir cette discussion avec lui, elle accepta de le retrouver le soir même sur le banc une fois les enfants endormis. Durant le reste de la journée, elle fut tenaillée par l'appréhension. L'appétit coupé, elle sauta le déjeuner, ce qui aggrava le nœud qui s'était formé au creux de son estomac. Son malaise l'accompagna jusqu'au moment de rejoindre Shane. D'habitude, elle courait presque à sa rencontre pour ne pas manquer une minute de son temps précieux avec lui, mais ce soir elle marchait avec la lenteur d'un escargot.

Shane, qui effleurait les cordes de sa guitare, s'arrêta de jouer, mais ne posa pas son instrument.

— Je me demandais si tu allais venir.

— Je t'aurais prévenu si j'avais eu un contretemps.

Elle s'assit à côté de lui, laissant une petite distance entre eux. Shane ne chercha pas à l'embrasser ni à l'enlacer. Quelle différence avec les soirées précédentes ! Leur relation, bien que récente, avait été facile. Confortable. Mais, à cet instant, la posture rigide de Shane et sa façon d'agripper sa guitare trahissaient sa nervosité.

Rebecca fixa un point au loin, tâchant de forcer les mots qu'elle avait soigneusement préparés à sortir de sa bouche.

— Shane, il faut qu'on parle.

Elle se tourna vers lui et, pour la première fois de la soirée, leurs regards se croisèrent. Il posa sa guitare et se pencha en avant, les mains sur les cuisses.

— Je t'écoute.

Elle s'efforça d'affermir sa voix.

— Je vais te poser une question. Est-ce que tu as bu la nuit où tu as veillé sur Carson ?

Comme il tardait à répondre, elle se demanda s'il prendrait le risque de lui mentir.

Finalement, il prononça un seul mot :

— Oui.

Elle avait beau s'attendre à cette réponse, ce « oui » énoncé de façon claire et nette la consterna. Un frisson glacé la parcourut malgré la douceur de l'air. C'était une chose de penser qu'on connaissait la réponse et une autre, très différente, de s'entendre confirmer d'une voix dépourvue d'émotion et de regret qu'on avait vu juste.

— Carson dormait. Il était épuisé, et je n'arrivais pas à fermer l'œil...

Il laissa sa phrase en suspens. Peut-être se rendait-il compte que sa justification sonnait faux.

Au bout de longues minutes, elle rompit le silence :

— Je t'aime, Shane. Mais si je ne peux pas me fier à toi pour protéger mes enfants, je ne le peux pas non plus pour construire quelque chose de durable avec toi.

Il haleta, comme s'il tâchait d'encaisser le choc.

— Alors, tout est fini ?

Sa question ressemblait davantage à un constat.

Rebecca se leva et croisa les bras sur sa poitrine dans un geste protecteur.

— Tu as de graves problèmes à résoudre, Shane, dit-elle d'une voix altérée par l'émotion. J'aurais tant voulu t'aider. Mais je ne le peux pas. Mes fils passent en premier.

Rebecca ouvrit la porte de l'appartement attenant au garage. Il semblait si étrange, si exigu maintenant qu'il était dépourvu de mobilier. Elle s'avança à l'intérieur, se remémorant tous les moments qu'elle avait passés ici avec Shane – leurs rires, leurs conversations, leurs ébats amoureux.

Elle remonta les stores pour laisser entrer la lumière du jour. Shane avait laissé l'endroit impeccable. À croire qu'il avait fait appel à des professionnels pour nettoyer la cuisine, la salle de bains et la moquette. Si elle le voulait, elle pourrait louer l'appartement immédiatement. Mais elle n'était pas sûre que ce soit la bonne décision pour elle et les enfants. Elle se rendit dans la chambre et demeura là, plongée dans ses pensées. Shane avait déménagé pendant qu'elle était au travail et les enfants à l'école. Carson et Caleb étaient tous deux désemparés par son départ, mais c'était Carson qui semblait le plus affecté.

Après un dernier regard circulaire, elle sortit de la chambre, retraversa le salon et verrouilla la porte derrière elle. Dehors, elle s'assit sur le banc que Shane avait laissé.

— Maintenant que ce chapitre est clos, je ferais mieux de reprendre ma vie en main.

Shane avait chaud au visage et il ne comprenait pas pourquoi. Il était dans cet état intermédiaire entre la veille et le sommeil, où les rêves se mêlaient à la réalité. Quelque part au loin, il entendit quelqu'un l'appeler mais, quand il essaya de répondre, il ne parvint pas à remuer les lèvres. Puis il éprouva d'étranges sensations, comme si on lui lavait les bras avec du papier de verre et qu'on versait de l'eau salée sur son visage.

— Shane !

Et maintenant, on lui secouait le pied !

— Shane !

Poussant un grognement, il entrouvrit les yeux et les referma aussitôt, aveuglé par l'éclat du soleil. Il ne lui fallut qu'une seconde pour comprendre qu'il gisait sur le dos, sur le perron de son frère Liam. Voilà pourquoi son visage était chaud. Quant à l'eau salée ? C'était la langue de Recon. Et le gant râpeux ? Celle de Top.

La chatte s'était installée sur son ventre, et Shane la gratta affectueusement sous le menton tout en rouvrant prudemment les yeux. La silhouette au-dessus de lui était floue, mais il reconnut Savannah dans ses beaux habits du dimanche, qui le fixait, les mains sur les hanches.

— Salut, Savannah.

Il entreprit de se redresser en grimaçant, et Top sauta sur le perron. Sa tête l'élançait, ses oreilles bourdonnaient, et il ne comprenait pas comment il avait atterri sur le perron alors que, dans son souvenir, il se trouvait dans le salon, au milieu de tous ses cartons non déballés.

— Salut, Shane.

Il caressa le pelage de Recon, qui attendait patiemment à côté de lui en pleine chaleur, haletant, la langue pendante.

— Tu as soif, camarade ? lui demanda-t-il. Accorde-moi une minute, et j'irai te chercher de l'eau.

Quand il essaya de se lever, les muscles de ses jambes le trahirent, et il retomba en arrière. Savannah ne jurait pas souvent mais, cette fois, elle ne s'en priva pas. Elle appela Recon et Top, puis récupéra un bol vide dans la cour et le remplit à un robinet. Le chien et la chatte s'empressèrent de laper l'eau fraîche côte à côte.

Shane réussit non sans mal à s'asseoir. Savannah l'avait rejoint et le fixait avec un mélange de déception et de colère.

— Je t'ai toujours défendu, dit-elle, pointant un index accusateur vers lui. J'ai toujours demandé à ta famille de se montrer plus compréhensive, de te laisser davantage de temps pour te remettre des épreuves que tu as traversées.

— Je sais, dit-il, tenant sa tête douloureuse entre ses mains.

C'était la première fois que Savannah l'apostrophait de façon aussi virulente.

Il se força à lever ses yeux douloureux vers elle.

— Tu es en colère contre moi.

Elle écarta les bras, exaspérée.

— Parce que je n'ai aucune raison de l'être ?

— S'il te plaît, est-ce que tu pourrais parler plus bas pendant que tu m'expliques ce que j'ai bien pu faire pour te mettre dans cet état ?

— Oh ! s'exclama-t-elle, haussant le ton. Ma voix te vrillerait-elle les tympans ?

Il grimaça de douleur.

— Savannah, dis-moi ce que j'ai fait de mal, et je m'efforcerai de réparer mon erreur.

— Laisse-moi te dire une bonne chose, déclara Savannah, en baissant d'un ton. Rebecca est la personne la plus adorable que j'aie jamais rencontrée.

En l'entendant mentionner le prénom de Rebecca, il sentit monter en lui une vague de nausée, non pas à cause de toute la bière qu'il avait ingurgitée, mais en raison du vide béant que sa rupture avec elle et ses fils avait laissé en lui.

— J'ignore ce qui s'est passé entre vous deux car elle n'a rien voulu me dire, mais le résultat est là : elle ne participera pas à notre brunch dominical et n'autorisera pas ses fils à venir chez moi pendant les vacances d'été.

— Je ne lui ai jamais interdit d'amener ses fils au ranch !

— Je sais. Mais elle pense que ce serait embarrassant pour tout le monde. Je lui ai expliqué que la cabane de Liam se trouve à une demi-journée de marche de la grande maison, mais elle n'a aucune idée de l'étendue du ranch. Tout ce qu'elle sait, c'est que *tu* es ici, et elle refuse de venir.

— J'en suis désolé, dit-il, sincère.

— Rebecca est mon amie. Je l'aime beaucoup et je tiens à

conserver son amitié. Je me fiche éperdument que sa présence soit embarrassante pour *toi*.

— Moi aussi, je l'aime.

C'était la première fois qu'il l'avouait à quelqu'un d'autre que Rebecca. Puis il ajouta doucement :

— Je suis amoureux d'elle.

Son aveu sembla apaiser la colère de Savannah car elle s'assit près de lui sur la plus haute marche du perron. Recon et Top accoururent vers eux et s'installèrent à leurs pieds. Ils demeurèrent silencieux, et seul le meuglement des vaches au loin rompit le calme de ce début d'après-midi.

— Qu'est-ce que tu comptes faire ? s'enquit finalement Savannah d'un ton radouci.

— Au sujet de Rebecca ? Je crains qu'il n'y ait plus rien à faire.

Il secoua tristement la tête en songeant à la somme d'efforts qu'il devrait faire pour regagner sa confiance.

— Voyons, Shane, tu baisses déjà les bras ? demanda-t-elle, déçue. Où est passé ce courage exemplaire dont tu as fait preuve lors de tes nombreux déploiements ?

— C'était différent. J'avais des ordres. Une mission à accomplir.

— Et si tu te fixais comme nouvelle mission de reconquérir Rebecca ?

— Je ne saurais même pas par où commencer.

— Commence par renoncer à l'alcool et accepte l'aide que le médecin du Département des anciens combattants t'avait proposée pour soigner ton stress post-traumatique.

Comme il ne répondait pas, elle poursuivit :

— Sois raisonnable, Shane. Pendant des années, tu as essayé de te soigner à ta façon, et ça n'a pas fonctionné.

— N'insiste pas, Savannah, je ne veux pas en parler.

Le médecin lui avait proposé des médicaments pour traiter les symptômes de son stress post-traumatique ainsi que des séances avec un psychologue spécialisé dans les traumatismes de combat.

Mais il n'avait pas accepté de se faire aider. À l'époque, il ne voulait pas parler de ses problèmes, et il s'y refusait encore aujourd'hui.

— Tu nous as tous exclus de ta vie pendant des années, dit-elle d'une voix altérée par l'émotion. Aucun de nous ne sait ce qui t'est arrivé parce que tu ne veux rien nous dire.

Il ne répondit pas.

— Rebecca t'aime, je le vois sur son visage. Et ses enfants t'aiment aussi.

— Moi aussi, je les aime.

— Alors, ressaisis-toi ! Accepte l'aide dont tu as besoin. Remets de l'ordre dans ta vie et fais tout pour reconquérir Rebecca, si c'est ce que tu veux vraiment. Arrête de boire et réconcilie-toi avec Dieu. Rebecca est une mère avant tout. Elle ne veut pas d'un homme qu'elle devra enjamber pour aller à l'église parce qu'il se sera écroulé ivre mort sur le perron.

12

— Savannah ! Je suis si contente que tu aies pu te libérer !

Rebecca se précipita vers son amie pour lui donner une chaleureuse accolade.

Savannah balaya le petit salon de coiffure d'un regard admiratif.

— Oh ! tout est si propre, si moderne, si lumineux ! Cet endroit n'a plus rien à voir avec ce qu'il était.

— Il m'a fallu des heures de travail pour réaménager les lieux. J'espère que j'ai pris la bonne décision.

Savannah lui tapota le bras dans un geste rassurant.

— J'en suis sûre. Et je suis très honorée d'être ta première cliente.

Après le départ de Shane, Rebecca avait laissé l'appartement vide pendant un mois, trop occupée par son travail avec les nouveaux horaires d'été, les entraînements et les matchs de base-ball. Sans l'argent du loyer et avec les frais de garde d'enfants, elle était constamment en proie à des difficultés financières, au point qu'elle avait dû consulter un médecin pour qu'il lui prescrive des antiacides. Elle avait alors compris qu'elle avait besoin de changement dans sa vie. Besoin de courage et d'audace. Besoin de faire un pari sur l'avenir en ouvrant son propre salon de coiffure. Savannah avait été la première à lui faire remarquer que l'appartement attenant au garage ferait parfaitement l'affaire. Ce fut le début d'une nouvelle étape dans la vie de Rebecca. Elle avait obtenu un petit financement professionnel et, à sa grande surprise, Kelly s'était proposée comme investisseur silencieux.

Grâce à cet apport financier, elle avait donné son préavis à Bailey, réduit le nombre d'heures de garde pour ses enfants et passé l'été à transformer l'appartement en salon.

— Tu veux que je te fasse faire le tour du propriétaire ? proposa-t-elle en souriant. Ce sera rapide.

L'espace réorganisé incluait une salle d'attente confortable, une petite pièce pour se changer, le salon avec deux postes de coiffage et deux lavabos, et une salle de bains rénovée. Une autre pièce avait été aménagée à l'arrière pour permettre à Carson et Caleb de faire leurs devoirs quand elle avait des rendez-vous tard le soir.

— C'est parfait !

Son amie, enthousiaste, la serra dans ses bras avant d'enfiler un peignoir.

Le sourire aux lèvres, Rebecca tourna le robinet d'eau chaude. Clip Art Salon était son rêve devenu réalité. La transformation de l'appartement en salon l'avait aidée à combler le vide laissé par le départ de Shane.

Savannah la rejoignit, et Rebecca lui indiqua un fauteuil.

— Installe-toi.

— Il est hyper confortable ! s'exclama son amie, une fois assise.

— Comme le salon est petit, j'ai essayé de le rendre aussi douillet que possible. Ainsi, ce fauteuil relaxant dispose d'une fonction massage. Ça te dirait d'essayer ?

— Bien sûr !

Savannah prit la télécommande pour actionner le dispositif. Puis elle ferma les yeux pendant que Rebecca lavait, puis appliquait un après-shampoing sur ses longs cheveux auburn. Comme elle le faisait avec ses autres clientes, elle resta silencieuse car c'était un moment de détente pour toutes deux. Elle lui massa le cuir chevelu et le cou avant d'envelopper ses cheveux humides dans une serviette.

— Quelle expérience fantastique ! s'exclama Savannah en se levant et en s'installant au poste de coiffage.

— Merci. J'ai été élue meilleure masseuse du cuir chevelu deux années d'affilée quand je travaillais dans le New Hampshire.

Rebecca entreprit de démêler les cheveux de son amie.

— Je remarque beaucoup de pointes fourchues.

— Je sais, soupira Savannah. Je ne me suis fait couper les cheveux qu'une fois depuis la naissance d'Amanda.

— Tu as des excuses. S'occuper d'un bébé n'est pas de tout repos.

Rebecca lui montra quelques pointes.

— Pour bien faire, il faudrait que j'enlève huit centimètres.

— D'accord. Samedi, il faut que je sois à mon avantage.

Rebecca lui avait proposé son aide pour l'organisation de la vente aux enchères silencieuse. Savannah avait créé sa fondation en l'honneur de son fils Samuel qui s'était noyé accidentellement alors qu'il n'était qu'un petit enfant. Au début, elle avait eu pour objectif de sensibiliser les parents au risque d'accidents domestiques et de noyades accidentelles. Mais la structure avait connu un tel succès que Savannah avait décidé d'étendre son objectif initial à la fourniture d'une aide financière aux familles dont les enfants avaient survécu à une noyade non mortelle ayant entraîné de graves séquelles nécessitant des traitements coûteux. C'était une cause digne d'intérêt, et Rebecca était fière d'être associée à une fondation aussi importante.

Cela ne l'empêchait pas d'éprouver des émotions contradictoires concernant la vente aux enchères silencieuse. En effet, Shane donnerait un récital lors du gala, et ce serait la première fois qu'elle le reverrait depuis son départ. Leur séparation remontait à plusieurs mois, mais ses sentiments pour Shane demeuraient inchangés. Il lui manquait. Elle l'aimait. Et elle redoutait de se retrouver face à lui.

— Merci, Rebecca.

Un sourire radieux aux lèvres, Savannah admirait son épaisse chevelure soyeuse et lisse.

— Ça fait une éternité que je n'ai pas été aussi bien coiffée.

Sur le seuil, elles s'étreignirent à nouveau, puis Savannah posa une main sur le bras de Rebecca, l'air soucieux.

— Tu es sûre que ça ne te gêne pas de voir Shane, samedi ?

En l'entendant prononcer le prénom de Shane, elle sentit son estomac se contracter douloureusement, mais elle s'efforça de faire bonne figure devant son amie.

— Savannah, arrête de t'inquiéter pour moi. Samedi, il s'agira d'honorer la mémoire de ton fils et de collecter le maximum de fonds pour la fondation. Rien ni personne ne m'empêchera d'être présente pour promouvoir une cause aussi honorable.

Rebecca observait d'un œil critique son reflet dans le miroir de la salle de bains. Elle avait grossi, c'était certain. Elle passa une main sur son ventre un peu trop rebondi. C'était le jour de la vente aux enchères silencieuse, et elle s'était enfermée dans sa salle de bains pendant des heures pour se préparer. Kelly l'avait accompagnée quand il était devenu évident qu'elle avait besoin de s'acheter une robe d'une taille supérieure. Elle n'avait pleuré qu'une fois sur sa rupture avec Shane, mais elle avait manifestement compensé son chagrin par de la nourriture de confort. Connaissant le goût sûr de Kelly en matière de mode, elle lui avait fait confiance quand elle avait choisi une robe portefeuille vert forêt qui mettait sa silhouette en valeur et dissimulait un peu son embonpoint.

Bien sûr, elle avait le trac à l'idée de revoir Shane mais, ce qui comptait vraiment, c'était le succès de la vente aux enchères silencieuse. Et si elle se focalisait sur cet objectif, son embarras finirait peut-être par se dissiper. Elle enfila ses escarpins, appliqua un peu de parfum et sortit de la salle de bains. En la voyant, ses deux fils levèrent le pouce en signe d'approbation, et elle se sentit ragaillardie. Mais à mesure qu'elle se rapprochait de Baxter Hotel, dans le centre-ville de Bozeman, sa nervosité grandissait. Le moment qu'elle attendait et redoutait à la fois surviendrait dans quelques minutes. Sa rencontre avec Shane Brand était imminente.

Quand il avait accepté de chanter lors du gala Sammy Smiles, Shane se doutait qu'il reverrait Rebecca. Ce n'était pas ce qui avait motivé sa décision – il était content de participer à une cause juste –, mais il aurait enfin l'occasion de montrer à Rebecca tout le travail qu'il avait accompli sur lui-même pour exorciser ses démons. Du moins, ce serait la première fois depuis le jour de leur rencontre qu'elle le verrait complètement sobre. Bien sûr, il ne s'attendait pas qu'en le découvrant sous ce nouveau jour elle se pâme dans ses bras comme une ado sentimentale et naïve. Rebecca était une femme responsable et maîtresse d'elle. Mais, s'il en jugeait par les bribes d'information qu'il soutirait à Savannah, elle avait encore des sentiments pour lui. Avec un peu de chance, ils pourraient prendre un nouveau départ.

Tout en jouant, il surveillait les doubles portes qui donnaient accès à la salle de bal principale du Baxter Hotel. Tandis que les invités arrivaient et se regroupaient devant la scène, il tâchait de se concentrer sur la musique et de reléguer au second plan sa crainte grandissante d'apprendre que Rebecca ne viendrait pas à cause de lui. Auparavant, il aurait noyé son chagrin dans la bière. Mais, ces derniers temps, il avait appris à canaliser ses émotions négatives dans la musique.

— Merci, dit-il dans le micro. J'aimerais dédier la prochaine chanson à une des personnes que j'admire le plus – ma belle-sœur Savannah.

Elle était entourée des frères et des parents de Shane, ainsi que de sa belle-sœur Kate. Elle écarquilla ses grands yeux verts de surprise et lui envoya un baiser aérien. Shane avait fermé les yeux au bout de quelques strophes et, quand il les rouvrit, il aperçut

Rebecca sur le seuil d'une des doubles portes. Leurs regards se croisèrent, et Shane en fut si ému qu'il fit une fausse note.

Il la suivit du regard pendant qu'elle se dirigeait vers Savannah et la famille Brand. Il la trouvait superbe dans sa robe vert forêt cintrée à la taille. Ses cheveux, qu'elle avait laissés pousser, retombaient en bouclettes souples autour de ses épaules et encadraient son doux visage de façon charmante. Il dut prendre sur lui pour ne pas poser sa guitare et la rejoindre. Combien de fois avait-il imaginé son visage, la nuit, seul dans son lit ? Combien de fois avait-il failli l'appeler pour entendre sa voix ? Il se força à se concentrer sur la musique et à reporter son regard sur la foule au lieu de dévorer Rebecca des yeux. Il terminerait ses cinq autres chansons, puis il irait la retrouver. La perspective d'être proche d'elle au point de la toucher et de plonger son regard dans ses beaux yeux l'enthousiasmait tellement qu'il avait du mal à empêcher ses mains de trembler.

Ce fut plus fort que lui, il expédia ses deux dernières chansons, remercia les nombreux invités, posa sa guitare et sauta à bas de la scène. Aussitôt, des personnes l'arrêtèrent pour lui parler, le féliciter, lui dire à quel point sa musique comptait pour eux. Bien sûr, il appréciait leurs compliments, mais cet attroupement l'empêchait de rejoindre Rebecca.

Il salua sa famille et s'efforça d'abréger la conversation sans se montrer grossier. Puis, il murmura à l'oreille de Savannah :

— Où est-elle ?

Rebecca traversa lentement la petite salle de bal du Baxter où débuterait la vente aux enchères silencieuse. Elle n'en revenait pas de tous les dons proposés à la vente : diverses offres de service, du mobilier fabriqué à la main, des objets anciens et des œuvres d'art. Heureuse de cette diversion, elle s'attarda dans la salle, s'efforçant de maîtriser les battements frénétiques de son pouls. Quand elle pénétra dans la grande salle de bal et qu'elle vit Shane sur la scène, son anxiété grimpa en flèche, tel un geyser jaillissant dans le parc de Yellowstone. Elle avait l'impression qu'un essaim d'abeilles bourdonnait dans ses veines ; ses mains tremblaient et son cœur tambourinait dans sa poitrine comme celui d'une ado en proie à son premier coup de cœur. Elle faillit partir, ne se sentant pas encore prête à le revoir, mais Savannah la repéra et lui fit signe de rejoindre les autres membres de la famille Brand. Ils étaient extrêmement nombreux, et les frères de Shane – Bruce, Liam, Colton et Gabe – se ressemblaient beaucoup.

— J'aimerais voir les articles exposés dans la salle des enchères, dit-elle en manière d'excuse avant de les quitter.

Elle n'avait aucune envie de retrouver Shane devant sa famille. C'était le prétexte parfait sans être un mensonge, car elle tenait vraiment à examiner ces articles.

L'un d'eux retint particulièrement son attention : un tableau représentant une chapelle blanche érigée au sommet d'une colline. Après avoir fait le tour complet de la salle, elle revint se poster devant le tableau. Soudain, elle sentit la présence d'une personne à ses côtés, et elle devina avant même d'entendre sa voix qu'il s'agissait de Shane.

— C'est mon arrière-arrière-grand-père qui a bâti cette chapelle.

Il se tenait près d'elle, mais pas trop près, les mains dans les poches de son pantalon.

— Vraiment ?

— Oui. Elle se trouve à Bent Tree Ranch où mon père a grandi. C'est dans les environs d'Helena.

Rebecca était sous le charme de cette petite chapelle ; avant que Shane la rejoigne, elle essayait d'imaginer comment ce serait de se marier entre ses murs blancs.

— Elle existe encore ?

— Je crois.

Il se pencha pour examiner le tableau de plus près.

— Il doit s'agir d'une toile récente de ma cousine Jordan.

Pour la première fois depuis qu'il était arrivé, elle le regarda.

— Elle a beaucoup de talent. Il me semble que je pourrais pénétrer dans ce tableau et à l'intérieur de la chapelle.

Après un instant de silence, elle ajouta :

— J'aimerais bien la visiter.

— En fait, je n'y suis jamais allé.

Ils déambulèrent tout naturellement autour de la salle, s'arrêtant devant certains articles et passant leur chemin devant d'autres. Ils retrouvaient cette même aisance dans leur relation, comme s'ils ne s'étaient pas quittés une seule journée. Dire qu'elle s'était angoissée à s'en rendre malade à l'idée de revoir Shane !

— Le ranch n'appartient plus à ta famille ?

— Plus directement. C'est mon oncle qui en a hérité.

Cédant à la curiosité, elle lui coula un regard oblique. Il était vêtu d'un costume anthracite sur une chemise gris acier. Ses longs cheveux étaient maintenus sur la nuque en une queue-de-cheval, et il avait essayé de tailler sa barbe sans succès. Elle ne l'avait jamais vu autrement qu'en jean et vieux T-shirt, et son élégance actuelle lui plaisait beaucoup. Si seulement il acceptait de raser cette horrible barbe !

— Mon père et mon oncle se sont disputés au sujet du testament de leur père alors que j'étais enfant. Depuis, mon père n'a plus adressé la parole à son frère.

— C'est triste.

Shane acquiesça et consulta l'heure sur son téléphone.

— Il faut que je remonte sur scène pour la suite de mon programme. Tu veux bien m'accompagner ?

Pendant le court trajet jusqu'à la grande salle de bal, une trentaine de personnes arrêta Shane pour lui parler de sa musique et d'un voyage à Nashville. Quand ils réussirent à se libérer, Rebecca lui demanda :

— Tu vas à Nashville ?

Curieusement, elle se sentait dépitée de constater que les gens semblaient mieux connaître qu'elle la vie de Shane.

— J'ai rendez-vous avec le responsable d'une maison de disques.

Un internaute a posté une vidéo de moi sur YouTube et, quelques jours plus tard, j'ai été contacté par ce responsable.

— C'est formidable !

Elle posa la main sur son bras d'un geste machinal, comme elle l'avait fait si souvent.

Shane fixa sa main avec une expression étrange. Elle la retira, mais il la prit et la garda dans la sienne. Il en caressa le dos avec le pouce et, au lieu de la relâcher, il entremêla leurs doigts et l'entraîna vers le hall.

— Et ton récital ?

Elle regarda par-dessus son épaule, consciente qu'ils se dirigeaient dans la mauvaise direction.

— Il attendra quelques minutes.

Shane s'arrêta dans le hall à côté d'une des grandes colonnes ornementées, un endroit où les gens passaient sans s'attarder, puis il se tourna vers elle.

— C'est important.

Dans cet espace brillamment éclairé, Rebecca remarqua que ses yeux bleu azur étaient plus lumineux qu'auparavant. Un jour, après la messe, Savannah avait mentionné en passant qu'il avait arrêté de boire, et cela se voyait. Son visage n'était plus rougi ni bouffi, mais aminci et hâlé. Il paraissait en bien meilleure santé.

Craignant qu'il n'entame une conversation qu'ils ne pourraient pas terminer dans un endroit aussi public, elle lui rappela à nouveau qu'il devait monter sur scène, mais il n'en tint aucun compte.

— Je m'étais promis que, si je te voyais aujourd'hui, je n'aborderais pas ce sujet avec toi, mais je vais quand même le faire au cas où une autre occasion ne se présenterait pas de sitôt.

Il marqua une pause, la fixant intensément.

— Si tu savais comme je regrette ma conduite passée !

— Je le sais, Shane.

Ses yeux s'emplirent de larmes et elle s'efforça de les refouler.

— J'ai trahi ta confiance et celle de tes enfants, admit-il d'une voix altérée par l'émotion.

Elle détourna le regard un bref instant, songeant à ses fils. Le départ de Shane leur avait causé un choc. Mais quand Carson avait découvert que Shane avait démissionné de son poste d'entraîneur adjoint avant même le début de la saison, sa peine s'était muée en colère. Plus grave encore, il était persuadé que c'était elle qui avait poussé Shane à la démission. Elle avait eu beau lui affirmer le contraire, Carson n'en croyait pas un mot. Ce fameux soir, à son retour de l'entraînement, il avait claqué la porte d'entrée, jeté son gant sur le canapé et fait la tête à Rebecca durant le reste de la soirée. L'attitude de son fils l'avait bouleversée ; il n'avait pas réagi aussi violemment depuis l'annonce de son divorce d'avec Tim.

— Tu me manques tellement, Rebecca ! dit-il, ému. Ton amitié me manque. Et tes enfants aussi.

— Toi aussi, tu nous manques.

Et c'était vrai. L'absence de Shane avait laissé un grand vide dans leurs vies.

Il marqua une pause, visiblement bouleversé.

— Shane, intervint-elle, lui touchant le bras pour le réconforter. Nous parlerons de tout cela plus tard.

— Tu as raison. Il faut que j'y retourne. Je tenais simplement à te dire combien j'étais désolé. Les choses sont différentes pour moi maintenant et, si tu pouvais me pardonner, j'aimerais que tu m'autorises à redevenir ton ami.

13

Si Rebecca n'avait pas vu Shane pendant des mois après son départ de l'appartement, la situation changea du tout au tout après la vente aux enchères silencieuse. Il surgissait dans sa vie dans les endroits les plus inattendus, comme ce dimanche à l'église, à l'occasion d'un récital. Quand le pasteur annonça à l'assemblée qu'un invité spécial interpréterait des chants religieux, Rebecca était loin de penser à Shane. Chaque fois qu'elle lui avait demandé de l'accompagner à l'église, il lui avait fait la même réponse : « Ce n'est pas l'endroit approprié pour un homme comme moi. » Aussi, quelle ne fut pas sa surprise de voir Shane, grand, mince et élégant dans un costume bleu marine, monter sur la scène, sa guitare en main.

— Maman ! C'est Shane !

Carson, pour qui la messe semblait d'habitude une véritable corvée, ouvrait de grands yeux éblouis.

— Maman ! C'est Shane ! s'exclama à son tour Caleb.

— Oui. Parlez plus bas.

— Tu savais que Shane était l'invité ? murmura-t-elle à Savannah.

— Non. Je savais qu'on lui avait demandé de chanter, mais j'ignorais qu'il avait accepté.

Shane semblait à l'aise, sa guitare sur les genoux. Amplifiée par le micro, sa voix de baryton si familière résonna dans la vieille église.

— Je vous remercie de m'avoir invité, dit-il au pasteur.

Puis, s'adressant à l'assemblée des fidèles :

— C'est un honneur pour moi d'être avec vous aujourd'hui.

L'apparition soudaine de l'homme qu'elle aimait déclencha en Rebecca une sensation de stress aiguë – ses paumes étaient moites, son corps tremblait, elle avait chaud au visage et au cou, et son cœur tambourinait dans sa poitrine. Elle ressentait un étrange mélange de joie, de nervosité et de curiosité. De fait, à aucun moment, lors des récitals privés qu'il lui donnait sur leur banc, il n'avait chanté de chants religieux.

Quand il entama la chanson *I Can Only Imagine*, elle oublia sa nervosité et, à l'instar des autres fidèles, concentra toute son attention sur la voix de Shane, les paroles du chant et le son de sa guitare. Était-ce ce chant émouvant ou la sincérité qu'elle discernait dans la voix de Shane ? Ce fut plus fort qu'elle, elle se mit à pleurer sans pouvoir s'arrêter.

— Maman ? Ça va ? demanda Carson, inquiet.

Hochant la tête, elle lui prit la main et la garda, heureuse que son fils ne la retire pas, même s'il s'estimait « trop grand » pour lui tenir la main. Après avoir chanté, Shane partit sans assister à la messe, laissant Rebecca sur sa faim. Shane lui avait demandé s'il pouvait revenir dans sa vie et celle de ses fils. Après mûre réflexion, elle avait décidé qu'elle ne laisserait plus les hommes entrer et sortir de sa vie de façon inconsidérée. Les garçons ignoraient tout de sa liaison avec Shane, pourtant ils avaient souffert de son départ. Elle estimait qu'il devait faire ses preuves avant de retrouver sa place dans leurs vies. Malgré les progrès qu'il avait accomplis, elle hésitait à lui renouveler sa confiance.

— J'ai promis à Jock et Lilly que je t'inviterai aujourd'hui à notre brunch dominical, déclara Savannah en sortant de l'église avec elle.

Rebecca avait rencontré les beaux-parents de son amie lors du gala caritatif et elle avait aussitôt sympathisé avec eux. Jock avait des cheveux blancs, les mêmes yeux bleus que Shane et un réseau de rides sur son visage tanné par sa vie au grand air. Comme son fils, il était d'un abord bourru, mais d'une grande gentillesse. Quant à Lilly, la belle-mère de Shane, elle était affable et bienveillante.

— Qu'en dis-tu ?

Savannah était, à sa connaissance, le seul membre de la famille à être au courant de la nature de sa relation passée avec Shane. Elles en avaient discuté une fois avant de passer à autre chose. Leur amitié n'avait rien à voir avec Shane, et ni l'une ni l'autre ne voulaient la mettre en péril en prenant parti sur un sujet aussi personnel et délicat.

— J'ai envie de voir les chevaux, intervint Caleb qui les avait suivies au lieu de rejoindre Carson. On devait m'apprendre à monter.

Caleb n'avait pas oublié qu'il avait été invité à Sugar Creek Ranch pendant l'été et qu'elle l'en avait empêché après le départ de Shane.

— Il y a beaucoup de chevaux, confirma Savannah.

Rebecca était partagée. Elle avait entendu sans le vouloir un des frères Brand mentionner que Shane assistait à nouveau aux brunchs familiaux. Si elle acceptait l'invitation pour le brunch, elle donnerait l'occasion à Shane de renouer leurs liens d'amitié. C'était un risque à courir. Mais le Shane qu'elle avait vu à l'église et croisé en ville récemment lui plaisait, et elle avait envie d'apprendre à le connaître.

Elle rejoignit Carson qui les attendait près de la voiture.

— Ça te dirait d'aller déjeuner à Sugar Creek ?

— Oui, ce serait cool, répondit-il d'un ton détaché.

Shane courait le long d'un sentier serpentant dans les bois, forçant son corps à accélérer. Il bondit au-dessus d'un ruisseau, comme s'il franchissait une haie sur une piste. Il atterrit en douceur sur l'autre rive et se remit à courir. Il connaissait ce sentier comme sa poche. Il l'empruntait déjà pour s'entraîner quand il était lycéen. Ignorant la sensation de brûlure dans ses cuisses, ses chevilles et ses poumons, il contourna de grands arbres, baissant la tête pour éviter les branches basses, et fit halte dans une clairière. Essoufflé et en sueur, il consulta sa montre et se rendit compte qu'il venait de battre le record qu'il avait atteint quand il était adolescent. Riant aux éclats, il leva les bras en l'air en signe de victoire, comme Rocky Balboa après qu'il eut gravi les soixante-douze marches du Philadelphia Museum of Art. La pratique du sport intensif était redevenue une passion pour lui depuis qu'elle lui avait permis de recouvrer sa santé physique et mentale.

Essuyant la sueur sur son visage avec son T-shirt, il grimpa la pente herbue qui menait à l'arrière de la maison familiale. Puis il retira les écouteurs de ses oreilles et ouvrit la porte. En général, il arrivait le dernier pour le brunch et prenait place sur une chaise vide alors que tout le monde était déjà servi. Mais, aujourd'hui, les membres de sa famille étaient rassemblés dans le hall, riant et parlant avec animation.

— Shane !

Caleb surgit soudain, se faufilant parmi le groupe.

— Eh, salut Caleb ! dit-il en lui donnant l'accolade.

Carson se détacha du groupe pour le saluer. C'est à cet instant que Shane aperçut Rebecca, encore dans ses vêtements du dimanche, à côté de Savannah. Leurs regards se croisèrent, et il lui sourit, le cœur empli de joie. Il savait que l'invitation de sa famille, par l'intermédiaire de sa belle-sœur, remontait à quelque temps déjà. Chaque dimanche, il espérait qu'elle viendrait, mais son espoir était toujours déçu. Jusqu'à aujourd'hui. Elle lui adressa un sourire timide, et il eut l'impression merveilleuse que tout rentrait dans l'ordre dans son univers. Oh ! comme son sourire lui avait manqué !

Carson, qui avait beaucoup grandi, préféra lui serrer la main plutôt que de lui donner l'accolade.

— Tu as raté tous mes matchs, déclara-t-il avec la franchise de sa mère.

Shane accusa le coup.

— Je sais, Carson. Je suis désolé. J'étais... souffrant.

— C'est ce que maman m'a dit, acquiesça-t-il sans sourire. Tu vas mieux ?

— Je suis sur la bonne voie, répondit-il honnêtement.

Par chance, Carson changea de sujet.

— Cet après-midi, Bruce a promis qu'on monterait à cheval.

— Votre attention, s'il vous plaît !

La voix de Lilly s'éleva au-dessus du brouhaha, interrompant leur conversation.

— Le brunch est servi !

S'il avait su qu'il verrait Rebecca, il aurait écourté son running, mais heureusement, il avait pris le temps de se doucher et de se changer. Il se présentait à elle les cheveux encore mouillés et décoiffés, mais tant pis, il était trop heureux de la revoir.

— Hello, Rebecca, dit-il, la rejoignant au moment d'entrer dans la salle à manger.

— Hello, Shane.

— J'ai couru, ce matin.

Il avait conscience de sa gaucherie, mais il éprouvait le besoin de justifier.

Savannah s'immisça entre eux et passa son bras sous celui de Rebecca.

— Ne t'avise pas de t'asseoir à côté d'elle, Shane ! Elle est mon invitée.

Mi-amusé, mi-vexé, il s'assit en face d'elle. Du moins, il pourrait la contempler à loisir. Au début, il avait accepté de participer aux brunchs dominicaux pour faire plaisir à Lilly et à Savannah, puis il avait continué à faire acte de présence dans l'espoir de voir Rebecca. Maintenant qu'elle était là avec ses enfants, il avait le sentiment exaltant que la famille était au complet.

Après le brunch, comme promis, Bruce emmena Carson et Caleb dans une écurie pour seller deux des hongres les plus calmes. Ce déjeuner avec la famille Brand avait été une révélation pour Rebecca. La présence de Shane, à laquelle elle s'était vite habituée, n'avait fait qu'ajouter à la bonne humeur générale. Cette famille était l'exact opposé de la sienne – les frères de Shane étaient bruyants, joyeux et très unis dans la vie comme dans le travail. Ils plaisantaient, riaient et hurlaient parfois, au grand dam de Lilly. Cela faisait une éternité que Rebecca ne s'était pas autant amusée. Et elle était ravie de voir que Carson et Caleb se sentaient dans leur élément au sein de ce clan si sympathique.

— Tu es contente d'être venue ? lui demanda Shane tandis qu'ils marchaient côte à côte en direction du manège.

— Oh oui !

Elle leva son visage vers le soleil, heureuse de sentir sa chaleur sur sa peau. Avec l'arrivée de l'automne, ils devraient bientôt remiser les vêtements légers.

— Moi aussi, je suis content que tu sois venue.

— Merci.

Ils s'arrêtèrent devant la barrière fermée du manège. Bruce et deux ouvriers agricoles aidaient les garçons dûment casqués à se mettre en selle et réglaient leurs étriers.

Rebecca rit.

— Regarde Caleb, il est aux anges.

L'enfant semblait minuscule sur la grande selle western, mais il agita la main vers elle, le visage rayonnant.

— Ce cheval est énorme ! Tu es sûr que tout se passera bien ?

— Truck est très doux. C'est pour cette qualité que Bruce l'a choisi, expliqua Shane. Est-ce que tu montes à cheval ?

— Je sais monter, mais je n'en ai pas envie.

Voyant qu'il la fixait, intrigué, elle s'expliqua :

— J'aime les chevaux. Je veux bien leur donner des carottes et les panser, mais je n'aime pas être dessus. Ils sont trop hauts.

— Tu as peur de la hauteur ?

— Ça me terrifie.

— Si je comprends bien, je n'ai pas intérêt à te proposer une balade en montgolfière, remarqua Shane en riant.

À cheval au milieu du manège, Bruce observait les enfants pendant qu'il leur faisait effectuer quelques exercices de base : avancer au pas, trotter, s'arrêter, faire tourner leurs montures vers la droite, puis vers la gauche.

— Que diriez-vous d'une randonnée ? leur demanda-t-il après s'être assuré qu'ils étaient aptes à quitter le manège.

— Oh oui ! s'exclamèrent-ils en chœur.

Carson se tourna vers Rebecca.

— Maman ? On peut partir en randonnée avec Bruce ?

— Oui. Mais soyez prudents !

Shane ouvrit la barrière pour permettre au petit groupe de quitter le manège.

Caleb passa fièrement devant eux.

— De quoi j'ai l'air, maman ?

— D'un vrai cow-boy, chéri !

Puis s'adressant à Carson :

— Veille sur ton frère, lança Rebecca avec un clin d'œil.

— Promis.

— Nous serons de retour dans une heure environ, les informa Bruce. Nous nous dirigeons vers Little Sugar Creek, puis nous ferons une boucle pour revenir ici.

Shane hocha la tête et referma la barrière.

— C'est quoi, Little Sugar Creek ? demanda Rebecca.

— Le domaine de Gabe. Papa a délimité des propriétés de quatre hectares sur le ranch pour chacun de ses enfants.

— Pour vous garder près de lui ?

— Du moins, il a essayé.

— Tu as de la chance d'avoir une grande famille aussi unie. J'aurais tant aimé en avoir une comme la tienne.

— Je ne me suis pas toujours bien comporté avec elle. Mais je progresse.

Tout en parlant, Rebecca suivait des yeux ses enfants dont la silhouette diminuait à mesure qu'ils s'éloignaient.

— Pourvu que cette randonnée se passe bien ! dit-elle, soucieuse.

— Rassure-toi. Après Gabe, Bruce est le meilleur cavalier de la famille. Il veillera sur les garçons comme s'ils étaient les siens.

Quand elle était avec Shane, elle éprouvait des émotions contradictoires. Par moments, elle avait l'impression qu'ils ne s'étaient jamais quittés. À d'autres, sa nervosité reprenait le dessus, et elle craignait de redevenir trop proche de lui. Le brunch familial et l'épisode du manège lui avaient procuré une sorte de répit. Mais, maintenant, elle éprouvait un certain malaise à se retrouver seule avec lui pour la première fois depuis leur rupture.

— Bon. Il vaudrait mieux que...

Il dut deviner qu'elle était sur le point de retourner à la maison car il s'empressa de dire :

— Je voudrais te montrer quelque chose. Tu veux bien m'accompagner ?

Craignant que Rebecca ne change d'avis, Shane courut vers la maison pour emprunter les clés de la jeep de Colton. Revenu auprès d'elle, il lui désigna l'imposant véhicule noir.

Elle fixa Shane, incrédule.

— Tu te figures que je vais grimper dans cet engin ?

De fait, Colton avait rehaussé sa jeep pour pouvoir installer d'énormes pneus conçus pour les terrains boueux.

— Je te donnerai un coup de main.

— Non ! J'y arriverai... du moins je l'espère, marmonna-t-elle.

Il se tint en retrait pendant qu'elle faisait plusieurs tentatives pour lever la jambe tout en s'agrippant à la carrosserie, mais elle était trop petite pour parvenir à se hisser sur le siège. Elle avait les joues rouges et, en la voyant échouer pour la quatrième fois, il ne put se retenir de rire. Elle pivota vers lui, furieuse, et demanda d'un ton cinglant :

— Est-ce que tu vas m'aider, oui ou non ?

Shane leva les mains en signe d'apaisement.

— Tu disais que tu y arriverais.

— Eh bien, je me suis trompée !

Il lui enserra la taille et la souleva pour lui permettre de monter dans la jeep. Une fois installée, elle leva les yeux au ciel.

— Qu'est-ce qui cloche chez ton frère ?

— Il est encore jeune et casse-cou, répondit-il, prenant place derrière le volant et bouclant sa ceinture. Que dirais-tu de faire du hors-piste ?

— Du hors-piste ?

— Je peux emprunter la grande route ou un des chemins de traverse. Le trajet est beaucoup plus chaotique, mais le paysage est magnifique.

— Va pour le chemin de traverse.

La lueur d'excitation qu'il perçut dans son regard lui fit chaud au cœur.

— Attache ta ceinture et accroche-toi à la poignée de maintien. Tu vas être secouée, mais tu passeras un bon moment.

Du coin de l'œil, il vit qu'elle serrait sa jupe sous ses cuisses pour éviter qu'elle se soulève.

Parvenu à une bifurcation, il prit un virage serré à gauche. La jeep heurta une bosse et se souleva du sol. Rebecca haleta, surprise, puis éclata de rire. Plus la jeep se soulevait dans ce chemin accidenté, plus elle riait. Sa gaieté rendait Shane si heureux qu'il aurait voulu prolonger la balade tout l'après-midi. Hélas, ils arrivaient déjà en vue de la cabane de Liam où il vivait depuis son départ de l'appartement.

— Que dirais-tu d'un donut ?

— Oh ! non, merci. J'ai trop mangé tout à l'heure.

— Je parlais d'un autre genre de donut, expliqua-t-il en riant et en mimant un cercle avec son doigt.

— Oh ! celui-là. Pourquoi pas ?

Il quitta le chemin et se dirigea vers un espace herbu. Puis il serra le frein et braqua le volant tout en appuyant à fond sur la pédale d'accélération. La jeep patina sur ses roues arrière, dessinant des cercles sur l'herbe et créant beaucoup de fumée. Rebecca poussait des cris et riait à gorge déployée, ses boucles voletant autour de son visage d'une façon charmante.

Ils riaient encore quand il se gara devant la cabane.

— Une sacrée expérience, ce donut ! remarqua-t-elle en lissant ses boucles.

Shane sauta à bas du véhicule et se tourna vers elle.

— Tu as besoin d'aide ?

— Non, ça va aller.

Elle ôta ses chaussures, balança les jambes et sauta à terre.

— Je vais libérer Recon et Top.

Ses chaussures à la main, Rebecca arborait un large sourire. Ses joues étaient roses et ses cheveux ébouriffés. Comme elle était belle à cet instant ! songea-t-il, ému.

Il ouvrit la porte d'entrée, et Recon jaillit dehors, talonné par Top. Ils filèrent à côté de lui pour aller saluer Rebecca. Elle s'agenouilla et passa les bras autour du cou de Recon avant de reporter son attention sur Top qui se frottait contre ses jambes en miaulant.

— Oh ! mon Dieu ! Comme tu es grande, maintenant !

La chatte roula sur le dos, les quatre pattes en l'air, avide de caresses.

— Ils sont toujours les meilleurs amis du monde ?

— Oh ! oui. Ils forment un duo surprenant.

Quand elle se releva, elle surprit son regard fixé sur ses cheveux. Elle sourit, confuse.

— Je dois ressembler à quelqu'un qui a mis les doigts dans une prise de courant !

— Un peu. Mais ça te va bien.

— J'en doute, dit-elle, s'efforçant de lisser ses boucles.

Shane lui fit signe de le suivre.

— C'est la cabane de Liam ?

— Oui.

— Comme c'est tranquille, ici ! remarqua-t-elle, balayant les alentours du regard.

— Ça me convient très bien.

Il l'entraîna vers un hangar métallique dont il fit coulisser la porte.

— Waouh ! s'exclama Rebecca, médusée. Qu'est-ce que c'est ?

— Ce que je voulais te montrer.

Il alluma une rangée de luminaires industriels qu'il avait installés.

Pendant des mois, il avait converti ce hangar en course d'obstacles, reproduisant dans une moindre mesure le parcours du combattant sur lequel il s'entraînait à l'armée.

— C'est toi qui as réalisé toute cette installation ?

Il acquiesça, marchant lentement à ses côtés pendant qu'elle examinait les seize obstacles différents qu'il avait conçus et construits. Si sa décision de bâtir ce parcours avait constitué le premier pas vers la reprise en main de sa vie, la conception et l'exécution de son plan lui avaient permis d'affronter ses traumatismes de guerre et d'essayer de les surmonter. Il estimait même que le temps passé dans ce hangar lui avait sauvé la vie.

— Je comprends mieux pourquoi tu es en aussi grande forme physique. Tu utilises tous ces obstacles ?

— Oui. Ils remplacent la boisson, dit-il, désireux de mettre les choses au clair.

Lorsqu'ils furent parvenus à l'extrémité du hangar, Rebecca se tourna vers lui, les yeux brillants de larmes contenues.

— Je suis tellement fière de toi, Shane !

— Merci. Ce compliment me touche beaucoup.

Et pour la première fois depuis des années, il ajouta :

— Moi aussi, je suis fier de moi.

14

Le dimanche suivant, Shane chanta des chants religieux réclamés par les paroissiens et le pasteur. Rebecca pensait qu'il partirait après son récital, comme la fois précédente, mais, à sa grande surprise, il vint s'asseoir à côté de Carson. Savannah se pencha en avant pour lui adresser un sourire et un clin d'œil avant de reporter son attention sur le sermon. Pour la dernière série de cantiques, il se leva et chanta avec eux. Chaque fois qu'elle entendait sa voix si claire et si pure, elle avait la chair de poule tellement elle était émue.

— Ne m'attends pas, lui dit Savannah, une fois la messe terminée. Je dois parler à Connie au sujet de la fondation. Est-ce que je te verrai au brunch ?

Elle fit un signe d'assentiment. Toute la semaine écoulée, les garçons n'avaient eu qu'une idée en tête : retourner au ranch pour une nouvelle randonnée. Elle aussi avait passé un excellent moment en compagnie des Brand, même si elle ressentait encore une certaine gêne auprès de Shane. Elle savait qu'il voulait rétablir leur amitié, et sans doute aussi leur relation charnelle, mais il ne se montrait pas pressant. Il était simplement là, amical, drôle et sobre, lui laissant le temps de s'adapter à une nouvelle normalité entre eux.

— Qu'est-ce que tu as pensé de la messe ? demanda-t-elle.

— C'était pas mal, répondit Shane d'un ton détaché.

— Que veux-tu dire par « Pas mal » ? L'expérience t'a suffi ? Ou tu la renouvellerais volontiers ?

Il rit, déclenchant des picotements de plaisir le long de son dos. Après tout ce temps, l'effet qu'il produisait sur ses sens ne s'était jamais affadi.

— Il est probable que je la renouvelle.

Elle lui sourit, satisfaite, et désigna sa barbe hirsute.

— Si tu deviens un fidèle assidu, tu devras soigner ton apparence.

— Tu veux dire, raser ma barbe ?

Elle rit devant sa mine consternée.

— Ce n'est pas ce que je suggérais, mais il serait peut-être temps de changer ça aussi.

Sa barbe avait toujours été un sujet de discorde entre eux. Elle aurait voulu qu'il la rase, mais il refusait cette idée, préférant conserver ce qu'il appelait le « chic montagnard ».

— Je n'en vois pas la nécessité. Elle est devenue une amie pour moi, répliqua-t-il le plus sérieusement du monde.

— Une amie ingérable ! Puisque tu aimes les challenges, je te mets au défi de la raser, dit-elle gaiement, ne s'attendant pas à ce qu'il morde à l'hameçon.

Il la raccompagna à sa voiture sur le parking de l'église.

— Tu sais quoi ? demanda-t-il, une lueur espiègle au fond des yeux. Si tu essaies de faire le parcours d'obstacles avec moi aujourd'hui, je te laisserai raser ma barbe.

— Tu es fou ? Il est hors de question que je grimpe sur ta structure d'escalade !

— Tu m'as confié que ton médecin t'avait recommandé de faire de l'exercice.

De fait, le dimanche précédent, elle lui avait expliqué qu'elle avait neuf kilos en trop, du mauvais cholestérol et un taux de glycémie trop élevé. Elle avait été tellement occupée à créer son salon de coiffure qu'elle avait négligé sa santé.

— Le médecin ne m'a pas dit que je devais subir un entraînement militaire !

Shane lui adressa un sourire enjôleur.

— Allons, Rebecca, tu as envie de me raser la barbe depuis le premier jour de notre rencontre. Maintenant qu'une occasion s'offre à toi, saisis-la.

— Je regrette de t'avoir répété les commentaires du médecin !

Nullement découragé par son air renfrogné, il continuait de la regarder en souriant.

Comme elle n'était pas du genre à reculer devant un défi, elle entama une négociation avec lui.

— Je ne serai pas obligée de franchir réellement les seize obstacles, n'est-ce pas ? Tout ce que j'aurai à faire, ce sera *essayer* de les franchir, et tu me laisseras te raser cette barbe.

— Oui, à condition que tu ne fasses pas semblant d'essayer. Tu dois vraiment jouer le jeu. Si tu y réfléchis bien, cet arrangement est plus avantageux pour toi que pour moi.

— Est-ce que vous avez encore besoin de moi ? demanda Carmen, la nouvelle stagiaire de Rebecca.

— Non, merci. Il ne me reste qu'un seul rendez-vous. Je fermerai le salon et vous verrai demain.

Carmen récupéra son sac, salua sa patronne et s'en alla. Rebecca s'étonnait encore d'avoir suffisamment de clientes pour pouvoir engager une stagiaire.

Elle consulta son téléphone. Sa prochaine cliente arriverait dans quelques minutes. Elle en profita pour remettre de l'ordre sur son poste de coiffage. Chaque fois qu'elle tendait les bras ou qu'elle se baissait, elle grimaçait de douleur. Elle avait pris Shane au mot et essayé son parcours d'obstacles, et elle en subissait encore les conséquences avec des douleurs musculaires et une raideur des articulations. Elle avait mal dans des endroits de son corps dont elle ne soupçonnait même pas l'existence. Elle se lavait les mains dans la salle de bains quand elle entendit le carillon de la porte d'entrée.

— J'arrive ! lança-t-elle en s'essuyant les mains.

Un sourire aux lèvres, elle sortit de la salle de bains pour accueillir sa cliente, mais quelle ne fut pas sa surprise de voir Shane qui l'attendait dans ce qui avait été son appartement.

— Bonsoir, Shane, dit-elle, confuse.

— Bonsoir, Rebecca. J'aime bien la façon dont tu as aménagé cet endroit.

Il savait qu'elle avait transformé l'appartement en salon de coiffure, mais il ne l'avait jamais visité. En proie à la nervosité, elle lissa un ongle strié, histoire de s'occuper les mains. Cet endroit était chargé de tellement de souvenirs : c'était là qu'ils étaient devenus amis, puis amants. Lui en voulait-il d'avoir transformé cet endroit après son départ ?

— Merci, dit-elle. C'est un rêve devenu réalité.

— Tu le mérites, Rebecca.

Il dut deviner son embarras car il ajouta :

— Je suis content pour toi.

Elle se détendit et le remercia à nouveau.

— J'aurais aimé te faire visiter, mais j'ai une cliente qui va arriver d'ici peu.

— Je suis ta cliente.

Elle le fixa, incrédule, puis vérifia le nom que Carmen avait inscrit sur l'agenda.

— Tu es Brandy Smith ?

— En chair et en os.

Conformément à leur accord, elle avait entrepris le parcours d'obstacles avec le plus grand sérieux. Elle n'avait refusé de franchir que deux obstacles à cause de sa peur de la hauteur. Pourtant, Shane s'était gardé de lui dire quand il comptait respecter sa part de l'accord.

— Vous êtes une femme à barbe, Brandy ?

Shane passa une main sur ses poils broussailleux.

— Oui. Mais j'aimerais ressembler aux autres filles.

Rebecca rit.

— Je peux arranger ça.

Auparavant, elle lui fit faire une visite rapide des lieux, pressant le pas quand ils traversèrent l'ancienne chambre de Shane. Il lui était impossible de se trouver là avec lui sans se remémorer la délicieuse sensation de ses mains sur son corps, de ses lèvres sur sa peau nue et de son sexe en elle...

Il émergea du vestiaire en peignoir. Elle tapota le dossier du fauteuil, l'invitant à y prendre place. Puis elle s'empara de sa tondeuse à barbe et vérifia le réglage de la lame.

Voyant qu'il fixait l'instrument avec circonspection, elle lui demanda :

— Tu es sûr que c'est ce que tu veux ?

— Nous avons passé un accord.

— Bien. Je vais commencer par raccourcir ta barbe avec cette tondeuse. Puis je l'assouplirai avec une serviette chaude. Enfin, pour l'ultime étape, je te donnerai un rasoir classique. Ça te convient ?

— Franchement ? Non. Tu es certaine de vouloir la raser complètement ? demanda-t-il, les sourcils froncés.

— Oh oui ! Je n'ai pas pu soulever les bras au-dessus de ma tête sans souffrir le martyre pendant une semaine à cause de ton maudit parcours d'obstacles. Quand je te verrai enfin le visage rasé, je pourrai me dire que ça valait la peine de souffrir.

— Tu n'arrêtes pas de me dévisager !

— Je sais, admit Rebecca assise à côté de Shane sur leur banc. C'est simplement que...

Il passa une main sur son menton rasé de frais.

— Je suis d'une beauté irrésistible ?

— Exactement.

Shane lui sourit. Sans sa barbe, il ressemblait à un top-modèle ou à une star de cinéma.

— Merci. Je suis flatté.

— N'importe quelle femme te trouverait irrésistible.

— Peut-être. Mais tu es la seule qui compte pour moi.

Ne sachant pas quoi répondre, elle garda le silence. Mais la tendresse qu'il avait mise dans sa réponse lui alla droit au cœur. Bien que très sollicité par la gent féminine, notamment lors de ses récitals, il lui était toujours resté très attaché. Et maintenant qu'il ressemblait à un soldat sexy digne d'une affiche de recrutement pour l'armée, il serait encore plus courtisé.

— Ça me fait tout drôle de sentir le soleil sur mon visage, remarqua-t-il, passant à nouveau la main sur son menton.

Il se tourna vers elle, interceptant son regard.

— Et ça me fait tout drôle d'être à nouveau assis là sur ce banc avec toi.

— Je suis désolée...

— Non, ne le sois pas, Rebecca. Tu as bien fait de rompre avec moi. C'était la meilleure chose à faire pour Carson et Caleb, pour toi et même pour moi.

Il lui prit la main, et elle le laissa faire. Les garçons se trouvaient chez Kelly, et elle avait l'impression d'être à nouveau dans sa bulle privée avec l'homme qu'elle aimait envers et contre tout.

— J'étais tellement mal dans ma peau, dit-il d'une voix émue. Et quand je vous ai perdus, toi et les enfants, c'était comme si j'avais perdu tout ce qui comptait dans ma vie.

Elle lui pressa la main, s'en voulant d'avoir accru sa souffrance.

— Il te reste tellement de belles choses à vivre, Shane. Tellement de musique à composer et à partager avec le monde.

— Je n'ai jamais été capable de t'expliquer les causes profondes de mon mal-être.

De fait, elle avait toujours eu le sentiment qu'il avait érigé un mur impénétrable entre eux, qu'elle n'avait jamais pu franchir malgré ses efforts.

Il détourna le regard et fixa un point au loin.

— Il y a plusieurs années, un psychiatre de l'armée m'a expliqué que je souffrais de stress post-traumatique.

C'était un aveu important de sa part, elle le savait, mais il ne la surprenait pas. Ayant vécu auprès d'un père lui-même atteint de stress post-traumatique, elle n'avait eu aucun mal à repérer les mêmes symptômes chez Shane.

— Mais je n'étais pas suffisamment courageux pour...

Il marqua une pause, puis se ressaisissant, il ajouta :

— ... pour accepter de me faire soigner.

Il tourna la tête vers elle. Son regard était à cet instant empreint d'une telle souffrance qu'elle la ressentait dans son propre corps.

— Depuis notre rupture, j'ai compris que je devais reprendre ma vie en main. Désormais, je suis le traitement que le médecin m'a prescrit et je vois un psychologue. Je commence à me sentir... un peu moins méprisable.

— Oh ! non, Shane. Tu n'as jamais été méprisable !

Ignorant son interruption, il poursuivit sa confession :

— Crois-le ou non, je buvais très peu avant de quitter l'armée. Mais, après ce que j'avais vécu, j'avais besoin de prendre quelque chose qui m'assomme pour pouvoir dormir. Pour oublier.

— Et maintenant ?

— Je n'essaie plus d'oublier.

Ils demeurèrent assis en silence, épaule contre épaule, leurs doigts entrelacés. Au bout d'un moment, Rebecca finit par demander :

— Tu as eu du mal à arrêter de boire ?

— Non, répondit-il sans hésitation. Pas plus que pour le tabac ou le cannabis. Ce qui me faisait le plus souffrir, c'était d'être séparé de toi et des garçons. Un vrai déchirement.

Sans lui laisser le temps de réagir, il ajouta :

— Tu m'as sauvé la vie, Rebecca.

— Non, Shane. C'est toi qui as eu le courage de la reprendre en main.

— Depuis notre séparation, je me suis fixé pour mission de te reconquérir. C'est ce besoin d'être à nouveau avec toi qui m'a donné la force d'affronter mes démons et de me soigner. Tu as été ma source d'inspiration.

La gorge nouée par l'émotion, Rebecca enlaça la taille de Shane et posa la tête sur son épaule. À son tour, il posa son menton sur le sommet de son crâne.

— Est-ce que tu es prête à m'accorder une seconde chance, Rebecca ? demanda-t-il, visiblement nerveux.

Le cœur battant la chamade, elle leva la tête pour contempler son beau visage. Était-elle prête ? Jusqu'à cet instant, elle ne l'avait pas été.

— Ce qui s'est passé entre nous n'était pas entièrement ta faute, Shane. Moi aussi, j'ai commis des erreurs.

Il semblait retenir sa respiration, attendant qu'elle termine.

— Puisque j'éprouvais le besoin de garder le secret sur notre relation, je n'aurais pas dû me lancer dans cette aventure pour commencer. J'ai eu tort, et j'en suis désolée.

Croisant le regard circonspect de Shane, elle précisa :

— Je n'ai jamais cessé de t'aimer, Shane.

— Mais ?

— Mais avant de te dire que je suis prête à t'accorder une seconde chance, j'ai besoin de savoir si Carson et Caleb sont prêts à t'accueillir dans leur vie.

15

— C'est ridicule ! Pourquoi suis-je aussi nerveuse ? demanda Rebecca à Savannah.

Elle avait mis le haut-parleur pendant qu'elle tentait de recourber ses cils, les mains tremblantes. Chaque fois qu'elle approchait l'appareil de ses cils, ses doigts se contractaient sous l'effet de l'énergie nerveuse qui l'habitait, et elle ratait son coup. Avec un grognement de frustration, elle jeta le recourbe-cils dans sa trousse de maquillage.

— Parce qu'il s'agit d'un premier rendez-vous, expliqua Savannah d'un ton encourageant. Ça rend toujours nerveux.

— Il n'empêche que c'est ridicule, grommela Rebecca.

Savannah rit.

— Mais non. Tu es trop dure avec toi-même. Je suis nerveuse aussi, pourtant ce n'est pas moi qui ai un rendez-vous.

— Oh Seigneur !

— Que se passe-t-il ?

— Il est là. J'ai entendu le carillon de la porte d'entrée.

— Alors, je raccroche. Envoie-moi un SMS quand tu seras rentrée. J'ai hâte de savoir comment ça s'est passé.

Rebecca jeta un dernier regard à son reflet dans le miroir en pied, contente d'avoir retrouvé son ancien tour de taille. Son premier parcours d'obstacles s'était révélé tellement décevant en raison de sa piètre forme physique qu'elle en avait été mortifiée. Dans un sursaut d'amour-propre, elle avait décidé de prendre les choses en main et de réussir à franchir ces maudits obstacles. Quand il faisait beau, les garçons randonnaient avec Bruce, et quand il pleuvait, ils s'entraînaient sur le parcours d'obstacles avec elle et Shane.

En sortant de la chambre, elle aperçut Shane assis sur le canapé avec Carson et Caleb, une manette de jeux dans les mains. Il leva les yeux vers elle en souriant.

— Tu es prêt ? demanda-t-elle.

— Laisse-le finir ce jeu, maman, dit Carson, les yeux rivés sur l'écran. Il est sur le point de perdre.

— Oui, renchérit Caleb. Il va perdre.

Elle échangea un sourire avec la baby-sitter, s'assit sur un tabouret de bar et attendit la fin du jeu. Elle s'était beaucoup inquiétée de la réaction de ses fils quand Shane viendrait la chercher non pas en tant qu'ami de la famille, mais en tant que petit ami. Par chance, leur comportement tout à fait normal avait chassé ses craintes. En réalité, c'était elle qui réagissait bizarrement.

Plus tard, en sortant du restaurant, ils rirent de leur propre nervosité.

— Je suis soulagée de savoir que, comme moi, tu n'en menais pas large, déclara Rebecca, tenant la main de Shane.

C'était tellement libérateur de lui tenir la main en public et de n'avoir rien à cacher à ses fils ! Elle était fière d'être vue en compagnie de Shane. Bien sûr, il attirait les regards féminins, mais elle était heureuse de voir qu'il les ignorait. Toute son attention était centrée sur elle et sur leur rendez-vous galant. Et c'était exaltant au possible.

— Je dois t'avouer une chose, déclara Shane tandis qu'ils se promenaient dans le centre-ville de Bozeman. Quand Carson m'a ouvert la porte, il incarnait tellement le chef de famille que j'ai été intimidé – juste un peu.

Il lui adressa un sourire complice.

— Mais je ne l'avouerai jamais à quelqu'un d'autre.

— Ce sera notre petit secret.

Elle avait surtout redouté la réaction de Carson quand elle lui avait annoncé qu'elle sortait avec son « copain » Shane. Mais, contre toute attente, c'était Caleb qui avait eu du mal à se faire à cette idée. Il pensait qu'elle devrait demander l'avis de leur père. En un sens, elle comprenait sa réaction. Quand elle et Tim étaient mariés, ils prenaient leurs décisions ensemble – un des points forts de leur union –, et Caleb avait dû s'en rendre compte.

« Caleb, maman n'a pas besoin de demander l'avis de papa puisqu'ils sont divorcés, avait expliqué Carson avec des mots simples. Papa sort avec qui il veut, et maman sort avec qui elle veut. C'est comme ça maintenant. »

Shane rit avant de poursuivre :

— Puis, il m'a mis au défi de remporter un jeu sur sa console, et ça m'a tout de suite mis à l'aise.

— Il est formidable, dit-elle fièrement. Caleb aussi.

— Parce qu'ils ont une maman formidable.

— Tu vas faire de moi une femme gâtée si tu continues à me dire des choses aussi gentilles.

Il porta sa main à ses lèvres.

— Depuis le temps que j'attends la femme de ma vie, je ne vais pas me priver de la gâter maintenant que je l'ai trouvée.

Ils parlèrent à bâtons rompus, heureux d'être ensemble. Même s'ils n'étaient pas très actifs sur les réseaux sociaux, excepté pour le travail, ils prirent un selfie pour immortaliser leur premier rendez-vous. Ils poursuivirent leurs déambulations, explorant les boutiques et s'arrêtant pour boire un café. Ni l'un ni l'autre n'avaient envie que cette soirée se termine.

Rebecca poussa un soupir de regret quand Shane gara son pick-up dans l'allée. Le moteur coupé, il garda les mains sur le volant, le regard fixé droit devant lui.

— Cette soirée a énormément compté pour moi, dit-il. Plus besoin de se cacher et de mentir. Juste toi et moi. Ensemble.

Pour Rebecca, ce rendez-vous avait été tellement plus romantique, charmant et amusant que tous ceux qu'elle avait eus précédemment. Il correspondait en tout point aux rêves qu'elle faisait, petite fille, quand elle imaginait comment ce serait de tomber amoureuse et d'être aimée en retour.

— Papa disait toujours qu'un homme épris demandait un deuxième rendez-vous à la femme de sa vie avant que le premier se termine.

Il tourna vers elle son visage en partie dans l'ombre.

— Alors, je te demande, Rebecca chérie, que dirais-tu de sortir à nouveau avec moi ?

La première fois qu'ils étaient devenus amants, Shane n'avait pas arrêté la boisson, et elle ne s'était pas montrée honnête envers ses fils. Mais maintenant ils étaient libres. Elle avait été surprise et ravie de découvrir que, sous sa raideur toute militaire, Shane était très romantique. Ainsi, chaque matin, il déposait une rose jaune, sa préférée, à la porte de son salon Clip Art pour lui souhaiter une bonne journée. Il lui envoyait aussi des cartes charmantes qu'elle conservait précieusement dans un tiroir de sa table de chevet. La nuit, quand elle se languissait de lui, elle les sortait et les relisait, s'estimant chanceuse d'avoir un homme aussi merveilleux et aimant que Shane dans sa vie. Dire qu'après son divorce elle désespérait de ne plus jamais tomber amoureuse, de ne plus rencontrer un homme qui aimerait ses fils comme ils méritaient d'être aimés ! Et puis, Shane avait fait irruption dans sa vie.

— À quoi penses-tu ?

La voix de Shane la ramena à l'instant présent. Les garçons étaient à l'école, et elle s'était libérée pour la journée car Shane avait prévu de l'emmener pique-niquer au ranch.

Allongée sur le dos, les yeux clos, elle écoutait le souffle du vent dans les frondaisons et le clapotis de l'eau heurtant des rochers dans un ruisseau tout proche. Shane avait choisi l'endroit idéal pour leur pique-nique – une clairière entourée de grands arbres. C'était l'automne, et ils n'étaient pas incommodés par les moustiques ou la chaleur.

— Je pensais à nous.

Elle entrouvrit les yeux pour voir son beau visage.

Il était allongé sur le côté et l'observait avec attention, comme il le faisait souvent. On aurait dit qu'il voulait garder un œil sur elle pour l'empêcher de disparaître.

— Un de mes sujets favoris, remarqua Shane, déposant un baiser léger sur ses lèvres.

— Et toi ? À quoi pensais-tu ? demanda-t-elle d'une voix ensommeillée.

— À ma structure d'escalade.

Ses paroles firent éclater la bulle romantique dans laquelle elle baignait. Ouvrant les yeux, elle fixa Shane, incrédule.

— Sérieusement ? Nous faisons un pique-nique romantique, et tu penses à ton parcours d'obstacles ?

Il rit devant sa mine consternée.

— Je suis capable de faire plusieurs choses en même temps.

Elle se redressa et écarta des boucles rebelles de son visage.

— Toi, tu as une idée derrière la tête.

— Je me disais qu'il était temps que tu viennes à bout de cette structure d'escalade.

Ce fut au tour de Rebecca de rire.

— Tu n'en démords pas !

Il s'allongea, les bras croisés derrière la tête.

— Si tu en viens à bout, tu seras capable de conquérir le monde.

— Déclara le sergent-instructeur à la recrue récalcitrante !

Cette fameuse structure était sa bête noire, son pire cauchemar. Elle comportait deux supports latéraux reliés entre eux par une échelle de corde horizontale. On escaladait le premier côté en grimpant à une corde, puis on se déplaçait en suspension dans le vide le long de l'échelle de corde horizontale. Enfin, on attrapait l'autre extrémité de la corde et on se laissait glisser au sol. Shane insistait pour qu'elle vienne à bout de cette structure, et elle lui répondait invariablement : « non, hors de question ».

— Est-ce que tu m'as amenée dans cet endroit splendide pour m'amadouer et me convaincre de grimper sur cet instrument de torture ?

— Non. En fait, j'avais une tout autre idée en tête.

— Laquelle ?

— Te permettre de cocher une case sur ta liste des choses à réaliser, dit-il avec un sourire coquin.

Cet homme avait le chic pour la faire rougir. Il avait un appétit sexuel robuste et, depuis qu'ils étaient redevenus amants, il saisissait la moindre occasion pour lui faire l'amour.

— Ici ? s'enquit-elle, examinant les alentours avec circonspection.

— Pourquoi pas ? Il n'y a que toi et moi dans ces bois.

Comme elle hésitait, il l'attira vers lui.

— Allez, Rebecca. Je meurs d'envie de te faire l'amour.

Il la fit doucement basculer sur le dos. D'un geste tendre, il écarta des mèches de son front et la contempla avec tant d'amour et d'admiration qu'elle en eut les larmes aux yeux.

— Je t'aime, Rebecca, et je veux que tu saches que je remercie Dieu chaque jour de t'avoir mise sur ma route.

Il l'embrassa avec passion, et elle s'abandonna entre ses bras, les yeux clos, tandis que ses caresses, son souffle, ses lèvres et ses mots murmurés devenaient la seule réalité.

— Est-ce que tu me fais confiance ? demanda Shane de sa voix cinglante de sergent-chef.

— Non ! riposta Rebecca, figée au sommet du premier portant de la structure d'escalade.

— Est-ce que tu me fais confiance ? répéta-t-il.

— Je ne sais pas.

Elle refusait de le regarder, agrippée à la corde comme à une bouée de sauvetage.

— Est-ce que tu me fais confiance ?

— Tout est ta faute, Shane ! Si je meurs avant l'heure sur cette stupide structure, tu vivras jusqu'à la fin de tes jours avec ce poids sur la conscience.

— Tu ne vas pas mourir.

— Cesse de discuter, Shane, et fais-moi descendre ! Je suis coincée là-haut comme un chat dans un arbre.

Shane avait du mal à garder son sérieux. Mais si Rebecca apercevait ne serait-ce que l'ombre d'un sourire sur ses lèvres, elle lui en tiendrait rigueur pendant une ou deux semaines.

Il se positionna dans son champ de vision, l'obligeant à se concentrer sur lui.

D'un ton radouci, il lui demanda pour la quatrième fois :

— Est-ce que tu me fais confiance ?

— Oui ! hurla-t-elle en serrant la corde si fort que ses articulations avaient blanchi. Oui, je te fais confiance ! Mais dépêche-toi de me faire descendre !

— Rebecca, si tu me fais confiance, tu dois me croire quand je te dis que tu peux descendre toute seule.

— Tu te moques de moi ? C'est ça, ta solution ? Eh bien, sache que je ne l'apprécie pas du tout ! Va chercher une échelle pour que je puisse descendre de ce maudit endroit.

Ignorant sa suggestion, il lui répondit posément :

— Tu m'as vu faire des centaines de fois, Rebecca. Tu peux y arriver.

— Va au diable, Shane !

— Attrape la deuxième portion de corde et laisse-toi pendre dans le vide. Si jamais tu lâches prise, je te promets de te rattraper.

— Je te déteste, Shane !

Il fallut cinq bonnes minutes pour qu'elle se décide à reproduire ce qu'il lui dictait. Elle cria juste avant de se rattraper. Comprenant que sa manœuvre avait réussi, elle lui dit de reculer et de la laisser faire. Elle commença à progresser le long de l'échelle horizontale, une main après l'autre.

— C'est bien, Rebecca. Il ne te reste que quelques centimètres à parcourir.

Son cœur tambourinait dans sa poitrine, non parce qu'il était inquiet, mais parce qu'il était fier d'elle. C'était le seul obstacle qu'elle refusait de franchir, semaine après semaine. Mais, aujourd'hui, elle surmontait sa peur et réalisait une véritable prouesse.

Parvenue à l'extrémité de l'échelle horizontale, elle agrippa la troisième portion de corde et se laissa glisser au sol. Avec un mélange de stupéfaction et de ravissement, elle leva les bras en l'air en signe de victoire.

— Tu as vu ça ? J'ai réussi ! s'exclama-t-elle.

— Oui, tu es merveilleuse !

Il la prit dans ses bras et l'embrassa sur le front.

— J'étais sûr que tu y arriverais.

— Je suis toujours furieuse contre toi !

— Je sais.

Après son triomphe sur la structure d'escalade, une expérience qu'elle n'était pas près de renouveler, ils retournèrent à la cabane pour se doucher et faire l'amour avant de rejoindre les garçons à la grande maison. Ils n'avaient pas toujours le temps de s'attarder au lit mais, aujourd'hui, Bruce emmenait Carson et Caleb pour une longue randonnée jusqu'à un terrain de camping où ils feraient un barbecue. Elle demeurait allongée, délicieusement alanguie, dans les bras de Shane, une main sur son torse, la couverture remontée sur leurs épaules.

Comme il demeurait silencieux, elle demanda :

— Ça va ?

Elle inclina la tête en arrière pour le contempler. Il regardait droit devant lui, sans vraiment voir quelque chose en particulier. Il semblait si loin d'elle !

— Aujourd'hui, tu m'as fait confiance et tu as réalisé une véritable prouesse, dit-il.

Devinant qu'il avait quelque chose d'important en tête, elle attendit qu'il poursuive.

— Mais, moi, je ne t'ai pas fait confiance.

Malgré la chaleur dispensée par la couverture, elle sentit un frisson glacé courir le long de son dos. Ce n'étaient pas tant les mots qu'il venait de prononcer que l'inflexion torturée de sa voix qui attira son attention.

— Shane... Qu'est-ce qui ne va pas ?

Soudain, la peau de Shane devint moite, et elle le sentit frissonner. Les muscles de son cou se raidirent, et ses doigts se crispèrent sur l'épaule de Rebecca.

— C'était la dernière patrouille de notre section avant une permission de trois jours. Plus qu'un jour, et nous pourrions tous nous détendre. Salvage – son nom de famille était Salvo, mais notre sergent-instructeur au camp de formation l'avait surnommé ainsi pour le faire enrager, et le surnom lui était resté. Salvage, donc, était doté d'un sixième sens pour flairer le danger, et nous nous raccrochions à son intuition par pure superstition. Là-bas, il fallait croire à quelque chose, et nous croyions dur comme fer à l'instinct de Salvage. Ce jour-là, il ne perçut aucun danger. Pourtant...

Il marqua une pause si longue que Rebecca crut qu'il ne finirait pas sa confession.

— Ce jour-là, son manque d'intuition nous fut fatal.

Rebecca demeurait suspendue à ses lèvres. Combien de fois avait-elle eu envie de le questionner au sujet de ses brûlures, se retenant juste à temps parce que c'était à lui de raconter son histoire au moment opportun ?

Une fois qu'il entama son récit, il ne s'interrompit plus. Il s'exprimait d'un ton monocorde, comme s'il racontait une scène vue dans un film, mais des larmes coulaient sur ses joues. Rebecca se redressa et se tourna face à lui, tenant sa main dans la sienne en guise de soutien moral. Il avait besoin de raconter son histoire, besoin de lui faire confiance, comme elle s'était fiée à lui lors du parcours d'obstacles. Il raconta l'embuscade et les explosions. Comment le dos de son uniforme avait pris feu quand il avait sorti Salvage des décombres. La déflagration l'avait rendu sourd ; il voyait Salvage crier de douleur, mais ne l'entendait pas. Shane le mettait à l'abri quand la troisième explosion fit sauter un de leurs véhicules.

— Je n'ai pas pu les sauver. Pas un seul d'entre d'eux.

Shane la regardait, mais c'était comme s'il revivait la scène à travers elle.

Elle essuya les larmes de son visage à défaut de trouver les mots susceptibles de le réconforter.

— Ils sont tous morts, dit-il d'une voix si basse qu'elle dut tendre l'oreille. J'étais leur adjudant. Ils étaient sous ma responsabilité. Et je les ai fait tuer.

Bouleversée, elle essuya ses propres larmes. Elle comprenait mieux la profonde tristesse de Shane et sa difficulté à trouver le sommeil.

— Et Salvage ? demanda-t-elle.

— Il est mort dans mes bras. Ce jour-là, j'aurais dû mourir avec eux.

— Non !

Il eut un rire amer.

— On m'a décerné la *Bronze Star* pour conduite héroïque. Quelle dérision ! Ils sont tous morts, j'ai survécu et j'ai obtenu une médaille et une promotion.

Rebecca l'enlaça étroitement et posa la tête sur son torse.

— Je ne voulais pas de cette médaille. Je ne la méritais pas.

— Ce n'était pas ta faute, Shane. Tu as fait preuve de bravoure. Tu as essayé de les sauver.

— J'ai encore beaucoup de travail à faire sur moi-même avec mon psychologue.

Il lui caressa les cheveux et joua avec ses boucles.

— Voilà, Rebecca. Je t'aime, et tu méritais de savoir pourquoi... je suis comme je suis.

— Je t'aime aussi, Shane. Merci de ta confiance.

16

— Les garçons manquent la première neige de la saison.

Postée devant la fenêtre, Rebecca regardait tomber les flocons duveteux.

Shane se redressa et se frotta les yeux, mal réveillé. Ils venaient de fêter Thanksgiving avec sa famille. Peut-être avait-il mal digéré la dinde car, sitôt de retour dans la cabane, il s'était endormi avec Recon à côté de lui et Top sur l'oreiller alors qu'il avait l'intention de faire l'amour à Rebecca.

— Ils fêteront Noël avec nous, lui rappela-t-il gentiment.

Carson et Caleb passaient les congés de Thanksgiving en Californie avec leur père. Ils manquaient à Rebecca, même si elle était heureuse de passer la semaine en compagnie de sa famille turbulente.

Son téléphone indiquait minuit passé, et la neige qui s'était arrêtée en début de soirée, s'était remise à tomber. Le cœur rempli d'amour, il contempla les contours du corps de Rebecca sous la chemise blanche et fine qu'elle lui avait empruntée, sa longue chevelure bouclée retombant sur son dos. Comme aimanté par elle, il se leva, chassa ses compagnons à quatre pattes de la pièce et ferma la porte. Puis il se posta derrière Rebecca, les mains sur ses épaules.

— Reviens te coucher, murmura-t-il contre son cou. Je suis si seul sans toi.

Elle pivota dans ses bras et l'embrassa. Au contact de sa cuisse contre sa jambe et de ses seins moelleux contre son torse, son envie de se rendormir se volatilisa, remplacée par le désir ardent de lui faire l'amour. Il l'enlaça et l'attira contre lui.

Elle émit un gémissement de plaisir quand il sema des baisers le long de son cou et sur son oreille.

Avec un sourire mutin, elle le fit reculer jusqu'au lit. Désormais, elle n'éprouvait plus aucune gêne à prendre les commandes lors de leurs ébats et à tester son propre pouvoir au lit. Shane ne s'en plaignait pas. Au contraire, il appréciait qu'elle soit devenue aussi entreprenante et imaginative.

Sans hésiter, elle lui ôta son boxer et lui fit signe de s'asseoir au bord du lit. L'autoritarisme de Rebecca, tout en cinglant son désir, lui donnait l'envie folle de la jeter sur le lit et de reprendre les choses en main. Mais il résistait vaillamment, sachant que les rôles s'inverseraient ensuite.

Debout devant lui, un sourire espiègle aux lèvres, elle déboutonna lentement sa chemise. Au lieu de l'enlever, elle la laissa ouverte, révélant la rondeur de ses seins. L'exercice physique lui avait fait perdre du poids et avait rendu leur tonicité à ses muscles, mais son corps demeurait voluptueux. Il aimait ses rondeurs, et il appréciait surtout sa gentillesse et sa nature confiante. Même quand elle se plaignait de sa cellulite ou de ses cheveux qui frisaient trop par temps de pluie, elle s'aimait telle qu'elle était. Et elle aimait les gens sans aucun a priori. Elle avait une maxime : « Je vous apprécierai jusqu'au jour où vous me prouverez que je me trompe sur votre compte. »

— Tu es belle, Rebecca.

Elle passa une main sur son ventre en souriant.

— Regarde comme il est plat maintenant ! Et mes fesses ! Elles sont plus fermes que quand j'avais vingt ans.

Sa satisfaction le fit sourire.

— Malheureusement…

Elle fit la moue en soulevant ses seins au creux de ses mains.

— Je n'en dirais pas autant d'eux. Si seulement l'exercice physique pouvait les empêcher de tomber !

Shane la saisit par le poignet et l'attira vers lui. Il fit glisser la chemise le long de ses épaules, exposant ses seins, et lui immobilisa les bras près du corps. Puis il posa la langue sur un mamelon avant de le sucer jusqu'à ce qu'elle émette ce petit bruit sexy si doux à ses oreilles. Il finit de lui ôter la chemise et promena les mains sur la peau douce de ses hanches et de ses cuisses.

— Un jour, dit-il, déposant un baiser sur son ventre, je mettrai un bébé à cet endroit.

En réponse à sa promesse, Rebecca enserra son visage entre ses paumes et l'embrassa sur les lèvres.

— Un jour, je mettrai au monde ton bébé.

Elle sema un chemin de baisers le long de son cou, de son torse, de son ventre, puis elle s'agenouilla devant lui, prenant son sexe dans sa bouche chaude et humide. Les yeux clos, il glissa les doigts dans les cheveux soyeux de Rebecca, le corps parcouru par un frisson d'anticipation. Elle avait appris ce qu'il aimait, et n'avait pas mis longtemps à devenir experte dans l'art de le conduire au bord du précipice.

— Rebecca...

Il serra les dents pour s'empêcher d'imploser.

— Les préservatifs... dans le tiroir.

Encore quelques minutes de plus, et il aurait été incapable de se retenir. Rebecca sortit le préservatif de son emballage et le lui tendit. Il se hâta de l'enfiler et lui ouvrit les bras. Elle se jucha sur lui, ses gémissements de plaisir se mêlant aux siens. Leurs corps s'ajustaient à la perfection et se mouvaient selon un rythme harmonieux connu d'eux seuls. Enserrant ses hanches, il nicha son visage au creux de son cou et huma avec délice la senteur de sa peau. Rebecca émit un râle de volupté et resserra les bras autour de lui tout en intensifiant ses va-et-vient avec un sentiment d'urgence.

— Oh ! oui !

Le corps de Rebecca se convulsa, et elle frissonna dans ses bras. Comprenant qu'elle avait atteint l'orgasme, il cessa de se retenir, et après quelques coups de reins vigoureux, il rejoignit la femme qu'il aimait dans la jouissance libératrice.

— Parle-moi des Noëls à Sugar Creek.

Rebecca était allongée sur le dos avec Top assise sur son ventre dans la position du sphinx. Recon reposait à leurs pieds sur le lit, et Shane était calé contre deux oreillers.

Après leur fabuleuse étreinte, ils n'avaient plus envie de dormir. Un silence ouaté enveloppait la cabane tandis que de gros flocons de neige tombaient dru depuis le ciel nocturne dépourvu d'étoiles.

La demande de Rebecca fit sourire Shane.

— Ils sont fantastiques ! Nous, les Brand, avons l'art et la manière de fêter Noël !

— Vous avez des traditions familiales ?

Il rit.

— Oh ! oui. Pour commencer, nous partons dans la forêt enneigée pour choisir et abattre le sapin qui trônera dans le salon.

— Les garçons vont adorer.

— Nous décorons toujours le sapin la veille de Noël et déposons des chaussettes près de la cheminée. Papa contribue à sa façon en préparant un lait de poule alcoolisé, aussi je m'abstiendrai d'en boire cette année. Nous chantons des cantiques en ville, cuisinons des pâtisseries que nous décorons, construisons un bonhomme de neige dans la cour, faisons du patin à glace sur l'étang et des promenades en traîneau…

— Vous avez un vrai traîneau ? demanda Rebecca, sidérée.

— Bien sûr. C'est mon grand-père qui l'a restauré, et en son honneur nous le sortons à chaque Noël. Nous préparons aussi de nombreux plats, tous faits maison.

— On se croirait dans un tableau de Norman Rockwell, remarqua-t-elle.

— Noël est mon moment préféré de l'année au ranch.

Il lui prit la main qu'il porta à ses lèvres.

— Et, cette année, j'aurais l'immense bonheur de le passer avec toi et les garçons.

Noël à Sugar Creek Ranch était vraiment aussi féerique que le lui avait décrit Shane, songea Rebecca. La famille Brand avait prévu des réjouissances entre Thanksgiving et Noël, et Rebecca et ses fils étaient invités à y participer. Quand elle s'était installée à Bozeman, elle avait craint qu'avec seulement sa sœur Kelly dans le Montana ses enfants n'acquièrent pas le sens de la famille. Par chance, les Brand les avaient accueillis à bras ouverts au sein de leur univers. Et quel merveilleux univers pour Carson et Caleb. Ils avaient fait du patin à glace sur l'étang et construit un bonhomme de neige dans la cour de la grande maison. Ils avaient choisi le sapin non pas sur un parking mais dans les bois, et ils avaient aidé Shane et Bruce à l'abattre. Sans oublier les balades en traîneau tous les quatre, avec Shane pour guide.

Mais le moment le plus magique des vacances était sans conteste le matin de Noël. Depuis que ses fils étaient nés, Rebecca rêvait de leur offrir un Noël extravagant avec des paquets cadeaux si nombreux qu'ils recouvriraient le pied de l'arbre. En réalité, leurs Noëls avaient toujours été charmants mais modestes. Tout au long de cette année, elle avait mis de l'argent de côté pour acheter à ses fils deux gros cadeaux ainsi que des cadeaux plus petits pour remplir l'espace sous le sapin. Elle savait que les Brand étaient fortunés, mais elle ne s'attendait pas à ce qu'ils se montrent aussi généreux envers Carson et Caleb. Elle avait du mal à refouler ses larmes de joie pendant qu'elle les regardait ouvrir fébrilement les paquets, puis sauter de joie en découvrant des tablettes et des jeux vidéo à l'intérieur. Bruce et Savannah leur avaient offert des selles western, et Shane des chapeaux, des bottes de cow-boy et tout ce dont ils auraient besoin pour devenir d'authentiques garçons du Montana. C'était une journée extraordinaire et ô combien émouvante pour Rebecca – le meilleur Noël qu'elle ait connu, pas seulement à cause des innombrables cadeaux reçus, mais parce qu'elle et ses fils faisaient désormais partie d'une grande famille aimante.

— Tu dois te sentir submergée par toute notre tribu, déclara Shane en la rejoignant.

— Un peu, admit-elle en souriant. Mais vous êtes tous tellement adorables !

Pour Noël, une certaine solennité était de mise à Sugar Creek Ranch, et Shane arborait pour l'occasion un élégant costume noir avec un brin de gui épinglé au revers de sa veste. Il posa une main sur sa taille, et ils demeurèrent ensemble devant la cheminée à contempler les flammes.

— Ton cadeau te plaît ? demanda-t-il.

— Oh ! Shane. Je n'en reviens pas que tu m'aies offert ce tableau !

Le soir de la vente aux enchères silencieuse, ils s'étaient retrouvés devant une toile de Jordan Brand représentant une chapelle blanche bâtie sur une colline. Elle avait été frappée par la sérénité qui se dégageait de ce tableau. Elle aurait voulu faire une offre pour l'acquérir, mais avec la création de son salon et l'entretien de ses fils, elle avait dû y renoncer. Shane l'avait acheté pour elle et le lui avait offert à Noël.

— C'est le plus beau cadeau qu'on m'ait fait. Je l'adore.

— Je t'aime, Rebecca.

— Moi aussi, je t'aime, Shane.

Au moins une trentaine de Brand circulaient dans la maison, riant et discutant. La plupart des adultes mettaient la dernière main au dîner sur le point d'être servi tandis que les nombreux enfants, y compris Carson et Caleb, jouaient à des jeux vidéo sur un immense écran TV dans le bureau de Jock. La pièce où trônait le sapin ayant été désertée, Rebecca y avait trouvé refuge pour se remettre de ses émotions. Elle n'était pas surprise que Shane l'ait rejointe ; il s'était montré très attentionné toute la journée.

À cet instant, il retira le brin de gui épinglé sur son revers et avec un grand sourire le tint au-dessus de la tête de Rebecca.

— Joyeux Noël, Rebecca Adams !

Elle se hissa sur la pointe des pieds et déposa un baiser léger sur ses lèvres.

— Joyeux Noël, monsieur Brand !

Ils s'enlacèrent devant la cheminée, profitant pleinement de ce moment privé tandis que leur parvenait l'écho assourdi des éclats de voix et des rires bruyants des convives, exacerbés par le lait de poule alcoolisé de Jock.

Shane recula d'un pas sans lui lâcher les mains et fixa Rebecca avec une intensité et un sérieux qui la déroutèrent.

— Que se passe-t-il, Shane ?

— J'ai quelque chose à te demander et, maintenant que le moment est venu, je suis pris de panique.

— Pris de panique ? Toi ? Ce n'est pas possible !

— Oh ! si, c'est possible.

Elle l'observa avec attention. De fait, de fines gouttes de sueur perlaient sur son front.

— Shane, tu me fais peur. Que se passe-t-il ?

— Si je te demandais de m'épouser, qu'est-ce que tu répondrais ?

Sa question la prit de court. Bien sûr, ils avaient discuté d'avenir, de mariage et d'enfants, mais elle ne s'attendait pas à ce que le mariage soit devenu sa priorité.

— Eh bien, je répondrais que je t'aime et que j'envisage souvent la possibilité de t'épouser.

Elle marqua une pause, choisissant ses mots avec soin :

— Mais il ne s'agit pas seulement de moi. Je devrais m'assurer que Carson et Caleb acceptent l'idée de ce mariage.

Shane l'observait, une curieuse expression sur son visage.

— Et si Carson et Caleb acceptaient cette idée, que dirais-tu ?

Bouleversée de le voir aussi tendu, elle le serra dans ses bras.

— Alors, je dirais oui. Oui pour devenir ta femme ; oui pour passer ma vie auprès de toi ; oui pour avoir un autre enfant avec toi.

Contre toute attente, au lieu d'être transporté de joie, il demanda avec le plus grand sérieux :

— Tu en es sûre ?

Désireuse d'alléger l'atmosphère entre eux, elle ajouta d'un ton léger :

— Après tous ces « oui », je suis à court d'arguments !

— C'est dommage, j'y prenais goût.

Une lueur malicieuse s'alluma dans ses yeux, puis il s'écarta d'elle et émit un sifflement sonore.

Quelle ne fut pas sa surprise de voir Carson et Caleb débouler dans la pièce, vêtus de leurs costumes du dimanche.

— Je vous croyais en train de jouer à votre nouveau jeu, dit-elle, les serrant dans ses bras et les recoiffant avec les doigts.

— C'est ce qu'on faisait, intervint Caleb.

— Ils sont venus m'aider, expliqua Shane, passant un bras autour des épaules de Caleb et l'autre autour de celles de Carson.

Ses trois hommes préférés se tenaient devant elle et, alors que Carson et Shane gardaient un visage impassible, Caleb se retenait à grand-peine de sourire.

— Pourquoi ai-je le sentiment que vous savez quelque chose que j'ignore ?

Elle fixa en particulier Caleb pour voir s'il craquerait.

— Parce que c'est vrai !

Caleb lui sourit de toutes ses dents, excepté l'incisive de devant qu'il avait perdue récemment.

— Est-ce que nous le lui donnons ? leur demanda Shane.

Carson fouilla dans sa poche et en retira une petite boîte. Tandis que Rebecca la fixait, un flot d'adrénaline courut dans ses veines, déclenchant des fourmillements dans tout son corps. Se sentant étourdie, elle prit appui sur la tablette de la cheminée pour garder l'équilibre. Carson tenait la boîte dans ses paumes.

— Nous avons un autre cadeau de Noël pour toi, maman.

Le regard de Rebecca passa de Carson à Shane et à Caleb avant de se poser à nouveau sur la boîte enveloppée dans du papier doré et surmontée d'un ruban en velours rouge. Elle n'en revenait pas de vivre une demande en mariage organisée avec la complicité de ses fils.

— Ouvre-la, maman ! s'exclama Caleb, trépignant d'impatience à côté de Shane.

Les doigts tremblants, elle prit la boîte des mains de son fils. Puis elle fit glisser le ruban, défit soigneusement le papier doré et découvrit un écrin noir. Un écrin à bijou. Un écrin conçu pour abriter une bague.

Shane s'avança vers elle.

— Tu permets ?

Elle acquiesça et lui tendit l'écrin. Carson et Caleb postés à leurs côtés, Shane ouvrit l'écrin pour dévoiler le présent contenu à l'intérieur. Un diamant brillant magnifiquement taillé, serti dans une monture en or rose.

— Elle te plaît ? demanda Caleb, brûlant d'impatience.

— Oh ! oui.

Elle était tellement émue qu'elle ne put en dire davantage.

— Shane nous a demandé s'il pouvait t'épouser, expliqua Carson.

— Et nous lui avons dit oui !

Caleb leva les bras en l'air en lançant le mot « oui » comme s'il célébrait un *touchdown*.

Rebecca fixait Shane, des larmes de surprise et de joie roulant sur ses joues. Elle s'empressa de les essuyer.

— Oh ! je vais être affreuse si je continue de pleurer.

— Impossible d'être affreuse avec d'aussi beaux yeux, assura Shane, très ému lui aussi.

Il prit la bague et tendit l'écrin vide à son complice Carson.

— Rebecca, dit-il, lui prenant la main. Depuis que je t'ai rencontrée, je me suis fixé pour mission de devenir un homme digne de toi. Si tu veux bien de moi, je te promets que ma prochaine mission sera de t'aimer durant toute ma vie.

Avec ses fils comme témoins, il mit un genou à terre et lui présenta la bague.

— Veux-tu m'épouser, Rebecca ?

Malgré ses efforts, elle ne put s'empêcher de pleurer à nouveau.

— Oui !

Le visage rayonnant, Shane se releva et glissa la bague de fiançailles à son annulaire. Riant à travers ses larmes, Rebecca se retrouva entourée des trois hommes de sa vie. Elle embrassa ses fils sur le sommet du crâne et son fiancé sur les lèvres.

— Le dîner est servi !

Savannah apparut sur le seuil sans se douter de ce qui venait de se passer ici quelques secondes plus tôt.

— Vous feriez bien de vous dépêcher. Ce sera la bousculade.

Carson et Caleb filèrent aussitôt vers la salle à manger, faisant la sourde oreille aux recommandations de Rebecca de ne pas courir. Elle se retrouva seule avec l'homme qu'elle aimait et qu'elle allait épouser. Shane lui offrit son bras pour l'escorter jusqu'à la salle à manger. Tandis qu'ils marchaient ensemble, elle n'arrêtait pas d'admirer le diamant étincelant à son annulaire.

— Comme je m'en veux de ne t'avoir acheté qu'une montre !

Au moment où ils franchissaient le seuil, Shane s'arrêta sous des branches de gui placées là judicieusement. Il prit le visage de Rebecca entre ses paumes, le regard débordant d'amour, et juste avant de l'embrasser sous le gui de Noël, il lui murmura à l'oreille :

— Dès l'instant où tu m'as dit oui, ma chérie, tu m'as offert le plus beau de tous les cadeaux.

Vous avez aimé ce roman ?
Retrouvez les cœurs tendres de la famille Brand
sur harlequin.helloromance.fr :

1. Rencontre dans le Montana
2. Rencontre à la chapelle
3. Une héritière à conquérir
4. La mémoire d'un amour
5. Amoureuse d'un rancher
6. Renaître entre tes bras

JAYCI LEE

Un accord secret

Traduction française de
MORGANE FROGERE

PASSIONS

HARLEQUIN

Titre original :
A SONG OF SECRETS

Prologue

Le dîner annuel des Neiman n'était pas le genre de soirée que Joshua Shin fréquentait habituellement. Il passait le plus clair de son temps au bureau ou derrière son piano. Mais son grand-père souffrant lui avait demandé de le remplacer, et Joshua était incapable de refuser quoi que ce soit à son halabuji. Il le vénérait comme un héros depuis qu'il était haut comme trois pommes.

Il avait donc accepté en sachant pertinemment que c'était une soirée de collecte de fonds pour la Société de musique de chambre de la Californie du Sud, et qu'il y aurait de grandes chances qu'*elle* y joue. Seigneur, c'était pathétique. Au bout de dix ans, il n'arrivait toujours pas à penser à elle sans qu'une douleur familière lui oppresse le cœur.

Alors qu'il passait les grilles en fer forgé de la résidence Beverly Hills, une majestueuse demeure géorgienne scintillante de lumière se dressa dans le crépuscule. Joshua conduisit sa berline derrière la file des voitures de luxe et la confia à l'un des valets en veste blanche et cravate noire.

Sitôt la porte d'entrée franchie, on lui mit une flûte de champagne dans la main et on le dirigea, en même temps que tous les nouveaux arrivants, vers un grand hall circulaire, puis une salle de réception.

Anxieux, Joshua ne se sentait pas d'humeur sociable. Il salua poliment les invités tout en cherchant machinalement du regard un certain visage dont il rêvait bien trop souvent. À son grand soulagement, elle n'était nulle part en vue. Il était vrai que la Société de musique de chambre comptait une centaine de musiciens, et il était donc peu probable qu'Angie Han fasse partie des interprètes ce soir. D'un autre côté, les artistes, sûrement entrés par la porte de service, se trouvaient actuellement dans les coulisses.

L'irritation le gagna à l'idée qu'elle soit traitée comme une citoyenne de seconde zone, mais il arrêta immédiatement cette pensée. Qu'est-ce que cela pouvait bien lui faire de savoir comment elle était traitée ? Elle était sortie de sa vie dix ans auparavant, et il tenait bien à ce que cela reste ainsi.

— Monsieur Shin, dit une voix calme et raffinée derrière lui.

— Oui ? fit Joshua en se retournant.

Un homme aux cheveux argentés et vêtu d'un costume impeccable se tenait devant lui.

— Je suis Timothy Pearce, le directeur de la Société de musique de chambre. Je suis surpris de ne pas voir votre grand-père ce soir. Il apprécie énormément ces concerts en petits comités d'habitude.

— Il n'a malheureusement pas pu venir, mais il m'a chargé de le remplacer, déclara Joshua sans s'attarder sur les raisons de cette absence.

— Eh bien, vous êtes le bienvenu.

Timothy Pearce enveloppa Joshua d'un regard calculateur avant d'afficher un sourire charmeur. L'homme se demandait visiblement s'il serait un donateur aussi généreux que son grand-père.

— Nous sommes toujours ravis de voir la jeune génération apprécier la musique classique.

— Et je partage pleinement l'amour de mon grand-père pour la musique.

Joshua ne voyait aucun mal à le rassurer. Il avait bien l'intention de faire un don identique à celui que son grand-père aurait fait.

— À ce propos, qu'avez-vous prévu pour ce soir ?

— Vous allez vous régaler, répondit Timothy Pearce dont le sourire s'était réchauffé de dix degrés après les paroles rassurantes de Joshua. Ce soir, le Hana Trio jouera pour nous.

Joshua s'efforça de tout son être de rester impassible et d'empêcher le choc de transparaître sur son visage. Angie était la violoncelliste du groupe, et ses deux sœurs jouaient en tant que violoniste et altiste. Même s'il était préparé à cette éventualité, l'idée de la revoir le bouleversa bien plus qu'il ne l'aurait cru.

— Vous avez entendu parler d'elles, n'est-ce pas ? demanda l'homme en penchant la tête sur le côté. C'est un trio à cordes phénoménal et très prometteur.

— Oui, bien sûr, dit-il avec la sensation d'avoir les lèvres engourdies et feignant un intérêt poli. J'ai hâte de les entendre jouer.

— Formidable. C'était un plaisir de faire votre connaissance. J'espère que vous passerez une agréable soirée.

Le directeur s'éloigna pour saluer un joyeux couple d'âge mûr qui venait d'entrer dans la salle.

Ce que Joshua avait dit au sujet de son amour pour la musique était vrai, mais c'était bien plus profond que cela. La musique avait illuminé sa vie. Des images de soleil ruisselant sur ses doigts qui volaient sur les touches d'un piano, de rires et de notes de musique traversèrent son esprit. Un bonheur doux et plein d'espoir emplissait alors son âme avant que la réalité ne balaye tout. Elle avait tout détruit.

Plongé dans ses pensées, il remarqua tardivement que les invités quittaient la salle de réception. Il suivit alors le groupe jusqu'à une impressionnante véranda ouvrant sur un magnifique jardin dont l'immensité était masquée par l'obscurité de la nuit. Les guirlandes lumineuses du plafond de verre scintillaient dans le ciel nocturne, et les élégantes lampes disposées autour de la pièce ajoutaient à la beauté et à l'intimité du lieu.

Lorsque les invités se dispersèrent pour prendre place, une scène improvisée tout au fond de la salle lui apparut. Et c'est alors qu'il la vit. Angie. Tout le reste s'évanouit, et il n'entendit plus que les battements de son propre cœur.

Depuis la dernière fois qu'il l'avait croisée, elle était passée de charmante jeune fille à une femme à couper le souffle. Ses cheveux noirs et soyeux qu'elle attachait jadis en queue-de-cheval négligée, brillaient sur ses épaules. Son visage s'était légèrement aminci, soulignant ses pommettes et ajoutant une netteté séduisante à ses traits doux. Il ne pouvait détacher son regard d'elle. Heureusement, elle garda les yeux baissés tandis que, de ses longs doigts gracieux, elle accordait son instrument avec ses sœurs.

Avant qu'elle puisse lever les yeux et le voir, Joshua recula au niveau du seuil et se dissimula derrière une grande plante feuillue. Il attira quelques regards curieux, mais chacun se dépêchait de s'installer. La pièce tomba dans le silence, et le concert commença.

Il eut la chair de poule dès les premières mesures. Angie était une musicienne douée et prometteuse à l'université, mais son talent avait mûri et augmenté en subtilité, comme si elle était capable de vous caresser les sens. Ayant écouté le premier album du Hana Trio lors d'une visite chez son grand-père, il savait que les trois sœurs jouaient divinement bien... mais les entendre en concert était autre chose. Fidèles à leur nom – *hana* signifiant « un » en coréen – elles jouaient à l'unisson, et le résultat était fabuleux.

Il ferma les yeux et se laissa pénétrer par la musique. La tension en lui s'atténua, et ses émotions tumultueuses s'apaisèrent. Il ne ressentait rien pour Angie Han. Pas même de la colère. La fureur, la douleur et... le désir qui l'envahissaient n'étaient que des échos du passé. Cela n'avait pas été facile, mais il avait tourné la page depuis longtemps. Ce sentimentalisme ne lui ressemblait absolument pas.

Une fois le morceau terminé, Joshua se joignit aux acclamations retentissantes du public. Il détestait se sentir aussi nerveux à l'idée du comportement à adopter quand elle le verrait. Toujours partiellement caché derrière la plante, il regarda le trio se lever et saluer. Son attitude était ridicule. Elle était musicienne et il était là en tant que mécène. Si elle le voyait, il la saluerait poliment, comme une vieille connaissance, et continuerait son chemin. Avec un soupir irrité, il s'éloigna de l'entrée et rejoignit le reste des invités dans la véranda.

— Mesdames et messieurs, commença Timothy Pearce d'une voix forte afin de se faire entendre par-dessus les bavardages enthousiastes.

Joshua lui accorda toute son attention.

— Je tiens à remercier les merveilleux M. et Mme Neiman d'avoir organisé ce dîner exceptionnel. Et je vous remercie sincèrement de vous être joints à nous. Continuez à apprécier et à promouvoir la musique de chambre, comme le Hana Trio de ce soir, en faisant un don généreux à la Société de musique de chambre.

Alors que le directeur poursuivait son discours affable sur les dons, Joshua se sentait de plus en plus observé. Lentement, il tourna la tête et découvrit Angie, aussi pâle qu'un fantôme, qui braquait des yeux écarquillés et horrifiés sur lui.

Joshua cessa de respirer. Son corps s'échauffa et ses mains se crispèrent le long de son corps. *Non*. Il refusait de lui montrer la moindre émotion. Déterminé, il soutint son regard avant de la saluer d'un léger signe de tête. Puis il se détourna d'elle et se concentra sur M. Pearce qui terminait son discours.

— Vous faites partie de notre famille. Merci à vous.

Les applaudissements s'estompèrent et les conversations reprirent. Inconsciemment, Joshua chercha Angie du regard et l'aperçut de dos alors qu'elle quittait la véranda par la porte qui donnait sur le jardin. Une bouffée de déception l'envahit avant de laisser place à l'irritation. Il ne regrettait pas de ne pas lui avoir parlé. Ils n'avaient plus rien à se dire, si ce n'était des banalités qui l'agaceraient plus qu'autre chose.

Alors que les invités se dirigeaient vers la salle à manger en vue du dîner, Joshua arrêta Timothy Pearce pour lui remettre un chèque. Il avait fait son devoir en assistant au concert, et son grand-père ne verrait pas d'inconvénient à ce qu'il s'épargne un repas guindé parmi des inconnus. Après avoir dit au revoir au directeur, il se dirigea vers la porte en traversant le grand vestibule désert.

— Joshua, l'appela une douce voix depuis le couloir.

Il se retourna en entendant son nom. Angie fit quelques pas hésitants dans le vestibule, mais s'arrêta bien avant d'arriver à lui.

— Que veux-tu ?

Il grimaça en réalisant qu'il employait un ton frémissant de colère, signe révélateur qu'il n'était pas immunisé contre elle.

— Je… je voulais juste te dire bonjour, dit-elle en se tordant les mains avant de les laisser retomber le long de son corps. Je voulais savoir si tu étais… heureux.

— Heureux ? répéta-t-il avec un rire amer. J'espère que tu ne t'attends pas à ce que je te fasse l'honneur d'une réponse ?

— Je suis vraiment désolée, Joshua.

Quelque chose se brisa en lui. Il traversa la pièce au pas de charge jusqu'à se retrouver au-dessus d'elle, si proche qu'il sentit la chaleur émaner de son corps. Comme paralysé, il fixa son visage levé vers lui. Aucun ne bougea. Le temps parut s'arrêter, et la tension devint insupportable à mesure que les secondes s'écoulaient. Puis un faible rire au loin le tira de sa transe.

— Tu n'as aucunement le droit de me demander si je suis heureux ou de me dire que tu es désolée, dit-il d'une voix basse. Tu as perdu ce droit en me quittant, il y a dix ans.

Il avait la sensation d'un étau sur le point de lui briser le cœur, lorsqu'une larme roula sur la joue de la jeune femme. Il la haït pour cela. Il la haït de lui donner envie d'essuyer cette larme et de la serrer dans ses bras. Elle lui faisait désirer des choses qu'il ne pourrait plus jamais avoir, même un court instant.

Il tourna les talons et sortit de la demeure, sans un regard en arrière. Elle menaçait l'équilibre qu'il avait tant travaillé à retrouver. Mais c'était terminé. Angie Han ne signifiait plus rien pour lui.

1

Deux mois plus tard

Une fois la répétition avec ses sœurs terminée, Angie se dépêcha de regagner le parking du centre universitaire où elles louaient une salle de classe pour leurs entraînements. Elle avait rendez-vous avec Janet Miller, sa mentore et directrice artistique à la Société de musique de chambre.

Elle ouvrit sa portière arrière – il n'y avait pas assez de place dans le coffre de sa voiture compacte pour son violoncelle – tout en fredonnant une chanson. La mélodie lui trottait dans la tête depuis des semaines, mais elle n'arrivait pas à l'identifier. C'était peut-être quelque chose que sa mère lui chantait quand elle était petite ? Après avoir réussi à caler son instrument sur la banquette arrière en l'inclinant de sorte à voir par la vitre arrière, elle se glissa sur le siège conducteur et se mit en route.

L'anxiété la gagna tandis qu'elle pensait à son rendez-vous avec Janet. La Société de musique de chambre peinait à se maintenir à flot après la pandémie. Tous les concerts, événements de collecte de fonds et représentations à domicile pour les plus grands donateurs avaient cessé avec le confinement, ce qui signifiait qu'ils avaient perdu une grande partie de leurs financements. Sans leurs bienfaiteurs les plus dévoués, les nombreux musiciens de la société auraient déjà été au chômage. À quelques mois seulement de la nouvelle saison, elle espérait que les choses finiraient par revenir à la normale. Mais la situation pouvait être encore plus désastreuse qu'elle ne le pensait.

Elle régla sa radio sur sa station de musique classique préférée, et sourit en écoutant *Gymnopédie n° 1* d'Erik Satie, un compositeur français qu'elle adorait. Sa musique lui faisait toujours imaginer le monde de cette façon propre aux films muets. Le morceau l'apaisa et lui insuffla la sérénité nécessaire avant de se rendre au bureau de son amie où elle frappa doucement à la porte.

— Angie ! C'est si bon de te revoir, s'exclama Janet en la serrant chaleureusement dans ses bras.

— C'est bon de te voir aussi, répondit Angie en lui rendant son étreinte.

Il lui était déjà arrivé de vouloir arrêter la musique, persuadée de ne pas être à la hauteur. Mais sa mentore avait toujours été là pour lui rappeler qu'elle avait le talent, la passion et la motivation nécessaires pour réussir. Elle ne serait jamais arrivée là sans Janet.

— Allons nous installer près de la fenêtre, proposa son amie en la conduisant vers le coin salon accueillant.

Elles s'assirent côte à côte sur la causeuse douillette.

— Tu veux quelque chose à boire ?

— Non, merci, répondit Angie avec une pointe d'impatience et le cœur tambourinant d'inquiétude. Dis-moi ce qui se passe.

Le soupir résigné de Janet confirma ses craintes.

— La situation financière de la Société de musique de chambre est pire qu'on ne le pensait. Le succès de la saison à venir sera déterminant pour notre survie. Le conseil d'administration a laissé entendre, lors de la dernière réunion, que, si on ne réalisait pas une année exceptionnelle, on pourrait avoir à mettre la clé sous la porte.

— Juste comme ça ?

— Juste comme ça, confirma son amie en baissant les yeux sur ses mains.

En voyant son hésitation, Angie comprit que le pire restait à venir.

— Et ?

Embarrassée, sa mentore continua :

— Timothy veut que tes sœurs et toi demandiez l'aide de votre père.

— Mais… il a cessé de soutenir la société lorsque j'ai coupé les ponts avec lui, bégaya-t-elle, ébranlée par l'éventualité d'une telle démarche.

— Je sais. Je déteste te mettre ainsi au pied du mur, mais je comprends aussi le point de vue de Timothy. Chaque don augmente nos chances de survie. Et ton père était l'un de nos plus gros donateurs.

Le regard d'Angie se tourna vers la fenêtre qui donnait sur la rue et les immeubles brûlés par le soleil de Los Angeles.

— Laisse-moi y réfléchir.

Elle ne pouvait pas opposer un non catégorique à cette demande, même si elle l'avait voulu. Le sort de la Société de musique de chambre ne concernait pas qu'elle, il touchait également ses sœurs et tous les autres musiciens.

— Je n'en réclame pas plus, déclara Janet en lui prenant doucement la main. Merci.

— Je t'en prie. Je ne demande qu'à vous aider du mieux que je peux. Mais je ne te dérange pas plus longtemps.

Ce fut d'un pas lourd qu'elle retourna au parking. Son père ne soutiendrait jamais la société en sachant que c'était sa source de revenus et d'indépendance. Certes, ses sœurs avaient de meilleurs rapports avec lui, mais si cela devait également bénéficier à Angie, il ne les aiderait jamais.

Pourtant, elle devait quand même essayer.

Une fois assise dans sa voiture, elle sortit son téléphone de son sac à main et composa le numéro de son père sans se laisser le temps de se dégonfler. Il décrocha à la quatrième sonnerie.

— Laisse-moi deviner. Tu as quelque chose à me demander.

Submergée par la colère et l'humiliation, elle sentit sa main se crisper sur son téléphone. Elle s'efforça de mettre sa fierté de côté et déclara :

— La Société de musique de chambre a besoin de ton aide.

— Et pourquoi les aiderais-je ? questionna-t-il d'un ton agacé.

— Umma les soutenait quand elle était en vie, dit-elle doucement, comme chaque fois qu'elle évoquait sa mère.

Il y eut un long silence, puis son père répondit d'une voix lasse :

— Rentre à la maison, Angie. Je leur ferai un don si tu cesses ta rébellion enfantine et reviens.

La gorge de la jeune femme se serra d'émotion. Cela faisait cinq ans qu'elle n'avait pas parlé à son père, mais son départ de la maison n'avait rien d'une rébellion enfantine. Elle refusait de lui donner le pouvoir de reprendre le contrôle de sa vie.

— Ce n'est plus ma maison, dit-elle en clignant des yeux afin de chasser les larmes qui menaçaient de couler. Je trouverai un autre moyen d'aider la société. Au revoir, appa.

Elle rentra chez elle le cœur lourd. Son chez-soi était un petit deux-pièces à la périphérie du centre-ville de Los Angeles. Défraîchi et situé dans un quartier relativement calme, il avait plus de valeur à ses yeux qu'un manoir.

Sa mère s'était battue contre le cancer durant cinq longues années, et Angie était heureuse d'avoir pu être à ses côtés. Mais, à son décès, elle n'avait plus supporté de vivre auprès de son père après ce qu'il lui avait imposé. Même sa menace de lui couper les vivres n'avait pas suffi à l'empêcher de quitter le domicile familial. Elle n'avait jamais voulu de son fichu argent de toute façon.

Elle gara sa voiture dans son étroit emplacement de parking, puis attendit sans entrain que le vieil ascenseur la monte jusqu'au hall. Après avoir vérifié sa boîte aux lettres, elle prit un escalier exigu et parcourut ce qui lui sembla des kilomètres de couloir faiblement éclairé avant d'arriver enfin à son appartement. Elle entra en traînant les pieds, morte d'épuisement mais, avant s'effondrer sur le canapé, elle rangea soigneusement son violoncelle dans son coin de répétition.

— Mon chez-moi, dit-elle en souriant contre un coussin moelleux.

Le vieil immeuble démodé était ce qu'il était, mais elle avait réussi à faire de son appartement un endroit chaleureux et confortable, malgré son budget limité. Elle avait peut-être un peu exagéré sur les lampes de table et autres luminaires, mais elle adorait la luminosité qui en résultait, et grâce aux touches de couleur provenant des coussins et des plaids, ainsi qu'à une collection de posters fantaisistes collés aux murs, c'était devenu un intérieur très douillet.

Mais son sourire s'effaça rapidement. La paix tranquille de sa vie méticuleusement construite était désormais perturbée par l'avenir incertain de la Société de musique de chambre... ainsi que par l'apparition d'un fantôme de son passé. Le dîner des Neiman lui revint soudain en mémoire, et elle ferma les yeux au souvenir de la fureur de Joshua. Même après deux mois, son cœur souffrait toujours de la confirmation de ses pires craintes : Joshua Shin la détestait.

Elle s'était convaincue d'avoir tourné la page après la façon dont elle avait brisé le cœur de Joshua et le sien en partant. Mais le revoir après toutes ces années avait anéanti le barrage de ses émotions. Étouffer ses sentiments avait été le seul moyen de continuer sa vie sans lui. Mais à présent...

Non, ce qu'elle ressentait, c'était du regret pour la vie qu'ils auraient pu avoir. Rien de plus. Il ne pourrait jamais y avoir quoi que ce soit entre eux car elle avait gâché cette chance dix ans auparavant. Elle essuya impatiemment ses larmes et prit une inspiration tremblante. Elle n'avait pas le temps de ressasser le passé alors que le présent exigeait toute son attention.

Son père accepterait d'aider la Société de musique de chambre uniquement si elle se pliait à ses conditions. Mais Angie ne pouvait pas renoncer à son indépendance si durement acquise. De toute façon, son don à lui seul ne suffirait pas à les sauver. Qu'allait-elle faire ? Elle poussa un profond soupir et se redressa.

— Alexa, joue KUSC.

Elle avait besoin de musique classique et d'une bonne tasse de thé. Après un bref passage à la cuisine, elle s'installa avec une tasse fumante sur le canapé et savoura la quiétude généreusement offerte par la musique.

Les accords de la dernière œuvre d'un compositeur connu sous le nom d'A.S. emplirent bientôt son salon. L'artiste était apparu sur le devant de la scène musicale classique quelques années auparavant, et grâce à son talent et au mystère entourant son identité, il était devenu un phénomène du jour au lendemain. Angie aimait bien l'entendre passer à la radio.

L'instant suivant, son petit sourire appréciateur se fissura et disparut.

— Non, c'est impossible, murmura-t-elle en se couvrant la bouche.

C'était la mélodie qu'elle fredonnait depuis deux mois. Comment était-ce possible si c'était la première fois qu'elle l'entendait ?

Elle téléchargea rapidement le morceau sur sa playlist et accéléra frénétiquement jusqu'au passage qu'elle avait reconnu avant de le repasser plusieurs fois. Un soupir tremblant lui échappa.

Peut-être était-ce le fait d'avoir revu Joshua après toutes ces années qui avait fait remonter ses souvenirs enfouis à la surface ? En tout cas elle savait enfin d'où provenait ce refrain. C'était sa musique : celle que Joshua lui avait jouée à l'université en lui annonçant timidement qu'il était en train de lui composer un concerto pour violoncelle.

C'était là un sacré secret qu'elle venait de découvrir : Joshua était le génie qui se cachait derrière ce compositeur anonyme. C'était lui A.S.

Et maintenant je le sais.

La jeune femme se leva aussitôt, le sang battant à ses oreilles et la respiration saccadée. Elle savait comment sauver la Société de musique de chambre, et Joshua Shin allait la détester pour cela. Mais qu'importe ? Il ne pouvait sûrement pas la détester plus qu'à présent.

Distrait, Joshua pivota sur sa chaise et regarda par la fenêtre panoramique de son bureau situé au quarante-huitième étage avec vue imprenable sur le centre-ville de Los Angeles. Il poussa un soupir exaspéré, et passa sa main dans ses cheveux déjà ébouriffés.

Des dizaines de rapports et de contrats attendaient sa signature, mais il n'était pas concentré. Cela faisait deux mois qu'il ne dormait pas correctement, et la nuit dernière n'avait pas fait exception. Il avait dérivé d'un rêve à l'autre, ou peut-être s'agissait-il de souvenirs ? Il ne faisait plus la différence, mais il était certain qu'Angie Han avait été au centre de ses préoccupations.

Il avait suffi de cinq minutes en sa présence pour qu'il ne puisse plus l'effacer de ses pensées. Comment pouvait-elle avoir une telle emprise sur lui après toutes ces années ? Elle lui avait déjà trop pris. À cause d'elle, il avait été incapable de composer durant six ans.

Il se remit face à son bureau et retourna aux rapports qu'il était en train d'examiner. Par pure obstination, il en étudia quatre autres et une proposition avant qu'Angie envahisse à nouveau ses pensées. Comme elle avait magnifiquement joué ! Il avait même rêvé un jour de lui écrire un concerto pour violoncelle afin que le monde entier puisse profiter de son talent.

Non, cela suffisait ! Il n'était plus un jeune homme de vingt ans au cœur brisé mais le vice-président des opérations de Riddle Incorporated, une entreprise de composants électroniques fondée par son grand-père, et dans quelques mois il en serait le nouveau P-DG. Les emplois de plus de neuf cents salariés reposaient sur ses épaules. Il n'avait pas de temps à perdre à rêvasser sur un ancien amour. Car c'était bien ce qu'elle était !

Il se concentra sur son travail et réussit à s'y replonger jusqu'à ce que son téléphone sonne. Légèrement irrité par l'interruption, il appuya sur le bouton du haut-parleur.

— Oui, Janice ?

— Désolée de vous déranger, mais une certaine Mme Angie Han veut vous voir, expliqua son assistante de direction. Je lui ai demandé de prendre rendez-vous et de revenir plus tard, mais elle préfère attendre. Elle dit que vous étiez à l'université ensemble.

Joshua n'en revenait pas. Ce n'était pas suffisant qu'elle occupe ses pensées et ses rêves depuis deux mois ? Il fallait aussi qu'elle vienne le voir en personne ? Devait-il accepter ? Rien ne l'y obligeait après tout. Mais supporterait-il de ne pas savoir pourquoi elle était là ?

— Faites-la entrer, s'il vous plaît.

Les mains jointes sur le bureau, il fixa la porte. Il ne pouvait empêcher son cœur de tambouriner, mais il était déterminé à l'accueillir avec une froide indifférence.

Elle franchit la porte, le menton haut, le dos aussi droit qu'un piquet et les épaules en arrière, comme si elle se préparait au combat. Mais, quand elle croisa son regard, elle détourna un instant les yeux avant de s'approcher avec détermination.

Il désigna une chaise d'un geste désinvolte de la main, et elle s'assit sans un mot pendant qu'il s'efforçait en vain de ne pas remarquer à quel point elle était belle dans son pantalon noir et son chemisier rose clair. Elle était assez près pour qu'il puisse sentir son doux parfum de vanille, le même qu'il y a dix ans. Un frisson le parcourut. Le portait-elle pour le toucher ? Et pourquoi voudrait-elle le toucher ? Son esprit tourbillonnait de pensées, et il s'efforça de reprendre pied.

— Bonjour, Joshua.

Sa voix douce et mélodieuse était telle une caresse chaleureuse.

— Que fais-tu ici ? demanda-t-il, les lèvres comme engourdies.

— Après le dîner des Neiman…

Elle n'eut pas besoin d'en dire davantage pour qu'il se souvienne de leur rencontre houleuse. Le même élan de désir et de colère l'emplit à nouveau.

— Je savais que tu refuserais de me voir si j'essayais de prendre rendez-vous.

— Tu n'as pas répondu à ma question, dit-il d'une voix dure.

Elle baissa les yeux sur ses propres mains durant un bref instant, puis croisa son regard.

— J'ai une proposition à te faire.

— Que pourrais-tu bien me proposer ? Tu as été très claire sur le fait que tu ne voulais plus jamais me revoir quand tu m'as quitté pour ton précieux héritage.

Il se mordit la langue et arrêta le flot de paroles amères qui menaçaient de franchir ses lèvres. Ces sentiments n'auraient dû être que de désagréables souvenirs faciles à chasser d'un revers de la main.

— Je ne peux pas changer à ce qui s'est passé entre nous. J'aimerais pouvoir t'expliquer..., dit-elle dans un chuchotement. Mais je t'assure que cette proposition est purement professionnelle.

— Va-t'en, lui intima-t-il en sentant la nervosité le gagner.

Il détestait que son corps la désire encore après tout ce temps. Et qu'avait-elle à lui proposer d'ailleurs ? Était-elle là au nom de son père ? Leurs entreprises étaient rivales depuis des dizaines d'années. Son père avait même menacé de la renier lorsqu'il avait découvert qu'ils sortaient ensemble. Mais bien que les récents changements dans l'orientation commerciale de Riddle aient mis fin à cette rivalité, Joshua ne pouvait imaginer que les deux entreprises puissent un jour collaborer sur quoi que ce soit.

Comme elle ne semblait pas vouloir partir, il tourna sa chaise face à la fenêtre, soulignant ainsi son renvoi.

— Je sais qui tu es.

Sa voix était si basse qu'il crut avoir mal entendu. Pourtant, il eut l'impression qu'une pierre lui tombait dans l'estomac.

Il se tourna lentement vers elle et articula prudemment :

— Pardon ?

— Je suis au courant. Je sais que tu es A.S.

— Et qui est A.S. ? rétorqua-t-il alors que la panique réveillait brutalement son cerveau embrouillé.

C'était impossible. Personne n'était au courant, pas même son grand-père. Il devait se montrer prudent.

— Je ne sais pas à quel jeu tu joues, mais je crois t'avoir demandé de partir.

La dernière chose à laquelle il s'attendait, c'était qu'elle se mette à chanter. C'est pourtant ce qu'elle fit. Elle fredonna sa dernière œuvre, et, comme une brise soufflant par la fenêtre, sa mémoire lui revint avec une clarté saisissante. Comment avait-il pu oublier ?

C'était sa mélodie. La première ébauche du concerto qu'il avait rêvé de lui écrire. Mais ce rêve s'était éteint avec son chagrin. C'était du moins ce qu'il avait cru, car le concerto avait manifestement refait surface dans l'un de ses derniers morceaux. Comment avait-il pu ne pas le reconnaître ? Parce qu'il n'était plus à elle, se dit-il. La mélodie n'était qu'un extrait d'une de ses œuvres. Elle n'avait plus rien à voir avec elle.

— Ça suffit, rétorqua-t-il.

Angie se figea devant son ton brutal, mais une lueur triomphante brillait dans ses yeux :

— Tu es A.S.

Il n'allait pas nier alors qu'ils savaient tous les deux qu'elle le tenait.

— Et que comptes-tu faire de cette information croustillante ?

— S'il te plaît, ne le prends pas comme ça, dit-elle en rougissant et se mordillant la lèvre.

Une satisfaction inexplicable l'envahit en voyant l'assurance de la jeune femme se fissurer.

— J'ai juste besoin de ton aide, ajouta-t-elle.

— Si tu es là pour me faire chanter, aie au moins la franchise de me le dire, dit-il d'un ton cynique. Que veux-tu en échange de ton silence ?

— Je ne comprends même pas pourquoi mon silence serait si important, répondit-elle d'une voix tremblante. Pourquoi dois-tu composer en secret ?

Malgré sa nonchalance feinte, il avait du mal à respirer. Au début, il avait caché son identité pour éviter d'entrer en conflit avec son père qui n'avait jamais approuvé sa carrière musicale. Mais, à présent, son héritage familial était en jeu.

Si les membres du conseil d'administration découvraient que Joshua était compositeur à ses heures perdues, cela pourrait influencer leur décision et les dissuader de le nommer P-DG. Son concurrent, Nathan Whitley, s'en donnerait à cœur joie pour prouver que Joshua n'était pas aussi dévoué que lui à Riddle. Son grand-père et son père seraient dévastés si le poste lui échappait.

— Tu ne crois quand même pas que je vais partager ce genre d'information avec mon maître-chanteur, non ? dit-il avec dédain en se renversant sur son siège. Tu essaies de rassembler plus de munitions pour les utiliser contre moi ?

— Je ne vais pas révéler ton secret, affirma Angie avec une calme détermination. Mais j'ai quand même besoin de ton aide.

— Et je n'ai aucune raison de t'aider sans cet effet de levier, rétorqua-t-il dans un rictus.

— La Société de musique de chambre traverse une crise financière, et la saison à venir sera décisive, poursuivit-elle avec obstination.

Sa ténacité, qui l'impressionnait autrefois, le contrariait à présent. Il avait besoin qu'elle parte.

— J'aimerais, de la part de la Société, commander à A.S. un nouveau morceau que nous présenterons le soir de l'ouverture. Ça nous donnera le coup de pouce nécessaire pour propulser la saison et attirer le regard du public.

— Tu n'as pas l'intention de révéler que je suis A.S. ?

— Non. Absolument pas.

Elle soutint son regard, et il la crut. Elle avait toujours été très honnête, et heureusement elle ne semblait pas avoir changé sur ce point.

— Alors ma réponse est non.

Il se raidit face à son expression abattue. Si son secret était bien gardé, pourquoi se risquer à la revoir ? Elle ne représentait plus une menace pour son cœur, mais il la désirait avec une intensité qu'il préférait ne pas mettre à l'épreuve. Sa seule présence dans son bureau le bouleversait profondément. Passer plus de temps avec elle n'était pas envisageable.

— Mais je ne suis pas sans sympathie pour la situation de la Société de musique de chambre. Je peux vous faire un autre don...

— Je ne veux pas de ton argent, l'interrompit-elle sèchement.

Elle prit alors une profonde inspiration, et poursuivit d'un ton égal :

— L'argent ne nous mènera pas bien loin. Mais une collaboration avec A.S. augmentera les ventes de billets et attirera de nouveaux donateurs.

Elle se pencha en avant sur sa chaise et ajouta :

— Ça donnera un nouveau souffle à la société.

— Ma réponse est toujours non, dit-il en ignorant la pointe de culpabilité qui le saisissait.

Il n'allait quand même pas s'excuser de sa décision alors qu'elle n'était pas en mesure de lui demander quoi que ce soit.

Angie se leva avec un calme serein, et il fit de même. Elle ouvrit son petit sac à main et en tira une carte de visite, simple et élégante.

— C'est mon numéro de portable. Appelle-moi si tu changes d'avis.

Il lui prit la carte et répondit d'un ton sans équivoque :

— Ça n'arrivera pas.

Elle quitta son bureau comme elle était entrée, le dos droit et la tête haute, laissant derrière elle des effluves persistants de vanille. Il avait pris la bonne décision. Revoir Angie Han serait un désastre pour sa santé mentale. Alors pourquoi avait-il l'impression d'être le méchant ?

Joshua passa le reste de la journée à tenter d'oublier Angie. La soirée des Neiman et sa visite d'aujourd'hui n'étaient que des anicroches. Elle était sortie de sa vie, et il comptait bien faire en sorte que cela reste ainsi. Dans ce cas, pourquoi ne pouvait-il pas ralentir les battements de son cœur ? Ce n'était qu'une réaction physique à un événement inattendu. Elle serait complètement oubliée d'ici demain.

Une part de lui voulait admettre sa défaite et reconnaître qu'il était incapable de travailler quand son esprit tournait en rond, mais son côté têtu voulait se persuader du contraire. Il resta donc à son bureau, fixant l'écran d'ordinateur sans le voir jusqu'à ce que le soleil disparaisse à l'horizon.

Lorsque son téléphone portable sonna, il fut soulagé de l'interruption.

— Bonjour, maman.

— Bonjour, mon fils, répondit celle-ci d'une voix faussement joyeuse.

— Que se passe-t-il ? demanda-t-il en se redressant.

— Une mère ne peut pas appeler son fils sans raison ?

Sa voix tremblait légèrement. Cette fois, il était vraiment inquiet.

— Une mère ne peut pas dire la vérité à son fils sans le faire mourir d'inquiétude ? rétorqua-t-il avec une pointe d'irritation avant de le regretter. Désolé, maman. Dis-moi ce qui se passe.

— Ne t'inquiète pas trop. C'était un léger malaise et son état est stable maintenant, mais… halabuji a fait une crise cardiaque, expliqua sa mère qui ne put retenir un sanglot. Il a été admis au centre médical Cedars-Sinaï. On se parlera quand tu y seras.

Le cœur tambourinant, Joshua répondit :

— Je pars tout de suite.

2

Angie était assise dans un bain bien mérité, les genoux repliés au-dessus des bulles afin de tenir dans la petite baignoire. Elle passa une main sur son bras mouillé en se remémorant la journée surréaliste qu'elle venait de passer. Avait-elle vraiment fait irruption dans le bureau de Joshua pour le faire chanter ?

Il ne lui avait pas fallu longtemps pour se rendre compte qu'elle était incapable de faire chanter qui que ce soit, et encore moins l'homme qu'elle avait un jour aimé. Elle s'était pourtant juré de faire tout son possible pour sauver la Société de musique de chambre mais, en voyant le beau visage de Joshua crispé par l'inquiétude, elle n'avait pu s'y résoudre.

À la place, Angie ne pensait plus qu'à le prendre dans ses bras afin de chasser ses craintes par un baiser. Elle s'enfonça dans la baignoire et plongea la tête sous l'eau. Elle était sûrement folle. Mais tout de même. Pourquoi était-ce si important pour lui de garder son identité secrète ?

Soudain agitée, elle termina de se laver et sortit du bain. Au moment où elle s'enveloppait dans une serviette, elle entendit son téléphone sonner. Son cœur fit un bond dans sa poitrine. Cela pouvait être n'importe qui, une de ses sœurs probablement. Alors pourquoi courait-elle à toute vitesse vers sa chambre ?

Lorsqu'elle saisit son téléphone sur la table de nuit, elle vit qu'il s'agissait effectivement de sa sœur Megan. Si seulement elle avait pu ne pas se sentir aussi déçue.

— Salut Meg. Quoi de neuf ?

— J'ai une idée brillante pour sauver la Société de musique de chambre, déclara Megan sans préambule.

— Dis-moi ? demanda Angie emplie d'espoir.

— Il faut qu'on fasse un calendrier. Tu sais, comme le calendrier des pompiers ?

Son espoir s'évanouit comme une bougie mouillée.

— Comment peux-tu plaisanter avec ça ?

— Non, écoute-moi. On l'appellera « Les Canons de la musique de chambre » et on prendra notre plus belle pose, babilla sa sœur.

— Avec notre violoncelliste, Arthur ? demanda Angie en nommant un de leurs collègues au hasard.

— Tout à fait. Il est plutôt canon pour un sexagénaire, mais je ne sais pas s'il acceptera de retirer sa chemise pour la séance photo.

Franchement ! Fallait-il vraiment qu'elle écoute ce genre de bêtises ?

— Tu as avalé combien de paquets de bonbons aujourd'hui ?

— Trois.

— Les grands modèles ?

— Oui. Et alors ?

Elle pouvait presque entendre Megan gigoter sous l'effet du sucre.

— Va manger de la vraie nourriture et appelle-moi quand tu auras une idée utile.

Une goutte d'eau glissa de ses cheveux sur son dos et la fit frissonner.

— On pourrait discuter un peu ? Je m'ennuie.

— Et je me gèle. Je sors du bain et il faut que je m'habille, dit Angie en se dirigeant vers sa commode pour en sortir son legging préféré et un sweat à capuche. N'oublie pas. De la vraie nourriture. Au revoir.

Alors qu'elle sortait la tête de son sweat, son portable sonna à nouveau. Elle enfila le bras avant de décrocher :

— On ne fera pas de calendrier « Les Canons de la musique de chambre » !

Il y eut un silence gênant à l'autre bout du fil. Mortifiée, elle n'avait pas besoin de regarder l'écran pour savoir qu'il ne s'agissait pas de Megan. Pas d'affolement. Tant qu'il ne s'agissait pas de Joshua.

— Pourquoi pas ? demanda une voix grave et amusée. Ça pourrait donner un sacré coup de pouce à la Société de musique de chambre.

Peut-être était-ce quelqu'un qui avait la même voix que lui ?

— Au fait, c'est Joshua.

Zut. Elle ferma les yeux, souhaitant que le sol l'engloutisse comme des sables mouvants. Pourquoi l'appelait-il, d'ailleurs ?

— Joshua ? Quelle surprise, dit-elle avec raideur tout en continuant à s'habiller.

— Tu m'as donné ton numéro de téléphone, lui rappela-t-il.

— Et tu as dit que tu ne m'appellerais pas.

— J'ai changé d'avis.

Ce ton froid et arrogant, comme s'il se croyait en droit de faire selon son bon plaisir, l'exaspéra au plus haut point.

Elle retint la réponse cinglante qu'elle avait sur le bout de la langue, préférant se taire. Il avait changé d'avis ? Comment cela ? Sur le fait de l'appeler ou au sujet de sa proposition ? Elle s'assit sur son lit et se força à reprendre son souffle.

— Comment ça, changé d'avis ?

— Je suis prêt à étudier ta proposition... moyennant une contrepartie.

— Bien sûr. On te payera pour le travail commandé...

— Je ne veux pas de l'argent venant d'une organisation en difficulté. Ce n'est pas ce que je demande.

— Alors, que veux-tu ? Quel est ton prix ?

— C'est... J'ai besoin de..., commença-t-il avant de pousser un profond soupir. On peut se voir ?

— Maintenant ?

Elle jeta un coup d'œil à l'horloge : il était presque 22 heures.

— Oui, maintenant.

— Euh… où ?

L'idée de le revoir fit battre son cœur.

— Où tu veux. Ça ne prendra pas longtemps.

Son ton sec rappela à Angie qu'il s'agissait uniquement d'affaires.

— Il y a un café en bas de la rue…

— On se retrouve là-bas. Comment ça s'appelle ?

Elle lui donna le nom du café et raccrocha. Ils avaient rendez-vous dans une demi-heure. Elle hésita à rester avec son confortable survêtement, mais il s'agissait d'un rendez-vous d'affaires et non de retrouver une amie pour prendre un café.

Alors qu'elle séchait ses longs cheveux humides, elle refréna l'excitation qui montait en elle. Elle allait retrouver un homme qui la détestait et voir ce qu'il attendait d'elle en échange de son aide à la Société de musique de chambre. Pourquoi s'enthousiasmait-elle ?

Elle enfila un pantalon slim noir et un pull gris. N'ayant pas le courage de se maquiller, elle s'appliqua du baume à lèvres teinté et décida qu'elle était prête.

Le café n'était qu'à deux pâtés de maisons, et elle arriva quelques minutes en avance. Elle commanda une tisane à la camomille et trouva une table près de la fenêtre donnant sur la rue. Combien de fois s'étaient-ils retrouvés dans des cafés cosy comme celui-ci pour faire leurs devoirs ou réviser un examen ? Un sourire mélancolique se posa sur ses lèvres tandis qu'elle se remémorait la chaleur et la simplicité de cette époque. Elle n'aurait pas dû prendre ce bonheur pour acquis, mais elle ignorait alors que leurs jours de félicité étaient comptés et qu'ils ne passeraient pas leur vie ensemble.

Angie chassa la douleur écrasante qui s'emparait d'elle, surprise par son intensité. Revoir Joshua avait rouvert de vieilles cicatrices.

Elle prit une gorgée de tisane, le regard dans le vide. Ils n'étaient plus des enfants insouciants et amoureux. Ce soir, ils se rencontraient dans des circonstances bien différentes, et elle devait garder les idées claires.

— Je t'ai fait attendre ? demanda Joshua en tirant la chaise en face d'elle.

Son cœur se mit à battre à toute vitesse quand elle le vit, et une sensation de chaleur la parcourut. Ses cheveux étaient ébouriffés, et ses manches retroussées révélaient ses avant-bras musclés. En avisant son torse et ses biceps moulés dans sa chemise, elle sentit sa concentration vaciller. Autant oublier tout espoir de garder les idées claires.

— Non, pas du tout. Je viens d'arriver moi aussi.

— Bien.

Il passa ses doigts dans ses cheveux, ce qui les ébouriffa un peu plus.

Angie le préférait ainsi. L'homme froid et immaculé en veste et cravate qu'elle avait rencontré dans son bureau était un inconnu, mais, dans celui-ci, elle voyait des traces de l'ancien Joshua : quelqu'un qui ne la rejetterait pas complètement. Peut-être parviendraient-ils finalement à trouver un accord ?

— Tu veux commander quelque chose ? demanda-t-elle.

À présent qu'elle se forçait à ne pas lorgner son corps, elle remarquait la tension au coin de ses yeux et la lassitude qui marquait sa bouche. Quelque chose n'allait pas.

— Non, il est tard, dit-il en se pinçant l'arête du nez. Je ne veux pas te prendre ton temps.

— Alors, quel est ce prix que tu exiges ?

Elle voulait savoir ce qui le tracassait. Son instinct lui disait que cela avait un rapport avec sa volte-face soudaine.

— Mon grand-père a eu une crise cardiaque, dit-il en prenant une profonde inspiration.

Il essayait de le cacher, mais Angie voyait bien qu'il souffrait. Malgré son inquiétude, elle s'efforça de garder une expression poliment compatissante avant de lui faire signe de continuer.

— Je veux que tu joues pour lui, pour l'aider à récupérer.

— Tu veux que je joue pour lui ? répéta-t-elle sidérée.

— Son médecin pense que la musicothérapie pourrait grandement aider à son rétablissement, et tu es le choix évident pour plusieurs raisons.

La frustration se lisait sur son visage : il avait beau la voir comme un choix logique, cela ne le réjouissait pas du tout.

— Mon grand-père est un fervent fan du Hana Trio, et le violoncelle est son instrument préféré.

— Si tu cherches un musicothérapeute, je suis sûre que je pourrais t'en trouver des hautement qualifiés…

— Tu trouves ça si indigne de jouer pour un vieil homme ? demanda-t-il d'un ton cinglant.

— Quoi ? s'exclama-t-elle avant de baisser la voix en voyant des têtes se tourner vers eux. C'est tout simplement parce que je ne pense pas avoir les compétences. Il ne suffit pas de savoir jouer pour se proclamer musicothérapeute.

— Je doute qu'il y ait beaucoup de musicothérapeutes violoncellistes de niveau concertiste. Mon grand-père est connaisseur, et entendre un amateur jouer aura l'effet inverse sur son rétablissement.

Il marqua une pause et poussa un soupir avant de poursuivre :

— Et puis il y a quelque chose de particulier dans ta façon de jouer. Tu dégages une profondeur et des émotions capables de toucher les gens. C'est… spécial.

Prise au dépourvu, Angie ouvrit et referma la bouche plusieurs fois.

— Merci, mais…

— Je te veux, grogna-t-il.

Une chaleur agréable se répandit en elle, même si elle avait parfaitement saisi le sens de sa phrase.

— Je ne veux pas de substitut. Je veux que ce soit toi qui joues pour mon grand-père. La voilà, mon offre.

— Il ne manque plus que le « à prendre ou à laisser », ironisa-t-elle.

Une ébauche de sourire se posa sur les lèvres de Joshua.

— Si tu acceptes de jouer pour mon grand-père, je vous composerai quelque chose pour la saison à venir.

Que pouvait-elle dire ? Elle était toujours aussi sceptique sur ses capacités en tant que musicothérapeute, mais elle serait heureuse d'aider son grand-père et d'être utile à la Société de musique de chambre.

— Je me souviens à quel point tu étais proche de lui, murmura-t-elle.

— Je le suis toujours, dit-il en rapprochant son visage d'elle. Je ne pouvais pas ne pas te le demander, sachant que c'est ce dont il a besoin. Je ferais n'importe quoi pour lui.

Joshua n'avait rien voulu avoir à faire avec elle lors de leurs deux dernières rencontres et, à en juger par sa posture tendue et son expression méfiante, il était toujours dans le même état d'esprit. Mais il aimait son grand-père au point de sacrifier ses propres désirs, et cela toucha Angie au plus haut point.

Elle s'éclaircit la gorge.

— À quelle fréquence aurais-tu besoin que je joue pour lui ?

— Je vais devoir consulter son médecin pour voir ce qui serait le plus efficace, mais deux fois par semaine me paraît bien.

— Seras-tu avec lui quand je jouerai ?

Elle voulait limiter leurs contacts au maximum. L'oublier avait été l'une des choses les plus difficiles qu'elle ait jamais faites dans sa vie.

— Je serai là le premier jour pour te le présenter, mais il est peu probable que je sois là les fois suivantes.

Elle hocha la tête, refusant de reconnaître le sentiment de déception qui l'envahissait.

— Marché conclu ? demanda-t-il en observant attentivement son visage.

— Marché conclu.

Joshua arriva à l'hôpital en avance afin d'éviter à Angie de le chercher en trimballant son lourd instrument. Il se plaça donc près de l'entrée pour être bien en vue.

Après leur séparation la veille, il avait plusieurs fois remis en question sa décision de mêler Angie à leur situation familiale compliquée. La crise cardiaque de son grand-père avait provoqué une onde de choc chez ses parents et lui, et ils étaient prêts à tout pour empêcher cela de se reproduire. Lorsque le médecin avait recommandé la musicothérapie, il avait immédiatement pensé à Angie.

Le violoncelle était l'instrument préféré d'halabuji, qui était particulièrement fasciné par le talent d'Angie. C'était pour cette raison que Joshua l'avait choisie… Plus le fait qu'il ne pensait plus qu'à elle depuis deux mois. Il jura dans sa barbe. Non, il refusait de croire qu'il l'avait entraînée dans cette histoire juste pour l'avoir auprès de lui. C'était, au contraire, la dernière chose qu'il souhaitait.

Ce qu'il lui avait dit sur le fait que sa musique était spéciale était vrai. Ça l'était déjà à l'époque où ils sortaient ensemble, et elle n'avait fait que s'améliorer avec le temps. L'écouter jouer aiderait halabuji à réduire son stress et à se stabiliser. Plus important encore, cela rendrait son grand-père heureux, et c'était ce qui comptait le plus.

Il avait entrepris cette démarche en dépit du fait qu'il ne voulait plus revoir Angie, et sans aucune intention de la récupérer. Il l'avait fait car c'était ce qu'il y avait de mieux pour son grand-père. Inutile de chercher plus loin.

Mais, pour que cela fonctionne, il devait mettre son attirance irrépressible pour elle sous cloche. Quand il l'avait retrouvée la nuit dernière, son corps avait tremblé de désir malgré son inquiétude. La voir démaquillée lui avait rappelé Angie étudiante, quand elle était encore à lui. À l'époque il l'aurait embrassée avant de s'asseoir en face d'elle. Ils se seraient tenu la main par-dessus la table, et il l'aurait laissée le réconforter. Puis il l'aurait ramenée chez lui et lui aurait fait l'amour. Aujourd'hui il ne désirait plus rien de tout cela, mais son corps en revanche avait désespérément envie d'elle.

— Joshua, l'appela Angie, debout devant lui.

Perdu dans ses pensées, il ne l'avait pas vue entrer dans le hall.

— Merci d'être venue, répondit-il d'une voix plus rauque qu'il ne l'aurait souhaité.

Son jean moulant et son pull beige mettaient en valeur ses délicieuses courbes, ce qui n'arrangeait pas son désir. Bon sang, il fallait qu'il se ressaisisse.

— Je t'en prie, dit-elle d'un ton très professionnel.

Si elle remarqua son regard affamé, elle réussit très bien à le cacher.

— On y va ?

Il hocha brièvement la tête et la conduisit en silence vers les ascenseurs qui menaient aux chambres privées. Celle de son grand-père était située au bout du couloir afin qu'il ne soit pas dérangé par le bruit des ascenseurs ou le va-et-vient de la salle des infirmières.

Joshua jeta un rapide regard à Angie qui traînait son grand et large étui à violoncelle. Il ne lui avait même pas proposé son aide, trop occupé qu'il était à la convoiter. Confus, il s'éclaircit la voix et demanda :

— Tu as besoin d'aide avec ton instrument ?

— Oh ! je t'en prie. J'avais l'habitude de trimballer ce bébé d'un bout à l'autre du campus. Ce n'est rien.

Le sourire de la jeune femme s'effaça quand elle réalisa ce qu'elle venait de dire.

— Je m'en souviens, dit-il avec désinvolture.

Il s'en souvenait même très bien. Mais ni l'un ni l'autre n'avaient envie de se remémorer le bon vieux temps. Malgré son sentiment d'amertume grandissant, Joshua s'efforça de ne pas serrer les lèvres. La dernière chose qu'il souhaitait, c'était que le malaise entre eux soit palpable devant son grand-père.

Dans la chambre, les lumières étaient tamisées et une grande silhouette mince gisait immobile sur le lit. Comment n'avait-il pas remarqué sa fragilité ?

— S'il dort, je ne veux pas le réveiller, murmura Angie.

Même s'il regrettait qu'elle ait fait tout ce trajet pour rien, il était du même avis qu'elle.

— Je suis désolé...

— Oh ! pour l'amour du ciel. Arrête de chuchoter et viens ici, dit le vieil homme en se redressant sur son lit. Je boude, je ne dors pas.

Soulagé, Joshua s'approcha du lit.

— Comment te sens-tu ?

— En pleine forme, tonna le vieil homme comme si le volume de sa voix témoignait de sa santé exemplaire. Pourquoi ne me laisse-t-on pas partir ? Je n'ai plus besoin de rester à l'hôpital.

— Pas d'après ton médecin, lui rappela Joshua. De toute façon, tu ne resteras pas longtemps à l'hôpital. Tu pars demain pour une maison de convalescence.

— Ta mère m'en a parlé. Pourquoi dois-je aller dans une retraite pour snobinards ? grommela son grand-père.

— Le médecin dit que tu as besoin de détente et de calme absolu. Si tu rentrais à la maison, tu irais te remettre immédiatement au travail.

— Quel travail ? protesta M. Shin en levant les mains. Je suis à la retraite.

Joshua laissa échapper un rire incrédule.

— Tu es toujours membre du conseil d'administration, et tu en sais plus que nous sur tout ce qui se passe dans l'entreprise.

— La nomination du P-DG a lieu dans à peine quelques mois. Avec Nathan Whitley qui cherche à mettre son gros nez dans nos affaires, il faut bien que quelqu'un veille au grain. Il a peut-être déjà Richard Benson et Scott Grey dans sa poche.

— Laissez-moi m'occuper de Whitley, dit Joshua d'un ton mi-confiant, mi-arrogant.

Dans l'immédiat, le plus important était de rassurer son

grand-père. Pour ce qui était de la perte des deux membres du conseil d'administration au profit de leurs concurrents, il verrait plus tard.

— Le conseil sait que je suis le meilleur candidat pour ce poste.

— Surveille quand même tes arrières, fiston. Whitley est un petit enfoiré très rusé.

— Je m'en occupe, halabuji. Arrête de t'inquiéter et concentre-toi sur ton rétablissement.

— C'est plus facile à dire qu'à faire, soupira le vieil homme.

Puis il aperçut Angie qui se tenait silencieusement près de la porte.

— Et qui êtes-vous ? Si vous êtes sa petite amie, dites bien à ce garçon d'arrêter de faire le malin.

— Non, je ne suis pas sa petite amie, répondit-elle en s'approchant du lit en riant. Et je ne suis pas sûre qu'il apprécierait que je le traite de petit malin.

— Voici Angie Han, la violoncelliste du Hana Trio, déclara Joshua qui se sentait rougir. Elle vient jouer pour toi.

— Angie Han ? Laissez-moi vous saluer, s'exclama-t-il en prenant la main tendue de la jeune femme. Quel plaisir de vous rencontrer. Quand vous jouez, je me sens transporté.

— C'est très gentil à vous de me dire ça, répondit Angie en rougissant.

— Elle viendra jouer deux fois par semaine, déclara Joshua. Mais uniquement si tu es un bon patient.

— Petit insolent, murmura affectueusement son grand-père avant de reporter son attention sur Angie. Et comment ai-je pu avoir la chance qu'une violoncelliste de votre niveau vienne jouer pour moi ?

— Je...

Elle jeta un rapide coup d'œil à Joshua qui secoua subtilement la tête. Même son grand-père ignorait qu'il était le fameux A.S.

— J'étais à la fac avec votre petit-fils, et il m'a contactée pour me proposer cette belle opportunité de jouer pour vous.

— Le médecin pense que l'écouter t'aidera à te rétablir, halabuji.

— Qui suis-je pour contredire le médecin ?

Les yeux pétillants de son grand-père démentaient son air innocent.

— Oui, tu es l'image même du patient docile, rétorqua Joshua amusé.

Angie observait leur échange en souriant.

— Où dois-je m'installer ?

Joshua plaça une chaise au pied du lit en veillant à laisser suffisamment de place pour le violoncelle.

— Ça te va ?

— C'est parfait, dit-elle en sortant son violoncelle de son étui. Vous avez une demande particulière ?

— Je vais vous écrire une liste complète, répondit M. Shin avec un soupir de contentement. Mais, pour ce soir, je vous laisse choisir, ma chère.

— Pourquoi pas quelque chose de court ? suggéra Joshua après un bref coup d'œil à sa montre. Il se fait tard. Tu pourras commencer des séances complètes la prochaine fois.

— Ça me va, approuva Angie.

Après avoir rapidement accordé son violoncelle, elle abaissa son archet sur les cordes.

— Ce n'est pas de la musique classique, mais cet air me réchauffe toujours le cœur.

Joshua le reconnut immédiatement. C'était le thème de *Cinema Paradiso*, un film italien des années 1980. La triste histoire d'amour avait toujours fait pleurer Angie. Mais les notes puissantes et vibrantes qui émanaient de son violoncelle lui rappelèrent qu'elle n'était plus la jeune étudiante dont il était tombé amoureux, et il ne put s'empêcher de se demander qui était cette Angie adulte.

Il chassa aussitôt ces idées dangereuses et se concentra sur la musique qui emplissait la pièce. La tendre affection qu'elle insufflait à la douce mélodie était envoûtante, et l'intimité de son interprétation lui donna des frissons. Sa colère envers elle sembla s'évaporer. Comment être fâché après une personne capable de créer quelque chose d'aussi beau ?

Elle termina le morceau sur un crescendo magistral, et ce n'est qu'à ce moment-là que Joshua put détacher son regard d'elle. Les yeux de son grand-père étaient rouges de larmes contenues tandis qu'il applaudissait.

— Ma chère, je crois que vous venez de voler mon cœur, déclara le vieil homme avec émotion.

— Merci beaucoup, monsieur Shin, répondit Angie le regard tendre.

— Arrêtez vos bêtises avec vos « monsieur Shin ». Appelez-moi Ed.

— Je ne peux pas vous appeler par votre prénom, s'exclama Angie, scandalisée.

Joshua ne put retenir un sourire.

— Je suis peut-être une Coréenne-Américaine de deuxième génération, mais le respect des aînés est ancré en moi. Si ma mère était encore en vie et que je vous appelais Ed, elle me tuerait.

Sa mère était décédée ? Quand était-ce arrivé ? Angie et elle étaient si proches. Le cœur de Joshua se serra en imaginant sa douleur avant de se ressaisir. C'était dans la nature humaine de ressentir de l'empathie pour quelqu'un qui avait perdu un proche. Cela n'avait rien à voir avec Angie en particulier.

— Monsieur Shin, ça fait tellement guindé et distant, protesta son grand-père. Appelez-moi halabuji, alors.

— D'accord... halabuji.

Elle rangea son violoncelle et s'avança près de son lit.

— Je vous laisse vous reposer.

— Bonne nuit, ma chère. Je compterai les minutes jusqu'à ce que je puisse vous entendre jouer à nouveau.

La tension entre Angie et Joshua s'était apaisée en présence du vieil homme, mais elle revint en force alors qu'ils sortaient de l'hôpital.

— Tu n'as pas besoin de m'accompagner jusqu'à ma voiture, dit-elle pour briser le silence.

— Ça me fait plaisir.

Il faisait sombre dehors et les quelques lampadaires éclairaient à peine le parking.

— Alors… qu'en as-tu pensé ? demanda-t-elle en lui coulant un regard tandis qu'ils marchaient côte à côte. Tu crois que je vais pouvoir aider ton grand-père ?

— Il n'a pas arrêté une seule minute de se plaindre depuis son admission à l'hôpital, dit Joshua en secouant la tête. Mais un seul air de musique de ta part, et il pleurait presque de joie. Alors, oui, je pense que tu seras d'une grande aide.

— Je l'espère. C'est un homme tellement adorable.

— Seulement quand il le veut bien, répliqua Joshua avec un sourire. Il sait aussi être un sacré enquiquineur.

— J'espère alors rester dans ses bonnes grâces, répondit Angie en riant.

— Je pense que tu n'auras pas de problèmes, dit-il doucement.

Il avait oublié combien il aimait son rire.

— Voilà ma voiture.

À la grande surprise de Joshua, Angie s'arrêta devant une petite voiture qui avait déjà fait son temps.

Il aurait dû lui dire au revoir et partir, mais ses pieds refusaient de lui obéir. Sans réfléchir, il tendit la main. Elle battit des cils, surprise, avant de placer sa main chaude dans la sienne. Il eut l'impression de recevoir une décharge électrique. Elle était si belle à la lueur du lampadaire sous lequel elle s'était garée. Il lui aurait suffi de tirer légèrement pour qu'elle se retrouve dans ses bras. La tentation s'empara de lui. Il jouait avec le feu. Faisant un grand effort de volonté, il relâcha sa main et tourna les talons.

Ce n'est qu'en rentrant chez lui qu'il réalisa qu'il ne lui avait même pas dit bonne nuit.

3

Angie s'émerveilla de la vue du coucher de soleil sur l'océan d'azur tandis qu'elle se rendait à la résidence de Malibu où séjournait M. Shin. Le magnifique paysage la détournait de la nervosité qui s'était emparée d'elle. Elle redoutait de revoir Joshua. Il ne serait probablement pas là de toute façon. Pourquoi viendrait-il rendre visite à son grand-père en même temps qu'elle ? D'ailleurs, que devait-elle faire s'il venait ? Le reluquer ? Elle soupira, frustrée par ses propres pensées.

Une fois arrivée au centre, elle traversa la magnifique pelouse parfaitement entretenue et se présenta à la réception. On lui indiqua un cottage privé à quelques pas de là.

— Angie, s'exclama M. Shin en ouvrant les bras pour lui souhaiter la bienvenue depuis un fauteuil inclinable près de la fenêtre. Entrez.

— Bonjour, halabuji, dit-elle en entrant dans le spacieux salon.

La vue sur l'océan était magnifique, et une odeur de lavande flottait dans l'air. Ne voyant aucun signe de Joshua, elle réprima le sentiment de déception qui montait en elle et s'approcha du pupitre et de la chaise qui avaient été installés.

Joshua avait fait un pas dans sa direction, cette nuit-là à l'hôpital, et elle avait espéré qu'ils pourraient peut-être… peut-être quoi ? Être amis ? Son cœur se serra. Elle réalisa qu'elle voulait qu'il revienne dans sa vie. Mais par quel miracle ?

— Vous semblez distraite ce soir, remarqua M. Shin dont le regard bienveillant s'était teinté d'inquiétude. Tout va bien ?

— Bien sûr, lui assura-t-elle. Je suis juste un peu fatiguée, mais je promets d'être concentrée à cent pour cent quand je jouerai.

— Je n'en doute pas. Vous êtes professionnelle jusqu'au bout des ongles. Mais jouez un petit morceau et rentrez chez vous. Il faut vous reposer.

— Non, ça ira, répondit-elle en forçant son entrain. Joshua m'a envoyé votre liste et j'ai hâte de commencer. Vous avez choisi un de mes morceaux préférés en premier.

Et sans plus laisser à M. Shin le temps de protester, Angie abaissa son archet sur les cordes et plongea dans la mélodie poignante jusqu'à se perdre dans la musique. Ce n'est qu'après avoir fini de jouer qu'elle le vit appuyé contre la porte.

— Joshua ? dit-elle le cœur tambourinant.

Il était là pour rendre visite à son grand-père, se rappela-t-elle. Cela n'avait rien à voir avec elle. Pourtant, son cœur refusait de s'apaiser.

— Je ne t'avais pas vu arriver.

— C'était le but. Je ne voulais pas te déranger pendant que tu jouais, répondit-il en s'écartant de la porte et s'approchant de son grand-père. Comment te sens-tu aujourd'hui, halabuji ?

— Prêt à escalader une montagne, déclara M. Shin d'un air obstiné. Je ne comprends pas pourquoi vous m'enfermez ici.

Angie se mordit la joue pour s'empêcher de rire en le voyant donner du fil à retordre à son petit-fils. Il était pourtant tout sourire à son arrivée, l'air reposé et de bonne humeur.

— Tu n'es pas vraiment enfermé. Maman et papa viennent te voir presque tous les jours, lui rappela Joshua avec une gentillesse qui émut Angie. Et on m'a dit que tu avais fait une belle et longue promenade aujourd'hui. Le parc est magnifique.

— J'essaie de tirer le meilleur parti de cette situation difficile, gémit M. Shin en s'affaissant dans son fauteuil.

Il en faisait vraiment trop.

— Cette situation difficile ? répéta Joshua avec un geste du bras pour désigner la jolie chambre et la vue. Ça ne me dérangerait pas de rester ici quelques semaines.

— Alors reste y, murmura le vieil homme avant de bâiller bruyamment. Je vais me coucher. N'oublie pas de raccompagner Angie à sa voiture.

— Bien sûr, dit Joshua sans laisser à Angie le temps de protester.

Il parut alors incertain et demanda :

— On se dit bonne nuit, alors ?

— Bonne nuit, répondit le patient d'un ton résolu, congédiant ainsi son petit-fils.

— Reposez-vous bien, halabuji, dit Angie en l'embrassant sur la joue. À la semaine prochaine.

— J'ai hâte. Vos visites rendent cette absurdité plus supportable, déclara-t-il en lui pressant la main. Maintenant, allez vous reposer. Vous semblez fatiguée.

Lorsque Joshua la regarda avec curiosité, elle laissa instinctivement ses cheveux retomber en avant pour cacher son visage. Il la suivit en dehors du cottage et adapta son pas au sien.

— C'est vrai ce qu'il a dit ? demanda-t-il en lui jetant un regard en biais.

— Ça peut être épuisant de jouer et s'entraîner continuellement, dit-elle en haussant les épaules.

Ce n'était pas tout à fait la vérité, mais elle n'avait pas l'intention d'avouer que c'était lui la raison de ses traits tirés.

— Mais jouer pour un public est un privilège, alors je ne vais pas me plaindre.

— Tu es sûre de ne pas trop travailler ?

— Trop travailler ? répéta-t-elle en haussant un sourcil. Merci de ta sollicitude, mais je suis tout à fait capable de décider à quelles fréquence et intensité je peux travailler. C'est ma carrière et ma vie, après tout.

— Je ne cherche pas à te dicter ta conduite, rétorqua-t-il. Mais je ne veux pas que tu inquiètes mon grand-père comme tu l'as fait ce soir.

— Quoi ? De tous les arrogants autoritaires..., commença-t-elle avant de serrer les dents et de prendre une grande inspiration.

Elle savait qu'il s'inquiétait pour son grand-père, mais elle refusait de le laisser l'accuser d'avoir fait du mal à M. Shin.

— Ton grand-père est un homme sage, clairvoyant et suffisamment perspicace pour comprendre qu'on se fatigue parfois dans ce monde moderne. Il ne s'inquiétera pas de me voir bâiller de temps en temps. Mais si tu penses que j'ai un effet néfaste sur sa santé, alors je cesserai de venir et on se mettra d'accord sur un autre marché.

Frustré, Joshua passa une main sur son visage.

— Je n'ai jamais dit que tu avais un effet néfaste.

— Alors, qu'est-ce que tu dis ? demanda-t-elle en s'arrêtant de marcher pour se tourner vers lui.

— Je dis simplement que ce serait mieux pour tout le monde que tu prennes soin de toi, reprit-il d'un ton plus doux. Avant, tu étais tellement absorbée par ta musique que tu en oubliais de manger si je ne te le rappelais pas.

— Eh bien, c'était il y a longtemps, répondit-elle, calmée. Je suis adulte à présent et je peux prendre soin de moi.

Quelque chose changea dans le regard de Joshua à ces paroles, et il fit un pas vers elle. Un frisson la parcourut, et son pouls s'accéléra. Le feu de leur dispute s'était transformé en un feu d'une nature entièrement différente, et elle paniqua, ne sachant si elle devait reculer ou se rapprocher de lui.

— Tu as raison, dit-il avec nonchalance.

Il effleura sa joue et repoussa une mèche de cheveux derrière son oreille avant d'ajouter :

— Tu es adulte.

Résistant à l'envie de retenir sa main et de la presser contre son visage, elle se força à sortir de sa transe et se remit à marcher vers sa voiture. Après un court instant, Joshua la rattrapa. Lorsqu'ils arrivèrent à sa voiture, elle fut à la fois soulagée et déçue.

— J'ai trouvé une place de parking tout près du centre, balbutia-t-elle, troublée par sa propre réaction.

— Qu'est-il arrivé à ta jolie Porsche Boxster rouge ? s'enquit-il en regardant sa semi-compacte avec curiosité.

Le cœur d'Angie manqua un battement, et elle chercha frénétiquement une réponse qui ne révélerait pas sa situation vis-à-vis de son père. Si elle en parlait, il lui poserait des questions, car elle lui avait fait croire qu'elle le quittait pour ne pas être déshéritée.

Ne pouvait-elle pas simplement lui avouer la vérité ? Lui avouer que son père l'avait forcée à le quitter en se servant de la maladie de sa mère comme moyen de chantage ? Mais comment lui annoncer cela après tout ce temps ? À quoi bon ? Cela ne changerait rien à ce qui s'était passé. Et puis, il ne la croirait probablement pas.

— C'était un petit caprice enfantin, prétendit-elle en posant son étui à violoncelle contre la portière. Et puis c'était un véritable gouffre à essence. Une catastrophe pour l'environnement.

— Humm, murmura-t-il, visiblement pas convaincu.

— Pourquoi étais-tu là ce soir ? lança Angie pour changer de sujet de conversation. Je croyais que tu rendais visite à ton grand-père le matin.

— J'étais en réunion ce matin, donc je n'ai pas pu venir.

— Oh ! je vois, dit-elle d'une petite voix.

Qu'avait-elle espéré qu'il dirait ? Qu'il était venu spécialement pour elle ?

— Alors, je suppose que je ne te reverrai plus avant un moment ?

— Pourquoi ai-je l'impression que tu en es soulagée ? demanda-t-il avec un sourire en coin. Je compte organiser mes réunions le matin et venir voir mon grand-père le soir. Je pense que t'écouter jouer me fera le plus grand bien.

Il la taquinait. Peut-être même se moquait-il d'elle ? Appréciait-il de la voir troublée, ou avait-il deviné la raison de son malaise ?

Eh bien, elle ne lui offrirait pas la satisfaction de voir à quel point il l'affectait.

— Comme tu veux, rétorqua-t-elle avec une indifférence feinte.

Un silence gênant tomba, et elle se demanda s'il allait lui proposer de lui serrer la main comme la dernière fois. Angie n'avait cessé de penser à sa main chaude et à ce qu'elle avait ressenti cette nuit-là. Ce n'était pas raisonnable, mais elle avait envie de le toucher à nouveau.

Elle lui tendit la main, le cœur battant un peu trop vite pour si peu de chose.

— Bonne nuit, alors.

Affichant une expression indéchiffrable, il fixa sa main tendue un peu trop longtemps. Mortifiée, elle faillit la baisser lorsqu'il se décida. Il ne dit toujours rien, mais elle frissonna sous l'intensité de son regard. Un désir brut et sauvage la submergea, et elle s'avança machinalement à quelques centimètres de lui.

— Joshua, murmura-t-elle, sans savoir ce qu'elle allait dire.

Il passa un bras autour de sa taille et la tira vers lui. Le souffle court, elle regarda ses yeux affamés se poser sur ses lèvres. Le temps s'arrêta, et le monde autour d'eux s'évanouit. La seule chose dont elle avait conscience, c'était d'être dans ses bras, la main posée sur son torse et de sentir ses battements de cœur.

Mais, aussi soudainement qu'il l'avait prise dans ses bras, il la lâcha et recula. Elle scruta son visage, mais le masque impénétrable s'était remis en place. Un instant plus tard, il se retourna et s'en alla en la laissant là. Bien que déconcertée, elle ne put s'empêcher de se demander si partir sans dire au revoir allait devenir une habitude chez lui.

Joshua fixait l'écran de son ordinateur d'un regard vide. Ses pensées étaient tournées vers la soirée de la veille, à la maison de convalescence. Une fois de plus, il n'avait pas dit au revoir à Angie. Pour sa défense, il avait dû s'éloigner avant d'être tenté de la plaquer contre la voiture pour l'embrasser à perdre haleine. Comment pouvait-il la désirer à ce point ?

Sans qu'il s'en rende compte, la douleur et la colère de l'avoir perdue des années auparavant s'étaient estompées, remplacées par un besoin désespéré de la redécouvrir.

Mais il aurait été fou de lui refaire confiance. D'une certaine manière, Angie avait irrémédiablement changé le cours de sa vie en le quittant. À l'université, il avait failli couper les ponts avec son père après lui avoir annoncé qu'il voulait se tourner vers la musique. Mais, quand l'inspiration l'avait quitté après le départ d'Angie, il avait eu l'impression de cesser d'exister.

Il lui avait fallu six longues années avant d'être capable de composer à nouveau, et à ce moment-là il avait rejoint Riddle Incorporated, conformément aux souhaits de son père. Il avait appris la valeur de l'héritage bâti par son grand-père et par son père, et il savait à présent qu'il ne tournerait jamais le dos à leur entreprise.

Pour cette raison et pour que son père ne redoute pas qu'il s'en aille à nouveau, il avait décidé de composer sous le pseudonyme d'A.S. D'autant plus qu'il n'avait aucune certitude de pouvoir réussir en tant que compositeur après ses six années de traversée du désert.

Mais, désormais, son secret planait tel un nuage noir sur sa tête. Il était plus vital que jamais de garder le secret afin de protéger Riddle des griffes de Nathan Whitley.

Étrangement, il n'avait pas été capable d'écrire une seule note depuis le retour d'Angie dans sa vie. Pourtant, cette fois, la situation était différente. À l'époque, il n'y avait qu'un silence glacial, mais à présent la musique s'embrouillait et s'emmêlait dans sa tête en cherchant une issue. Est-ce que ses sentiments conflictuels envers elle étouffaient sa créativité ? Devait-il prendre ses distances ou se rapprocher d'elle ?

Joshua se massa la nuque en réfléchissant. Il avait rendu visite à son grand-père ce matin afin de ne pas être tenté de s'y rendre en même temps qu'Angie. Pourtant impossible de travailler car il ne pensait qu'à la revoir. Il ne pouvait pas la fuir éternellement : ils devaient discuter en adultes de ce qui se passait entre eux.

Il quitta le bureau et sortit à grands pas. Il était plus de 19 heures et le parking était presque vide. Le cœur battant, il commença à conduire, et réalisa soudain qu'il roulait à cent trente kilomètres/heure. Il remonta son pied de l'accélérateur et prit une profonde inspiration, agacé de se comporter comme un adolescent amoureux impatient de revoir son coup de cœur.

Lorsqu'il entra dans le cottage de son grand-père, halabuji lui adressa un sourire entendu et moqueur.

— Que me vaut l'honneur de cette deuxième visite de la journée ?

Joshua prit un livre de méditation sur une table basse et le feuilleta.

— Je travaille tellement en ce moment que je me suis dit qu'un peu de musique me ferait le plus grand bien.

— Alors tu as décidé de t'incruster dans ma séance de musicothérapie ? émit le vieil homme en riant. Pourquoi pas ? Faisons la fête de la musicothérapie.

— On fait la fête ? demanda Angie qui se tenait devant la porte. Je serais ravie de m'occuper de la musique.

Le vieil homme la salua joyeusement.

— Bienvenue, ma chère.

— Bonjour, halabuji, répondit-elle en déposant un baiser léger sur sa joue burinée. Comment vous sentez-vous aujourd'hui ?

— Je me sens toujours bien. Mais, avec vous, je me sens merveilleusement bien.

— Flatteur, dit-elle avec un sourire taquin avant de se tourner vers Joshua. Je ne m'attendais pas à te revoir aujourd'hui. Encore une réunion matinale ?

Avant qu'il puisse trouver une excuse, son grand-père répondit à sa place :

— Non, c'est sa deuxième visite de la journée. Il pense avoir également besoin de musicothérapie.

— C'est vrai ? murmura-t-elle en coulant un regard vers lui.

Il dénoua sa cravate et s'éclaircit la gorge.

— Rien de tel que de la bonne musique après une longue journée de travail.

— Hum, fit-elle en inclinant la tête, comme si elle ne le croyait pas vraiment. Quel est le prochain morceau sur votre liste, halabuji ?

Son grand-père sortit un morceau de papier de sa poche et mit ses lunettes de lecture.

— Aujourd'hui, ce sera *Concerto pour violoncelle en si mineur* de Dvorak. Je suis impatient de l'écouter.

Les regards de Joshua et d'Angie se croisèrent. C'était le morceau qu'elle lui avait joué la première nuit où ils avaient fait l'amour. À en juger par le rouge qui lui monta aux joues, elle s'en souvenait aussi bien que lui.

— C'est aussi un de mes morceaux préférés, dit-elle d'une voix douce. Mais ce n'est pas une musique des plus relaxantes. Vous êtes sûr que c'est raisonnable dans votre situation ?

— Absolument. Ce sera comme être revigoré par une bonne dose de vitamines. J'espère que vous ne vous modérerez pas à cause de moi.

— J'en serais incapable même si j'essayais, lui assura-t-elle en souriant. Vous aurez la vraie version. Ne vous inquiétez pas.

Elle joua le morceau avec tout son corps, si intensément que quelques mèches s'échappèrent de sa longue queue-de-cheval. Même quand elle ouvrit les yeux, Joshua eut l'impression qu'elle ne voyait ni la pièce ni ses occupants tant elle était absorbée par sa performance passionnée.

C'était magnifique, elle était belle, et il la désirait.

Mais ce n'était pas raisonnable. C'était même carrément imprudent. Ils avaient déjà vécu cette situation, et elle avait préféré son argent à l'amour. Il avait beau vouloir connaître cette Angie adulte, il ne pouvait lui faire confiance. Elle avait ses priorités, et il n'en faisait pas partie.

Les applaudissements retentissants de son grand-père le sortirent de ses pensées, et il se joignit à lui pour acclamer Angie.

— Je n'oublierai jamais votre performance de ce soir, déclara le vieil homme lorsqu'elle s'approcha de lui. Vous êtes un cadeau pour le monde et pour moi.

— Merci, halabuji, répondit-elle, les lèvres tremblantes. Tout ce que je désire, c'est que vous alliez mieux. J'espère que ma musique vous aidera.

— C'est certain. Je ne me suis pas senti aussi vivant depuis ma jeunesse.

— Tant mieux. Alors continuez comme ça, d'accord ?

— Certainement, ma chère, dit-il en lui serrant la main. Merci.

Joshua observa la scène, le cœur serré, en se demandant ce qui se serait passé si les choses avaient été différentes. Se seraient-ils mariés ? Il repoussa cette pensée avec exaspération.

— Il est temps de te reposer, dit-il en posant une main sur l'épaule de son grand-père.

Celui-ci couvrit la main de Joshua de la sienne.

— Ne t'inquiète pas. Je promettais à Angie d'aller mieux rapidement.

— Vous avez intérêt, déclara Angie en souriant et jetant un coup d'œil à Joshua. Tu pars ?

— Oui. Je t'accompagne jusqu'à ta voiture. Bonne nuit, halabuji.

Ils quittèrent le cottage et traversèrent la pelouse dans un silence feutré. La musique qui résonnait encore à ses oreilles, et les souvenirs qu'elle avait fait remonter alourdissaient le cœur de Joshua. Mais il n'était pas prêt à la laisser partir.

— Tu veux un café ? Il y en a un à deux pas d'ici.

Elle hésita un instant avant de lui sourire.

— Oui. Ça me plairait bien.

Joshua lui adressa un grand sourire. Il ignorait où cela les mènerait, mais il pouvait pour le moment se contenter de sa compagnie.

4

Joshua ne l'avait toujours pas embrassée et n'avait même pas évoqué leur baiser manqué. Tant pis. S'il voulait faire comme s'il ne s'était rien passé, elle pouvait en faire autant.

Elle l'observa à la dérobée tout en sirotant son café. Il venait souvent rendre visite à son grand-père l'après-midi, ce qui donnait lieu à de nombreux passages au café où ils parlaient de leur passion commune pour la musique.

Angie appréciait ces moments avec lui, mais elle ne savait pas quoi penser de leur situation. Étaient-ils désormais amis ? C'était peut-être ce qu'il pensait, mais elle n'avait pas forcément de sentiments amicaux envers lui. Derrière leurs conversations légères, le courant sous-jacent de leur attirance mutuelle tourbillonnait sauvagement et se renforçait chaque fois qu'ils étaient ensemble.

Elle n'était pas sûre de pouvoir cesser de le désirer. Mais le devait-elle, après tout ? Il ne semblait plus la détester. Peut-être serait-il prêt à l'écouter lui expliquer les raisons de son départ, voire à lui pardonner ? Mais ensuite ?

— Est-ce que tu serais d'accord ? demanda Joshua.

— Pardon ?

Elle n'avait absolument pas écouté ce qu'il disait.

— Je disais que ce serait passionnant d'écrire ce morceau en connaissant les interprètes. Je pourrais m'appuyer sur les points forts du Hana Trio et sur ce qui vous rend chacune si unique, expliqua-t-il en se penchant vers elle.

Elle sentit son parfum boisé et faillit perdre à nouveau sa concentration.

— Alors, tu serais d'accord pour que j'assiste à une de vos séances de répétition ?

— Oui, ça ne me dérange pas…, répondit-elle en serrant son mug.

— Mais ?

— Mais mes sœurs ne doivent pas connaître ton identité secrète, n'est-ce pas ?

— Exact.

— Comment allons-nous faire ? demanda-t-elle en se mordant la lèvre inférieure. Je ne veux pas leur mentir ouvertement.

— Humm, fit-il en s'adossant au dossier de sa chaise, le menton dans la main. Et si tu leur disais que je suis un donateur excentrique qui insiste pour assister à une répétition ? Ce ne serait pas un mensonge. J'ai fait un don à la Société de musique de chambre.

— Et il se trouve que tu es très excentrique, approuva-t-elle en riant.

C'était étrange de se sentir suffisamment à l'aise pour plaisanter avec lui. Certes, ce n'était pas comme à l'époque, mais ils avaient réussi à nouer une complicité inattendue.

Joshua émit un petit rire, et elle regarda la façon dont ses yeux se plissaient. Elle adorait le voir joyeux. Malgré le mal qu'elle lui avait fait, il avait eu une vie heureuse. Il avait certainement beaucoup souri et ri durant ces dix dernières années.

— Alors, tu vas nous arranger ça ? insista-t-il.

— Mercredi prochain dans la matinée, ça t'irait ?

— Je vais me libérer, dit-il en lui souriant.

Le cœur d'Angie fit un petit saut périlleux. Elle prit une gorgée de café pour masquer sa réaction et s'étouffa avec.

— Ça va ? s'enquit-il en se plaçant près d'elle pour lui caresser le dos de haut en bas.

— Oui, ça va, parvint-elle à répondre en retenant ses larmes.

Il continua ses caresses jusqu'à ce qu'elle s'arrête de tousser et repousse sa main. Il fallait qu'elle préserve sa santé mentale après tout. Lorsque les yeux de Joshua s'assombrirent en la voyant fixer ses lèvres, elle fut tentée de faire fi de toute prudence. Il était toujours penché sur elle, suffisamment près pour qu'elle puisse l'embrasser. Craignant de faire quelque chose qu'elle regretterait, elle repoussa sa chaise.

— Je vais rentrer, déclara-t-elle en se levant maladroitement tandis que Joshua continuait de la fixer.

Après ce qui lui parut une éternité, il murmura :

— Je t'accompagne à ta voiture.

— Alors, qui est ce donateur mystère ? demanda Chloe en entrant dans la salle de répétition.

— Elle m'a juste dit qu'il s'appelait Joshua Shin, expliqua Megan, arrivée quelques minutes plus tôt. Elle ne veut rien dire d'autre.

— Parce qu'il n'y a rien à dire, argua Angie en levant les mains, déstabilisée par la curiosité de ses sœurs. Il veut juste nous regarder répéter. Il va s'asseoir dans un coin et nous déranger le moins possible.

— Comme regarder des gorilles en voie d'extinction dans leur habitat naturel, rétorqua Chloe en gloussant.

— On s'expose à chaque représentation. Quel est le problème si quelqu'un assiste à une répétition ? répliqua Angie.

Pourquoi était-elle si nerveuse à l'idée que Joshua les voie s'entraîner ? Eh bien pour commencer, elle détestait avoir des secrets pour ses sœurs, et pas seulement au sujet de l'identité d'A.S. Ce serait un tel choc pour Megan et Chloe si elles découvraient que leur père l'avait forcée à choisir entre leur mère mourante et Joshua. Bien qu'elle fût brouillée avec lui, elle ne souhaitait pas pour autant l'isoler de ses autres filles. Il n'était plus le même depuis la mort de leur mère. Il avait besoin de ses sœurs, et elles avaient également besoin de lui.

Mais il n'y avait pas que cela. Laisser Joshua la regarder s'entraîner, c'était comme se mettre totalement à nu devant lui : sa frustration quand elle ratait une note, son triomphe d'avoir joué un morceau à la perfection pour la première fois, ses interactions avec ses sœurs qu'elle aimait tant. Elle n'aurait su l'expliquer, mais lui révéler cette part d'elle-même la rendait très nerveuse.

— Ce n'est pas que ce soit un problème pour nous, dit Meg avec perspicacité. Mais tu nous caches quelque chose. Même avant un concert, tu n'es jamais aussi anxieuse.

— Ça reste tout de même amusant de voir, pour une fois, notre sœur aînée si parfaite stresser autant, intervint Chloe.

— Je ne stresse pas, s'insurgea Angie, les dents serrées.

Elle était effectivement nerveuse, et ses sœurs de plus en plus soupçonneuses.

Joshua entra à cet instant, vêtu d'un impeccable costume gris à rayures et d'une cravate bleu roi. Il y eut un instant de silence stupéfait tandis qu'Angie et ses sœurs absorbaient l'impact de sa présence.

— Bonjour, mesdames.

— Helloo, Joshua Shin, répondit Chloe avec un sourire insolent à l'intention d'Angie.

— Chloe, dit Megan dans un chuchotement feint. C'est très déplacé… mais je suis tellement d'accord avec toi.

— Bienvenue, monsieur Shin, coupa Angie en s'approchant et lui tendant la main avant que ses sœurs ne l'embarrassent davantage. Nous sommes ravies de vous recevoir. Puis-je vous présenter mes sœurs ? Voici Megan Han, notre violoniste.

— Enchantée, monsieur Shin, répondit Megan d'un ton solennel.

— Et Chloe, notre altiste, poursuivit Angie.

— C'est bien moi, s'exclama leur plus jeune sœur avec un signe joyeux de la main.

— C'est un privilège de vous rencontrer, dit Joshua avec un sourire charmeur. Je suis un fan du Hana Trio et je suis ravi d'être une petite souris à votre répétition.

— Est-ce que vous vous connaissez déjà, vous et Angie ? demanda Chloe en les regardant tour à tour.

— Oui, nous étions ensemble à l'université, déclara-t-il d'un ton neutre.

Angie eut envie de gémir. Ses sœurs allaient la bombarder de questions une fois la répétition terminée.

— M. Shin n'est pas là pour bavarder avec nous. Il est venu nous écouter, alors commençons.

— M. Shin ? Pourquoi tant de formalité ? demanda Megan. Je pensais que vous étiez des copains de fac.

— Nous n'étions pas des « copains », dit Angie en sortant son violoncelle de son étui.

C'était la vérité. Elle et Joshua avaient été amants, pas amis.

Ses sœurs échangèrent un regard qui ne lui inspira aucune confiance, mais elles prirent toutes deux place et préparèrent leurs instruments. Pendant ce temps, Joshua s'assit sur une chaise dans un coin de la pièce. Elles répétaient un morceau relativement nouveau et avaient encore beaucoup de détails à peaufiner. Angie regretta un instant qu'elles ne travaillent pas sur quelque chose de plus abouti, mais il s'agissait d'une séance d'entraînement et non d'un récital.

Elle accorda rapidement son violoncelle et donna le la à ses sœurs. Son regard se posa plusieurs fois sur l'endroit où était assis Joshua, mais elle se força à se concentrer sur la répétition.

— Le début ? demanda Megan en levant son arc.

— Oui, on doit travailler les premières mesures, approuva Chloe avec détermination.

Elles répétèrent l'ouverture pendant l'heure qui suivit, jouant les mêmes notes encore et encore. Elles ne parvenaient pas à produire un son unifié mais étaient déterminées à y parvenir. Cette répétition n'était probablement pas exactement ce que Joshua espérait mais, lorsque Angie lui lança un regard inquiet, il lui adressa un sourire rassurant.

Quand elles et ses sœurs parvinrent enfin à maîtriser l'ouverture, le reste fut plus fluide, et elles terminèrent la répétition sur une note positive.

— Chloe, tu as été un vrai tyran aujourd'hui, dit Megan en souriant de fierté.

— L'ouverture est tellement importante dans ce morceau. Je voulais qu'elle soit parfaite, expliqua Chloe gaiement.

— Et on a réussi, les filles, déclara Angie en tapant dans les mains de ses sœurs.

Des applaudissements interrompirent leur moment de joie : elles étaient tellement concentrées par leur entraînement qu'elles avaient oublié la présence de Joshua.

— C'était incroyable, dit-il en s'approchant. Merci de m'avoir permis de vous observer. Ce fut un honneur.

— Waouh, merci, déclara Chloe en joignant ses mains sur sa poitrine avant de se tourner vers Angie et former un « Oh ! mon Dieu » en silence.

— Merci. Revenez quand vous voulez, dit Megan magnanimement, ce qui lui valut un regard noir d'Angie.

— Laissez-moi vous raccompagner, monsieur Shin.

Et sans lui laisser le temps de répondre, Angie l'éloigna rapidement de ses incorrigibles de sœurs.

— Désolée pour leur comportement, dit-elle une fois sur le parking. Elles sont en général plus professionnelles, mais la salle de répétition est un peu notre espace sécurisé où tout est permis. Ce n'est pas toujours facile d'y être sérieuse.

— Je suis ravi d'avoir fait leur connaissance, dit Joshua en lui souriant chaleureusement. Vous semblez si proches toutes les trois.

— Nous le sommes et j'adore travailler avec elles. Je ne sais pas si nous écouter jouer les mêmes notes à l'infini a pu t'aider, mais j'espère que tu as trouvé ce qu'il te fallait.

— C'est le cas. C'était incroyable de vous voir travailler ensemble pour trouver le son parfait.

Quand il lui prit la main, cela parut la chose la plus naturelle au monde à Angie.

— Merci, murmura-t-elle.

— Je te laisse y retourner, dit-il en lui caressant le dos de la main du pouce. À ce soir.

— À ce soir, répondit-elle, le cœur battant la chamade.

Il lâcha sa main à contrecœur en laissant ses doigts s'attarder sur sa peau. Sans réfléchir, Angie saisit son bras avant qu'il puisse s'éloigner. Surpris, il leva les sourcils et scruta son visage. Ce qu'il y vit fit briller une étincelle dans ses yeux. Il marmonna alors un juron et écrasa sa bouche sur la sienne.

Soulagée, Angie poussa un long soupir et l'invita à approfondir son baiser. Il glissa sa langue dans sa bouche et lui arracha un gémissement. Il y avait de la faim dans ce baiser, mais aussi de la perplexité et du désespoir, et elle y répondit avec la même ferveur. C'était une erreur de se laisser aller, mais cela lui avait terriblement manqué. Elle se mit sur la pointe des pieds et lui saisit la tête pour l'embrasser plus intensément. Il obéit dans un gémissement rauque et lui tint les cheveux afin de lui faire pencher la tête.

Glissant ses mains sous sa veste, elle savoura la sensation de son torse. Quand Joshua la serra contre lui, elle sentit son érection pressée contre son ventre et se sentit fondre contre lui.

— Angie, dit-il d'une voix emplie d'un tel désir que son nom en devenait presque érotique.

Soudain elle se figea. Elle le désirait avec une telle urgence qu'elle en avait le vertige, mais ils étaient en plein milieu d'un parking, en plein jour. Elle entendit alors les ricanements et les murmures des passants et rougit jusqu'à la racine des cheveux.

Joshua soupira contre ses lèvres et recula. Il écarta doucement une mèche de son visage avec un sourire mélancolique. Lorsqu'elle émit un rire petit gêné, il lui souleva le menton.

— Comme je le disais, on se revoit ce soir, dit-il le regard brillant de promesses ardentes.

La circulation ce soir-là, à Los Angeles, était terrible. Joshua s'adossa à son siège et tambourina des doigts au rythme de la musique sur le volant de sa voiture. L'impatience qu'il ressentait à l'idée de revoir bientôt Angie n'était pas désagréable.

Le baiser qu'ils avaient échangé quelques heures plus tôt ne ressemblait en rien à leurs doux et tendres baisers d'autrefois, même dans les moments de passion. Ce baiser-là avait été sauvage, désespéré et passionné au possible. Il se souvenait avec une clarté saisissante de la sensation de ses lèvres écrasées contre les siennes, et de sa langue qui le défiait. Et ses petits gémissements avaient bien failli le rendre fou. Le désir embrasa son corps et fit affluer son sang vers un endroit bien précis.

Il secoua la tête pour s'éclaircir les idées. L'alchimie entre eux était indéniable, mais il ne pouvait oublier sa trahison. Plus il passait de temps avec elle, plus il avait du mal à se rappeler qu'elle lui avait autrefois brisé le cœur.

Et puis il y avait la musique. La voir répéter avec ses sœurs avait été incroyable. Leur détermination à atteindre le son le plus parfait l'avait inspiré. Il commençait à percevoir les murmures de la musique dans son esprit. C'était encore brouillon et dispersé, mais il avait pressenti le début de quelque chose de beau. Pourtant tout était calme à présent. Sa lutte intérieure le torturait et étouffait sa créativité. Or, il était peut-être prêt à risquer à nouveau son cœur, mais pas sa musique.

Son téléphone sonna tandis qu'il se passait les doigts dans les cheveux. La panique le saisit en voyant que c'était la maison de convalescence, mais il repoussa sa réaction irrationnelle et répondit :

— Joshua Shin.

— Monsieur Shin, dit une femme avec une voix un peu trop calme. Votre grand-père avait du mal à respirer et vient d'être emmené aux urgences.

— Quel établissement ? s'enquit-il, le sang glacé.

L'esprit engourdi par la peur, il fonça à l'hôpital et se gara sur la première place disponible avant de se précipiter aux urgences.

— Angie ? dit-il en la voyant faire les cent pas devant l'entrée.

— Joshua.

Elle le rejoignit d'un pas précipité.

— Où est mon grand-père ? Que s'est-il passé ? demanda-t-il en entrant dans la salle d'attente et en regardant autour de lui comme si son grand-père s'y trouvait.

— Les ambulanciers l'emmenaient quand je suis arrivée à la maison de convalescence. Je les ai suivis jusqu'ici, mais je ne peux pas le voir car je ne fais pas partie de la famille.

Elle prit ses mains froides dans les siennes et ajouta :

— Je leur ai dit que tu étais en route.

Joshua se dirigea vers la réception.

— Je voudrais voir Edward Shin. Je suis son petit-fils.

La personne à l'accueil lui sourit machinalement et tapota sur son ordinateur avec indifférence.

— Le médecin est avec lui en ce moment. Nous vous préviendrons dès qu'on en saura plus, monsieur.

Joshua poussa un soupir de frustration et se passa la main dans les cheveux. Voyant qu'il risquait de perdre patience et de devenir déraisonnable, Angie le rejoignit.

— Et si on allait s'asseoir ?

Visible perdu, Joshua tourna un regard vide vers elle. Elle lui prit la main et trouva une place au fond de la salle d'attente bondée. Les pensées de Joshua tournaient en boucle, et seule la pression ferme de la main d'Angie qui tenait la sienne lui permettait de ne pas perdre son calme. Ils restèrent assis ainsi pendant plus d'une heure.

— La famille d'Edward Shin ? demanda enfin quelqu'un en scrutant la salle bondée. La famille d'Edward Shin ?

Joshua se leva d'un bond et se précipita vers elle.

— Oui. Je suis là.

— Votre grand-père a été transféré aux soins intensifs. Le médecin vous en dira plus.

— Les soins intensifs ? Qu'est-ce que ça veut dire ? J'ai besoin de savoir...

— Merci, intervint Angie en posant une main apaisante sur son bras. Où se trouve le service ?

Après avoir remercié à nouveau l'employée, Angie se mit à marcher en entraînant Joshua qui la suivit sans poser de questions. Ils sortirent dans l'air du soir, puis entrèrent dans un bâtiment voisin.

— Allons nous asseoir dans la salle d'attente, dit-elle après qu'ils se furent enregistrés au poste des infirmières.

Il hocha la tête sans rien dire.

Elle le guida vers une longue salle rectangulaire avec des chaises disposées contre les murs et des aquarelles accrochées un peu partout. Il s'assit avec raideur. Son grand-père était souffrant ! Pourquoi devait-il rester assis ici à se tourner les pouces ?

— Tu ne peux rien faire pour le moment, expliqua Angie d'une voix douce, comme si elle lisait dans ses pensées. Essaie de te détendre.

— Je devrais appeler mes parents.

Il répugnait à inquiéter ses parents qui étaient à New York pour leur anniversaire de mariage, mais il aurait aimé être informé au plus vite s'il avait été à leur place.

Angie hocha la tête et sortit de la pièce afin de le laisser seul. Il hésita encore un petit moment. Il avait dû se montrer persuasif pour les convaincre de faire ce voyage, car ils s'inquiétaient trop pour halabuji. Cet appel allait les inquiéter. Il finit par appuyer sur le bouton en marmonnant un juron.

— Joshua, répondit sa mère au bout de deux sonneries bien qu'il fût minuit passé. Tout va bien ?

— Maman, dit-il avant de marquer une pause. Halabuji est aux soins intensifs.

— Oh mon Dieu. Je savais qu'on n'aurait pas dû le laisser, s'écria-t-elle d'une voix paniquée.

— Ne culpabilise pas. Tu ne pouvais pas savoir. Et je suis là de toute façon, ajouta-t-il. J'attends de parler au médecin et je te tiendrai au courant dès que j'en saurai plus. Pour l'instant, essaie de ne pas trop t'inquiéter.

— Qui est-ce ? Que se passe-t-il ?

C'était la voix de son père qui interrogeait sa mère.

— C'est ton père, chéri. Il est à l'hôpital, lui répondit-elle.

Il y eut un grand bruit à l'autre bout du fil. Son père avait dû se lever du lit.

— Ton père est au téléphone avec la compagnie aérienne. On va réserver un vol de retour dès que possible. Et toi, comment ça va ?

— J'ai hâte de parler au médecin, dit-il en éludant sa question. Halabuji est fort. Il va s'en sortir.

— Je n'en doute pas, lui assura-t-elle avec une conviction tranquille. À bientôt.

— Faites bon voyage, maman.

Joshua resta assis là pendant quelques minutes avant qu'Angie revienne avec deux gobelets en plastique.

— Je suis descendue à la cafétéria et j'ai pris un thé vert sans théine. Je me suis dit que tu n'avais pas besoin d'un excitant.

— Merci, répondit-il avec un petit sourire.

Il n'aurait jamais pu surmonter cette épreuve sans elle. Sans sa présence apaisante, il aurait peut-être parcouru tout l'hôpital en exigeant de voir son grand-père.

— Je t'en prie, dit-elle en s'installant à côté de lui.

— Tu n'as pas besoin de rester avec moi, assura-t-il en espérant pourtant qu'elle ne partirait pas.

— Je sais.

Elle sirota son café sans faire aucun geste pour partir.

Soulagé, Joshua s'adossa à sa chaise. Mais le répit fut de courte durée tant il se sentait anxieux et frustré.

Il sursauta quand Angie posa sa main sur son genou, mais ensuite une chaleur instantanée se répandit dans son corps. Perdu dans ses pensées, il haussa un sourcil interrogateur.

— Tu étais en train de préparer un tremblement de terre tellement tu remuais le genou. J'ai eu peur que ça renverse mon café.

Elle lui sourit gentiment avec un regard empreint de compassion.

— Je suis désolé. Je suis juste…

— De plus en plus inquiet ? termina-t-elle à sa place. Où est ce foutu docteur, au fait ?

— Je suis juste là.

Une femme aux cheveux poivre et sel se tenait sur le pas de la porte. Elle leur sourit aimablement.

— Je suis désolée de vous avoir fait attendre. Je suppose que vous êtes la famille d'Edward Shin ?

Angie retira sa main du genou de Joshua qui se leva pour saluer le médecin.

— Oui, je suis son petit-fils. Comment va mon grand-père ?

— Son état est stable. La bonne nouvelle, c'est qu'il n'a pas fait d'autre crise, mais son rythme cardiaque était irrégulier et beaucoup trop rapide à son arrivée. Nous avons même dû le réanimer.

— Vous voulez dire que son cœur s'est arrêté ? demanda Joshua avec inquiétude.

— Oui. Nous pensons que les séquelles de sa précédente crise cardiaque ont contribué à sa fibrillation ventriculaire… je veux dire, son rythme cardiaque irrégulier.

— Comment faire pour que ça ne se reproduise plus ? s'enquit Joshua d'un ton plus énergique.

— Une fois qu'il aura repris des forces, nous devrons discuter d'une intervention chirurgicale plus invasive.

Joshua hocha la tête. Il appréciait le franc-parler du médecin car il n'aurait pas pu supporter une explication édulcorée sans perdre patience. Jusque-là, ils avaient renoncé à la chirurgie invasive en raison de l'âge de son grand-père, mais ils ne pouvaient pas le laisser revivre cela.

— Est-ce que je peux le voir ?

— Il a besoin de repos cette nuit. J'autoriserai les visites demain.

— Je ne le réveillerai pas. Je veux juste m'assurer qu'il va bien.

— D'accord, accepta le médecin. Juste cinq minutes alors.

Joshua jeta un coup d'œil à Angie qui lui sourit.

— Vas-y, je t'attends ici.

Le médecin le conduisit jusqu'à la chambre.

— Souvenez-vous : juste cinq minutes.

Joshua hocha la tête, les yeux rivés sur le vieil homme. Hormis sa légère pâleur et le tube à oxygène dans son nez, halabuji était le même. Le poing qui enserrait son cœur se relâcha tandis qu'il observait le sommeil paisible de son grand-père.

En sortant des soins intensifs, il se sentit submergé par l'épuisement. Il n'était pas prêt à perdre son grand-père. Lorsqu'il ouvrit la porte de la salle d'attente, Angie posa le magazine qu'elle feuilletait et s'approcha de lui. Quand elle passa ses bras autour de sa taille pour le serrer contre elle, il lui rendit son étreinte avec force.

— Ça va ? murmura-t-elle contre sa poitrine.

— Oui… non. Non, ça ne va pas. Je ne veux pas le perdre.

— Oh ! Joshua. Je suis sûre qu'il n'est pas prêt à vous quitter non plus. Il va se battre.

Sa chaleur, sa sympathie et le réconfort qu'elle lui offrait l'aidèrent à ne pas craquer. Il avait besoin d'elle.

— Rentre avec moi, Angie.

5

Angie ne pouvait pas refuser. Elle n'en avait aucune envie d'ailleurs. Il souffrait et elle tenait à lui apporter tout le réconfort possible. Leur baiser sur le parking avait certes allumé une étincelle d'espoir en elle, mais ce soir il n'était pas question de cela : il avait besoin d'elle et elle ne demandait qu'à être présente pour lui. C'était aussi simple que cela.

L'appartement de Joshua n'était pas du tout comme elle l'avait imaginé. Les murs aux tons ocre du salon disparaissaient derrière des étagères de livres. Un canapé en cuir beige, usé mais accueillant, occupait une place de choix, et la table basse semblait idéale pour poser ses pieds.

Mais c'était le piano à queue qui était la pièce maîtresse de la pièce. Il se trouvait près d'une grande fenêtre et, en le voyant, Angie imagina Joshua assis devant, les yeux levés pour admirer la vue imprenable sur la ville tout en pensant aux prochaines notes de sa composition.

Ce n'était pas une élégante garçonnière mais sa maison. Un endroit si chaleureux et intime qu'elle avait l'impression que peu de gens y étaient invités. Lorsqu'elle se tourna vers lui, elle vit qu'il la regardait attentivement.

— Qu'en penses-tu ? demanda-t-il avec une hésitation presque imperceptible. Ça te plaît ?

Était-ce important pour lui qu'elle apprécie son appartement ? Un frisson de plaisir la parcourut.

— J'aime beaucoup. Je suis contente que tu habites dans un endroit aussi merveilleux.

— Merci, répondit Joshua avant de s'éclaircir la gorge et dénouer sa cravate. Fais comme chez toi.

— Merci, dit-elle en s'asseyant sur le canapé.

Il était aussi confortable qu'il en avait l'air. Elle aurait voulu s'y allonger pour faire une sieste, mais elle n'était pas là pour s'assoupir. Elle était là pour... quoi donc au juste ? La réponse à cette question la fit rougir.

— Tu veux boire quelque chose ? Du scotch ?

— Un scotch serait parfait.

Il disparut dans la cuisine qui se trouvait derrière le salon. Elle se demandait s'il cherchait à la fuir, quand il revint avec deux verres contenant un liquide ambré. Il lui en tendit un et s'assit à l'autre bout du canapé. Après une longue gorgée, Joshua posa son verre sur la table basse et se passa les mains sur le visage. Angie reposa son verre intact et s'approcha pour lui masser le dos.

— Hé. Je sais que la soirée a été éprouvante, mais tout ira bien.

— Je sais, dit-il en posant sur elle un regard triste et perdu. Mais savoir et croire sont deux choses différentes. Et une partie de mon esprit hurle de peur.

Elle en eut le cœur serré. À court de paroles réconfortantes, elle se pencha et lui donna un baiser aussi léger qu'une plume. Lorsqu'il la regarda avec étonnement, elle l'embrassa à nouveau, plus profondément cette fois.

Avec un grognement de plaisir, Joshua lui caressa la lèvre de sa langue. Une vague de chaleur submergea Angie, et elle se rapprocha davantage afin de le laisser approfondir le baiser.

Elle gémit en signe de protestation lorsqu'il s'écarta, mais se détendit quand il parsema sa mâchoire de petits baisers, jusqu'au point sensible derrière son oreille qu'il embrassa longuement avant de souffler doucement dessus. Elle frissonna et il eut un petit rire séducteur : c'était précisément l'endroit qui lui faisait perdre la tête lorsqu'ils sortaient ensemble.

— Joshua, souffla-t-elle en passant ses mains sur son torse ferme.

Ses muscles se contractèrent en réponse à cette caresse, et ce fut au tour d'Angie de sourire. Il la désirait avec la même ardeur qu'elle.

Quand il l'embrassa avec fougue, Angie abandonna toute réserve. Elle rampa sur ses genoux et s'assit face à lui en ondulant contre son érection et en le faisant gémir.

Sa respiration s'accéléra quand Angie se mit à le caresser et à explorer son corps. Frustrée de ne pas sentir sa peau, elle ouvrit fébrilement ses boutons et écarta les pans de sa chemise, révélant ce qui se cachait en dessous. Il était magnifique. Autrefois elle adorait son beau corps mince, mais son torse sculpté actuel implorait ses caresses.

Fébrile, elle toucha ses abdominaux bien dessinés, et descendit de plus en plus bas jusqu'à la fine ligne de poils qui disparaissait sous sa ceinture. Impatiente de voir le reste, elle saisit sa boucle de ceinture, mais il l'arrêta brusquement en posant une main sur son poignet.

— Attends, dit-il d'une voix étranglée. Tu n'as pas à... tu n'es pas obligée de faire ça.

Le feu sauvage dans ses yeux trahissait son désir, mais il se forçait à rester immobile en attendant sa réponse.

— Mais j'en ai envie, dit-elle en se penchant jusqu'à ce que ses lèvres soient à un souffle des siennes. J'ai envie de toi.

Il enroula sa main autour de sa nuque et l'embrassa avec une passion déchaînée. Sans quitter ses lèvres, il la porta jusqu'à sa chambre et la déposa délicatement sur son lit avant de s'asseoir à côté d'elle.

— Je veux te voir, dit-il d'une voix rauque.

Elle hocha la tête et saisit son chemisier mais, en voyant qu'elle tâtonnait avec les boutons, il repoussa ses mains tremblantes et, avec une parfaite maîtrise, l'aida à se débarrasser du vêtement. Prenant une profonde inspiration, il se pencha pour embrasser le galbe de ses seins au-dessus de son soutien-gorge. Impatiente qu'il la touche, elle le dégrafa et le jeta de côté.

— Tu es si belle, dit-il en prenant un sein en coupe.

Du pouce il dessina de doux cercles autour de son mamelon jusqu'à ce qu'elle se torde de plaisir.

— Tu aimes ?

— Oui, soupira-t-elle.

— Tu en veux plus ?

— S'il te plaît.

Les gouttes de sueur perlaient à son front, preuve qu'il était tout aussi difficile pour lui de se retenir que pour elle d'attendre. Éperdue, elle approcha son buste de la bouche de Joshua qui succomba dans un gémissement rauque en aspirant un téton, puis l'autre.

Lorsqu'elle s'attaqua à nouveau à sa ceinture, cette fois il ne l'en empêcha pas. Elle la déboucla rapidement et ouvrit son pantalon tandis qu'il l'aidait en soulevant ses hanches.

Une fois débarrassé de cet obstacle, Joshua fit de même avec Angie, avant de rester figé à admirer son corps nu. Elle sentit sa peau s'électrifier sous son regard brûlant et gémit lorsqu'il la toucha d'une main chaude.

Son baiser était doux et presque timide pendant que sa main descendait le long de son corps. Il saisit ses fesses à pleines mains et les serra avant de reprendre son exploration. Avec une lenteur exaspérante, il passa une main entre ses jambes où il rencontra la preuve de son excitation.

Ses lèvres avaient perdu toute leur douceur quand il reprit sa bouche pour l'explorer avec urgence. Dans le même temps, ses doigts amenèrent Angie au bord de la folie.

— Joshua, j'ai besoin… J'ai besoin…

Quand il plongea son index en elle, Angie cambra le dos.

— C'est ça dont tu as besoin ?

— Encore, gémit-elle.

Il continua de la caresser mais, quand il introduit un deuxième doigt, elle faillit jouir sur-le-champ.

— J'y suis presque…, gémit-elle en chevauchant sa main.

— C'est ça, ma belle. Jouis pour moi.

L'extase déferla sur elle à ce simple ordre et la laissa pantelante. Après avoir déposé un doux baiser sur ses lèvres, Joshua se leva et retira son boxer. Bien qu'alanguie après l'orgasme, elle contempla son sexe dressé avec un désir grandissant. Lorsqu'il se rallongea à ses côtés, gainé d'un préservatif, elle l'accueillit aussitôt.

Il l'embrassa avec fougue tout en se positionnant entre ses cuisses, et elle enroula ses jambes autour de sa taille.

— Joshua, je te veux en moi.

Il s'enfonça en elle, lentement. Ils gémirent à l'unisson de plaisir et de soulagement, comme si leur union était une évidence.

Elle n'avait jamais connu une telle plénitude avec personne d'autre, mais elle repoussa cette pensée. Ce n'était peut-être qu'une aventure sans lendemain. Mieux valait ne pas avoir ce genre d'idées dangereuses et se concentrer uniquement sur l'aspect incroyable de leur rapport sexuel.

— Mon Dieu. C'est si bon, dit-il en adoptant un rythme lent qui menaçait de mettre la santé mentale d'Angie en péril.

Elle souleva ses hanches dans une invitation à accélérer, et le regarda droit dans les yeux.

— Plus vite, plus fort, haleta-t-elle.

Renonçant à tout contrôle, Joshua la rejoignit d'un coup de reins puissant avant de recommencer, encore et encore. Une délicieuse tension grandit entre ses jambes jusqu'à ce qu'elle n'en puisse plus. Sentant qu'elle était proche, il inclina l'angle de sa hanche afin de stimuler le point le plus sensible.

— Oh mon Dieu. Ne t'arrête pas. S'il te plaît…, supplia-t-elle.

Elle ne comprenait pas comment il parvenait à maintenir ce rythme exigeant sans jamais ralentir, mais elle le suivit avec ardeur, cherchant la délivrance et criant des paroles incohérentes lorsque l'orgasme déferla enfin en elle.

Joshua continua jusqu'à ce qu'il se fige dans un cri de plaisir. Il s'effondra sur elle, haletant et couvert de sueur. Elle pouvait à peine respirer, mais cela lui était égal tant qu'elle pouvait savourer son poids sur elle. Finalement, il leva la tête et prit appui sur ses coudes pour la soulager.

— Ça va ? demanda-t-il en caressant sa joue rouge.

— Mieux que ça, dit-elle en s'étirant langoureusement.

Il eut un petit rire suffisant.

— Vraiment ? Mieux comment ?

— Je me sens merveilleusement bien.

Il se pencha pour l'embrasser sur la tempe avant de s'allonger auprès d'elle.

Silencieux, il fixa le plafond en repensant à son grand-père. Angie posa sa tête sur son torse et passa un bras autour de sa taille.

Après un long et lourd soupir, il ferma les yeux, et elle s'endormit rapidement en espérant qu'il serait moins triste le lendemain et qu'elle ne souffrirait pas non plus. Cette nuit était peut-être tout ce qu'elle aurait avec lui, et elle devait l'accepter.

Joshua ne pensait pas pouvoir dormir mais, avec le corps doux et chaud d'Angie lové contre le sien, il sombra dans un sommeil profond et sans rêves. Lorsqu'il ouvrit les yeux, l'aube perçait à travers les rideaux. Il ne se souvenait plus où il était, et tout ce qu'il ressentait, c'était un sentiment de paix et de contentement.

Il attira Angie plus près de lui, conscient que sa place était à ses côtés. Un sourire aux lèvres, il faillit se rendormir, quand son esprit gâcha tout en lui remémorant les événements de la veille.

Angie était dans son lit. Inconsciemment, il la serra un peu plus fort. Lorsqu'ils avaient fait l'amour la nuit dernière, il s'attendait à une certaine familiarité réconfortante, mais il avait découvert une passion intense et inédite.

Leur union avait été incroyable… mais ne devait pas se réitérer. Il se força à ouvrir les bras et se dégagea lentement afin de ne pas la réveiller. En voyant son beau visage serein et endormi, il fut pris d'un sentiment de possessivité féroce qu'il repoussa aussitôt.

Il n'aurait pas dû lui demander de rentrer avec lui la nuit dernière. Mais il la désirait depuis si longtemps que, après leur baiser sur le parking, il n'avait pas eu la force de résister. Et en femme douce et généreuse qu'elle était, Angie lui avait fait l'amour comme si elle le désirait également. Comme s'il comptait pour elle.

C'était une erreur qui ne faisait qu'empirer ses émotions déjà chaotiques. Ces mêmes émotions qui l'empêchaient de composer. Perdre sa musique signifiait perdre son identité. Même si l'avoir dans ses bras lui semblait la chose la plus naturelle au monde, il ne devait plus recommencer.

Il entra dans la douche et fit couler l'eau chaude. Il était désorienté et inquiet. Que représentait la nuit dernière pour elle ? S'était-elle donnée à lui par pitié ? Était-ce une aventure sans lendemain ?

Pas encore prêt à lui parler, il se sécha et s'habilla rapidement en faisant le moins de bruit possible pour ne pas la réveiller. Il n'était pas fier de partir en douce, mais c'était bien mieux ainsi.

Il griffonna un petit mot qu'il posa sur l'oreiller.

Je dois partir. Reste aussi longtemps que tu voudras.

Avec ses cheveux étalés sur son épaule nue et ses lèvres délicatement entrouvertes, elle était belle comme le péché. S'il restait une seconde de plus, il la réveillerait d'un baiser. Déterminé à s'en tenir à ses résolutions, il tourna le dos et partit pour son bureau.

Il était trop tôt pour rendre visite à son grand-père, alors autant travailler le plus possible avant d'aller à l'hôpital. De plus, il avait besoin de s'occuper pour oublier sa nuit avec Angie. Malgré sa douche matinale, il sentait encore son parfum de vanille sur sa peau.

Assez avec ces bêtises, se dit-il en replaçant fermement ses mains sur le volant et en se concentrant sur la route. Heureusement, la circulation était fluide à cette heure matinale, et il arriva au travail en un temps record.

Toutes les lumières étaient éteintes car il n'y avait encore personne, mais le silence ne le dérangeait pas, au contraire : il convenait parfaitement à son humeur. Joshua ressentait le besoin de se plonger dans le travail. C'était le seul moyen qu'il connaissait pour ne pas devenir fou.

Il perdit la notion du temps, jusqu'à ce que Janice passe la tête dans son bureau.

— Bonjour, Joshua.

Elle portait une de ses robes à fleurs éclatantes et ses gros bijoux.

— Vous êtes là depuis longtemps ? Vous avez pris votre café ?

— Depuis quelques heures. Et pas de café, merci. Je vais passer la majeure partie de la journée avec mon grand-père, donc il fallait que je m'occupe des urgences.

— Est-ce qu'il va bien ? demanda-t-elle, le front encore lisse plissé d'inquiétude.

Personne n'aurait deviné qu'elle était grand-mère, si ce n'était par ses manières maternelles.

— Il a eu une journée difficile hier, mais les choses devraient aller mieux aujourd'hui.

— Bon, n'ayez pas d'inquiétude. Je vais reporter tous vos rendez-vous d'aujourd'hui.

— Merci, Janice, dit-il en se levant de sa chaise pour enfiler sa veste de costume. Je reviendrai ce soir, mais vous serez déjà partie, alors on se voit demain.

— J'aimerais que vous puissiez prendre un congé pour passer du temps avec votre grand-père, mais je sais que ce n'est pas le bon moment avec votre future nomination au poste de P-DG. Ce Nathan Whitley fera tout pour avoir l'avantage sur vous.

Elle fit claquer sa langue en signe de désapprobation avant de poursuivre :

— Les membres du conseil d'administration ne sont pas des imbéciles. Tout le monde sait que vous êtes l'homme de la situation.

— Je vous soupçonne quand même d'être légèrement partiale, répondit-il en riant, et en priant pour qu'elle ait raison.

— Peut-être, mais ça ne veut pas dire que j'ai tort. À demain, et n'oubliez pas de manger.

Joshua se dépêcha de rejoindre sa voiture et se mit en route. Maintenant qu'il n'avait plus le travail pour le distraire, son cœur se serrait d'inquiétude pour son grand-père.

Arrivé à l'hôpital, il se rendit aux soins intensifs.

— Je viens voir Edward Shin.

— Vous êtes de la famille ? s'enquit l'infirmière en le regardant par-dessus ses lunettes.

— Oui, je suis son petit-fils.

— Très bien. Je vous laisse vous inscrire sur la liste des visiteurs, mais il faudra attendre une demi-heure avant le début des visites. Nous avons une salle d'attente dans ce coin.

— Merci, dit-il en réprimant une bouffée d'impatience.

Il entra dans la salle d'attente et s'assit à une place vide avant de sortir son téléphone. Sans grande surprise, il vit une cinquantaine de nouveaux e-mails professionnels. Il parcourut les plus importants et répondit aux plus urgents. Au bout d'un moment, il finit par remarquer les mouvements convulsifs de son genou et se remémora la façon dont Agie avait réussi à l'apaiser en posant une main sur sa jambe. Le souvenir de leur nuit ensemble le traversa et l'emplit d'un sentiment de chaleur et de frustration à la fois.

— Joshua, dit une voix douce devant lui.

Il leva les yeux et vit la femme qui refusait de quitter ses pensées.

— Que fais-tu ici ? demanda-t-il, après s'être éclairci la voix.

Un éclair de douleur traversa le visage d'Angie. Joshua le remarqua et eut envie de se donner des coups de pied.

— Je me suis dit que tu y étais peut-être. Je voulais voir comment tu allais et prendre des nouvelles de ton grand-père.

— Son état est suffisamment stable pour recevoir des visites. Je le verrai dans quelques minutes. Tu n'avais pas besoin de venir.

— Effectivement, dit-elle en redressant fièrement le menton. Je n'avais pas *besoin* de venir.

Elle était là parce qu'elle s'inquiétait pour lui, et voilà qu'il se comportait comme le dernier des crétins.

— Est-ce que tu… la nuit dernière…, commença-t-il.

Angie l'arrêta en posant une main sur son bras.

— Je t'ai dit pourquoi j'étais là…, coupa-t-elle avant de baisser la voix. Et ça n'a rien à voir avec hier soir. Tu as des préoccupations plus urgentes.

— Je…

Il ne savait pas quoi dire… ni ce qu'il voulait.

Non, ce n'était pas tout à fait vrai. Ce qu'il voulait, c'était la prendre dans ses bras et la serrer contre lui. Mais s'il se mettait alors à ne plus vouloir la laisser partir ? Il ne pouvait pas prendre ce risque. La nuit dernière lui avait prouvé qu'il devait garder ses distances avec Angie.

— Dis à ton grand-père de se rétablir rapidement, dit-elle doucement avant de quitter la salle d'attente.

Son instinct lui disait de la retenir mais, la dernière fois qu'il lui avait demandé de rester, elle avait disparu de sa vie. Il ne pouvait oublier sa trahison et ce qu'elle lui avait coûté.

Il la laissa donc partir. C'était la seule façon de se protéger.

6

— Humm… J'adore le sundubu, dit Chloe après une grande cuillère de soupe au tofu fumante.

— Qui n'aime pas ça ? demanda Megan qui se réglait également.

Les petites cocottes individuelles en pierre gardaient la soupe au tofu bien brûlante jusqu'à la dernière goutte.

Comme toujours, le restaurant qui servait les sundubus préférés d'Angie et de ses sœurs était bondé. Elles avaient dû attendre vingt minutes pour avoir une table, mais cela en valait la peine. Grâce à ce plat réconfortant et savoureux, elle se sentait moins désespérée.

Plusieurs jours s'étaient écoulés sans un seul SMS de la part de Joshua. Il regrettait manifestement leur nuit ensemble, mais il aurait au moins pu la tenir au courant de l'état de son grand-père. Elle retint un soupir en remuant sa soupe. Elle se montrait injuste. Sa famille était probablement très inquiète pour M. Shin. Joshua ne pouvait pas en plus s'inquiéter pour elle.

Pourtant elle ressentait un profond vide qu'elle n'arrivait pas à faire disparaître et qui n'avait rien à voir avec leur nuit partagée. Après tout, elle le désirait depuis longtemps, et comme il avait besoin de réconfort, elle n'avait vu aucune raison de ne pas lui en donner. Ce n'était que du sexe, même si c'était le meilleur sexe de toute sa vie. Alors pourquoi se mettait-elle dans cet état ?

— La Société de musique de chambre est ravie de la nouvelle œuvre d'A.S., dit Chloe en saisissant un morceau de concombre mariné avec ses baguettes. Je n'arrive pas à croire qu'il ait accepté de composer pour nous.

— Comment Janet a-t-elle réussi à le convaincre ? s'enquit Megan. Il est très demandé, et pas facile à trouver.

— Elle est dans ce métier depuis longtemps, expliqua Angie en trempant une cuillère de riz dans sa soupe afin d'éviter le regard de ses sœurs.

Elle se sentait coupable d'avoir des secrets pour elles, mais elle n'avait pas le choix.

— Entre Janet et le conseil d'administration, quelqu'un a dû trouver un moyen de le contacter, ajouta-t-elle.

Lorsqu'elle avait annoncé à Janet qu'A.S. avait accepté de composer un tout nouveau morceau pour le Hana Trio, celle-ci avait compris sa supplication muette et ne lui avait posé aucune question. Elle avait accepté la bonne nouvelle avec joie et avait promis à Angie de ne rien dire sur son rôle dans cette commande.

— J'ai entendu Claudia, le second violon, dire à des membres de l'orchestre que c'était grâce à elle, expliqua Chloe avant de secouer la tête avec dédain. Mais je n'en crois pas un mot. Elle a un jour sous-entendu qu'elle avait une liaison avec Joshua Bell, mais il ne lui a même pas adressé un regard quand il est venu jouer avec nous.

— On ne sait jamais…, dit Angie avec indifférence.

Aussi ridicule que fût l'affirmation de Claudia, elle était soulagée que cela détourne l'attention d'elle.

— Non, ce n'est pas Claudia, dit Megan. Mais ça pourrait être n'importe lequel des musiciens.

— J'en doute fort, déclara Angie avant de prendre une grande gorgée de son thé d'orge. L'important, c'est qu'Hana Trio va avoir l'honneur d'interpréter la nouvelle composition d'A.S. Il faut qu'on soit au top pour ne pas décevoir la Société de musique de chambre. Sans parler des retombées sur notre carrière. C'est un moment décisif pour nous, les filles.

— Ne t'inquiète pas, Unni, dit Megan avec un sourire suffisant. On va tout déchirer.

Angie et ses sœurs tapèrent leurs poings les uns contre les autres à travers la table. C'était la chance de leur vie, et elles n'avaient jamais été aussi prêtes. Angie était si fière d'elles.

Alors qu'elles terminaient de déjeuner, elle entendit son téléphone sonner dans son sac. Comme ses sœurs et elle avaient pour règle d'éteindre leurs portables au moment des repas, elle l'ignora. Du moins, elle essaya. Mais elle ne pouvait s'empêcher de se demander si le message était de Joshua.

Aussitôt dans sa voiture, elle sortit son portable et lut le message.

Grand-père est sorti des soins intensifs. Il aimerait te voir. Tu lui manques.

Le cœur d'Angie battait si fort qu'il semblait au bord de l'explosion. *Tu lui manques*. Est-ce qu'elle manquait aussi à Joshua ? Elle secoua la tête pour chasser cette pensée idiote et se concentra sur la réponse à lui envoyer. Devait-elle lui demander comment il allait ou se comporter comme s'il ne s'était rien passé entre eux, comme il semblait le faire en ce moment ?

Non. Cela aurait été possible avec le baiser, mais là c'était différent. Ils devaient en discuter comme deux adultes et clarifier la situation. Elle tapa donc une rapide réponse.

Je viendrai à 20 heures. On pourra discuter après que j'aurai joué pour ton grand-père.

Angie trouva Joshua qui l'attendait dans le hall de l'hôpital. En la voyant, il la passa en revue avec une telle chaleur qu'elle en eut le souffle coupé, mais l'instant suivant il cligna des yeux et la chaleur disparut.

— Je te montre le chemin, dit-il avec raideur.

Angie le suivit en portant son violoncelle. Une fois sortis de l'ascenseur, ils empruntèrent le couloir qui menait à la chambre.

— Voilà, dit Joshua en brisant enfin le silence.

— Merci, répondit-elle poliment.

Cela devenait ridicule. Fallait-il que leurs rapports soient désormais aussi gênants ?

— Je peux entrer ?

— Oui, il t'attend.

— Halabuji, dit-elle les yeux pleins de larmes en le voyant.

Elle se précipita à son chevet et lui prit la main. La lumière accentuait sa pâleur, et sa blouse d'hôpital était trop grande sur sa frêle silhouette. Il semblait si fragile qu'elle en eut le cœur brisé. Sans réfléchir, elle regarda Joshua avec compassion.

— Ah, mon enfant. Vous venez enfin me rendre visite, dit M. Shin en lui serrant la main.

Sa voix semblait plus forte qu'il n'en avait l'air, et Angie soupira de soulagement.

— Vous m'avez fait une sacrée frayeur. Ne vous avisez pas de recommencer, dit-elle en fronçant exagérément les sourcils. Vous m'aviez promis d'aller mieux.

— Et je suis un homme de parole, rétorqua-t-il en riant et reprenant des couleurs. Dès que j'aurai retrouvé mes forces, je rétablirai ce vieux cœur pour de bon.

— Nous avons décidé de faire un pontage cardiaque, expliqua Joshua.

— C'est la bonne décision, dit son grand-père d'un ton résolu.

— Et vous serez tout neuf !

Angie lui sourit malgré une pointe de nervosité. Il était fort. Il survivrait à une opération à cœur ouvert.

— Laissez-moi vous jouer quelque chose.

— Rien ne me rendrait plus heureux.

Joshua s'approcha de son grand-père et actionna le lève-lit pour qu'il puisse être assis. Une fois M. Shin bien installé, il tira une chaise près du lit et s'assit également. Il semblait épuisé.

Elle avait prévu de jouer un autre morceau, mais sur une impulsion elle choisit la *Suite pour violoncelle seul n° 2 en ré mineur* de Bach. C'était l'un des morceaux préférés de Joshua, et il se trouvait qu'il figurait sur la liste de son grand-père. Angie le joua en y insufflant toute sa sollicitude et sa compassion dans l'espoir de leur apporter du réconfort.

M. Shin la regardait comme hypnotisé, un doux sourire aux lèvres. Joshua ferma les yeux, et ses traits tirés se détendirent. Angie sentit sa propre âme guérir tandis qu'elle se perdait dans la musique. Elle joua le reste du morceau les yeux fermés, et ne les rouvrit qu'une fois les dernières vibrations du violoncelle dissipées.

Joshua applaudit, et son grand-père tendit ses mains vers elle. Elle posa son violoncelle et les serra dans les siennes.

— Merci, ma chère.

— C'était un plaisir, comme toujours. Maintenant il faut vous reposer.

— Je reviens après avoir raccompagné Angie à sa voiture, déclara Joshua en se levant.

— Non, ce n'est pas la peine. Tu es là depuis plus d'une heure. Je n'en peux plus de voir ton visage éreinté, dit son grand-père d'un ton bourru. Repose-toi, mon garçon. Ça ne m'aide pas du tout de me faire du souci pour toi.

Quand Joshua voulut pour protester, Angie posa une main sur son bras.

— Écoute ton grand-père. Il sera plus serein si tu vas dormir.

— Vous êtes la voix de la raison, dit le vieil homme avec un clin d'œil.

Joshua acquiesça d'un signe de la tête et aida son grand-père à se recoucher avant de suivre Angie dans le couloir. Ils revinrent sur leurs pas et se dirigèrent vers le parking. Angie trouvait insupportable ce silence gêné qui s'était installé entre eux, mais soudain elle sut ce qu'elle devait faire.

Une fois devant sa voiture, Joshua enfouit les mains dans ses poches et s'éclaircit la gorge.

— Merci d'être venue.

— Je t'en prie. Je compte bien respecter ma part du marché, rétorqua-t-elle lassée de sa politesse distante. Et puis, j'adore jouer pour ton grand-père.

— Alors… tu reviendras le voir ?

Son expression vulnérable apaisa quelque peu la frustration de la jeune femme. Ce fut d'une voix douce qu'elle lui répondit :

— Oui, je lui rendrai visite deux fois par semaine, comme convenu.

Joshua poussa un soupir de soulagement et se passa la main dans les cheveux.

— À propos de l'autre soir…

— C'est arrivé, l'interrompit-elle sèchement.

Elle prit alors une grande inspiration pour se donner du courage :

— Et je veux que ça se reproduise.

Joshua leva brusquement des yeux surpris. Son visage affichait une faim primitive.

— Qu'est-ce que tu as dit ?

Cette impasse dans laquelle ils se trouvaient était insupportable. Leur accord les obligeait à se fréquenter et, pour y arriver, le meilleur moyen était d'être honnête l'un envers l'autre. Autrement dit, ils devaient cesser de lutter contre leur attirance.

— Passe-moi ton téléphone, ordonna-t-elle en tendant la main.

— Pardon ?

— Ton téléphone, s'il te plaît.

Joshua haussa ses larges épaules et lui tendit son appareil. Elle tapota rapidement quelque chose dans son application GPS et le lui rendit.

— C'est mon adresse, dit-elle sans lui laisser le temps de l'interroger. Il faut qu'on parle.

— Tu veux que je vienne chez toi ? Ce soir ?

Elle redressa les épaules et répondit d'un air de défi :

— Oui et oui. Tu es partant ?

Le regard impénétrable, il l'étudia si longtemps qu'elle eut du mal à rester immobile.

— Oui, dit-il finalement.

Elle était à la fois soulagée et paniquée. Et maintenant ?

Joshua avait deviné d'après son adresse, qu'elle n'habitait pas les quartiers les plus huppés de la ville, mais il fut tout de même stupéfait en voyant la façade délabrée de son immeuble. Après avoir fait plusieurs fois le tour du pâté de maisons pour trouver une place, il marcha enfin jusqu'à l'entrée de l'immeuble où Angie l'attendait pour lui ouvrir la porte.

— J'espère que tu n'as pas eu trop de mal à trouver une place, dit-elle en guise d'excuse.

— Pas du tout.

Il jeta un coup d'œil dans le hall sombre et fatigué et ne put retenir un froncement de sourcils. Il n'aurait jamais cru qu'elle vivrait dans un endroit pareil.

— Par ici, dit-elle en le conduisant jusqu'à l'ascenseur exigu.

Le trajet jusqu'au troisième étage prit suffisamment de temps pour que Joshua se demande à quand remontait la date de la dernière révision de l'appareil. Cela ne le regardait pas, mais il ne pouvait s'empêcher de s'inquiéter pour les conditions de vie d'Angie. Après quelques pas dans un couloir étroit, elle s'arrêta et se tourna vers lui.

— Voici mon chez-moi, dit-elle en déverrouillant la porte.

Son appartement était petit, mais étonnamment chaleureux et charmant. En le voyant, beaucoup de ses appréhensions sur ses conditions de vie s'évanouirent.

— Très joli, dit-il en retirant ses chaussures.

— Merci.

Elle cala son violoncelle près d'un pupitre dans un coin du salon et ajouta avec une fierté perceptible :

— Ce n'est pas grand-chose, mais c'est à moi.

— Je pensais que tu vivais chez ton père.

Il ne voulait pas être indiscret, mais il ne pouvait s'empêcher de s'interroger. Même si elle voulait son indépendance, pourquoi avoir choisi ce quartier ?

— Je me suis brouillée avec lui après la mort de ma mère, répondit-elle évasivement.

Il la suivit jusqu'à la cuisine.

— Tu t'es brouillée avec lui ? répéta-t-il en s'efforçant de garder un ton modéré.

Elle avait donc tout quitté après lui avoir brisé le cœur et l'âme pour de l'argent ? Confus, il lutta contre sa colère grandissante, mais leur relation appartenait désormais au passé. Ce qu'elle avait choisi de faire de sa vie après l'avoir quitté ne le regardait pas.

— Du vin ? demanda-t-elle en brandissant une bouteille de vin rouge.

— Bien sûr, dit-il en lui tendant le tire-bouchon qui se trouvait sur le plan de travail.

Angie lui passa plutôt la bouteille. Joshua l'ouvrit et emplit les deux verres qu'elle venait de poser sur la table.

Elle prit leva le sien.

— Santé.

— Santé, répondit-il, toujours distrait par ce qu'elle venait de dire.

Est-ce que cette dispute avait un rapport avec la mort de sa mère ? Cela ne le regardait pas.

— Je suis désolé pour ta mère. Je me souviens que tu étais très proche d'elle.

— Merci.

Angie traça le contour de son verre du bout du doigt et resta silencieuse pendant si longtemps qu'il crut qu'elle ne dirait rien d'autre.

— C'était un cancer du sein. Elle s'est battue comme une guerrière avec grâce et force, mais elle a perdu le combat au bout de cinq ans.

Elle semblait si triste qu'il posa une main sur son épaule afin de la réconforter. Tant de choses avaient changé depuis l'époque où ils sortaient ensemble. Il devait absolument éviter de tirer des conclusions hâtives au sujet de sa relation avec son père.

— Allons nous asseoir, dit-elle avec un sourire hésitant.

Elle se rendit au salon et s'assit à un bout du canapé, les jambes repliées sous elle. Il s'installa à l'autre bout et posa un bras sur le dossier.

— Nos rendez-vous au café me manquent, dit-elle en lui coulant un regard.

Lui aussi les regrettait, mais il ne pouvait plus faire semblant de ne pas la désirer. Les souvenirs de leur nuit ensemble refusaient de s'effacer, et il avait encore faim d'elle.

— Angie...

— C'était un peu comme si on devenait amis, poursuivit-elle en faisant tournoyer son vin.

— On ne peut pas être amis, dit-il sans détour.

Il la désirait au point d'en perdre sa concentration. Une relation platonique avec elle était impensable.

Il avait cru pouvoir cesser de penser à elle en gardant ses distances, mais il s'était complètement trompé. C'était comme si son désir irrépressible bloquait sa créativité. Peut-être que le seul moyen était de s'abandonner à cette attirance ?

— Je ne veux pas qu'on soit amis, répondit-elle avec une moue ironique.

Même s'il avait été le premier à l'avoir dit, il en ressentit un pincement de déception.

— Je te désire trop pour ça, ajouta-t-elle.

— Et où ça va nous mener ? demanda-t-il en sentant son sexe pulser à cet aveu audacieux.

— Eh bien, ça dépend.

Elle but une gorgée de vin et lécha une goutte au coin de sa bouche avant de demander :

— Est-ce que tu as envie de moi ?

S'il avait envie d'elle ? La frustration et le désir l'envahirent.

— Tu sais parfaitement que oui.

— Et tu comptes faire quelque chose à ce sujet ? reprit-elle avec un sourire sensuel.

Il reconnut la sirène affriolante avec qui il avait fait l'amour l'autre soir. La femme à laquelle il n'avait pas pu résister. Il barricada son cœur et répondit avec détermination :

— Je ne peux rien te promettre.

Son sourire s'estompa légèrement avant de revenir en force un instant plus tard.

— J'ai une confession à te faire : je n'ai pas beaucoup de temps à consacrer à une relation, et cette nuit avec toi a été le meilleur sexe depuis très longtemps. C'est aussi simple que ça. L'attirance entre nous est indéniable, et je pense qu'il faut la laisser suivre son cours. Je n'attends rien de plus.

— Ça ne peut être que du sexe, dit-il, pour se convaincre lui-même.

S'il se laissait aller à cette dangereuse attirance, il devait faire en sorte que ses sentiments ne soient jamais impliqués.

— Du sexe torride et renversant, approuva-t-elle en entremêlant ses doigts aux siens.

Malgré son hésitation, il resserra sa main sur la sienne. C'était exactement ce qu'il voulait entendre, mais il y avait un risque qu'elle soit blessée… Il termina son vin et posa le verre sur la table basse. Pour qui se prenait-il ? Angie était une femme adulte qui avait le droit de prendre ses propres décisions. Ce n'était pas sa responsabilité de la protéger d'elle-même.

— Le meilleur sexe, hein ? dit-il en se rapprochant d'elle sur le canapé.

Il lui prit le verre des mains et le posa près du sien.

— Ce n'est pas ton avis ? demanda-t-elle en levant le menton.

— Si, dit-il en repoussant une mèche de cheveux derrière son oreille. C'était incroyable. Tu étais incroyable.

Les joues écarlates, elle lui adressa un sourire triomphant.

— Alors, qu'est-ce qui te retient ?

— Qu'est-ce qui m'empêche d'avoir des relations sexuelles incroyables et sans prise de tête ?

Il se pencha jusqu'à ce que leurs souffles se mélangent.

— Rien.

Il l'embrassa doucement, et sentit le goût du vin sur sa bouche. Puis il caressa sa mâchoire de ses lèvres et embrassa le point sensible derrière son oreille. Comme il s'y attendait, un frisson la parcourut. Oui, il connaissait son corps, mais il était plus qu'heureux de refaire connaissance avec. Il releva son T-shirt et la caressa, de ses seins jusqu'à sa taille fine. Ses courbes féminines s'étaient accentuées depuis l'université. Il dut se contrôler pour ne pas se jeter sur elle avec avidité. Ce soir, il voulait prendre son temps.

Elle enfouit les doigts dans ses cheveux et rapprocha ses lèvres des siennes. Joshua s'écarta un instant pour murmurer contre son oreille :

— Doucement. On a le temps.

— Doucement ? répéta-t-elle le regard embué de désir. Tu n'es pas sérieux.

— Tu ne le regretteras pas. Je te le promets, dit-il d'une voix séductrice.

Elle répondit par une moue dubitative.

Joshua se leva du canapé et resta devant elle. En le voyant déboutonner sa chemise, Angie battit des cils et entrouvrit les lèvres. Une fois tous ses boutons défaits, il laissa tomber sa chemise au sol.

— À ton tour. Enlève ton soutien-gorge, dit-il d'une voix rocailleuse à peine reconnaissable.

Avec un sourire provocateur, Angie se passa la main sur la gorge, sur la vallée de ses seins, puis plus bas, sur son ventre. Elle rassembla ses cheveux sur une épaule et dégrafa son soutien-gorge. Joshua relâcha le souffle qu'il retenait lorsqu'elle le jeta de côté et lui fit fièrement face.

La tentation de la toucher était si forte qu'il en tremblait, mais il se retint. Il déboucla sa ceinture avec une lenteur forcée et fit descendre son pantalon sur ses hanches. Angie inspira profondément en voyant son érection dressée sous son caleçon. Avec un sourire carnassier, il écarta son pantalon d'un coup de pied. Après s'être assuré qu'elle le regardait, il saisit son sexe et se caressa avec un gémissement de plaisir.

— C'est mon tour ? demanda-t-elle d'une voix rauque.

Soutenant son regard, elle prit ses seins nus en coupe et inspira profondément en effleurant du pouce ses mamelons durcis avant de fermer les yeux et de renverser la tête en arrière. C'était trop ! Il déclara forfait et se jeta sur elle, mais elle l'arrêta en posant ses mains sur son torse.

— Non non, dit-elle le souffle court. On y va doucement. Tu te souviens ?

— Au diable ces bêtises, grogna Joshua en l'allongeant sur le canapé.

Il lui remonta les mains au-dessus de sa tête et écrasa sa bouche sur la sienne.

— Il était temps, soupira-t-elle en libérant ses mains pour lui caresser le dos.

Il frissonna et abaissa la tête pour prendre un téton dans sa bouche. Quand elle gémit et se tordit sous lui, il suça encore plus fort. Mais il lui en fallait plus. Il la débarrassa de sa jupe, puis sa culotte prit le même chemin.

— Dieu que tu es belle, murmura-t-il en embrassant avec révérence l'intérieur de sa cuisse avant de remonter plus haut et de déposer un long baiser sur son sexe.

— Joshua, gémit-elle.

— Oui Angie ? répondit-il avant de faire courir sa langue sur sa chair brûlante.

— S'il te plaît, haleta-t-elle en enfonçant ses mains dans ses cheveux courts.

— S'il te plaît, quoi ?

Il effleura son téton de la langue avant de le prendre dans sa bouche.

— C'est ce que tu veux ?

— Oui. Encore, s'écria-t-elle en soulevant les hanches.

— Encore ? Comme ça ?

Il la repoussa contre le canapé et descendit sa bouche entre ses cuisses ouvertes, s'aidant de ses doigts pour lui procurer du plaisir.

— Oh ! oui.

La voir si proche de l'extase le rendait fou.

Il continua à la savourer comme un dessert exquis tandis qu'elle le pressait contre elle en le tenant par les cheveux. Rapidement, Joshua calqua la vitesse de sa langue sur celle de ses doigts et ne s'arrêta que lorsqu'elle se cambra dans un cri de plaisir.

Une fois couvert d'un préservatif, il l'attira au-dessus de lui. Elle s'installa à califourchon sur lui tandis qu'il avançait les hanches pour s'enfoncer plus profondément en elle.

— C'est tellement bon, gémit-il.

Angie posa ses mains sur ses épaules et accéléra à un rythme effréné. Il était tellement excité qu'il ignorait combien de temps il pourrait tenir.

— Jouis pour moi, dit-il, désespéré, en agrippant ses fesses et s'enfonçant d'un coup de reins puissant. Jouis pour moi. S'il te plaît.

Angie le chevaucha avec acharnement. En entendant ses gémissements s'amplifier, il passa une main entre eux pour caresser son clitoris. Ils jouirent à l'unisson dans un cri rauque, et Angie s'affaissa mollement contre lui. Il la serra contre lui afin de prolonger ce moment.

— C'était incroyable, murmura Angie d'une voix brumeuse. On fait une sieste et on recommence.

Joshua rit doucement et lui embrassa la tête.

— Tout ce que tu voudras.

7

Alanguie et heureuse, Angie était confortablement allongée auprès de Joshua qui dessinait des cercles paresseux sur son dos. En général, c'était chez lui qu'ils allaient après avoir rendu visite à son grand-père car le lit d'Angie était trop petit pour sa grande et large carrure.

Outre le sexe extraordinaire, leur relation offrait un avantage supplémentaire. Comme ils ne cherchaient pas à cacher leur attirance mutuelle, leurs conversations étaient fluides et agréables. Ils en perdaient même parfois la notion du temps et parlaient jusque tard dans la nuit.

Mais plus elle se rapprochait de lui, plus le secret qu'elle lui cachait pesait sur son cœur. Elle devait lui expliquer la raison de son départ dix ans auparavant. Les prétextes qu'elle s'inventait, en se disant que cela ne changerait de toute façon rien, ressemblaient de plus en plus à de la lâcheté.

Son but n'était pas de changer la nature de leur relation, se dit-elle pour se donner du courage. Une petite voix intérieure protesta, mais elle la fit taire. Ils n'étaient peut-être pas dans une relation sérieuse, mais elle lui devait quand même la vérité. Et puis cela la blessait qu'il puisse encore penser qu'elle se souciait plus de l'argent que de lui.

— Il y a quelque chose que tu dois savoir, dit-elle en se redressant sur un coude et en le regardant dans les yeux. Je ne t'ai pas quitté par peur que mon père me coupe les vivres. Je me fichais complètement de ma fortune familiale.

La main de Joshua se figea.

— Quoi ? dit-il en haussant les sourcils.

— Je t'ai menti pour que tu me laisses partir.

Elle prit une inspiration tremblante avant de tout sortir :

— On avait diagnostiqué un cancer à ma mère, et mon père a dit que, si je ne rompais pas avec toi, il ne me laisserait plus jamais revenir à la maison. Je sais que ma mère aurait trouvé le moyen de me voir, mais le stress d'une dispute entre mon père et moi lui aurait brisé le cœur. Elle avait besoin de toutes ses forces pour vaincre le cancer, et pas de s'inquiéter pour moi.

Abasourdi, Joshua la regarda un long moment avant de demander :

— Tu ne t'es pas dit que je comprendrais si tu m'en parlais ?

— J'avais peur que tu te battes pour moi, dit-elle dans un sanglot. Il aurait suffi que tu me demandes de rester pour que je ne puisse pas partir. Je pensais que la seule façon d'y arriver était de te briser le cœur si profondément que tu n'aurais plus jamais envie de me revoir.

— Pendant toutes ces années, j'ai cru que tu m'avais quitté parce que l'argent comptait plus que moi.

Il y avait tant de douleur et de colère dans sa voix. Même après dix ans.

— Tu étais tout pour moi, protesta-t-elle en se redressant et tenant le drap contre sa poitrine.

— Et pourtant, tu m'as quitté, dit-il avec un rire amer.

Il balança ses jambes hors du lit et se pencha pour ramasser son pantalon.

— Tu te rends compte de ce que ça m'a fait ?

— Je suis désolée de t'avoir blessé, mais je ne savais pas quoi faire d'autre, dit-elle en essuyant ses joues humides avec impatience.

Elle ne voulait surtout pas l'accabler avec ses larmes.

— Tu aurais dû me faire confiance.

— Je n'avais que dix-huit ans et j'avais le cœur brisé par la maladie de ma mère ! Je réalise maintenant que j'aurais pu faire les choses autrement, mais j'ai fait ce que je pensais être mon devoir à l'époque.

Joshua arpentait la pièce, le visage empreint de regret et de frustration.

— Après le décès de ma mère, j'ai quitté la maison, poursuivit-elle. Il m'a coupé les vivres, mais ça m'était égal. Je ne pouvais pas lui pardonner ce qu'il nous avait fait.

— Et que se passera-t-il si ton père découvre notre arrangement... actuel ? demanda-t-il avec un sourire sardonique.

Arrangement. Il n'arrivait même pas à prononcer le mot « relation ». Mais peu importait. Elle ne lui avait pas avoué la vérité pour en tirer un avantage. Elle la lui avait dite parce qu'il méritait de savoir.

— Rien, affirma-t-elle en levant le menton. Il n'a plus son mot à dire sur ce que je fais de ma vie.

Elle ignorait où leur « arrangement » les mènerait, mais elle ne laisserait plus jamais son père se mêler de sa vie. C'était entre Joshua et elle.

Il la fixa sans ciller pendant un long moment avant de quitter la pièce en murmurant un juron.

Angie plaqua sa main sur sa bouche pour retenir un sanglot. Elle savait que cet aveu serait difficile, mais elle aurait aimé que Joshua ne souffre pas autant. Après avoir pris une inspiration tremblante, elle ramassa ses vêtements par terre et s'habilla.

Elle le trouva dans le salon en train de regarder par la fenêtre. Les lumières de la ville scintillaient en contrebas, mais elle doutait qu'il voie quoi que ce soit. Il semblait si seul, debout là, dos à elle. Elle s'approcha et le serra dans ses bras.

— J'aimerais..., dit-il avant de soupirer et de poser ses mains sur les siennes. J'aimerais qu'on puisse remonter le temps et que nos cœurs ne soient pas brisés.

— Je suis tellement désolée.

Des larmes brûlantes ruisselaient sur le visage d'Angie et

mouillaient le dos de sa chemise. Joshua resta immobile en caressant la main de la jeune femme du pouce, jusqu'à ce que les vannes se referment.

Cela faisait dix ans qu'une part d'elle était attachée par des chaînes froides et dures qui lui entravaient l'âme. À présent qu'elles étaient tombées, elle respirait enfin librement. Mais que ressentait Joshua ? Lui pardonnerait-il maintenant qu'il connaissait toute l'histoire ? Et où cela les mènerait-il ?

Soudain il se tourna vers elle.

— Tu sais ce qu'il nous faudrait là, maintenant ?

— Quoi ? demanda-t-elle en souriant timidement.

— Des biscuits, dit-il avec un sourire enfantin. Il nous faut plein de biscuits.

Le cœur d'Angie s'emplit d'une douce chaleur, et sa gorge se serra d'émotion. Il devait être encore sous le choc de sa confession, mais il essayait de l'apaiser. Il savait qu'elle aimait trouver du réconfort dans le sucre quand elle était triste.

— Allons en faire, proposa-t-il.

Elle cligna des yeux, surprise.

— Pardon mais... tu es en train de me dire que tu sais faire de la pâtisserie ?

— Non, mais je suis très doué pour suivre les instructions. On va simplement chercher une recette en ligne.

— J'espère que tu ne comptes pas sur moi, déclara-t-elle méfiante. Je n'ai jamais fait de pâtisserie.

— Allez, viens, dit-il en lui prenant la main et en la tirant vers la cuisine. Ça sera amusant.

— Si tu le dis.

Des images de biscuits brûlés et d'un appartement enfumé envahirent son esprit. Elle pouvait presque entendre le hurlement du détecteur de fumée.

— J'espère que tu as au moins les ingrédients nécessaires ?

— Je n'ai pas de pépites de chocolat ni rien de ce genre, mais on trouvera peut-être une recette toute simple ?

Debout devant l'îlot central de la cuisine, ils parcoururent les résultats de la recherche, la tête penchée sur la tablette. Puis quelque chose attira l'attention d'Angie et elle désigna l'écran.

— Regarde. C'est écrit, la recette des biscuits les plus simples au monde.

— Ça m'a l'air pas mal, murmura-t-il en ouvrant la page. Ce sont des cookies au beurre de cacahuète.

— Oh ! j'adore les cookies au beurre de cacahuète, s'exclama-t-elle en se penchant pour mieux voir. Regarde comme la liste des ingrédients est courte. Tu devrais tout avoir.

Joshua fouilla sa cuisine, ouvrant et fermant les placards et les tiroirs avant de lui annoncer dans un grand sourire :

— Tu sais quoi ? Oui.

— Quelle chance, rétorqua-t-elle gagnée par son enthousiasme. La recette est super simple. Je pense qu'on peut y arriver.

Il sortit ses tasses et cuillères à mesurer et les regarda avec perplexité.

— On dirait des jouets, dit-il en brandissant une cuillère doseuse d'un quart de cuillère à café.

Elle éclata de rire. On aurait effectivement dit un jouet dans sa grande main.

— Tu les as déjà utilisées ?

— Non, jamais.

— Eh bien, c'est toi qui as suggéré cette idée, alors commençons.

Elle relut la recette pour être sûre de bien avoir compris.

— D'accord. Ils disent d'ajouter une tasse et demie de farine et de l'égaliser.

— Égaliser ?

Il prit un peu de farine avec la tasse à mesurer et utilisa une baguette pour lisser la surface irrégulière.

— Comme ça ?

— Je crois, dit-elle en le regardant répéter le geste avec la demi-tasse. On doit le faire avec tous les ingrédients secs.

— On ? Pour l'instant, j'ai l'impression d'être le seul à me salir les mains.

Il avait déjà de la farine sur l'arête du nez.

— Pas seulement les mains, dit-elle en essuyant la farine de son visage. De toute façon, je suis meilleure pour donner des ordres que pour cuisiner.

— Tu ne t'en sortiras pas comme ça, rétorqua Joshua en passant sa main enfarinée sur le visage de la jeune femme. Voilà, c'est mieux comme ça.

— Hé, fit-elle en essayant de s'essuyer.

À en juger par le rire de Joshua, elle avait plutôt empiré les choses en l'étalant davantage.

— Tu vas me le payer, dit-elle rieuse en lui lançant une poignée de farine.

Il fit un écart et la farine le manqua de peu, mais ses cheveux en furent tout de même couverts.

— C'est la guerre, alors, déclara-t-il.

Quand il prit tout le paquet de farine, elle sortit de la cuisine avec un glapissement et courut se mettre à l'abri en plein milieu du salon.

— Tu ne vas quand même pas jeter de la farine dans le salon, dit-elle pour le raisonner. Tu vas abîmer tous tes meubles, sans parler de ton piano.

— Tricheuse.

— Être un brillant stratège ne fait pas de vous un tricheur, rétorqua-t-elle une main posée sur la hanche. Bref, je suis vraiment investie dans la préparation de ces cookies, alors arrête tes bêtises. On fait une trêve ?

— D'accord. Trêve, dit-il en pointant deux doigts vers ses propres yeux avant de les tourner vers Angie. Mais je te surveille.

De retour en cuisine, elle consulta la tablette pour voir ce qu'il restait à faire.

— D'accord. Tu continues à préparer les ingrédients secs, et je m'occupe des ingrédients humides.

Comme le beurre devait être ramolli, elle le coupa en petits morceaux et le passa quelques secondes au micro-ondes. Puis elle ajouta le sucre et fouetta le tout à la main, car Joshua ne possédait pas de batteur électrique. Au bout de quelques minutes, son bras la brûlait comme après deux minutes de planche.

— Tu as besoin d'aide ? demanda Joshua.

Il préleva un peu de la préparation avec son doigt et le lécha. Angie le regarda, la bouche ouverte, oubliant de quoi ils parlaient. Avec un sourire entendu, il se pencha et lui donna un baiser au goût de beurre et de sucre. Elle recula avant qu'ils n'oublient complètement les biscuits.

— Oui, s'il te plaît, dit-elle en lui tendant le fouet et le bol.

Fascinée, elle admira le mouvement de ses muscles tandis qu'il fouettait la préparation, mais, à sa grande déception, il termina rapidement.

— Maintenant, il faut ajouter les ingrédients secs petit à petit.

Ce qu'elle préféra dans la recette, ce fut d'aplatir la pâte à la fourchette pour lui donner l'aspect entrecroisé classique d'un biscuit au beurre de cacahuète.

— Oh ! regarde comme ils sont jolis.

Joshua rit doucement et continua à déposer de petits tas de pâte sur les plaques de cuisson. Ils travaillèrent dans un silence douillet jusqu'à ce que toute la pâte soit disposée sur les plaques et prête à cuire.

— À toi l'honneur ! s'exclama-t-il en désignant le four.

— Avec grand plaisir.

Impatiente, elle enfourna la première plaque, puis ils restèrent devant le four pour surveiller les biscuits pendant les neuf minutes nécessaires à la cuisson. Elle appuya sa tête contre lui, et il passa son bras autour de sa taille. Cuisiner avec Joshua et savourer la chaleur d'une cuisine emplie de senteurs agréables lui semblait la chose la plus naturelle au monde. Elle soupira de bonheur.

Mais, aussitôt, la réflexion la dégrisa. Le bonheur domestique ne faisait pas partie de leur arrangement. Ce n'était pas parce qu'il connaissait désormais la vérité sur leur rupture qu'il voudrait soudainement avoir un avenir avec elle. Elle ne pouvait se permettre de s'habituer à des moments comme celui-ci, des moments où elle avait l'impression qu'ils étaient faits l'un pour l'autre. Elle s'éloigna donc à contrecœur et commença à essuyer le plan de travail.

— Hé, qu'est-ce qui ne va pas ? demanda Joshua en s'approchant par-derrière et en l'entourant de ses bras.

Son souffle chaud lui chatouilla l'oreille, et un frisson lui parcourut l'échine.

— Rien. Je voulais t'aider à nettoyer tout ce bazar avant de partir, dit-elle d'un ton léger en espérant qu'il la croirait.

Ou peut-être qu'une part d'elle espérait qu'il lui proposerait de rester pour la nuit ? À présent qu'elle avait tout avoué, la balle était dans son camp.

— Ne t'occupe pas de ça et laisse-moi le rangement. C'est l'avantage quand on est invité.

Il l'embrassa rapidement sur la joue, puis ramassa les bols et les ustensiles pour les placer dans l'évier.

— Je les mettrai au lave-vaisselle après ton départ.

Elle réprima sa déception et se força à sourire.

— Je crois que les cookies sont prêts.

Joshua sortit les biscuits et enfourna une autre plaque de cuisson. Ils avaient l'air parfaits et sentaient merveilleusement bon. Mais, lorsqu'il voulut en prendre un, Angie le repoussa d'une tape.

— Il faut les laisser reposer pendant cinq minutes.

— Quelle autorité, rétorqua-t-il en se frottant la main.

Finalement ils furent incapables d'attendre plus de trois minutes avant de les goûter.

— Hum, gémirent-ils ensemble avant d'éclater de rire.

Elle trouva les biscuits moelleux et parfaits, même meilleurs que ceux achetés à l'extérieur, et ils l'aidèrent à combler le vide de son cœur. Elle était satisfaite de sa relation avec Joshua. Pas besoin qu'elle mène quelque part ou qu'elle dure éternellement.

Une fois les fournées terminées, Angie remplit un grand récipient en plastique avec sa moitié de biscuits. Elle ne passerait pas la nuit avec Joshua, mais ses biscuits lui tiendraient compagnie.

8

Angie s'adossa à sa baignoire et plongea la tête sous l'eau. Elle avait terminé de s'entraîner pour la journée et pouvait à présent se détendre. Comme chaque fois, elle veilla à garder les mains hors de l'eau chaude afin d'éviter de les friper et de désensibiliser ses doigts.

Quand il ne resta plus de bulles et que l'eau devint tiède, elle vida la baignoire et s'essuya en pensant à son rendez-vous avec Joshua dans quelques heures. Ils sortaient ensemble. Elle pinça les lèvres en resserrant la ceinture de son peignoir. À part leurs sorties au café avant… eh bien… avant, ils n'avaient jamais eu de rendez-vous. Ils se retrouvaient, couchaient ensemble, parlaient – ils parlaient toujours, mais c'était tout. Ils ne sortaient pas et ne faisaient pas ce que faisaient les vrais couples, comme se voir à l'extérieur.

Elle retourna sans entrain dans sa chambre et se laissa tomber sur le lit. Elle ne devait pas se faire trop d'illusions. C'était une simple sortie qui n'avait probablement rien à voir avec ses aveux.

Les biscuits de cette nuit-là avaient disparu depuis longtemps, mais pas la déception qu'elle avait éprouvée quand il ne l'avait pas invitée à rester. À quoi s'attendait-elle en lui disant la vérité ? Elle l'ignorait, mais en tout cas pas à cette absence totale de réaction. Peut-être que ce rendez-vous signifiait quelque chose. Elle se retourna sur le ventre et enfouit son visage dans son oreiller.

Il avait été très énigmatique sur la soirée, évoquant simplement un dîner et un concert. Elle aurait dû lui demander de quel genre de concert il s'agissait : un concert en jean déchiré ? En robe de soirée ? Ou quelque chose entre les deux ? Elle décida de lui envoyer un SMS.

Quel est le code vestimentaire pour ce dîner mystère et ce concert ?

Elle reposa son téléphone et se redressa dans son lit. Il était temps d'affronter la réalité. Leur « arrangement » ne lui convenait plus. Elle en voulait davantage. C'était stupide, d'autant plus que Joshua était très satisfait de la situation – il avait été clair à ce sujet dès le début –, mais elle ne pouvait s'empêcher d'avoir des sentiments pour lui et souhaiter que cela soit réciproque.

Angie se leva en soupirant et ouvrit la porte de son placard pour contempler ses nombreuses robes. La plupart étaient destinées à des représentations avec des jupes amples pour lui permettre de caler son violoncelle entre ses jambes. Parfois elle rêvait d'une robe qui épouserait ses formes, quelque chose de sexy et de séduisant. Mais son budget limité ne lui permettait pas une telle extravagance.

Son Interphone sonna. Un livreur ? Étrange. Elle n'avait rien commandé récemment.

— Qui est-ce ? demanda-t-elle en décrochant le combiné.

— J'ai un colis pour Angie Han, répondit une voix masculine.

— Très bien. Montez.

La boîte était grande, de la taille d'un sheet cake, mais plus haute. Elle remercia le livreur et referma la porte d'un coup de hanche tout en jonglant avec la boîte dans ses bras. En posant le paquet sur le canapé, elle vit qu'une carte y était attachée.

Je veux que tu portes ça pour que je puisse te la retirer en rentrant.

Joshua

Angie ne put contenir son excitation. Un cadeau comme celui-ci devait bien signifier quelque chose, non ? Ou peut-être était-ce juste parce qu'il ne voulait pas que sa compagne ressemble à une souillon mal fagotée ? Peu importe. C'était un cadeau et elle allait en profiter.

Elle ouvrit la boîte, les mains tremblantes, et poussa un cri de joie. Il l'emmenait visiblement à un concert formel ce soir. Elle serra contre elle la robe bustier à sequins dorés et se précipita vers le miroir accroché à la porte de son placard. Jamais elle ne pourrait porter cette longue robe sirène lors de ses représentations. Elle n'était pas du tout pratique et ridiculement chère à en croire la marque, mais cela lui était complètement égal : elle l'adorait.

Après avoir retiré son T-shirt et son short, Angie enfila la robe et remonta la fermeture Éclair dans le dos. Elle lui allait comme un gant. *Waouh !* Étaient-ce vraiment ses courbes ? Elle était loin d'être une pin-up mais, bon sang, elle avait du chien dans cette robe. Après avoir longuement tourné sur elle-même devant le miroir, elle retira la robe à contrecœur par peur de l'abîmer en se maquillant et se coiffant.

Elle opta alors pour un maquillage cat-eyes spectaculaire et des lèvres rouges pulpeuses pour parfaire son look de bombe. C'était toujours elle, mais en une autre version. Une personne audacieuse et aventureuse.

Prête cinq minutes avant l'arrivée de Joshua, elle lui ouvrit, le cœur tambourinant, et se figea. Vêtu d'un smoking qui mettait en valeur ses larges épaules et ses hanches fines, il était si beau qu'elle en oublia un instant de respirer. Mais ce qu'elle préféra, ce fut l'expression ébahie qu'il afficha en la voyant. Soit elle était incroyablement hideuse, soit elle était si belle qu'elle le laissait sans voix.

— Bonjour, beau gosse, dit-elle après avoir enfin retrouvé sa voix.

Joshua la parcourut longuement d'un regard brûlant avant de déclarer :

— Restons à la maison ce soir.

Elle éclata de rire.

— Pas question ! Tu m'as promis un dîner et un spectacle.

— Mais, après, je te déshabillerai, déclara-t-il d'une voix rauque.

Angie sentit son souffle s'accélérer et le désir s'embraser en elle.

— C'est une promesse ?

— Allons-y, dit-il.

Elle haussa les sourcils face à son ton brusque.

— Allons-y avant que je te fasse taire en te penchant sur ce canapé.

— Oh ! fit-elle.

Elle sortit rapidement et verrouilla sa porte malgré les protestations de son corps frustré. Sa promesse devrait attendre leur retour car, pour l'instant, elle mourait d'envie de voir ce qu'il lui avait réservé.

Heureusement pour ses talons aiguilles, Joshua avait trouvé une place près de son immeuble. Une fois qu'il eut démarré, Angie ne put retenir sa curiosité plus longtemps :

— Alors, où allons-nous exactement ?

— Tu verras quand on y sera, répondit-il en lui souriant joyeusement avant de se concentrer à nouveau sur la route.

— Pourquoi tant de secrets ? protesta-t-elle en lui donnant une petite tape sur le bras.

— Hé. On ne maltraite pas le chauffeur.

— Allez, dis-moi, le supplia-t-elle. S'il te plaît.

— Tu aimais les surprises avant. Que s'est-il passé ?

— J'aime toujours les surprises. Alors dis-moi vite pour que je sois bien surprise !

— Bien essayé, répondit Joshua en riant. Mais tu le sauras bientôt. On n'est plus très loin.

Angie s'enfonça dans son siège en soufflant avant de se redresser et de regarder à travers le pare-brise. Ils se dirigeaient vers le centre-ville, ce qui réduisit le champ des possibilités.

— Attends. On va au L.A. Live ? demanda-t-elle en fronçant les sourcils.

Le L.A Live était un centre commercial en plein air très fréquenté, avec des boîtes de nuit branchées, des restaurants et… un bowling.

— Notre tenue n'est pas appropriée pour un bowling phosphorescent, si ?

— Bien sûr que oui, répondit-il d'un ton impassible. Je pensais que ça te plairait.

— Si tu me fais jouer au bowling et que je me blesse à la main, je le dirai à ton grand-père.

Il tourna finalement dans une petite rue et se gara dans un parking en face du Staples Center. Après avoir remis les clés au voiturier, il s'approcha d'elle et lui tendit le bras.

— On y va ?

Elle accepta son bras en lui souriant triomphalement.

— Donc le concert est au Staples Center ?

Joshua sourit joyeusement en retour et la guida jusqu'aux ascenseurs.

— Pourquoi prenons-nous l'ascenseur ? Le Staples Center est de l'autre côté de la rue.

— Tu verras, répondit-il énigmatique en appuyant sur le bouton du dernier étage.

Les portes s'ouvrirent sur des convives rassemblés autour de tables à cocktail rouges, oranges, vertes et bleues, sous des guirlandes lumineuses entrecroisées. Des topiaires aux formes géométriques décoraient l'espace extérieur de façon fantaisiste et conduisaient vers la plus grande tente événementielle qu'Angie ait jamais vue.

— D'accord. J'avoue être vraiment surprise, dit-elle. Où sommes-nous ?

— C'est le gala de charité du Children's Hospital, répondit Joshua légèrement penaud. Je ne voulais pas vraiment en faire une surprise, mais tu étais si adorablement curieuse que je n'ai pas pu m'empêcher de te taquiner. J'espère que tu n'es pas déçue.

— Pourquoi serais-je déçue ? Tu es évidemment ici en tant que donateur, dit-elle avant de se pencher vers lui. Honnêtement, je suis sous le charme. Aider les enfants est une si noble cause.

Joshua se gratta la nuque, visiblement gêné par le compliment.

— Je fais simplement ce que je peux.

— Et si modeste, en plus de ça, ajouta-t-elle pour le taquiner.

Joshua la conduisit à travers le tapis rouge, une main possessive dans le creux des reins, et ils posèrent pour les photographes. Elle se sentait un peu comme une star à une première de film, mais l'effervescence de la soirée était liée à la collecte de fonds pour les enfants malades, et non au dernier blockbuster. Imaginant que ses sœurs pourraient voir ces photos, elle éprouva un sentiment de malaise qu'elle repoussa aussitôt. Elles n'étaient pas du genre à lire les pages mondaines.

Lorsqu'un serveur passa devant eux avec un plateau de champagne, elle en prit deux flûtes.

— Tiens. Portons un toast. Aux enfants.

— Aux enfants, dit-il en faisant tinter son verre contre le sien.

Après les boissons et les hors-d'œuvre, ils furent conduits à l'intérieur de la tente. Angie haleta d'admiration. L'endroit était illuminé de violet, et un logo géant et coloré de Children's Hospital était accroché au-dessus d'eux.

Ils s'assirent à une table occupée par deux couples d'âge mûr qui leur sourirent chaleureusement. La serveuse s'approcha pour leur proposer du vin, et Angie opta pour du blanc en accompagnement de son plat de coquilles Saint-Jacques.

— C'est agréable d'être l'invitée de ces événements pour une fois, murmura-t-elle en prenant une gorgée de son chardonnay. Je me sens tellement choyée.

— Tu le mérites, répondit Joshua en riant. Et au lieu d'être celle qui se produit, tu pourras regarder Katy Perry chanter.

— Tu plaisantes ? s'exclama-t-elle en lui donnant une tape sur le bras. Katy Perry va chanter ce soir ?

— Si tu ne me crois pas, lis le programme.

Angie prit son programme et le parcourut rapidement. Un large sourire illumina son visage lorsqu'elle leva les yeux.

— C'est tellement amusant.

— Je suis heureux que ça te plaise, répondit Joshua en posant un doux baiser sur ses lèvres.

Elle poussa un soupir de contentement. Chaque instant passé avec Joshua était précieux, et elle était à nouveau sur le point de perdre son cœur.

Allongé sur le lit, Joshua serra Angie contre lui. Son enthousiasme durant le gala avait été contagieux, et il avait passé une très agréable soirée. Mais, s'il n'avait tenu qu'à lui, il l'aurait ramenée à la maison plus tôt. La robe lui allait à ravir et, à la fin de la soirée, il ne pensait plus qu'à la lui arracher. Mais l'attente en valait la peine. Ils avaient fait l'amour avec une faim désespérée, et ils étaient à présent repus de plaisir dans les bras l'un de l'autre.

Il posa ses lèvres sur l'épaule nue d'Angie qui se blottit aussitôt contre lui. C'était si bon de l'avoir dans ses bras et dans sa vie. Même après avoir retrouvé sa musique, il n'avait jamais pu se libérer du profond mécontentement qui le hantait. Avec le retour d'Angie dans sa vie – et sachant la véritable raison de son départ –, il se sentait comme guéri. Mais elle ne resterait pas éternellement à ses côtés s'il n'était pas capable de l'aimer comme elle le méritait. À cette idée, il la serra un peu plus fort. Pour le moment, elle était à lui, et il comptait bien chérir chaque instant passé auprès d'elle.

Angie l'embrassa sur les lèvres et s'écarta de lui.

— Que fais-tu ? demanda-t-il en la bloquant dans ses bras pour l'empêcher de partir.

— Il se fait tard, dit-elle en posant ses mains sur son torse.

Mais il ne céda pas d'un pouce.

— Je dois rentrer.

— Reste, dit-il simplement.

C'était pourtant lui qui avait insisté pour une relation purement physique, mais cela ne lui suffisait plus. Il voulait qu'elle ait besoin de lui et qu'elle lui fasse confiance.

Et toi ? Serais-tu capable de lui faire confiance ? D'avoir besoin d'elle ?

Il repoussa égoïstement ces questions.

Elle s'immobilisa dans ses bras, puis leva lentement les yeux vers lui.

— Tu veux que je reste ?

— C'est bien ça.

— Tu disais pourtant que tu ne voulais pas d'une vraie relation. Qu'on devait garder les choses simples.

— Au diable la simplicité.

— Est-ce parce que je t'ai dit pourquoi je t'avais quitté ? demanda-t-elle doucement, avec comme une lueur d'espoir dans le regard.

— Non... Oui. Je ne sais pas, reconnut-il avant de pousser un long soupir. Je sais juste que ça ne me convient pas d'avoir uniquement ton corps. Je veux passer du temps avec toi, rire avec toi et me réveiller en te tenant dans mes bras. Même si ça ne doit pas durer, je veux être avec toi.

— Moi aussi, je veux ces choses-là, murmura-t-elle.

— Je..., commença-t-il sur un ton hésitant. Je ne peux toujours pas te faire de promesses...

— Et je ne t'en demande pas, le coupa-t-elle.

Elle leva fièrement le menton, mais le léger tremblement de ses lèvres trahit son émotion.

— J'ai juste peur qu'on se fasse du mal, ajouta-t-elle.

Il ressentit un instant de panique. Mais après tout, tant qu'ils ne tombaient pas amoureux, n'étaient-ils pas à l'abri du chagrin ? Il tendit la main et lui caressa la joue.

— Prenons les choses au jour le jour. Nos cœurs ont été brisés durant notre jeunesse parce qu'on pensait passer notre vie ensemble. Tant qu'on ne se montera pas la tête avec ce genre d'attentes irréalistes, personne ne souffrira.

Il crut entrevoir une lueur de tristesse dans ses yeux, mais elle disparut l'instant d'après.

— Tu as raison. On avancera avec prudence et sans impliquer nos cœurs.

Il hocha la tête afin de dissiper la sensation de perte que ses paroles provoquaient en lui.

— Ça veut dire que tu vas passer la nuit ici ? demanda-t-il en lui embrassant le bout du nez.

— Oui, je reste.

Il la serra contre lui, soulagé et heureux. Après cela, Angie ne dit plus rien pendant si longtemps qu'il la crut endormie.

— Je voulais te demander quelque chose, dit-elle enfin avec hésitation. Pourquoi composes-tu en secret ?

Il prit le temps de réfléchir à ce qu'il devait lui confier. Elle aurait beaucoup de peine d'apprendre qu'il avait été incapable de créer après leur rupture, et il ne voulait pas non plus l'inquiéter en lui révélant la menace que représentait Nathan Whitley.

— Je ne veux pas que mon père s'inquiète et pense que je pourrais laisser tomber Riddle pour me consacrer à la musique, déclara-t-il finalement.

— C'est ce que tu aimerais ? Composer à temps plein ?

— Non. Riddle compte trop pour moi. Et puis je fonctionne comme ça depuis des années. Je sais que je suis capable à la fois de diriger Riddle et de créer.

— Tant mieux alors, dit-elle avant de marquer une courte pause et de se redresser sur un coude. Au fait, comment avance ta composition ? Quand pourrais-je l'entendre ?

C'était la question qu'il redoutait. Il n'avait toujours pas écrit une seule note après de nombreux faux départs. Allait-il trouver l'inspiration, à présent que ses émotions s'étaient apaisées ?

Mais il n'était pas possible de le lui cacher plus longtemps. Le Hana Trio et la Société de Musique de Chambre comptaient sur lui, et elle méritait de savoir qu'il n'avait fait aucun progrès.

— Je n'ai rien à te montrer, dit-il.

— Comment ça, tu n'as rien ? Tu veux dire que tu n'es pas encore prêt à le partager avec moi ?

— Non, je n'ai pas écrit une seule note, dit-il en soupirant. Je suis bloqué.

Angie se redressa, et le drap glissa de son corps pour révéler ses seins crémeux. Il fut immédiatement distrait et voulut en caresser un, mais elle le repoussa d'une tape.

— Concentre-toi, Joshua. La saison commence dans moins de deux mois. Ça veut dire que tu as un mois maximum pour terminer ce morceau. Mes sœurs et moi avons besoin de temps pour nous entraîner.

— Je sais tout ça, dit-il en se passant la main dans les cheveux. Mais je n'y peux rien. Je suis complètement bloqué.

Elle se leva aussitôt et enfila la chemise de Joshua avant de la boutonner au hasard.

— Lève-toi. Je vais t'aider, dit-elle en le tirant par la main.

— Je ne pense pas pouvoir mieux composer, si tu es là à me distraire. Tu ne te rends pas compte à quel point tu es attirante dans cette chemise, rétorqua-t-il, toujours allongé. Allez, reviens te coucher.

— Il suffit d'un peu d'inspiration. Une fois lancé, tout sera plus fluide.

Quand elle le tira avec davantage de force, Joshua sortit du lit et enfila son pantalon.

— D'accord, je me lève. Et maintenant ?

— On prépare du café et on se met au piano, dit-elle en se dirigeant vers la cuisine.

— Et on fixera les touches, le regard dans le vide, ajouta-t-il d'un ton morose.

Il sortit deux mugs du placard et prépara le café.

— Pour info, j'ai déjà essayé.

— Tu dois te motiver mentalement.

— Me motiver mentalement ?

— Oui. Parfois je bloque sur un passage et je fais la même erreur en boucle. Plus ça dure, plus je suis bloquée. Dans ce cas, ce qui m'aide à avancer, c'est de recommencer en reculant de quelques notes et de jouer à un rythme très rapide.

— Intéressant, dit-il sans réussir à cacher son scepticisme.

Angie leva les yeux au ciel.

— Fais-moi confiance. Le but c'est de ne pas trop réfléchir.

Quand le café fut prêt, elle remplit les tasses et les emporta dans le salon où elle lui montra le piano.

— Assieds-toi, ordonna-t-elle.

Il posa sa tasse sur une table basse et s'installa au piano.

— Je suis assis. Et maintenant ?

— Quand tu penses au Hana Trio, quel est le premier mot qui te vient à l'esprit ?

— Fluidité, dit-il sans hésitation.

Leur son uni le faisait penser à une paisible rivière de printemps qui coulait sans entrave.

— Ne réfléchis pas trop. Comment peux-tu traduire ça en musique ?

Il imagina un doux bruit de rivière et joua un simple accord de sa main droite. Son cœur se mit à battre plus fort. Il utilisa sa main gauche pour étoffer l'accord, et recommença le morceau.

— C'est super, murmura Angie en écarquillant les yeux. Continue, Joshua.

Il poursuivit. Le ciel était bleu et limpide au-dessus de la rivière, et la dense forêt environnante grouillait de vie. Il entendit le violon, le violoncelle et l'alto peindre le tableau de cette rivière au fin fond d'une forêt isolée, et sentit les prémices du trio à cordes prendre forme dans son esprit.

Prenant une feuille de musique vierge au-dessus du piano, il griffonna quelques notes au crayon à papier, puis alterna entre écrire et jouer jusqu'à ce que le piano déborde de pages de musique.

Un léger soupir le sortit de sa frénésie créatrice. Angie était assise sur le canapé et le regardait avec tendresse.

— Angie... Je suis désolé. J'ai perdu la notion du temps, dit-il en s'étirant. Je t'ignore depuis combien de temps ?

Elle tourna la tête pour lire l'horloge murale derrière elle.

— Oh ! ça ne fait qu'une heure.

— Tu dois être fatiguée, dit-il en repoussant le banc du piano. Allons nous coucher.

— Je suis une grande fille. Je peux me border toute seule.

Elle s'approcha et posa une main sur son épaule pour l'empêcher de se lever.

— Tu n'es pas fatigué du tout, et je sais que tu es du genre à travailler des heures entières quand tu es inspiré.

Tandis qu'ils parlaient, les notes continuaient à danser dans son esprit. Il avait hâte de s'y remettre.

— Merci. Je te rejoins dans un instant.

Elle déposa un long baiser sur ses lèvres et se détourna avant qu'il ait eu le temps de l'attirer à lui. Il regarda sa muse aux jambes nues parfaitement galbées et vêtue uniquement de sa chemise s'éloigner et faillit la suivre, mais il se retint : sa musique exigeait désormais toute son attention.

9

Angie était seule avec Edward Shin ce soir-là à la maison de convalescence de Malibu. Joshua étant retenu par une réunion, la jeune femme avait décidé de rester un peu plus longtemps après avoir joué de la musique.

— Êtes-vous nerveux au sujet de l'opération ? demanda-t-elle en posant une main sur son bras.

— Pas nerveux. Juste impatient d'en finir, dit-il avec un soupir las. J'en ai assez de cet endroit, et je ne parle même pas de l'hôpital. Sans vos visites, j'aurais probablement déjà pris la fuite.

— Tenez bon encore un peu. Vous serez opéré dans quelques jours et, ensuite, vous pourrez rentrer chez vous.

— Merci, ma chère, dit-il en lui tapotant la main. Vous êtes un ange.

Angie lui sourit chaleureusement. Elle s'était attachée à cet homme gentil et plein d'esprit.

— Je n'avais pas vu Joshua aussi heureux depuis très longtemps, dit-il en la regardant attentivement.

— Oh ?

Le changement soudain de sujet figea le sourire de la jeune femme.

— Vous lui faites du bien, ajouta-t-il.

— Eh bien, vous savez ce qu'on dit. La musique nourrit l'âme, balbutia-t-elle.

— Je suis sûr que votre musique y est également pour quelque chose, dit-il d'un ton entendu.

— Halabuji, je ne sais pas ce que vous insinuez, mais Joshua et moi sommes juste amis.

— Mon enfant, je suis peut-être vieux et malade, mais je ne suis pas aveugle. Je vois comment vous vous regardez.

Il rit doucement avant d'ajouter :

— Et je connais mon garçon. Il est éperdument amoureux.

Angie eut un rire nerveux qui se transforma en hoquet. *Joshua, amoureux de moi,* songea-t-elle. Son cœur se replia sur lui-même, luttant contre l'espoir qui menaçait de fleurir.

— Et je pense que vous êtes un romantique incorrigible, répondit-elle affectueusement.

Elle se leva de son siège, et se pencha pour l'embrasser sur la joue.

— Je vais vous laisser vous reposer.

Elle passa tout le trajet du retour à essayer de ne pas penser à ce que son charmant patient lui avait dit. En rentrant, elle prit une douche et se sécha les cheveux, toujours en s'empêchant de réfléchir, et quand la tentation la menaçait, elle la chassait sans ménagement.

Si elle envisageait la possibilité que Joshua puisse l'aimer, ne serait-ce qu'un tout petit peu, alors elle devrait affronter ses propres sentiments grandissants pour lui. Angie chérissait chaque instant passé avec lui. Chaque sourire, chaque échange remplissait son cœur de… de quoi ? Son instinct de survie stoppa brutalement ses pensées. Elle ne pouvait pas faire cela.

Ils avaient déjà discuté de l'avenir de leur relation, et l'engagement n'était pas au programme. Comment Joshua l'avait-il formulé déjà ? « Nos cœurs ont été brisés durant notre jeunesse parce qu'on pensait passer notre vie ensemble. Tant qu'on ne se montera pas la tête avec ce genre d'attentes irréalistes, personne ne souffrira. » Elle ravala l'émotion qui montait en elle.

Du thé. Il lui fallait du thé. À quoi bon se demander ce que l'avenir leur réservait ? Dès que l'un d'eux le déciderait, ce serait terminé, et tout irait pour le mieux car il n'y avait pas d'attente irréaliste entre eux. La main tremblante, elle se fit un thé et renversa un peu d'eau bouillante sur le plan de travail.

Son mug à la main, elle s'installa sur le canapé et prit la télécommande. Elle parcourait sans grand intérêt les titres à la une de son service de streaming lorsque son téléphone sonna. C'était Joshua.

— Bonsoir, dit-elle d'un ton essoufflé. Tu as terminé ta réunion ?

— Oui, je viens de rentrer.

Le silence se prolongea un certain moment.

— Tu me manques, ajouta-t-il.

Le sang battant à ses oreilles, Angie serra le téléphone.

— Tu me manques aussi.

Elle sentit alors les larmes lui piquer les yeux.

— Viens chez moi, dit-il d'une voix séductrice.

— Je ne peux pas.

Elle était trop émotive et, s'ils faisaient l'amour, elle risquait de faire ou de dire quelque chose qu'elle regretterait.

— J'ai une répétition demain matin.

— Alors, je peux te garder un peu au téléphone ?

Pourquoi rendait-il la situation si difficile ? Malgré ses bonnes résolutions, elle sentit son cœur fondre.

— Bien sûr. J'adore te tenir compagnie.

— J'ai encore écrit hier soir. Tu veux écouter ?

— Évidemment, dit-elle l'estomac noué d'excitation.

Elle l'entendit sortir son banc de piano.

— Je vais te mettre sur haut-parleur.

Il lui joua alors un air charmant. Elle pouvait presque voir la musique danser dans son esprit. C'était fantaisiste, mais tendre. Son talent lui coupa le souffle.

— C'est exquis, dit-elle doucement.

— Merci.

Il semblait un peu gêné par le compliment, et elle trouvait cela adorable.

— Mais je ne suis pas sûr du passage suivant.

— Tu penses que ça t'aiderait si tu m'écoutais le jouer au violoncelle ? demanda-t-elle, impatiente de l'aider.

— Ce serait fantastique.

Elle mit son téléphone sur haut-parleur et le posa sur son pupitre pour sortir son instrument. Lorsqu'elle fut prête, elle lui dit :

— Joue-le-moi encore.

Il s'exécuta, et elle l'imita au violoncelle.

— Hum, fit-il, agréablement surpris. Et que penses-tu de ça ?

Il joua quelques accords légèrement différents qu'elle répéta aussitôt. Ils se mirent alors à travailler dans une totale harmonie où il jouait quelques accords au piano qu'elle rejouait au violoncelle. C'était follement exaltant d'être témoin de son processus créatif et d'y participer.

— Je devrais peut-être faire appel à toi chaque fois que je compose, conclut-il pour plaisanter.

Le cœur d'Angie se serra. Il avait dit cela comme s'ils avaient un avenir en commun. Elle reprit son souffle et répondit avec légèreté :

— Dans ce cas, il va falloir que je te facture.

Son rire résonna en elle jusqu'au bout des orteils. Puis, pendant un moment, aucun d'eux ne parla.

— Tu es sûre que tu ne peux pas venir ?

— Joshua, dit-elle sévèrement.

— Oui ?

— Il est presque minuit.

Elle ignorait combien de temps elle serait capable de résister quand sa seule pensée était de se jeter dans ses bras.

— J'ai envie de toi, Angie, dit-il d'une voix grondante qui transforma les genoux de la jeune femme en gélatine.

— Arrête de me tenter.

Elle voulait paraître ferme, mais son ton ressemblait à une supplication.

— Je peux venir chez toi, insista-t-il.

— Et tu dormiras où ? Sur le canapé ? Tu sais qu'on ne peut pas tenir à deux dans mon lit.

— On se blottira très fort l'un contre l'autre.

— J'ai envie de toi, moi aussi, dit-elle en renforçant sa résolution. Mais je vais devoir attendre jusqu'à demain soir, et toi aussi.

— Dans ce cas je vais rester debout toute la nuit à penser à toi.

Des papillons se mirent à voler dans son estomac. Comment pouvait-il espérer qu'elle ne tombe pas amoureuse quand il agissait ainsi ? Ce n'était pas juste, songea-t-elle, soudain en colère.

— Pourquoi ne pas essayer le lait chaud ? suggéra-t-elle d'un ton doucereux.

— Tu es dure, grommela-t-il.

Elle rit lui dit au revoir sans lui laisser le temps d'épuiser sa volonté.

— Bonne nuit, Angie. Je te verrai dans mes rêves.

Joshua se tenait devant son miroir en pied et ajustait sa cravate. Comme il l'avait prédit, Angie avait hanté ses rêves toute la nuit. À son réveil, il avait les yeux rouges et la tête lourde, mais il était heureux car ils devaient se revoir ce soir. Elle dormait chez lui plusieurs nuits par semaine, mais ce n'était pas suffisant. Il la voulait dans son lit chaque nuit. Se réveiller seul lui semblait insupportable.

Il balaya sans ménagement la voix intérieure qui lui disait qu'il s'approchait trop près des flammes. Non, ce n'était pas de l'amour. Il tenait à elle et la désirait, mais ce n'était pas la relation dévorante d'autrefois. Ils avaient déjà tout ce qui était nécessaire à une relation épanouissante : l'affection, la passion et le respect. L'amour était un risque inutile qui ne l'avait d'ailleurs pas empêchée de le quitter quelques années auparavant ! Il ne mettrait plus son cœur et sa musique en danger pour une chose qui n'offrait aucune garantie. Plus jamais.

Mais combien de temps pourrait-il la garder sans s'engager ? Un an ? Deux ans ? Il ouvrit la porte avec plus de force que nécessaire et se dirigea vers sa voiture.

Cela le bouleversait de se dire que leur relation ne durerait pas. À son arrivée au bureau, il était tenaillé par le doute et l'inquiétude.

— Bonjour, Joshua. Est-ce que voulez-vous un café ? demanda Janice d'un ton enjoué.

Il lui répondit par un grognement évasif.

— Je prends ça pour un oui, déclara sa secrétaire.

Il jeta sa veste sur le portemanteau et se laissa tomber lourdement sur sa chaise. C'était ridicule. Il se montait la tête pour rien. Tout se passait très bien entre eux. Soudain il décida de ne pas attendre jusqu'au soir : il devait la voir au plus tôt afin d'être rassuré. Après avoir vérifié sa montre pour être sûr de ne pas perturber sa répétition, il lui envoya un SMS.

J'aimerais t'emmener déjeuner.

Soulagé, il vit les points de suspension apparaître immédiatement sur son application de messagerie.

Tu ne peux pas attendre jusqu'à ce soir ?

Non, je ne peux pas.

Cette fois, il y eut une longue pause avant qu'elle réponde.

Où veux-tu qu'on se retrouve ?

Ça te va le centre-ville ?

Ça me va.

Ils convinrent de se rencontrer dans un restaurant de fruits de mer près de son travail environ trois heures plus tard. Satisfait, il put enfin se concentrer sur le travail accumulé. Ses projets pour l'évolution de l'entreprise étaient ambitieux et audacieux. En général il travaillait dans les douze heures par jour, mais il avait pris un peu de retard depuis la crise cardiaque d'halabuji.

Il avançait à un bon rythme lorsque son téléphone sonna.

— Oui, Janice ? dit-il avec impatience.

— Clarice Wong est là pour vous voir.

Ses mains se figèrent sur le clavier. Pour quelle raison la présidente du conseil d'administration venait-elle le voir ?

— Faites-la entrer.

Il fit le tour de son bureau pour saluer son invitée.

— Désolée de venir à l'improviste, dit Clarice en entrant. J'avais une réunion dans le coin et je suis passée te voir.

— Ça me fait plaisir, répondit-il en lui faisant signe de prendre place sur le canapé.

— Comment va ton grand-père ? demanda-t-elle avec une inquiétude sincère.

C'était une amie proche de la famille.

— C'est un battant. Il reviendra plus fort que jamais.

— Je n'en doute pas.

Puis la douceur de son expression disparut tandis qu'elle s'apprêtait à parler travail.

— J'espère que le contrat Nexus avance bien.

— Sans accroc, déclara-t-il avec assurance. Y a-t-il lieu de s'inquiéter ?

— Whitley, répondit Clarice en laissant échapper un soupir frustré. Il a insinué que tu étais distrait par la maladie de ton grand-père et que Nexus pourrait ne pas renouveler son contrat avec Riddle à la fin de l'année.

— C'est amusant car la directrice des opérations de Nexus m'a assuré il y a quelques jours qu'elle comptait bien signer nous, rétorqua Joshua en croisant les jambes et s'adossant au canapé. J'espère que personne au conseil d'administration ne gobe les foutaises de Whitley. À part Richard Benson et Scott Grey, bien sûr.

— Lui et Benson sont amis depuis l'université, mais Grey hésite encore. Le problème, c'est que d'autres aussi hésitent. Malgré le contrat Nexus, le meilleur argument de Whitley, c'est ta jeunesse et ton manque d'expérience.

— Mon grand-père a fondé Riddle quand il avait mon âge, rétorqua-t-il avec une colère froide. Et mon parcours en tant que vice-président des opérations prouve amplement mes compétences.

— Mais tu ne peux pas te permettre la moindre erreur à ce stade. N'oublie pas que Whitley est un adversaire redoutable.

— Merci pour tes conseils, lui dit-il sincèrement. Je t'assure qu'il n'y aura aucune erreur.

Une fois Clarice partie, il se rendit compte qu'il était en retard pour son déjeuner. Il courut jusqu'au restaurant qui n'était qu'à deux pâtés de maisons et rejoignit Angie, essoufflé. Après un rapide baiser sur ses lèvres il s'assit en face d'elle.

— Pardon d'être en retard. Une réunion qui a duré plus tard que prévu.

— Ne t'inquiète pas, répondit-elle avec un sourire chaleureux. Je regardais encore le menu. Tu sais qu'il me faut toujours une éternité pour me décider.

— Tant mieux. En ce qui me concerne, je prends toujours la même chose ici.

Le service de midi était rapide et efficace. Le rouleau de homard de Joshua et le saumon grillé d'Angie furent prêts en quelques minutes.

— Comment s'est passé l'entraînement ? demanda-t-il en contemplant le beau visage de la jeune femme.

Le simple fait d'être avec elle soulageait un peu sa tension après son entretien avec Clarice.

— Megan semblait un peu distraite. Il nous a fallu un certain temps pour nous coordonner, répondit-elle entre deux bouchées. On a hâte de commencer à travailler sur le nouveau morceau d'A.S.

— Je pense que ce sera bientôt terminé. Grâce à sa muse, il devrait pouvoir finir ce week-end.

Mieux valait faire preuve de discrétion car les tables étaient proches.

— J'ai hâte de l'écouter. La Société de musique de chambre a lancé sa campagne promotionnelle en mettant en avant la nouvelle œuvre d'A.S. Les retours sont déjà très positifs.

— Tant mieux si ça l'aide, dit-il en souriant, même si son estomac se nouait d'inquiétude.

Cette publicité accrue allait alimenter la quête de la véritable identité d'A.S. Cela se produisait à chaque avant-première ou lancement d'album. Mais les enjeux étaient trop importants cette fois. Ce serait un désastre si son identité était révélée si près de sa nomination au poste de P-DG. Comme l'avait dit Clarice, il ne pouvait se permettre le moindre faux pas.

— Le saumon est délicieux, dit Angie en le tirant de ses pensées sombres. Tiens, goûte ça et passe-moi un peu de tes frites.

Elle tendit la main par-dessus la table pour déposer un morceau de saumon parfaitement grillé dans le coin de son assiette, et prit quelques frites au passage. Pour une raison inconnue, le simple fait de manger dans l'assiette de l'un et de l'autre fit disparaître l'incertitude qui le rongeait. Il était de nouveau sur la terre ferme. L'intimité qu'ils partageaient faisait d'eux un vrai couple. Il n'allait pas la perdre.

C'était samedi matin, et Angie dormait profondément. Elle s'était couchée vers 2 heures du matin, mais sa présence avait aidé Joshua, qui était resté éveillé toute la nuit pour terminer le trio à cordes. Sa composition était belle, mais ne lui semblait pas adaptée au Hana Trio – ni à Angie. Il voulait créer quelque chose de vraiment unique et émouvant pour elle.

Mais peut-être que rien de ce qu'il écrirait pour elle ne serait jamais assez beau à ses yeux ? Pourquoi ? demanda une voix dans sa tête qu'il ignora. Angie jouait avec son âme, et sa musique unique méritait quelque chose d'aussi unique qu'elle. C'est aussi simple que cela.

Il se leva de son siège et s'étira avant de soupirer de soulagement tandis que la tension de son corps se dissipait. Soucieux de ne pas réveiller Angie, il se prépara du café sans faire de bruit et sortit de quoi faire une omelette au fromage. Il était presque 9 heures. Elle aurait faim à son réveil.

Il cassa les œufs dans un bol et les battit vivement avant de les verser dans une poêle chaude et d'y ajouter du fromage. Quand tout fut prêt, il disposa les assiettes sur un plateau et se rendit dans sa chambre.

Les cheveux noirs et brillants d'Angie étaient étalés en éventail sur les draps blancs, et son épaule laiteuse dépassait de la couverture. Elle dormait sur le côté, les mains délicatement repliées sous son visage. Sa beauté lui serra le cœur et l'émotion lui noua la gorge. Il posa le plateau sur la commode et s'assit prudemment à côté d'elle.

Quand il se pencha pour déposer un baiser sur son épaule, son doux parfum de vanille le submergea de désir. Elle ouvrit les yeux et le regarda avec un sourire ensommeillé.

— Bonjour, murmura-t-elle.

Comme c'était plus fort que lui, il l'embrassa passionnément. Avec un léger gémissement, elle se serra contre lui et saisit sa nuque pour l'embrasser en retour, mais il réussit à se contenir et s'écarta d'elle après un dernier léger baiser sur ses lèvres.

— Bonjour, dit-il d'une voix rauque.

Ses lèvres pulpeuses et rouges à force de baisers firent la moue, et elle essaya de l'attirer à elle. Il rit doucement et se leva.

— Gardons ça pour plus tard.

Lorsqu'il porta le plateau jusqu'au lit, Angie s'assit en tenant la couverture contre sa poitrine.

— Tu m'apportes le petit déjeuner au lit ? dit-elle, émerveillée.

— J'espère que tu aimes les omelettes au fromage.

— Oh ! ça a l'air délicieux.

Repliant les draps sous ses bras, elle se recula contre la tête de lit pour faire de la place au plateau qu'il plaça précautionneusement devant elle.

— Mais on finira ce qu'on a commencé après avoir mangé.

— J'y compte bien, assura-t-il en parcourant son corps du regard sans chercher à dissimuler son désir.

Les joues joliment roses, elle commença à manger son omelette en faisant tourner sa fourchette pour enrouler les fils de fromage fondu. Quand elle y goûta, elle écarquilla les yeux de surprise.

— Oh ! mon Dieu. Mais c'est délicieux !

— Tu sembles bien surprise, s'exclama-t-il, amusé.

— J'ignorais que tu avais des talents de cuisinier, dit-elle en prenant une autre bouchée.

— Je ne sais cuisiner que quelques plats, mais je suis heureux que ça te plaise, répondit-il en riant.

— Pourquoi n'en prends-tu pas ? s'enquit-elle avant d'avaler une gorgée de café.

Il joua un instant avec un bout d'omelette et reposa rapidement sa fourchette.

— J'ai fini.

— Vraiment ? s'exclama-t-elle en poussant le plateau de l'autre côté du lit pour l'attirer dans ses bras. Félicitations, Joshua.

— Merci.

Il respira ses cheveux en la serrant contre lui. Terminer un nouveau morceau n'avait jamais été aussi gratifiant.

— Tu me montres ? demanda-t-elle en se dégageant de ses bras.

— Dans une minute, dit-il en enfouissant son visage dans le creux de son cou.

Angie comprit et se lova contre lui, le drap autour de sa taille. Cela n'avait pas été facile mais, grâce à elle, il avait terminé le trio à cordes, et elle allait enfin pouvoir le jouer. Ils avaient réussi.

Il se laissa envahir par un bonheur doux et enivrant. Il n'avait besoin d'aucune garantie au sujet de l'avenir. Elle était dans ses bras et c'était suffisant. Ce qu'ils vivaient était suffisant.

10

Angie vérifia son téléphone pour la énième fois et poussa un soupir.

— Est-ce que tout va bien, ? demanda Janet en retirant ses lunettes de lecture.

Elle lisait la partition du trio à cordes d'A.S. qu'Angie venait de lui apporter.

— Hum hum. Tout va bien. Je suis juste un peu distraite.

M. Shin était en salle de chirurgie en ce moment. Joshua avait promis de la tenir informée, mais l'opération commençait à être longue et elle ignorait si c'était normal. Elle aurait tant voulu être auprès de Joshua afin de le soutenir et de le réconforter. Mais il était avec ses parents, comme il se devait, et ils se soutenaient mutuellement.

— Est-ce que ça a quelque chose à voir avec ton… ami compositeur ?

— Non, non. Ce n'est pas du tout ça, dit Angie précipitamment.

C'était la première fois que Janet faisait allusion à sa relation avec A.S. Jusque-là, elle n'avait jamais cherché à savoir, et avait même passé le nom d'Angie sous silence lorsqu'elle avait informé Timothy de l'écriture du trio à cordes. Angie lui devait une explication, mais le secret ne lui appartenait pas.

— Janet, j'aurais aimé… Je…

Que pouvait-elle dire ?

— Je suis désolée, conclut-elle.

— Ne le sois pas. Je sais que tu as tes raisons, répondit son amie avec sincérité. Mais je suis là pour toi si tu as besoin de quoi que ce soit. N'oublie pas.

— Merci de ta compréhension, dit Angie en retenant ses larmes. Alors, qu'en penses-tu ? Est-ce que c'est à la hauteur de tes attentes ?

— C'est tout simplement magnifique. Ce doit être l'un des compositeurs les plus talentueux de notre génération, s'exclama Janet en serrant la partition contre sa poitrine. J'ai hâte de vous entendre le jouer, les filles.

— On commence les répétitions demain.

Elle était à la fois ravie et anxieuse. Et si elle ne parvenait pas à rendre justice à la musique de Joshua ?

— Tu es nerveuse ?

Janet la connaissait si bien.

— Très, admit Angie.

— Votre jeu a atteint de nouveaux sommets. A.S. devrait être honoré que vous présentiez sa musique en avant-première.

— Tu es peut-être partiale, répliqua Angie avec un sourire chaleureux.

— Ça ne veut pas dire que j'ai tort.

— Merci, Janet, répondit Angie en faisant le tour du bureau pour la serrer dans ses bras. Ta confiance me remplit de courage. Tu seras fière de moi.

— Je n'en doute pas, assura Janet en lui tapotant le dos. Ça a toujours été le cas.

— Je te laisse te remettre au travail. Je sais que tu es occupée à préparer le Cercle maestro pour la semaine prochaine.

— Oui, ce sont nos plus gros donateurs. Je dois faire un discours enflammé pour les encourager à nous signer de généreux chèques.

Janet rit en évoquant cette partie de son travail qui était la plus difficile pour elle. Demander de l'argent durement gagné n'était jamais facile, même pour la bonne cause.

— Vous serez prêtes pour la représentation ?

— On travaille les *Variations Goldberg* de Bach, expliqua Angie.

Elles avaient été excellentes à la répétition, ce matin. Angie se souvenait encore du sentiment d'accomplissement qui l'avait envahie. Elle adorait son métier.

— On va vous chauffer la foule.

— Parfait. Je pense que l'enthousiasme suscité par notre collaboration avec A.S. va contribuer à rendre cette soirée exceptionnelle.

— J'en suis ravie.

Angie sourit, heureuse de voir à quel point l'aide de Joshua était précieuse pour la Société de musique de chambre.

— À plus tard.

Angie attrapa son étui de violoncelle et salua ses collègues musiciens en se dirigeant vers le parking. Une énergie palpable flottait dans l'air : ils reprenaient enfin les concerts. Cette saison allait être remarquable, elle le sentait. Mais son enthousiasme s'estompa légèrement sur le chemin du retour quand son inquiétude pour Joshua et son grand-père revint en force. Son petit appartement l'accueillait habituellement comme une chaleureuse étreinte, mais elle le trouva étrangement froid en rentrant aujourd'hui. Trop apathique pour se préparer un vrai repas, elle se fit chauffer des nouilles instantanées et mangea devant la télévision en regardant une émission de téléréalité décalée. Mais même son plat réconfortant préféré et une émission amusante ne purent la détendre.

Elle emporta ses ramens à moitié mangés à la cuisine et les jeta dans l'évier. Après avoir lavé la vaisselle, elle se prépara une tasse de thé bien chaud et retourna sur le canapé. Elle vérifia son téléphone, mais toujours aucune nouvelle de Joshua.

Malgré sa résolution de ne pas le déranger – il avait déjà assez de choses à gérer –, elle lui envoya un SMS.

Je t'attends chez toi.

Il lui avait donné une clé de son appartement au cas où, et ce soir était le moment idéal pour l'utiliser. Elle enfila un jean et un chemisier léger et se dirigea vers le parking. Comme c'était l'heure de pointe, elle arriva peu plus tard que prévu. Elle doutait qu'il soit chez déjà lui, mais son cœur battait quand même un peu plus fort à l'idée de le voir.

En voyant l'appartement vide, la déception l'envahit. Il lui enverrait probablement un SMS de l'hôpital pour lui donner des nouvelles de l'opération.

Après avoir allumé les lumières pour éviter à Joshua d'entrer dans une maison obscure, elle s'assit devant le piano et caressa les touches comme si elle pouvait sentir la chaleur de ses doigts. Pourquoi se sentait-elle si désespérée ? Bien sûr, elle s'inquiétait pour son grand-père, mais il n'y avait pas que cela.

Puis elle comprit. Joshua avait terminé sa composition, et M. Shin rentrerait chez lui une fois remis de son opération. Joshua n'avait plus besoin d'elle pour surmonter son blocage créatif, et elle n'avait plus besoin de jouer pour son grand-père. Leur relation allait-elle prendre fin ?

Il restait encore la première. Il voudrait sûrement la voir présenter sa nouvelle œuvre au public. Et ensuite ? Ne serait-il pas logique que Joshua mette un terme à leur brève liaison ? Après tout, il ne l'aimait pas.

Un sanglot lui monta à la gorge, et son cœur se brisa. Elle avait beau se répéter qu'elle ne pouvait pas tomber amoureuse de lui, c'est exactement ce qu'elle avait fait. Peut-être n'avait-elle jamais cessé de l'aimer ? Elle avait simplement enfoui son chagrin au plus profond d'elle jusqu'à ce que leur rencontre au dîner des Neiman ravive ses sentiments refoulés.

Elle aurait pu ravaler sa fierté et retourner chez elle pour que son père aide la Société de musique de chambre, mais elle avait choisi d'impliquer Joshua parce qu'elle cherchait un moyen de le récupérer.

Elle se leva du piano et s'affala sur le canapé. Qu'allait-elle faire ? Attendre qu'il mette fin à leur relation et disparaître de sa vie ? Son téléphone sonna, et elle l'attrapa aussitôt sur la table basse. C'était un SMS de Joshua.

L'opération s'est bien passée et l'état de mon grand-père est stable. Je serai bientôt à la maison.

Elle se laissa retomber sur le canapé, soulagée par la bonne nouvelle, mais également terrifiée par l'espoir que ces quelques mots, « Je serai bientôt à la maison », suscitaient en elle. Elle voulait être son foyer, car il était déjà le sien.

Elle l'aimait et voulait qu'ils restent ensemble. *Même s'il ne t'aime pas ?* lui dit une petite voix. Peut-être que son amour pourrait suffire ? Pourtant, c'était bien elle qui avait accepté de ne pas compliquer les choses en y mêlant les sentiments. Ne lui devait-elle pas cela après l'avoir quitté ? Il était parfaitement en droit de protéger son cœur d'elle. Non, elle ne pouvait pas détruire ce qu'ils partageaient en lui avouant son amour.

— Angie ?

Perdue dans ses pensées, elle n'avait pas entendu Joshua rentrer.

Elle courut vers lui et se jeta dans ses bras. Il la serra un long moment avant de reculer et de déposer un doux baiser sur ses lèvres.

— Bonsoir.

— Bonsoir, dit-elle en l'embrassant en retour.

— Merci d'être venue.

— Je voulais voir comment tu allais. Comment te sens-tu ?

— Je suis vraiment soulagé que l'opération se soit bien passée, mais l'attente a été un enfer, déclara-t-il en la serrant contre lui. Il y a eu des complications et j'étais terrifié.

— C'est terminé et ton grand-père se rétablit. Tout ira bien.

— Je sais, dit Joshua en prenant une profonde inspiration.

— Tu as mangé ? s'enquit-elle en se dégageant de son étreinte et le tirant vers le salon. Tu veux que je te prépare quelque chose ?

— Non, dit-il en la tirant plutôt vers la chambre. Je veux juste te tenir dans mes bras.

Une fois qu'ils furent arrivés à son lit, elle l'aida à se déshabiller avec tendresse et tira la couette sur son corps nu. Puis elle alla de son côté du lit, se déshabilla et se glissa sous les couvertures avec lui. Il la prit aussitôt dans ses bras et la serra contre lui. Elle passa sa main de haut en bas dans son dos et sentit sa tension se dissiper et sa respiration se régulariser.

— J'aime rentrer à la maison auprès de toi, murmura-t-il, avant de sombrer dans le sommeil.

L'espoir jaillit en Angie et perça ses défenses avec force. Il lui fallut toute sa volonté pour étouffer cet espoir avant qu'il l'envahisse. Le léger ronflement de Joshua la dispensa de répondre, et c'était pour le mieux.

Elle lui avait brisé le cœur une fois et ne méritait pas une seconde chance.

Le salon du centre musical bourdonnait de vie et d'excitation durant la soirée du Cercle maestro. Hommes et femmes en tenues de soirée scintillantes discutaient et riaient en sirotant du champagne. La Société de musique de chambre n'avait pas lésiné sur la dépense afin de choyer ses plus grands donateurs.

Joshua vida sa flûte de champagne en scrutant la foule. Il remplaçait à nouveau son grand-père. Halabuji se remettait rapidement de son opération et n'aurait bientôt plus besoin de ses services. En attendant, Joshua se mêlait obligeamment aux autres convives tout en jetant des coups d'œil à Angie. Il aurait aimé pouvoir passer un peu de temps seul avec elle, loin des regards indiscrets, mais ils devaient avoir l'air de simples connaissances devant ses sœurs.

Angie insistait pour garder leur relation secrète afin de ne pas avoir à mentir ouvertement à ses sœurs au sujet de son identité. Joshua comprenait et appréciait le mal qu'elle se donnait, mais il ne pouvait nier la douleur qu'il en ressentait. Il ne voulait pas que leur relation soit une aventure de courte durée. Plus maintenant en tout cas. Combien de temps pourrait-elle cacher leur liaison ? Ou peut-être qu'à ses yeux ce qu'ils partageaient n'était qu'un bref interlude ?

Depuis l'opération de son grand-père, il avait développé ce sentiment de possessivité qui allait parfois même jusqu'à l'obsession. Rentrer chez lui et la trouver là à l'attendre l'avait rempli de gratitude et de bonheur. Et la façon dont elle l'avait tenu contre elle comme pour lui prêter sa force lui avait fait ressentir une plénitude qu'il n'avait jamais connue auparavant. Il s'était endormi dans ses bras, persuadé que tout irait bien.

Angie était éblouissante dans sa robe noire à bustier, avec son chignon lâche qui mettait en valeur son cou gracile. Le Hana Trio avait magnifiquement bien joué ce soir, et elle avait encore l'éclat d'une performance réussie.

Les musiciens étaient restés pour boire un verre avec les donateurs et répondre à d'éventuelles questions. Angie discutait depuis un moment avec un homme aux cheveux argentés et au sourire obséquieux qui ne quittait pas sa poitrine du regard. Joshua réprima l'envie de le repousser. Lorsqu'il croisa le regard d'Angie, ses yeux semblèrent le supplier de la sauver. Il ne lui en fallut pas plus.

— Pardon. Est-ce que je vous interromps ? dit-il d'un air faussement désolé.

— Eh bien… je…, geignit l'homme en cessant un instant de la reluquer.

— Je voulais vous féliciter pour votre performance, déclara Joshua en se plaçant entre Angie et le donateur. Vous étiez toutes les trois sublimes.

— Merci, monsieur Shin. C'est très aimable de votre part, répondit-elle avec un sourire reconnaissant.

— Puis-je vous accompagner au bar et vous offrir un verre ? demanda-t-il en lui offrant son bras.

— J'en serais ravie, assura-t-elle en posant sa main sur son biceps et en se tournant vers le malotru aux cheveux argentés. Merci pour votre soutien envers la Société de musique de chambre.

— Tout le plaisir est pour moi, madame Han, dit poliment l'homme malgré sa moue boudeuse.

Une fois hors de portée de voix, Angie murmura :

— Merci de m'avoir sauvée. J'étais à deux doigts de lui renverser mon champagne sur la tête pour qu'il cesse de fixer mon décolleté.

— Ravi de t'avoir aidée, répondit Joshua en lui souriant.

Lorsqu'ils furent arrivés au bar, il lui tendit une nouvelle flûte de champagne. Elle en prit une gorgée en plissant le nez de façon adorable.

— Je suis comme une enfant. J'adore que les bulles me chatouillent la gorge.

— Tu me parais très adulte pourtant, dit-il d'une voix sensuelle.

— Joshua, tiens-toi bien, répliqua-t-elle en rougissant.

— Je ne pense pas pouvoir, murmura-t-il avec un sourire carnassier. Retrouve-moi en haut de cet escalier dans cinq minutes.

Il s'éloigna sans lui laisser le temps de terminer. Après avoir jeté un rapide coup d'œil aux convives pour s'assurer que personne ne le regardait, il monta à l'étage supérieur. Cinq minutes plus tard, Angie le rejoignit.

— Qu'est-ce qu'il y a par ici ? demanda-t-il en désignant le couloir sombre.

— Et surtout, que faisons-nous ici ? rétorqua-t-elle. Ce sont les bureaux de la direction, et une petite bibliothèque.

— Allons-y, dit-il en lui prenant la main et la tirant dans le couloir.

— On ferait mieux de repartir.

Malgré tout, elle courut avec lui avant de s'arrêter net.

— C'est ici, expliqua-t-elle devant son regard interrogateur. Sauf si tu meurs d'envie de visiter l'étage ?

— Je meurs d'envie, mais pas de visiter.

La bibliothèque privée était petite mais remplie de livres du sol au plafond. La riche moquette rouge et or et les étagères en bois conféraient à la pièce une atmosphère riche et intime. Il verrouilla la porte derrière eux.

— Joshua, dit-elle sévèrement.

Il la poussa contre une étagère et l'embrassa fougueusement jusqu'à lui arracher un gémissement. Puis il baissa sa robe bustier et embrassa ses doux seins. Elle enfouit ses mains dans ses cheveux et se pressa contre ses lèvres.

Joshua laissa échapper un petit rire. Il aimait sa réactivité à ses caresses. Il se baissa et saisit sa jupe pour la remonter jusqu'à sa taille. Il la désirait tant qu'il ne pouvait attendre une seconde de plus. Lorsqu'il la regarda pour s'assurer qu'elle était d'accord, elle hocha la tête et attrapa les revers de sa veste pour l'attirer dans un autre baiser brûlant au goût de champagne.

Il repoussa alors sa culotte et glissa une main contre son sexe.

— Tu es tellement prête pour moi, grogna-t-il en la caressant intimement.

— Je te veux en moi, Joshua.

Les mains tremblantes, il prit son portefeuille et enfila un préservatif avant de s'enfoncer en elle. Quand Angie se mit à crier, il plaqua une main sur sa bouche.

— Chut. On va nous entendre.

Il entama un puissant va-et-vient, le dos d'Angie contre l'étagère, ses jambes serrées autour de sa taille alors qu'il tentait d'étouffer ses gémissements avec sa main. Quand elle lui lécha et suça les doigts au rythme de leur étreinte, il faillit perdre la tête.

— Je ne vais pas tenir..., dit-il en déplaçant les hanches d'Angie et en s'enfonçant plus profondément. Jouis pour moi.

Son sexe se contracta autour de lui, et elle se mordit les lèvres pour étouffer son cri. À ce signal, il se laissa submerger par l'extase après un dernier coup de reins.

Ils restèrent immobiles jusqu'à ce que leurs respirations se calment.

— J'adore quand tu prends ce genre d'initiative.

— Vraiment ? demanda-t-il en souriant de satisfaction.

— Absolument.

Elle lissa sagement sa jupe et ajusta son corsage.

— De quoi ai-je l'air ?

Elle était toute rouge et son chignon était défait, mais on ne devinait pas ce qui venait de se passer.

— Tu es magnifique et professionnelle.

Elle tendit la main et lui lissa les cheveux.

— Et toi, tu es beau et riche.

— Alors c'est parfait, conclut-il en riant. Descendons et reprenons nos rôles.

— Je descends en premier et tu me suivras quelques minutes plus tard, d'accord ?

— Ça me va, dit-il en lui donnant une tape sur les fesses.

Avec un dernier sourire par-dessus son épaule, elle sortit de la bibliothèque. Le cœur battant, il comprit qu'il se souviendrait de ce sourire toute sa vie.

11

Concentrée sur la route, Angie tentait de chasser son pressentiment de fin imminente. M. Shin sortait demain et, bien qu'elle en fût très heureuse, ce soir serait la dernière fois qu'elle jouerait pour lui. Ensuite, son bref passage en tant que musicothérapeute prendrait fin.

Intentionnellement, elle se gara à bonne distance de l'entrée de l'hôpital. C'était idiot, mais ce serait la dernière fois que Joshua la raccompagnerait à sa voiture… et elle voulait que ce moment dure le plus longtemps possible. À cette pensée elle secoua la tête. Elle agissait comme si elle n'allait plus jamais le revoir.

Elle marcha lentement jusqu'à l'entrée en traînant son violoncelle qui lui semblait deux fois plus lourd que d'habitude. C'était ridicule. Il fallait qu'elle cesse de s'apitoyer sur son sort et qu'à la place elle offre une performance inoubliable à M. Shin. Le menton haut, elle entra dans le hall et resta figée.

Joshua l'attendait en tapant furieusement sur son téléphone. Elle devina qu'il s'agissait d'une affaire urgente car deux profonds sillons s'étaient creusés entre ses sourcils, ce qui arrivait toujours lorsqu'il était intensément concentré. Comme elle ne voulait pas le déranger, elle resta immobile jusqu'à ce qu'il lève la tête.

Le sourire qui éclaira son visage fit bondir le cœur d'Angie. Elle courut jusqu'à lui et se jeta dans ses bras. Il la souleva, avec un petit rire.

— Tu m'as manqué, murmura-t-elle.

— Tu m'as manqué aussi.

Elle se sentait à la fois triste et joyeuse. Elle était à lui pour l'instant et c'était tout ce qui comptait, mais son cœur lui criait que ce n'était pas suffisant.

Qu'est-ce que tu veux ?

Elle voulait tout. Mais il lui avait autrefois confié son cœur, et elle l'avait brisé en mille morceaux. De quel droit lui demanderait-elle de lui faire à nouveau confiance et de l'aimer ?

Et même si elle osait, elle devrait dire la vérité à ses sœurs et leur parler de son passé. Elle devrait leur briser le cœur en révélant une facette de leur père qu'elles ignoraient complètement et prendre le risque de ternir leur relation avec lui alors qu'elles étaient tout ce qui lui restait. Ce n'était pas son souhait, même si elle ne pouvait lui pardonner de lui avoir retiré Joshua. Finalement c'était peut-être mieux ainsi – de cette façon personne ne souffrirait à part elle.

— Alors, comment va ton grand-père ? s'enquit-elle en se dégageant de son étreinte.

— Il dit qu'il se sent merveilleusement bien, déclara Joshua en lui prenant la main. Il a hâte de rentrer demain.

M. Shin accueillit Angie à bras ouverts. Elle le serra avec force, la gorge nouée d'émotion. Elle ne l'avait pas revu depuis l'opération et se réjouissait qu'il se porte si bien.

— Vous avez l'air en pleine forme, halabuji.

— Je ne vous avais pas dit que j'irais mieux ? dit-il en riant et lui tapotant la main. Je suis un homme de parole.

— Est-ce égoïste de ma part d'être un peu triste de ne plus pouvoir jouer pour vous ?

— Vous allez me manquer aussi, ma chère, dit-il tandis que son regard passait de Joshua à elle. Mais j'ai le sentiment qu'on se reverra souvent.

Les joues en feu, elle jeta un coup d'œil furtif à Joshua qui souriait affectueusement à son grand-père.

— Arrête de la taquiner, halabuji... Elle n'est pas venue pour se faire harceler par toi.

— Jeune insolent, répondit son grand-père, pince-sans-rire. Mais vous êtes venue jouer pour moi, et rien au monde ne me ferait plus plaisir.

— Il reste plusieurs titres sur votre liste...

Elle s'assit et positionna son violoncelle.

— C'est trop difficile de choisir. Tout est si magnifique quand vous jouez. Je pourrais vous écouter faire des gammes toute la journée !

— Espèce de beau parleur ! répliqua-t-elle en riant. Et si on en faisait un medley ?

— Ça me paraît la solution idéale, approuva chaleureusement le vieil homme.

Joshua observa l'échange avec un sourire amusé. Quand leurs regards se croisèrent, il lui adressa un clin d'œil espiègle.

— Personne ne sait aussi bien mettre l'ambiance que les mordus de musique classique, plaisanta-t-il.

Le cœur débordant de bonheur, elle joua quelques chansons qui plaisaient toujours, comme *My Favorite Things* et *Over the Rainbow*, avant de terminer par un morceau classique très apprécié, *Le Cygne* de Saint-Saëns. Joshua et son grand-père applaudirent bruyamment, et le personnel hospitalier rassemblé devant la porte se joignit à eux. Angie cligna des yeux, surprise, lorsqu'une infirmière entra et lui tendit un petit bouquet.

— Pour moi ? Je ne sais pas quoi dire, dit-elle en enfouissant son nez dans les fleurs.

— C'était un vrai plaisir d'avoir Ed dans notre service, mais le fait que vous soyez venue jouer pour lui a été un bonus très spécial pour nous, déclara l'infirmière.

— Merci beaucoup, dit Angie en se tournant vers la porte pour s'adresser à tous les membres du personnel.

L'infirmière qui lui avait offert les fleurs fut la dernière à quitter la pièce après avoir vérifié les constantes du patient.

— Il semble que je n'aie pas été le seul à avoir profité de cette musicothérapie, déclara M. Shin d'une voix satisfaite.

— Je suis heureuse que tant de gens aient aimé ma musique.

— Et encore plus de gens pourront vous écouter jouer une fois la saison commencée, dit le vieil homme en se grattant le menton. Tout le monde semble très emballé par la première du trio à cordes de ce fameux A.S.

Angie dut prendre sur elle pour ne pas regarder Joshua.

— Oui, la Société de musique de chambre est également très enthousiaste.

— En ce qui me concerne, je suis dubitatif. Il est un peu trop moderne pour moi.

Angie se pinça les lèvres pour s'empêcher de rire mais, en voyant Joshua fixer vaillamment le plafond, elle faillit se trahir. Elle s'éclaircit la gorge avant de déclarer :

— Donnez-lui une chance. On finit par l'apprécier avec le temps.

Après avoir souhaité une bonne nuit au vieil homme, Angie et Joshua se dirigèrent vers le parking. L'air nocturne était agréablement rafraîchissant, mais son appréhension la rattrapa aussitôt. C'était la dernière fois qu'il la raccompagnait à sa voiture… Elle avançait d'un pas lourd tandis que Joshua marchait le cœur léger à ses côtés, inconscient de ses pensées tourmentées.

— On finit par l'apprécier, hein ? répéta-t-il en la poussant du coude.

Elle rit malgré elle.

— Quoi ? Je voulais juste qu'il te donne une chance.

— Mon propre grand-père, dit Joshua en secouant la tête avec un sourire ironique.

— Tu comptes lui dire un jour ?

— Peut-être, mais pas pour le moment, dit-il, l'expression légèrement assombrie. Je ne veux pas l'inquiéter.

— L'inquiéter ?

Il hésita un instant avant de répondre :

— Le conseil d'administration va bientôt nommer le nouveau P-DG de Riddle, mais... j'ai de la concurrence.

— Ton grand-père m'en a parlé. Mais quel est le rapport avec le fait d'être A.S. ?

— Si je l'annonce à mon grand-père maintenant, il pourrait s'inquiéter que mon concurrent découvre mon identité et l'utilise contre moi pour obtenir le poste.

— L'utiliser contre toi ? demanda-t-elle inquiète. Mais comment ?

— Il va essayer de convaincre le conseil d'administration que je ne suis pas suffisamment dévoué envers Riddle.

— Mais c'est faux. Il n'y a aucune raison que tu ne puisses pas à la fois composer et gérer ton entreprise.

— Je ne sais pas ce que le conseil d'administration croira si Nathan Whitley déforme les faits, soupira Joshua. C'est pour ça que je dois rester discret.

— Pourquoi ne m'en as-tu jamais parlé ?

— Je ne voulais pas que tu t'inquiètes. Et c'est pour la même raison que je n'en ai rien dit à mon grand-père, expliqua-t-il avec un sourire en coin.

— Oh ! Joshua.

Elle était attristée de savoir qu'il avait porté ce fardeau seul.

Lorsqu'ils arrivèrent à sa voiture, il l'embrassa passionnément jusqu'à ce qu'ils en perdent tous deux le souffle.

— Rentre avec moi.

— Tu peux en être sûr après ce baiser, dit-elle en le regardant avec de grands yeux.

— Alors je t'embrasserai comme ça toutes les nuits, déclara-t-il avec une arrogance toute masculine.

Toutes les nuits ? Elle résista à cette bouffée d'espoir. Il ne voulait rien dire par là.

Ils se séparèrent en se donnant rendez-vous chez lui. Comme d'habitude, Joshua arriva en premier et l'attendit dans le hall. Lorsqu'ils entrèrent dans l'ascenseur, il la plaqua contre la paroi et l'embrassa à lui en faire perdre la tête. Heureusement, personne ne les interrompit.

À l'intérieur, Joshua la souleva dans ses bras et l'emporta dans sa chambre. Ils s'arrachèrent leurs vêtements et se roulèrent sur le lit dans une course folle. Elle le poussa sur le dos et le chevaucha, et il resta immobile, les doigts crispés sur ses douces hanches.

— Mon Dieu, Angie, gronda-t-il. J'ai tellement envie de toi.

— J'ai envie de toi, moi aussi.

Enivrée par sa puissance, elle s'abaissa lentement sur lui et fit onduler ses hanches jusqu'à ce qu'il ne puisse retenir un gémissement torturé. Pendant un moment, il la laissa donner le rythme, mais il finit par immobiliser son bassin pour s'enfoncer en elle avec fougue. Ils atteignirent l'orgasme à l'unisson en criant leurs noms avant de s'effondrer sur le lit, essoufflés et épuisés.

— Tu es sûr de vouloir m'embrasser comme ça tous les soirs ? dit-elle, une fois qu'elle eut repris son souffle.

— Tous les soirs, affirma-t-il en embrassant son épaule nue. Je ne me lasse pas de toi.

Joshua la désirait. Mais combien de temps cela durerait-il ? Une fois la passion passée, que leur resterait-il ? Elle avait beau le nier, une relation basée uniquement sur l'attirance physique ne lui suffisait plus. Elle l'aimait et voulait vivre avec lui pour toujours.

Elle ne devait plus laisser la peur la refréner. Si elle avait été franche dix ans plus tôt, ils ne se seraient peut-être jamais séparés. Si elle lui avouait ses sentiments, peut-être pourrait-il alors lui faire à nouveau confiance ? Elle méritait une autre chance. Ils méritaient tous deux une autre chance.

Joshua sortit de chez lui, pas très en forme. C'était l'effet que lui faisaient les nuits sans Angie. Elle était rentrée chez elle la nuit dernière en raison d'une répétition matinale.

Après avoir appuyé sur le bouton de l'ascenseur, il sortit son téléphone pour le rallumer, puis cligna des yeux en regardant l'écran empli de notifications d'e-mails, messages et appels téléphoniques.

Cinq des appels provenaient de son assistante, Janice. Il y avait aussi un SMS de sa part.

S'il vous plaît, appelez-moi avant de venir au bureau.

Les portes de l'ascenseur s'ouvrirent, mais il ne bougea pas et composa le numéro de son assistante.

— Joshua, dit celle-ci en répondant à la première sonnerie.

— Que se passe-t-il, Janice ?

Il regarda sa montre avec impatience, inquiet de prendre du retard pour sa première réunion.

— C'est... la nouvelle...

Janice avait en général des nerfs d'acier et ne se laissait jamais déstabiliser. Un pressentiment sinistre le saisit.

— Ils savent qui vous êtes. Enfin, nous le savons tous maintenant.

— Je ne comprends rien.

Son sang battait dans ses oreilles et ses doigts étaient crispés sur le téléphone.

— Recommencez depuis le début.

— Tout le monde en parle, dit-elle après une inspiration saccadée. On dit que vous êtes le compositeur anonyme A.S.

L'estomac de Joshua s'effondra. Après plusieurs tentatives, il retrouva sa voix.

— Quelle est la situation au travail ?

— Il n'est pas encore 9 heures, mais plusieurs membres du conseil d'administration ont appelé et quelques cadres sont déjà passés. Je sens que le téléphone ne va pas arrêter de sonner de la journée et qu'il y aura une queue devant votre porte.

— Janice, merci de m'avoir prévenu... et de ne pas poser de questions. Je vous raconterai tout dès mon arrivée.

Pris de panique, il retourna chez lui en mode automatique et resta planté au milieu du salon sans savoir quoi faire ni quoi penser. Il n'avait jamais eu l'intention de garder son identité secrète éternellement, mais il voulait la révéler en temps voulu, après sa nomination au poste de P-DG.

À présent, ses pires craintes s'étaient réalisées. Que devaient penser ses parents ? Et halabuji… il n'avait pas besoin de ce choc si tôt après son opération.

Comment était-ce arrivé ? Personne ne savait. Personne à part… Angie. Le cœur battant, il se mit à faire les cent pas. Il ne devait pas tirer de conclusions hâtives.

Mais elle l'avait déjà trahi une fois. Pourquoi ne recommencerait-elle pas ? Non, elle n'avait aucune raison de le trahir. Comment pouvait-il la soupçonner ? Il secoua la tête pour s'éclaircir les idées. Elle l'avait aidé à surmonter son blocage créatif et à écrire le nouveau trio à cordes. Elle avait contribué à la guérison de son grand-père avec générosité et gentillesse. Et en ce qui concernait leur relation, ils n'étaient peut-être pas amoureux, mais ce qu'ils partageaient était réel.

— Joshua ? résonna la voix d'Angie depuis le couloir.

Il ne pensa même pas à répondre et resta planté là tandis qu'elle se précipitait dans le salon en regardant à gauche et à droite.

— Joshua.

Elle l'entoura de ses bras et enfouit son visage contre son torse, et il lui rendit son étreinte en savourant le réconfort qu'elle lui offrait. Il fallait qu'il se calme et qu'il réfléchisse avec logique.

— J'ai vu les infos, expliqua-t-elle en le regardant avec inquiétude. Tu vas bien ?

— Je ne sais pas…

Ses idées étaient tellement confuses.

— On trouvera une solution. Tout ira bien, lui assura-t-elle en étudiant son visage. Comment est-ce arrivé ?

— Je n'en ai aucune idée, dit-il en détournant le regard. Tu étais la seule à savoir.

Elle posa une douce main sur sa joue et tourna son visage vers elle.

— Tu sais que je n'aurais jamais révélé ton secret, n'est-ce pas ?

Il hésita un court instant, mais ce fut suffisant pour que le visage d'Angie se vide de son sang.

— Oui, bien sûr. Je sais que tu ne ferais jamais ça.

Elle s'écarta de ses bras et se retira à l'autre bout du salon.

— Mais tu as envisagé cette possibilité.

Ce n'était pas une question. Il ne pouvait même pas le nier.

— Je...

— Tu y as cru ? insista-t-elle, le regard empli de douleur et de colère. Même un seul instant ?

— Je ne sais pas, dit-il d'une voix hésitante.

Avait-il cru, même brièvement, qu'elle l'avait encore trahi ?

— Comme je l'ai dit, tu étais la seule à le savoir.

— Tu n'as pas répondu à ma question. Tu croyais que j'avais divulgué ton secret ?

— J'ai dit que je ne savais pas, s'exclama-t-il, soudain sur la défensive. Tu avais peut-être besoin d'attirer l'attention des médias sur la Société de musique de chambre ? La saison à venir est tellement importante...

— Tu as cru que je t'avais trahi pour la Société ? coupa-t-elle, choquée.

— Ce n'est pas important. C'était juste une pensée passagère, argua-t-il en se passant une main sur le visage. Je sais que ce n'est pas toi.

— Si, c'est important, parce que ça montre que tu ne me fais toujours pas confiance, dit-elle d'une voix brisée. C'est important parce que je t'aime, et... et que j'ai besoin que tu me fasses confiance.

— Tu m'aimes ? répéta-t-il le cœur battant.

La joie s'empara de son âme, mais il la réprima immédiatement.

— Oui, murmura-t-elle. Je n'ai jamais cessé de t'aimer.

— Mais nous avions convenu de ne pas mêler l'amour à notre relation, dit-il d'un ton accusateur.

— Je me suis menti à moi-même pour pouvoir te garder le plus longtemps possible ! s'écria-t-elle tandis que des larmes silencieuses coulaient sur ses joues.

— Je t'avais pourtant bien dit que je ne pouvais rien te promettre.

— Je sais, reconnut-elle en essuyant ses larmes des deux mains. Je me suis fait ça toute seule.

Elle souffrait et c'était à cause de lui, mais il ne pouvait rien faire pour y remédier : il ne pouvait pas lui dire ce qu'elle voulait entendre.

— Tu n'aurais pas dû tomber amoureuse de moi.

— Et je suis désolée de ne pas pouvoir être là pour toi, répondit-elle tout en continuant de pleurer. Mais je sais maintenant que je n'aurais pas été d'une grande aide. Tu as besoin de quelqu'un que tu aimes et en qui tu as confiance. Et je ne suis ni l'une ni l'autre.

— Que dis-tu ? demanda-t-il soudain paniqué.

— Je dis que je t'aime...

Elle prit une inspiration tremblante avant de poursuivre :

— Mais que je ne peux pas rester avec toi.

— Tu ne peux pas ou tu ne veux pas ? rétorqua-t-il d'un ton brusque avant de se radoucir en la voyant tressaillir. Ce que nous vivons est suffisant. Pas besoin d'amour pour compliquer les choses.

— Ce n'est pas suffisant pour moi, dit-elle avec une force tranquille. Au revoir, Joshua.

— S'il te plaît.

Il tendit la main, mais elle lui tournait déjà le dos.

Lorsqu'il entendit le léger clic de la porte qui se refermait derrière elle, il se laissa tomber sur le canapé. Ce n'était pas censé lui faire aussi mal. Pourquoi souffrait-il ainsi alors qu'il ne l'aimait pas ? La réponse était évidente, mais il refusait de l'admettre. Il lâcha un rire vide et désespéré. C'était fini. Elle était partie.

L'engourdissement le gagna, et il l'accueillit avec soulagement.

12

Angie s'efforçait de se concentrer sur la route. Elle ne pouvait pas encore laisser ses émotions briser le barrage qu'elle avait érigé. *Accélération, clignotant, frein, arrêt. Vérification des rétroviseurs, changement de voie, accélération, frein...* Elle se gara un peu trop loin du trottoir, mais c'était le mieux qu'elle pouvait faire.

Elle sortit de sa voiture et se dirigea vers l'Interphone, les jambes instables. *S'il vous plaît, faites qu'elle soit à la maison. Faites qu'elle soit à la maison.*

— Oui ? demanda Chloe par l'Interphone.

— C'est moi, dit-elle d'une voix tremblante.

Elle avait failli s'effondrer en entendant la voix de sa sœur, mais elle devait tenir encore un peu.

— Angie ? Monte.

Elle mit un pied devant l'autre jusqu'à la porte de Chloe, et se jeta dans ses bras en pleurant à gros sanglots dès qu'elle la vit.

— Chut. Tout va bien, chuchota sa sœur en lui tapotant le dos. Tout va bien.

Quand les genoux d'Angie cédèrent, Chloe la saisit par la taille et par les épaules pour la soutenir, et ensemble elles vacillèrent jusqu'au canapé. Chloé y allongea Angie et mit un oreiller sous sa tête.

— Je vais appeler Megan, et puis je te ferai une bonne tasse de thé.

Angie essaya d'acquiescer mais put uniquement cligner des

yeux. Après un dernier regard inquiet, Chloe se précipita vers la cuisine en tapotant sur son téléphone. Dans son petit logement d'étudiante, la cuisine n'était qu'à dix pas du canapé, mais sa voix étouffée semblait lointaine.

— Megan, c'est moi. Je pense que tu devrais venir.

La voix de sa sœur s'estompa, remplacée par les paroles dures de Joshua.

Tu n'aurais pas dû tomber amoureuse de moi.

Angie se boucha les oreilles et ferma les yeux, mais elle entendait toujours sa voix et voyait son expression accusatrice. Elle avait froid. Un froid glacial et mordant qui lui transperçait les os. La fatigue s'abattit sur elle, et elle laissa l'oubli du sommeil effacer le cauchemar qu'elle vivait.

— Elle n'a jamais été comme ça, même quand on a perdu maman, murmura Chloe.

— Elle essayait d'être forte pour nous, dit Megan. Mais je l'entendais sangloter toutes les nuits quand elle croyait qu'on dormait.

— Comment quelqu'un d'aussi fort peut s'effondrer comme ça ? Qu'a-t-il bien pu se passer ?

— Ne t'inquiète pas, Chloe. Elle nous racontera quand elle sera prête, et nous serons là pour elle. Quoi que ce soit, nous l'aiderons à surmonter ça.

Angie les entendit à travers le brouillard de ses pensées. La voix calme et réconfortante de Megan apaisait sa douleur. Elle ne pouvait pas dormir éternellement.

— Je crois qu'elle est réveillée, dit Chloe en se précipitant vers elle.

Avec l'aide de sa petite sœur, Angie se redressa, et Megan et Chloe s'assirent de chaque côté d'elle en lui prenant chacune une main.

— Je ne sais pas ce qui s'est passé, mais nous sommes là pour toi, Unni, promit Megan.

— Et si tu as besoin qu'on aille faire la peau à quelqu'un, je serais ravie de m'y coller, dit Chloe pour essayer de la faire sourire.

— Je l'aime, dit Angie d'une voix rauque.

Chloe lui tendit le verre d'eau qu'elle avait posé sur la table basse, puis les deux sœurs gardèrent le silence et attendirent la suite.

— Je suis amoureuse de Joshua Shin.

Elles se regardèrent avec de grands yeux, puis se tournèrent vers Angie.

— Mais ton état… est-ce que ça a quelque chose à voir avec le fait qu'il soit A.S. ? demanda doucement Megan quand Angie arrêta de regarder dans le vide.

— Une part de lui croit que j'ai divulgué le secret, murmura Angie. Il ne me fait pas confiance.

Une étrange torpeur la submergea.

— Tu savais que c'était A.S. ? reprit Chloe en lui serrant la main. Unni, il faut que tu commences par le commencement, sinon on n'y comprendra rien.

Le début. La première fois qu'elle avait vu Joshua, il riait devant la salle de musique, la tête renversée en arrière. Il était si beau qu'elle en avait eu le souffle coupé. C'était le premier garçon à lui faire ressentir cela. Si leurs regards ne s'étaient pas croisés ce jour-là, est-ce qu'elle souffrirait autant aujourd'hui ?

Elle avait besoin de ses sœurs. Leur amour et leur soutien l'avaient aidée à surmonter le deuil de leur mère. Alors elle commença par le commencement.

À part pour lui serrer la main et essuyer ses larmes, ses sœurs la laissèrent parler sans l'interrompre. Elle s'effondra à plusieurs reprises, mais elle réussit à tout leur dire. Puis elle lâcha le peu de contrôle qui lui restait et sanglota à chaudes larmes.

Ses sœurs la serrèrent dans leurs bras jusqu'à ce que ses larmes se tarissent et que ses tremblements cessent. Elle se sentait vidée et engourdie par l'épuisement.

— Je ne savais pas qu'appa t'avait fait ça. Je suis vraiment désolée, Unni, déclara Chloe d'une voix brisée.

Des trois, elle était la plus proche de leur père qui la chérissait et la voyait comme le bébé de la famille. Apprendre la façon dont il avait traité Angie devait être choquant et douloureux pour elle.

— Chloe, ne laisse pas ce qui s'est passé entre appa et moi influencer ta relation avec lui, lui dit Angie. Il était bouleversé par le diagnostic de maman et il ne faisait pas confiance à Joshua. Peut-être pensait-il que Joshua m'utilisait pour obtenir des informations sur notre entreprise... Je ne sais pas. Mais je pense qu'à sa manière appa essayait de me protéger, et je crois que je commence à lui pardonner.

Megan ricana avec colère, mais s'abstint de commenter.

— Ne t'inquiète pas pour moi, ajouta rapidement Chloe. Est-ce que ça va aller ?

— Je ne sais pas.

Les larmes lui montèrent aux yeux. Megan lui caressa le dos en faisant de petits bruits consolateurs tandis qu'Angie pleurait doucement dans ses mains. Une fissure s'était creusée dans son âme et grandissait doucement.

— J'aurais dû lui parler de mes sentiments avant que ça n'arrive. Je voulais... j'allais... mais je n'arrêtais pas de me trouver des excuses pour reporter le moment, expliqua Angie en déchirant en petits morceaux le mouchoir qu'elle tenait. Si j'avais été plus courageuse, notre relation aurait peut-être eu une vraie chance.

— Ou alors, vous auriez pu perdre ce que vous aviez, dit Megan en lui caressant les cheveux. Il était catégorique : il ne voulait ni amour ni engagement. Qui trouverait facile d'avouer ses sentiments dans ces conditions ?

— La bonne chose à faire est parfois aussi la plus difficile, murmura Angie.

— Même dans un moment pareil, elle nous livre des pépites de sagesse. Voici, mesdames et messieurs, notre grande sœur, déclara Chloe en passant son bras sous celui d'Angie.

Le rire larmoyant d'Angie se transforma en hoquet.

— J'ai fait la bonne chose aujourd'hui.

— Mais tu l'aimes..., dit Chloe, les yeux rouges.

— Oui. Mais ça me détruisait d'espérer. Il ne m'aimera jamais. Je dois l'accepter et passer à autre chose. C'est la seule façon de surmonter ça.

Joshua quitta son appartement de bonne heure afin d'avoir un moment de libre avant la réunion du conseil d'administration. Il avait passé les derniers jours à réfléchir aux arguments qu'il comptait leur présenter. Nathan Whitley réagissait exactement comme prévu, remettant en question la capacité de Joshua à diriger Riddle Incorporated en ayant un « hobby » aussi prenant. Malheureusement, les membres du conseil qui doutaient déjà de ses compétences en raison de son âge pourraient être influencés par ces affirmations infondées. Pour se distraire de sa frustration, il alluma la radio sur une station d'information locale, et écouta d'une oreille distraite.

« Joshua Shin, l'héritier présomptif de Riddle Incorporated, une entreprise florissante de composants électroniques à Los Angeles, s'est révélé être le célèbre compositeur, A.S. Malgré son succès, il préférait garder son identité secrète. Pour quelle raison ? Qu'est-ce qui a... »

Il passa avec impatience sur sa station classique préférée. Il avait oublié qu'il faisait la une des infos. Quand la musique cessa, l'animateur de l'émission matinale présenta le morceau à venir :

« La musique suivante est d'A.S., ou devrions-nous plutôt dire, Joshua Shin... »

Cette fois, il éteignit et tapota nerveusement ses doigts sur le volant. Il devait faire abstraction de tout ce bruit. Les médias pouvaient spéculer autant qu'ils le voulaient, tout ce qui comptait, c'était de convaincre le conseil d'administration que le nommer P-DG était la meilleure décision pour l'entreprise.

Au bureau, Janice l'attendait avec une pile de dossiers.

— Tout est prêt ? demanda-t-il.

— Oui, j'ai fait des copies des graphiques et des tableaux clés pour votre présentation. Les membres du conseil les auront sous les yeux lorsque vous parlerez.

— Merci, Janice.

Lorsqu'elle referma la porte en partant, Joshua se concentra sur sa présentation. Il restait le candidat idéal pour le poste de P-DG. Être A.S. n'y changeait rien. Les membres du conseil avaient besoin d'être rassurés sur ses compétences et son engagement envers l'entreprise.

Après un rapide coup d'œil à sa montre, il ajusta sa cravate, enfila sa veste, et se prépara au combat. Quand la réunion débuta, Joshua se plaça en bout de table pour croiser le regard de chacun des membres du conseil. Son père et son grand-père n'étaient pas parmi eux. Ils n'étaient pas venus. Un muscle de sa mâchoire tressaillit.

Il avait rendu visite à sa famille après la diffusion de l'information. Son grand-père et sa mère l'avaient écouté malgré leur choc, mais son père s'était contenté de fixer le mur en l'ignorant.

Joshua avait expliqué que la musique faisait partie de lui et que la réprimer étoufferait son âme. Il les avait ensuite rassurés sur le fait que Riddle et ses employés comptaient plus que tout pour lui. Il souhaitait prendre la direction de l'entreprise et était convaincu d'avoir toutes les qualités nécessaires pour réussir à la fois dans la musique et en affaires. Il leur suffisait de lui faire confiance.

Leur absence était leur réponse : ils ne lui faisaient pas confiance. Il eut l'impression de recevoir un coup dans la poitrine et dut se stabiliser en posant les mains sur la table. Mais il devait se ressaisir. La journée n'était pas terminée.

Juste à ce moment-là, son père et son grand-père entrèrent dans la salle de conférences. Hormis la canne sur laquelle il s'appuyait, halabuji semblait aussi redoutable que jamais. Quant à son père, l'actuel P-DG, il entra comme s'il était le maître de la salle. Ils prirent place dans le silence soudain.

Puis Joshua croisa le regard de son père, qui lui adressa un signe de tête. Un poids se libéra de sa poitrine, et il se tourna vers les membres du conseil avec une détermination renouvelée.

— Je vous propose d'entrer directement dans le vif du sujet. Depuis trois ans, j'occupe la fonction de vice-président des opérations, et la croissance de l'entreprise n'a cessé d'augmenter, dit-il d'une voix ferme et assurée. Voici quelques données qui vous prouveront mes propos.

Il parcourut les diapositives en rappelant les projets et les contrats clés qui avaient contribué à la croissance de l'entreprise.

— Je sais que ça a été un choc pour vous d'apprendre que je suis A.S., mais si vous prenez le temps d'y réfléchir, vous verrez que mes compétences en tant que directeur ne sont pas à remettre en question.

Il marqua une pause avant de poursuivre :

— Le fait est que je compose en tant qu'A.S. depuis que je suis vice-président des opérations.

Des murmures s'élevèrent dans la salle.

— Être compositeur n'a jamais entravé ma capacité à diriger cette entreprise. Vous venez tous d'en avoir la preuve.

— Le poste de P-DG est non seulement une question de compétences, mais aussi d'engagement, déclara Richard Benson. Il est évident que votre passion c'est la musique. Riddle Incorporated n'est que secondaire pour vous.

— Riddle fait partie de ma famille depuis trois générations. Mon amour pour la musique ne diminue en rien le fait que je ferai tout pour protéger l'héritage de ma famille, déclara Joshua avec la plus grande sincérité.

— Et est-ce par passion que Nathan Whitley change d'entreprise tous les trois ou quatre ans ? demanda son père. Ou est-ce pour la recherche de la rémunération la plus généreuse ?

— Cette réunion ne concerne pas M. Whitley, dit Scott Grey en s'éclaircissant la gorge avant de se tourner vers Joshua. Avez-vous pensé à l'impact que votre autre travail pourrait avoir sur Riddle ?

— Le positif ou le négatif ? rétorqua son grand-père. Cette

présentation a fourni des faits indéniables sur le fait qu'être compositeur n'a pas eu d'impact négatif sur son efficacité en tant que dirigeant. Pour ce qui est du positif, je crois que les médias sont plutôt captivés par l'idée que le futur P-DG de Riddle soit un homme aux multiples talents.

— Je ne manquerai pas d'explorer cet aspect marketing à l'avenir, grand-père, dit Joshua en faisant semblant de noter l'idée dans son carnet. S'il n'y a plus de questions, ma présentation est terminée. Merci de votre attention.

— Merci, monsieur Shin. Je suis sûre que tout le monde ici conviendra que nos questions ont reçu des réponses satisfaisantes, déclara Clarice Wong en soutenant le regard de Joshua. Nous voterons pour le nouveau P-DG de Riddle Incorporated durant la prochaine réunion du conseil d'administration. La réunion est terminée.

Joshua avait fait tout son possible pour défendre sa position et il espérait que cela suffirait. Plusieurs membres du conseil lui serrèrent la main avant de partir. Alors que la salle de conférences se vidait, il s'approcha de son père et son grand-père.

— Merci de m'avoir fait confiance, leur dit-il d'une voix chargée d'émotion. Je ne vous décevrai pas.

— Je n'en doute pas, déclara son père.

— Et Angie avait raison pour ta musique, ajouta son grand-père, les yeux rouges de larmes contenues. On finit par apprécier la musique d'A.S. avec le temps.

Joshua sourit aux deux hommes qu'il admirait le plus au monde. Avec eux à ses côtés, il pouvait tout affronter.

— Maintenant, au travail, dit son père en se levant. Je suis toujours le P-DG de cette entreprise. Que je ne te vois pas te tourner les pouces !

Joshua retourna à son bureau et se laissa tomber sur sa chaise. Bien que soulagé après sa présentation réussie, il était également épuisé. Il n'avait presque pas dormi depuis le début de toute cette affaire et avait consacré la totalité de son énergie à préparer sa défense.

Il tint jusqu'à la fin de la journée en se plongeant dans le travail, mais ses pieds étaient comme enduits de ciment lorsqu'il se dirigea vers sa voiture.

Arrivé à son appartement, il s'écroula. Il n'avait plus la force de contenir la vague d'émotions qui le submergeait : le regret, le chagrin, la perte. Plus que tout, c'était la perte qui le déchirait. Il avait perdu Angie.

Joshua se leva et alla chercher une bouteille de scotch dans le bar. Il s'affala sur le canapé et but une longue gorgée directement à la bouteille. La chaleur lui brûla la gorge et se répandit dans son estomac. Il prit une autre gorgée, pressé de s'enivrer.

C'était trop dur à supporter. Il s'était juré de protéger son cœur afin qu'elle ne puisse plus lui faire de mal, mais c'était lui qui l'avait fait souffrir.

Avait-il vraiment cru qu'elle pourrait le trahir ? Il laissa échapper un rire sans humour. Pas même une seconde. Alors pourquoi ne pas le lui avoir dit tout simplement ? Parce qu'il était lâche. Durant dix ans, il avait cru qu'elle l'avait quitté parce qu'elle se souciait plus de l'argent que de lui. Et, lorsqu'ils s'étaient retrouvés, il avait craint qu'elle le quitte à nouveau. Même après avoir appris la vérité, il avait tellement eu peur d'être à nouveau blessé qu'il l'avait repoussée. Il lui avait laissé croire qu'il ne lui faisait pas confiance.

Elle l'aimait. Elle lui avait offert son cœur et il l'avait piétiné. Mais il ne pouvait pas se laisser contrôler par la douleur. Il devait arranger les choses et la reconquérir parce que... parce qu'il était amoureux d'elle.

Il était peut-être trop tard, mais il voulait qu'elle sache qu'il l'aimait plus que tout au monde et qu'il lui faisait entièrement confiance. La peur ne le retiendrait plus.

13

— Toc, toc, annonça Angie en franchissant la porte ouverte du bureau de Janet.

Sa mentore retira ses lunettes de lecture et se leva pour la prendre dans ses bras.

— Bonjour, ma chérie. Comment vas-tu ?

— Je vais bien, dit-elle machinalement, même si ce n'était pas le cas.

Cela faisait presque un mois qu'elle avait quitté Joshua, mais la blessure était toujours vive.

— Et toi ?

— Je bosse comme une dingue pour l'ouverture de la saison. C'est à la fois épuisant et exaltant.

— Je dois avouer que je suis un peu nerveuse, dit Angie en prenant place dans un fauteuil réservé aux invités. D'habitude, tu ne m'invites pas dans ton bureau, sauf si tu veux parler affaires.

— Eh bien, ça pourrait être une bonne ou une mauvaise nouvelle, selon la façon dont tu le vois, dit Janet de manière énigmatique.

— Ça ne m'aide pas. S'il te plaît, parle.

— A.S. est passé voir Thomas hier après-midi avec une proposition, déclara sa mentore.

Le cœur d'Angie fit un plongeon digne des montagnes russes.

— Il veut qu'on lui rende la musique qu'il a écrite.

— Quoi ? Non ! s'exclama Angie dévastée.

Est-ce que Joshua la détestait au point de mettre en péril la

Société de musique de chambre ? Ne comprenait-il pas que cela lui aurait fait trop mal de rester avec lui, sachant qu'il ne lui faisait pas confiance ? Qu'il ne l'aimait pas ?

— Il veut qu'on la lui rende parce qu'il a eu une inspiration soudaine et qu'il a écrit un nouveau morceau parfait pour vous, dit Janet en la regardant fixement. Il espère que tu seras d'accord une fois que tu auras vu la musique.

Angie resta sans voix. Les montagnes russes montaient lentement, et elle ignorait la hauteur de la prochaine chute. Pourquoi écrirait-il un autre morceau ? Que voulait-il ?

— Je sais que ça ne vous laisse que quelques semaines pour vous entraîner, mais vous en êtes capables, déclara Janet en pensant que c'était ce qui l'inquiétait.

— Bien sûr, répondit Angie avec une assurance feinte. Nous allons prévoir des répétitions supplémentaires.

— Je ne t'ai jamais demandé comment tu connaissais A.S., dit Janet avec douceur. Mais je ne peux pas m'empêcher de penser qu'il y a une histoire entre vous deux. En plus d'écrire une nouvelle musique pour le Hana Trio, il m'a proposé de diriger l'un de ses propres morceaux avec l'orchestre de chambre, lors de la première. Je pense que sa motivation à nous aider a un lien avec toi.

— Je... je ne peux pas..., balbutia Angie.

Pourquoi faisait-il cela ? Elle commençait à peine à se remettre de leur rupture. Elle ne pouvait pas se remettre à espérer.

— Je te le raconterai un jour, mais je ne peux pas maintenant.

— Comme je te l'ai déjà dit, tu n'as pas à m'expliquer quoi que ce soit si tu n'es pas prête. Mais sache que je serai toujours là pour toi.

Janet lui tendit alors un dossier de partitions.

— Voici le nouveau morceau. Fais-moi signe si tu as besoin de quelque chose.

Le dossier serré contre sa poitrine, Angie la salua rapidement et se dirigea vers le parking. Une fois assise dans sa voiture, elle ouvrit la chemise et en sortit les partitions. Malgré son trouble, elle avait hâte de voir son travail. Elle parcourut les pages, de plus en plus excitée. C'était brillant. Vraiment brillant. Le talent de Joshua était un don du ciel. Elle était malgré tout extrêmement fière de lui.

Elle rentra aussitôt chez elle. Ses doigts la picotaient tant elle mourrait d'envie de jouer les partitions. Pour la première fois depuis des semaines, un frisson d'excitation lui traversa le cœur, et le monde perdit un peu de sa grisaille.

Angie adorait rentrer à la maison, mais aujourd'hui elle avait l'impression d'avoir atteint une oasis après avoir erré dans le désert durant des jours. Elle retira ses chaussures et courut ouvrir les rideaux pour laisser entrer la lumière de l'après-midi. Puis elle se rendit dans son coin de répétition et plaça le nouveau trio à cordes sur son pupitre. Elle sortit son violoncelle de son étui et prit une profonde inspiration pour apaiser son esprit. Dès l'instant où l'archet toucha les cordes, elle fut aspirée dans un autre monde, un monde où elle ne faisait qu'un avec la musique.

À travers la douce mélodie, elle vit les premières étincelles d'attirance entre elle et Joshua, alors qu'ils luttaient pour la nier. Puis le feu prit, les rendant incapables d'ignorer l'attraction. Le feu se propagea et devint un brasier, tout comme la passion qui s'était enflammée entre eux. Ils ne pouvaient se passer l'un de l'autre. C'était une soif insatiable. Les notes devinrent fortes et puissantes, et son corps vibra au rythme de la musique.

Puis le feu ralentit, prenant une forme douce et fluide, toujours aussi chaude et ardente, mais plus calme. C'était à ce moment-là que leur relation s'était transformée en quelque chose de plus profond, et que ses sentiments pour Joshua avaient grandi. Chaque instant partagé avait été beau et précieux, et son cœur s'était épanoui de bonheur. La musique devint riche, plus mélodieuse. C'était magnifique.

Elle anticipa alors ce qui allait suivre : la tempête ! Le ciel s'ouvrit, et la pluie s'abattit sur le feu. Les flammes se tordirent, et de la vapeur s'échappa des braises mourantes. Les accords profonds et sombres devinrent tragiques. Elle n'aurait pu dire à quel moment elle s'était mise à pleurer, mais ses joues étaient inondées. Son cœur se serra, l'empêchant de respirer pleinement, puis le rythme s'accéléra avant de s'arrêter brusquement.

Il y eut trois mesures de silence, mais elles étaient emplies des battements de son cœur. Puis des notes poignantes et tendres remplacèrent le silence, et elle entendit le son de l'espoir. Contre toute attente, la douce et délicate série de notes suivante raviva le feu, et le morceau se termina sur une dernière note d'espoir suspendue dans l'air, telle une volute de fumée s'élevant vers le ciel.

Angie posa son violoncelle et enfouit son visage dans ses mains en sanglotant. Le nouveau trio à cordes la touchait au plus profond de son âme. Elle y vit son amour pour Joshua et, de façon inattendue, une déclaration d'amour pour elle. Pourquoi ferait-il cela ? Que lui voulait-il ?

Peut-être que cela n'avait aucun rapport avec elle. Cette musique brillante était peut-être née de sa liberté retrouvée. Une fois son identité révélée, sa créativité s'était libérée. Cette musique racontait peut-être une histoire complètement différente de ce qu'elle croyait. Il le fallait. Elle serait idiote de croire que cela pouvait être autre chose.

Résolue, elle prit un mouchoir sur la table basse. Assez pleuré. Il fallait passer à autre chose.

Puis elle pleura à nouveau sous la douche. Après tout cela ne faisait qu'un mois. N'avait-elle pas droit à un moment de faiblesse après avoir perdu l'amour de sa vie pour la deuxième fois ?

Sans prendre la peine de se sécher les cheveux, elle les releva en un chignon désordonné et enfila un vieux jogging. Elle n'avait pas d'appétit ces derniers temps. Elle soupira et se dirigea vers la cuisine pour réchauffer la soupe au poulet que Megan lui avait préparée lors de sa visite quelques jours auparavant.

Ses sœurs se relayaient pour prendre soin d'elle. D'un côté elle aurait aimé qu'on la laisse tranquille, mais d'un autre elle avait conscience de se laisser aller. Elle était donc reconnaissante de leurs attentions.

Angie apporta le bol de soupe à la table de la salle à manger et s'assit pour manger.

Joshua lui manquait terriblement. Elle aurait aimé avoir été plus courageuse et lui avoir avoué son amour plus tôt. Mais il avait semblé vraiment choqué et consterné lorsqu'elle le lui avait dit. Ils avaient convenu de ne pas s'encombrer d'amour, mais leur relation était réelle. Ils se comprenaient et se souciaient l'un de l'autre. Cela ne comptait-il pas ? De toute façon son amour pour lui transpirait au quotidien dans ses actes. Ne l'avait-il pas ressenti ? N'avait-il pas fait de même avec elle ?

Non. Même si elle lui avait tout avoué avant, il n'aurait jamais été capable de l'aimer en retour. Comment l'amour pouvait-il exister sans la confiance ? Il n'y avait jamais eu d'espoir entre eux.

La soupe avait refroidi sans qu'elle ait pu y goûter. Soudain, elle se sentit incapable d'avaler la moindre bouchée. Elle repoussa sa chaise et alla s'allonger sur le canapé. Ne supportant plus d'être seule avec ses pensées, elle alluma sa station de musique classique préférée. La musique l'apaisait comme rien d'autre, et ses paupières s'alourdirent. Le sommeil serait une échappatoire bienvenue. Elle commençait à s'endormir...

« Nous avons un invité spécial pour vous aujourd'hui. Nous savons tous qui est le compositeur A.S. Mais nous recevons aujourd'hui l'homme qui a découvert la véritable identité d'A.S. »

Angie se redressa si vite qu'elle en eut le vertige. L'homme, un journaliste pour un petit magazine, expliqua qu'il cherchait l'identité d'A.S. depuis deux ans. Elle cessa de l'écouter lorsqu'il raconta sa découverte d'une société écran et d'un compte professionnel. Et voilà. La preuve que ce n'était pas elle.

S'il en doutait encore, Joshua apprendrait bientôt qu'elle était innocente. Et ensuite ? Regretterait-il d'avoir douté d'elle ? Regretterait-il d'avoir repoussé son amour d'un revers de la main ? Peu importe. Rien de tout cela n'avait d'importance.

C'était trop tard.

Joshua frotta ses yeux fatigués avant de se concentrer à nouveau sur son écran d'ordinateur. La fin de la journée approchait et la fatigue se faisait ressentir. Il était arrivé au bureau à 7 heures, alors qu'il y était resté jusqu'à 2 heures du matin la veille. Depuis la divulgation de son identité, il avait été débordé, et cela avait empiété sur ses fonctions chez Riddle. Une montagne de travail l'attendait.

Depuis, il avait accordé une interview à une chaîne d'information locale de confiance pour raconter son parcours de compositeur et de dirigeant d'entreprise. Il était inutile de se cacher des médias à ce stade. Mieux valait les affronter à sa manière pour endiguer toute rumeur ou spéculation.

L'écran se brouilla, et il frotta ses yeux fatigués. Ces heures à rallonge n'étaient pas vraiment nécessaires, mais le travail l'empêchait de penser à Angie. Elle lui manquait tellement. C'était comme s'il était privé de l'essentiel.

Il céda à l'envie de consulter à nouveau son téléphone. Aucun appel manqué. C'était stupide d'attendre de ses nouvelles, mais il ne pouvait s'en empêcher. À quoi s'attendait-il ? Qu'Angie découvre son nouveau trio à cordes et comprenne qu'il l'aimait ?

Il n'avait rencontré aucun blocage créatif cette fois-ci. La musique lui venait aussi naturellement que la brise dans les arbres. Quelle bêtise d'avoir cru que la musique et Angie formaient une force synergique et que la perdre signifiait perdre également sa musique. Il comprenait désormais que son amour pour la musique n'appartenait qu'à lui et que rien ne pouvait la lui ôter, si ce n'était son propre entêtement.

C'était le déni de ses sentiments qui l'avait paralysé et empêché de composer le premier trio à cordes. Il avait ligoté et bâillonné son âme pour ne pas avoir à admettre qu'il l'aimait. Comment aurait-il pu composer dans ces conditions ? Après tout, la musique naissait de son âme. Une fois son âme libérée, la musique avait coulé en lui.

Mais il en était de même pour le chagrin. Il mangeait et

dormait à peine, la culpabilité et le regret le tenaillant jour et nuit. Il aurait voulu courir vers elle et implorer son pardon. Mais ce n'était pas le moment. Elle devait se concentrer sur l'ouverture de la saison à venir.

En attendant, il faisait tout son possible pour être digne de son amour. D'abord, il avait commencé par réécrire le trio à cordes. Ce qu'il avait écrit auparavant était bon, mais ce n'était pas le meilleur qu'il pouvait lui offrir, et elle méritait le meilleur. Cette nouvelle composition était sa lettre d'amour pour elle – ses excuses, son espoir d'une seconde chance. La musique avait supplié d'être écrite. Suppliée d'être à elle.

Il avait également proposé de diriger l'une de ses œuvres avec l'orchestre de chambre lors de la première. Puisque la Société de musique de chambre était si importante pour elle, il souhaitait contribuer au succès de leur saison. Ce serait une charge de travail supplémentaire avec trois à quatre heures de répétition par jour jusqu'au concert prévu dans deux semaines, mais peut-être que l'épuisement lui permettrait de dormir quelques heures par nuit ?

Joshua espérait en faire assez pour qu'Angie lui donne une chance de s'expliquer. Tout ce qu'il voulait, c'était une chance. Rien de ce qu'il dirait ne pourrait la convaincre de lui pardonner – la peur le submergea à cette pensée –, mais il fallait essayer. Il fallait lui montrer qu'il lui faisait confiance et qu'il l'aimait de tout son cœur.

Un coup d'œil à sa montre lui apprit qu'il devait se mettre en route pour sa première répétition avec l'orchestre. Il n'avait pas dirigé depuis ses années d'université, mais il savait à quoi devait ressembler sa musique. Sa seule crainte et son seul espoir étaient de croiser Angie : tous les musiciens répétaient au centre de représentation en prévision de la première.

Il relut l'e-mail qu'il était en train d'écrire à Nexus avant d'appuyer sur « envoyer ». Puis il prit sa veste et sortit du bureau.

— Oh ! bien, dit Janice. Vous partez à l'heure, pour une fois.

— Je m'absente juste quelques heures. Je reviendrai dans la soirée.

— Vous allez vous tuer à travailler autant, lui reprocha son assistante.

— Je vais bien, lui répondit-il avec un petit sourire. À demain.

Joshua arriva à la salle de concert, l'estomac noué par l'excitation. Entendre sa musique jouée en direct par un orchestre qu'il dirigerait en personne promettait d'être exaltant.

Il monta sur scène, le cœur tambourinant. Les panneaux de bois sombre de la scène et les fauteuils bordeaux de l'auditorium rendaient la chose encore plus réelle. Il était resté en marge de l'industrie de la musique classique ces dernières années, et il y entrait pleinement à présent.

Les membres de l'orchestre l'accueillirent par des applaudissements nourris. Il s'inclina profondément, témoignant sa reconnaissance, avant de monter sur l'estrade.

— Je suis honoré d'être devant cet orchestre incroyable.

Les applaudissements augmentèrent.

— C'est plus qu'excitant d'entendre enfin cette pièce jouée en direct, telle que je l'entendais dans ma tête en l'écrivant.

Lorsqu'il prit la baguette, l'orchestre prépara ses instruments et lui accorda toute son attention.

La musique qu'ils exécutèrent ensemble le remplit d'admiration et d'humilité. Il n'avait jamais autant apprécié sa décision de devenir compositeur qu'à ce moment-là. L'obscurité qui l'enveloppait depuis la perte d'Angie s'éclaircit légèrement. Mais sa joie ne serait complète que s'il pouvait partager des moments comme celui-ci avec elle.

Une fois la répétition terminée, il discuta avec quelques membres de l'orchestre, le corps encore traversé par l'adrénaline. Puis le temps s'arrêta lorsqu'il leva les yeux et vit Angie à quelques pas de lui, le visage pâle.

Elle haleta en écarquillant ses yeux cernés. Elle avait maigri, et il s'en voulut. Elle était pourtant toujours aussi belle. Il voulut courir vers elle, tomber à genoux et implorer son pardon, mais ses sœurs se placèrent devant elle, protectrices.

— Angie..., dit-il en faisant un pas vers elle.

— Monsieur Shin, l'interrompit Megan. Ravie de vous rencontrer ici. Oh ! attendez. Comment ai-je pu oublier ? Vous êtes le célèbre compositeur A.S. Je suppose que ce n'est pas si surprenant finalement ?

Le regard d'Angie croisa le sien avant de se détourner. Puis ses lèvres se crispèrent en une ligne déterminée, et elle leva à nouveau les yeux vers lui. Elle posa une main sur le bras de sa sœur et s'approcha. Il serra et desserra les poings pour se forcer à rester immobile.

— Bonjour, Joshua, dit-elle d'une voix distante mais polie.

— Angie.

Il chercha quelque chose à dire. N'importe quoi.

— J'espère que le nouveau trio à cordes te convient.

— C'est une œuvre magnifique. Nous nous entraînons dur pour lui rendre justice, dit-elle en se tournant vers ses sœurs pour les inclure dans sa déclaration.

— En parlant d'entraînement..., dit Chloe en prenant la main d'Angie. On doit y aller.

Sans un regard en arrière, les sœurs Han le dépassèrent et entrèrent dans la salle de concert. Joshua retourna au parking et s'effondra une fois dans sa voiture. La voir n'avait fait que raviver ses regrets. Sa froideur avait été effrayante, mais s'attendait-il à autre chose ? Il l'avait blessée, mais il se rattraperait.

Ils étaient faits l'un pour l'autre. Il le lui prouverait.

14

La première représentation de la saison créait toujours une atmosphère particulière, ressentie à la fois par les artistes et par le public. Mais outre les retrouvailles après des mois de séparation, les attentes de cette saison étaient doubles, car il s'agissait de la première représentation depuis la pandémie. Cette année, l'excitation de se revoir était assombrie par une certaine nervosité à l'idée de se retrouver après plus de dix-huit mois de séparation.

Le Hana Trio passait en fin de programme et, pendant ce temps, Angie et ses sœurs resteraient dans les coulisses. Les membres de l'orchestre s'installèrent et leur chef d'orchestre monta sur l'estrade. Le brouhaha du public se calma progressivement, et l'impatience monta jusqu'à son paroxysme dans le silence qui suivit.

Quand les premières notes de la saison résonnèrent dans la salle de concert, Angie en eut la chair de poule et un mince sourire illumina ses lèvres. C'était ainsi à chaque saison, mais la beauté de la musique la remplissait de gratitude après cette longue absence.

Angie et ses sœurs applaudirent en même temps que le public à la fin du morceau. Leurs collègues musiciens avaient joué magnifiquement bien, et Angie était très fière d'eux. Ils avaient travaillé dur, cela se voyait.

Elle sentit un picotement dans la nuque et devina que Joshua se tenait derrière elle. Il était là pour diriger le morceau suivant – sa propre composition. Sa présence exceptionnelle avait fait vendre les billets de la soirée en un temps record. D'une certaine manière, c'étaient ses débuts dans le monde de la musique, car personne ne l'avait encore jamais vu.

Cela paraissait peut-être étrange qu'il soit également le nouveau P-DG de Riddle Incorporated, mais cette version de lui – à la fois P-DG et compositeur – était sa véritable nature. Malgré sa peine, elle avait été soulagée d'apprendre sa nomination à la tête de Riddle. Elle avait craint que la révélation de son identité secrète donne un avantage à son rival, mais Joshua avait réussi et atteint son but.

Pourtant Angie ne comprenait toujours pas pourquoi il se donnait tant de mal à aider la Société. Il devait être plus occupé que jamais. Peut-être était-ce sa façon d'apaiser sa culpabilité après lui avoir brisé le cœur ? Enfin, c'était son affaire.

Bien que tremblant intérieurement, elle afficha une expression froide et professionnelle en se tournant vers lui.

— Joshua.

Il était injustement beau, vêtu de son smoking, mais elle garda le regard rivé sur ses yeux.

— Angie, dit-il formellement avant d'adresser un signe de tête à ses sœurs qui le saluèrent à contrecœur.

Comme il ne semblait pas vouloir avancer, Angie comprit qu'il était nerveux. Ils n'étaient peut-être plus amants, mais ils étaient musiciens et elle ne demandait qu'à l'aider.

— Bonne chance.

Les yeux de Joshua s'écarquillèrent de surprise, puis un sourire apparut sur son visage.

— Merci.

Il finit par les dépasser, mais regarda une dernière fois Angie par-dessus son épaule avant de monter sur scène. Le cœur d'Angie se serra devant le désir qui se lisait dans ses yeux. Non, elle s'imaginait des choses : il n'y avait plus rien entre eux. Malgré tout, elle s'approcha du rideau pour le regarder sur scène.

Le public se tut lorsque Joshua leva sa baguette. Ses mouvements n'étaient pas aussi entraînés et habiles que ceux du chef d'orchestre précédent, mais il dirigeait avec une grâce et une passion naturelles.

Elle avait entendu ce morceau de nombreuses fois, mais il lui sembla différent et exaltant sous sa direction. C'était donc ainsi qu'il percevait la musique dans sa tête ? L'observer était comme jeter un regard intime sur son âme. Le public était aussi captivé qu'elle. C'était une performance qu'elle n'oublierait jamais. Quand Joshua quitta la scène par le côté opposé, elle sortit de sa transe.

— C'est à nous, les filles, dit Angie à ses sœurs.

Elles portaient toutes trois du bleu saphir ce soir-là. Angie était vêtue d'une longue robe bustier en soie à taille empire et d'une jupe ample et fluide. La robe asymétrique à une épaule de Megan moulait sa silhouette et s'évasait jusqu'à mi-mollet comme une fleur renversée. Chloe avait choisi une robe trapèze à mancherons et au corsage élégant. Pour la touche finale, les trois sœurs portaient des rubans noirs identiques autour de la taille.

— C'est parti, dit Chloe comme si elle se préparait au combat, ce qui était adorablement incongru avec sa robe de soirée.

— On va leur en mettre plein la vue, ajouta Megan en souriant avec confiance.

L'auditorium était bondé, et le pouls d'Angie s'accéléra sous l'effet de l'adrénaline. Jouer devant un tel public exaltait l'artiste en elle. Toutes trois s'inclinèrent sous les applaudissements et prirent place.

Un silence vibrant s'abattit à nouveau sur l'auditorium, et ce fut au tour du Hana Trio d'emplir la salle de leur musique. Megan leva son archet, imitée par Angie et Chloe. Au signe de tête de Megan, tout s'évanouit et la musique commença.

Une vague d'émotion déferla sur Angie et coula entre ses doigts. Peut-être était-ce son désir de rendre justice à la musique ? Ou d'avoir vu Joshua mettre son âme à nu en dirigeant son morceau ? Jamais elles n'avaient à ce point joué comme une seule personne, avec une harmonie aussi parfaite.

Lorsque la note finale retentit, Angie et ses sœurs baissèrent leurs archers ensemble. Un tonnerre d'applaudissements retentit, et le public se leva pour les acclamer. Les trois sœurs échangèrent des regards emplis de fierté et de joie avant de se lever pour saluer. Les applaudissements continuèrent même après leur départ.

Leurs instruments toujours en main, elles s'enlacèrent en riant et essuyant des larmes de joie.

— Je suis si fière de vous, dit Angie.

— Je suis fière de nous, enchaîna Chloe.

— Moi aussi, déclara Megan en embrassant sa plus jeune sœur sur la joue.

Elles rangèrent leurs instruments et retournèrent écouter le reste du programme. L'orchestre de chambre joua son dernier morceau, et le rideau se baissa. Les coulisses furent bientôt envahies par une marée d'interprètes, de chefs d'orchestre, de metteurs en scène et de membres du conseil d'administration. Tandis que leurs collègues les félicitaient, Angie ne put s'empêcher de scruter la foule à la recherche de Joshua. Mais il était introuvable.

Qu'avait-il pensé de leur performance ? Était-il satisfait de leur interprétation ? Elle l'espérait en tout cas, car si l'accueil du public était une indication, l'œuvre serait un autre succès.

— Les filles, s'écria Janet en s'approchant les bras grands ouverts. Vous étiez sublimes. Vous avez donné vie à ce trio à cordes.

— Merci, dit Angie en serrant sa mentore dans ses bras, heureuse de l'avoir rendue comblée.

Quand ses sœurs partirent se mêler à la foule, Janet se tourna vers elle :

— Je tiens à te remercier pour tout ce que tu as fait pour la Société de musique de chambre. Sans ton aide, nous n'aurions jamais pu obtenir la collaboration d'A.S.

— C'est lui qu'il faut remercier. Je n'ai pas fait grand-chose, dit doucement Angie.

Elle avait peine à croire que, à peine quelques mois plus tôt, elle avait fait irruption dans le bureau de Joshua pour le faire chanter. Ils avaient parcouru un si long chemin depuis, mais à présent... tout était fini. Soudain elle se sentit vidée de toute énergie.

— Angie, ça va ? Tu es toute pâle, dit Janet en la tenant doucement par le bras.

— Je crois que je vais rentrer. Tout était merveilleux, mais c'était beaucoup d'émotion, dit la jeune femme avec un sourire forcé. Est-ce que tu pourrais dire à mes sœurs que je suis rentrée me reposer ?

— Évidemment, ma chère, répondit Janet avec inquiétude. Sois prudente sur la route.

Angie se dirigea vers sa voiture en traînant son violoncelle, à peine consciente du monde qui l'entourait. Joshua et elle n'avaient aucune raison de se revoir. Leur contrat était terminé. Une douleur fulgurante lui creusa la poitrine et elle eut du mal à respirer. C'était vraiment fini.

Arrivée à sa voiture, elle hissa son violoncelle à l'arrière et s'installa au volant. Elle s'efforça de se concentrer en conduisant tout en essuyant impatiemment les larmes brûlantes qui coulaient sur ses joues.

Auraient-ils été encore ensemble si son identité n'avait pas été dévoilée ? Peut-être. Elle n'aurait jamais eu le courage de le quitter sans ce catalyseur. Mais ensuite ? Se serait-elle contentée de leur arrangement malgré son refus de s'engager ? Non. Leur relation aurait pris fin tôt ou tard.

Elle n'avait jamais été plus heureuse qu'en étant avec lui, mais cela n'aurait pas suffi. Elle méritait d'être aimée sans réserve et, s'il était incapable de lui donner cela, mieux valait se séparer.

Prenant une inspiration tremblante, Angie serra les mâchoires pour empêcher ses larmes de couler. Elle n'avait qu'une envie : s'effondrer dans son lit et dormir jusqu'à ce que la douleur cesse.

Elle passa devant l'entrée de son immeuble sur le chemin du parking, mais s'arrêta brusquement en voyant la silhouette imposante de Joshua éclairée par la faible lumière de l'entrée. Elle baissa sa vitre et lança depuis l'autre côté de la rue :

— Qu'est-ce que tu fais ici ?

— On peut parler ? cria-t-il en courant vers sa voiture. Je veux juste parler.

Angie continua son chemin vers le parking pour ne pas créer d'embouteillage. De quoi voulait-il lui parler ? C'était probablement pour s'excuser d'avoir cru qu'elle avait révélé son identité. Devait-elle l'écouter et lui pardonner ? Voulait-elle lui enlever ce poids de la conscience ?

Elle se gara et emprunta le couloir menant au hall. Joshua était adossé au mur extérieur, la tête baissée, les épaules affaissées. Tout dans son langage corporel prouvait son abattement et sa grande tristesse.

Déconcertée et inquiète, Angie se précipita pour ouvrir la porte.

— Joshua ?

Il releva brusquement la tête, d'abord avec une expression incrédule, puis avec quelque chose de brillant et de vulnérable... comme de l'espoir.

— Angie. Tu es partie. Je pensais que...

Elle repoussa la lueur d'espoir qui tentait de grandir en elle et enveloppa son cœur dans une armure protectrice.

— Pourquoi es-tu ici ?

Il se redressa et fit un pas vers elle.

— J'aimerais qu'on parle, dit-il d'une voix déterminée.

— Qu'y a-t-il à ajouter ? On s'est déjà tout dit.

— Non, j'ai encore des choses à te dire.

Quel mal y avait-il à ce qu'ils aient une dernière conversation ? Le revoir lui brisait le cœur, mais ne plus jamais le revoir allait lui faire encore plus de mal. Si elle le laissait entrer, elle pourrait au moins passer un peu de temps avec lui avant de lui dire au revoir à jamais.

— D'accord. Allons discuter chez moi, dit-elle en reculant et ouvrant la porte en grand pour le laisser passer.

Ils marchèrent en silence jusqu'aux ascenseurs, puis dans le couloir sombre qui menait à son appartement. Une fois à l'intérieur, l'espace lui parut soudain minuscule avec le grand et large corps de Joshua. Leurs tenues de soirée semblaient déplacées dans son petit salon cosy, mais elle s'assit sur le canapé et lui offrit la place à l'autre bout. Il s'installa et passa sa main sur son visage. Il avait l'air hagard, mais restait toujours aussi beau dans son smoking avec son nœud papillon défait qui pendait à son col. Malgré son insistance pour qu'ils discutent, il resta assis à fixer la pièce sans un mot.

Elle n'était pas impatiente qu'il commence. Prenant son temps, elle s'imprégna de chaque détail de son visage et de son corps. Sa présence lui avait donné un tel sentiment de sécurité et de bien-être. Retrouverait-elle un jour cela avec quelqu'un d'autre ? Cela semblait impossible en ce moment, mais elle devait espérer que le bonheur viendrait un jour à elle.

— Je suis désolé, dit-il d'une voix brisée. Je suis tellement désolé, Angie.

— Tu es désolé ? répéta-t-elle tandis qu'une colère enfouie montait en elle. C'est pour ça que tu voulais me parler ? Tu veux que j'apaise ta culpabilité ?

— Non, tu te trompes...

Il tendit la main en signe d'apaisement, mais elle recula. Des larmes lui piquaient les yeux, mais elle refusait de pleurer devant lui.

— Non ? Tu as cru que c'était moi qui avais révélé ton identité. Et quand je t'ai dit que je t'aimais, tu as rejeté mes paroles comme si tu les trouvais offensantes. Et maintenant, tu veux que je t'absolve de tout ça ?

— Tu mérites mille fois mes excuses et je ne mérite pas ton pardon. Je t'ai blessée et c'est une chose avec laquelle je dois vivre. Mais écoute-moi. Tout ce que je veux, c'est une chance de m'expliquer...

Son corps tout entier se figea et ses yeux semblèrent la supplier de le regarder.

— Je t'aime, Angie.

— Tu ne m'aimes pas, Joshua, dit-elle avec un rire incrédule. Comment peux-tu m'aimer alors que tu penses que je t'ai trahi ? Comment peut-il y avoir de l'amour sans confiance ?

— Mais j'ai confiance en toi ! Et je sais que tu ne me ferais jamais de mal sciemment. J'ai revécu chaque instant de notre horrible dispute et je me suis forcé à affronter la vérité. Angie, j'aurais dû réaliser immédiatement que jamais tu ne m'aurais trahi.

— Arrête ça tout de suite.

Elle voulait se boucher les oreilles et cesser de l'écouter. L'espoir qui l'envahissait était si terrifiant.

— Toi et moi, c'est fini. Tu as fait le nécessaire.

Joshua s'agenouilla devant elle et lui prit la main. Elle ne la retira pas, mais tourna la tête sur le côté.

— Ces derniers mois, tu m'as montré ton amour de multiples façons. Tu m'as aidé à surmonter mon blocage créatif, tu as pris soin de mon grand-père et tu as joué pour lui avec tout ton cœur. Quelqu'un comme toi n'aurait jamais révélé mon secret. Tu es incapable de faire quelque chose d'aussi égoïste et calculateur.

— Ça n'a plus d'importance, dit-elle en retirant sa main et le fusillant du regard. C'est facile de dire ça maintenant que tu sais qui avait révélé ton secret. Me croire quand tu as des preuves concrètes de mon innocente ne signifie rien.

— Mon amour pour toi n'a aucun rapport avec toute cette histoire. Si je ne suis pas venu te voir jusqu'à présent, c'est uniquement parce que je ne savais pas si tu me pardonnerais. Je ne voulais pas te perturber davantage pendant que tu te préparais pour cette soirée.

— La confiance est à double sens. Pourquoi devrais-je t'accorder la mienne ?

Les yeux de Joshua parcoururent la pièce avec effroi, puis soudain une lueur illumina son visage.

— Le nouveau trio à cordes. Je l'ai écrit avant de découvrir qui avait divulgué mon identité. Je l'ai écrit dès que j'ai compris que je t'aimais.

Les larmes qu'elle retenait se mirent soudain à couler. Elle était si confuse qu'elle avait l'impression qu'un étau serrait son cœur et l'empêchait de respirer.

— Rappelle-toi, Angie. Quand as-tu reçu les nouvelles partitions ?

C'était avant que cet enfoiré vienne se pavaner sous les feux de la rampe, n'est-ce pas ?

C'était exact. Elle avait reçu la nouvelle musique juste avant l'apparition de ce journaliste. Joshua avait dû l'écrire avant. Mais que prouvait le nouveau trio à cordes ?

— J'étais bloqué parce que je niais mon amour pour toi. Comment pouvais-je composer alors que je me mentais à moi-même ? J'ai pu composer le premier trio à cordes avec ton aide, mais ça manquait encore de quelque chose parce que j'étais freiné par le mensonge. Une fois que je me suis avoué que je t'aimais, j'ai compris que je devais t'écrire une nouvelle œuvre, quelque chose qui serait digne de toi. Ce trio à cordes, c'était une façon de te demander pardon. C'était ma lettre d'amour et mon espoir pour un avenir commun. C'est mon âme. Tu l'as sûrement ressenti.

Angie se couvrit la bouche tandis qu'un sanglot lui échappait. Elle l'avait ressenti. Elle ne s'était pas autorisée à y croire, mais la musique lui avait parlé.

— Si tu m'aimes, alors pourquoi ? Pourquoi m'as-tu repoussée comme ça ?

— J'avais peur et ça m'empêchait de t'avouer mon amour. La peur me faisait croire que tu me quitterais inévitablement, et je pensais pouvoir me protéger d'une souffrance plus grande en te repoussant. Je suis tellement désolé de t'avoir laissée croire que je ne te faisais pas confiance et que je ne t'aimais pas.

Il la saisit par les bras et la regarda dans les yeux.

— Je t'aime plus que tout, Angie. S'il te plaît, donne-moi une chance de me rattraper. Je passerai ma vie à essayer de te rendre heureuse.

Angie sanglotait sans pouvoir s'arrêter à présent. Il était sincère et il l'aimait.

— S'il te plaît, ne pleure pas, dit-il tendrement en la prenant dans ses bras. Je ne peux pas le supporter.

— Je veux te croire.

Elle enroula ses bras autour de son cou et s'accrocha de toutes ses forces à lui. Il avait trouvé le courage de lui refaire confiance. À présent, elle devait trouver le courage d'accepter son amour.

— Je te crois, mais j'ai tellement peur.

— J'ai peur aussi, mais on peut y arriver ensemble. On est fait l'un pour l'autre, sinon, comment aurais-je pu tomber deux fois amoureux de la même femme ?

Il prit la tête d'Angie dans ses mains et ajouta :

— J'ai aimé la fille que tu étais et j'aime la femme que tu es devenue. Tu es la seule que j'aie jamais aimée. Tu es tout pour moi.

Et il était le seul pour elle. Elle prit une inspiration tremblante et le regarda dans les yeux.

— Je t'aime aussi. Je n'ai jamais cessé de t'aimer.

— Dis-le-moi encore, murmura-t-il comme s'il croyait rêver. Dis-moi que tu m'aimes.

— Je t'aime, Joshua.

Elle était si heureuse de pouvoir enfin le crier sur tous les toits. Il était à elle et elle était libre de l'aimer. Elle prit son beau visage dans sa main.

— Dis-moi que tu es à moi, toi aussi.

— Je suis à toi. À toi seule. À toi pour toujours, dit-il en contemplant son visage avec émerveillement et bonheur. Je ne te laisserai plus jamais partir.

— Promis ?

— De tout mon cœur, déclara-t-il en écartant avec douceur ses longs cheveux de son visage. Je veux passer ma vie avec toi si tu veux de moi. Veux-tu m'épouser, Angie ?

— Oui, dit-elle, le souffle court et les yeux à nouveau emplis de larmes de bonheur. Je t'épouserai.

Joshua l'embrassa avec une tendresse douloureuse. Elle lui rendit son baiser, scellant ainsi leur promesse pour l'éternité.

Vous avez aimé ce roman ?
Retrouvez le Hana Trio dès mars 2026
sur harlequin.helloromance.fr